寻找唯一的真相

勒索者不开枪

BLACKMAILERS

勒索者不开枪

DON'T SHOOT

【美】雷蒙德·钱德勒◎著
黄 洋 朱珍葶 尹佳欣◎译

私人侦探
马洛系列
NO.9

中国出版集团
现代出版社

目　录

金　鱼

1

那天，我无所事事，闲得只是坐着抖动双腿。办公室窗外吹进来一阵和煦的清风，风中夹杂着巷子对面大厦酒店油炉的烟灰，像是花粉飘落在一片空地上，我桌面的玻璃板落满烟灰。

凯西·霍姆进来时，我刚打算出去吃中饭。

凯西是一位高个的金发女郎，衣着朴素，眼神忧郁。她曾当过女警，后来嫁给了约翰尼·霍姆，一位开空头支票的小混混，她为了改造他，丢了工作。她还没来得及帮他洗心革面，他就进了监狱，不过她一直在等他出狱，好再试试。这期间，她在广厦酒店经营一家香烟铺，每天看着抽着廉价香烟的骗子来来往往，有时她也会借给他们某个人十美元出城。她真善良。她坐下来，打开她那闪闪发亮的大包，拿出一包烟，用我桌上的打火机点了一根。她轻轻吐出一口烟，皱了皱鼻子。

“你听说过利安得珍珠吗？”她问，“天啊，蓝色哔叽呢西装真是耀眼，看你穿着不俗，你在银行肯定有很多存款吧。”

“不，”我回答，“你都说错了，我既没听说过什么利安得珍珠，银行也没存款。”

“那也许，你也想从两万五千美元的赏金中分杯羹。”

我点了根她的香烟，她起身去关窗户，边走边说：“当这份差，我都受够了酒店的气味了。”

她又坐下来，接着说：“那是十九年前的事，他们把他关在莱文沃思十五年，四年前才放了他出来。索尔·利安得，一位北边来的木材富商买下了它们——我是说，买下了那对珍珠，送给他的妻子。那对珍珠花了他足足两百万美元。”

“那珍珠肯定大得用手推车才能搬动吧。”我说。

“看来你真不懂珍珠，”凯西·霍姆说，“这跟大小无关，不管怎么说，今天它们更值钱了，为了找回那对珍珠，保险公司的人悬赏两万五千美元，这赏金还挺诱人的。”

“我明白了，”我说，“你是说他们被盗走了。”

“你总算头脑清醒了，”她把烟丢进烟灰缸，让它继续燃着，女士们都这么做。我替她把烟弄灭。“这就是为什么那家伙会被关在莱文沃思，只是他们一直没证据证明他偷了珍珠。把他关起来是因为邮差的事。也不知道他是怎么躲进邮车的，到了怀俄明州，他突然射杀了邮差，清出挂号信，然后把它们丢在半路上。他一路逃到了加拿大不列颠哥伦比亚省，到了那里才被抓住。可是他们没有拿回珍珠——后来也没有。他们只是抓到了他这个人而已，他被判了无期徒刑。”

“要是故事很长，我们喝点酒慢慢聊。”

“太阳下山前，我从不喝酒的，那样才能保证你不会做出什么混账事来。”

“对爱斯基摩人来说真是酷刑，”我抱怨说，“即使夏天也一样。”

她看着我拿出小酒瓶，继续说：“他叫斯夫——威利·斯夫，是一个人作案，他对珍珠只字不提，而且看都不看一眼。十五年过去了，他们答应如果他交出赃物，就放他走，他交出了一切，唯独没有交出珍珠。”

“他把珍珠藏哪儿了？”我问，“帽子里吗？”

“听着，我说的都是真的，不是瞎编的笑话，我有关于那对珍珠的一个线索。”

我用手捂着嘴，摆出一副严肃认真的模样。

“他说他从没有偷过珍珠，警察肯定还是信了他的话，不然不会放了他。珍珠的确在那堆挂号信里，但是再也没人见过那些信。”

我开始感觉喉咙干涩，没说话。

凯西·霍姆接着说：“一次在莱文沃思，这么年来，就那么一次，威利·斯夫把自己紧紧地裹在一个白色虫漆罐子上，就像肥婆的塑身腰带一样。他的狱友是个小矮个，人们都叫他皮勒·马多。皮勒因为伪造二十美元的假钞而被判了二十七个月。斯夫告诉皮勒，他已经把珍珠埋在了爱达荷的某个地方。”

我微微向前靠靠。

“开始感兴趣了，对吧？”她说，“好，我接着说。皮勒·马多现在住在我家，他是个瘾君子，睡觉的时候总说梦话。”

我又坐直了，“天呀，”我说，“这样看来，赏金简直就是唾手可得啊。”

她冷冷地看着我，后来面色又温和起来。“好吧，”她有点无助地说，“我知道这听起来有点疯狂，这么多年过去了，肯定有无数聪明人已经为此案费尽心思，包括邮局工作人员、私家侦探之类的。现在又来了个瘾君子，不过他真是个不错的小个子，不知道怎的，我相信他。他知道斯夫的行踪。”

我问：“这些都是他睡觉时说的梦话吗？”

“当然不是，你了解我的，曾为女警，还是有分清真假的能力。可能我有点爱管闲事，但我猜他是个有前科的人，而且我总担心他吸毒过多。他是我目前唯一的房客，我多少有点喜欢站在他门口，听他自言自语。我偷听到的足以让我信任他，他后来告诉了我其他的事，还表示需要有人帮忙找珍珠。”

我再次往前靠了靠，“斯夫现在在哪儿？”

凯西·霍姆微笑着，摇摇头。“斯夫现在身在何处，还有他现在用的假名，皮勒是不会告诉别人的。但是可以确定的是，斯夫现在在北边的某个地方，要么在华盛顿奥林匹亚附近，要么就在那里。皮勒在那里见过他，而且打听到了他的消息，可是斯夫没有理会他。”

“皮勒来这儿是打算干什么呢？”我问。

“这是他被捕入狱的地方，你知道的，一个老骗子总爱去他失手的地方看看，不过现在，他在这儿一个朋友也没有。”

我又点了一支烟，喝了杯小酒。

“你说，斯夫出狱已有四年了，而皮勒只在牢里蹲了二十七个月，那这段期间，皮勒一直在干什么呢？”

凯西·霍姆可怜巴巴地睁大她那青蓝色的大眼睛，说道：“或许你以为他只蹲过那一个监狱。”

“好吧，”我说，“他会愿意和我谈谈吗？我想他需要有人帮他应付保险公司的人，要是珍珠是真的存在，说不定斯夫以后会把珍珠交到皮勒手上，你说是吧？”

凯西·霍姆松了口气，“是的，他会和你面谈的，他一直都很想和你谈谈呢，有些他很担心的事。你现在能过去吗？赶在晚上他喝醉之前。”

“当然可以——如果你希望这样的话。”

她从包里取出一串钥匙，在我的便笺簿上写了个地址，慢慢站起来。

“我家是拼接式房屋，我住的那边是独立的，不过两间房间中间有道门，可以用我这边的钥匙打开，这串钥匙给你，以防他不开门。”

“好的，”我对着天花板吐了口烟，然后凝视着她说。

她向门口走去，然后停了下来，又走回来，低头看着地板。

“我对此不抱太大希望，”她说，“也许一点希望都没有，但是如果我能分到一千美元或两千美元赏金，那等约翰尼出来，也许——”

“也许你该直接跟他坦白，”我说，“这是个梦，凯西，可能一切都是个美梦而已，不过万一是真的，你就能分到三千美元呢。”

她屏住呼吸，瞪着我，忍住没哭，向门口走去，停住，又走回来。

“根本不是做梦，”她说，“那个老家伙——斯夫，他为此付出了十五年的代价，多么沉重的代价呀，你这么说不觉得有点太刻薄吗？”

我摇摇头说，“是他偷了珍珠，不是吗？而且他还杀了个人，他靠什么谋生呢？”

“他的妻子有钱，”凯西·霍姆说，“他平时只是养金鱼玩。”

“金鱼？”我说，“去他的。”

她走了出去。

2

上次我在格雷湖区时，帮过一个名叫伯尼·奥尔斯的地方检察官，他枪毙了一个名叫波克·安德鲁斯的持枪歹徒。但是那一次离湖区很远，又是在高山上。而这栋房子位于第二级阶梯，在环山公路边上。它坐落在一块梯田上，前面有破旧的挡墙，后面是几块空地。

这原本就是栋拼接式房屋，因此有两个前门，而且门前各有一段台阶。其中一扇门的格栏上钉着一块标牌，盖住了猫眼，上面写着：1432 环。

我停好车，踏上陡峭的台阶，两旁种满了石竹花，又走了几步来到有门牌的那边。这边应该是房客住的，我按响了门铃，可是没人回应，所以我走到另一扇门，同样没人回应我。

我正等人开门时，一辆灰色的道奇轿车从蜿蜒的山路上呼啸而过，车里一个穿着蓝衣服、容貌清秀的小姑娘看了我一会儿，我没看到车里还有人，也没太留意，当时我并不知道这很重要。

我拿出凯西·霍姆的钥匙，打开门，走进一间客厅，香柏油味扑面而来。客厅里的家具勉强够用，窗子装了纱窗，一道阳光透过前面的窗帘，照进客厅。后面有一间小小的早餐室、一间厨房和一间卧室，很明显那是凯西的房间。前面还有个卧室，不过看起来以前是缝纫室，就是这间房有道通往房屋另一头的门。

我开了门，走进去，这边跟刚才那边完全一样，就好像是在照镜子。除了家具以外，其他的东西都很陈旧。这边的客厅里有两张一模一样的床，不过看起来好像没人睡过。

我穿过第二间浴室，径直走向屋后，敲响了凯西卧室对面的房门。

还是没人回应，我扭动门把手，走了进去。躺在床上的那个小个子应该就是皮勒·马多，我首先看到的是他的双脚，因为尽管他衣着整齐，穿了裤子和T恤，可是脚却赤裸着，悬在床边上。一根绳子绑在他的脚踝上，将两脚捆在了一起。

他的脚掌被烧伤了，虽然开着窗，可是依然能闻到一股肉焦味，还有木头的焦味。原来桌上的电熨斗还通着电，我走过去把它给关了。

我走回凯西·霍姆的厨房，在冷藏柜里找到一品布鲁克林威士忌。我喝了一点儿，深吸了几口气，看了看窗外的空地。屋子后面有条狭窄的水泥路，绿色木台阶通往马路边。

我又走回皮勒·马多的房间，椅子上挂着件带有红色细条纹的棕色西装外套，外套的口袋被翻出来，东西散落了一地。

他穿着的西裤口袋同样被翻了出来，几把钥匙、一点零钱，一块手帕就放在了他身旁，还有一个看上去像是女士粉饼盒的铁盒子，一些亮白的粉末从里面漏出来，那是可可因。

他身材矮小，身高顶多五英尺四英寸，浅棕色的头发盖不住他那对大耳朵。他的眼睛颜色很普通，没什么特别之处，只是睁得相当大，却没有一点儿神采。他的手臂被绑在手腕上的绳子拽着，而绳子另一头被固定在了床底下。

我仔细检查，看看他身上是否有枪伤或者刀伤，但是一无所获。除了他的脚掌被烧伤之外，其他地方都完好无损，可能是惊吓过度，或者心脏病突发，又或者两者都有，才导致了死亡。他的身体还有余温，塞在嘴里的东西也还是湿热的。

我擦拭了我碰过的所有东西，注视着凯西卧室的窗外好一会儿，才离开了屋子。

我走进广厦酒店大堂时，刚好是下午三点三十分，我走到角落的香烟铺，靠在玻璃窗口，要了一包骆驼牌香烟。

凯西·霍姆丢了一包给我，然后把零钱塞进了外套胸前的口袋，对着我露出了一个招牌式的微笑。

“怎么样？这么快就回来了，”她一边说，一边斜眼看着旁边的一个醉汉，那个人正试图用老式的火石钢轮打火机点烟。

“发生了些不好的事，”我告诉她，“你得做好心理准备。”

她迅速转了个身，拿了包纸和火柴，从窗口丢给那个醉汉。那个醉汉努力想接住火柴，却笨手笨脚的，没接住火柴，又弄掉了香烟，他气鼓鼓地从地上把它们捡了起来，然后起身走开，不时地还回头看看，好像希望有人来给他一脚似的。

凯西往我脑后看了看，她的眼神冷静，不带一丝情绪。

“我准备好了。”她小声说。

“你现在能分到一半的赏金了，”我说，“皮勒已经出局了，他被人干掉了——死在了床上。”

她的眼睛开始抽搐，靠近我手肘边的两个手指开始折靠在窗边，她唇边的白色粉底线露了出来，除此之外，没有其他的变化。

“听着，”我说，“在我调查清楚前，什么都不要说，他是受到惊吓而死亡的，有人用廉价的电熨斗烫伤了他的脚掌，我看过了，那不是你的电熨斗。我猜他是猝死的，所有没来得及喊救命。那堵嘴布还塞在他的嘴里，说实在的，我从走出来时，觉得一切都泡汤了。不过现在我没那么肯定了，如果他把线索告诉那些人了，那我们就没戏了，斯夫也一样没戏，除非我赶在他们之前找到斯夫。如果他到死都没说，那我们还有时间。”

她把头转了过去，坚定地看向大堂入口处的旋转门，脸颊上的白斑特别明显。

“那我现在要做什么？”她平静地呼吸着。

我捅开香烟盒的外包装，把她的钥匙丢了进去，她修长的手指很顺利地就从里面把钥匙抽出来，偷偷藏了起来。

“你到家的时候才发现他死了，关于他的事，你一概不知，不要把珍珠还有我的事说出来。警察调查的时候，会发现他有前科，他们只会以为他是摊上了麻烦。”

我开了我那包烟，点了一根，盯着她看了一会儿。这么久了，她寸步未移。

“不能承受这件事吗？”我问，“要是不能的话，现在就说出来吧。”

“当然不能，”她眉头一皱，“我看起来像是受虐狂吗？”

“可是你嫁给了一个恶棍。”我的话有点尖酸刻薄。

她脸噌地一下红了，这正是我想看到的。“他并不是坏，只不过是个笨蛋。没有人会看不起我，即使是警察总署的人也不会。”

“好吧，现在这样的局面挺好的。毕竟，不是我们杀了皮勒。如果我们现在就把知道的说了出来，那你一分钱赏金也别想拿到——即使之前有人得到过一点儿赏金。”

“你说的没错，”凯西·霍姆有点傲慢地说，“噢，那个可怜的人儿，”她几乎快哽咽了。

我拍拍她的肩膀，心里偷笑着，离开了广厦酒店。

3

诚信保险公司在格雷斯大厦设有几间办公室，其实就是三个小房间，没有一点儿办公室的模样。格雷斯大厦气派的外观，让这几间办公室显得更加小家子气。

诚信保险公司的常务经理叫路丁，是个秃头的中年男人，眼神坚定沉着，指间优雅地夹着一根斑点雪茄。一张满是灰尘的大桌子摆在面前，他坐在桌后，静静地盯着我的下巴看。

“马洛，是吗？我对你早有耳闻。”他用小指抚弄着我的名片，小指甲修得整齐锃亮，“你想告诉我什么呢？”

我将香烟玩转于指间，压低声音说道：“记得利安得珍珠吗？”

他过了一会儿才挤出个笑容，显得有点不耐烦，“我怎么会忘了那对珍珠，我们公司可是为此赔了十五万美元，我那时还是个年轻气盛的小小理财员呢。”

我说：“我有个点子，不过听起来可能有点疯狂，事实上也很可能如此，但是我愿意一试。你们承诺的两万五千美元的赏金还算数吗？”

他冷笑道：“是两万美元，马洛，我们自己收取部分差价。你这根本就是在浪费时间。”

“我的时间我说了算，两万美元就两万美元，那我能得到多少协助呢？”

“那得看你需要怎样的协助。”

“能给我写封贵公司其他分行通用的担保信吗，这样万一我得去别的州，万一我需要地方法院为我美言几句，这信就能派上用场了。”

“你要去哪个州呢？”

我对他笑了笑，他靠着烟灰缸边缘抖了抖烟灰，对我也回敬一个笑容。我们俩的笑容都是虚伪的。

“不会给你担保信，”他说，“纽约这边也不会为你作保，我们有自己的规矩。但是你可以私底下地利用一切可利用的资源，如果成功了，两万美元就是你的了，当然，你不会成功的。”

我点着香烟，靠在椅子上，对着天花板吐烟。

“你觉得我不会成功？为什么不会呢？你们一直都没有找回那对珍珠，可是它们的确存在，不是吗？”

“没错，它们确实存在，如果它们出现，早晚会属于我们，但是二十年来，这价值两百万美元的珍珠一直杳无音信——又怎么可能突然被人找出来呢？”

“好吧，可是我浪费的还是自己的时间。”

他又抖了抖烟灰，垂下眼帘，看着我。“我喜欢的直白，”他说，“即使你不切实际，但是我们的组织相当庞大，假设我从现在开始监视你，那你下一步打算怎么办呢？”

“那我就输了，要是被监视了我会察觉的，那时我已经在游戏中迷失了，我将会停止行动，把我知道的都告诉法院，然后滚回家。”

“你为什么那样做呢？”

我又往桌边靠了靠，“因为，”我缓缓说道，“今天那个知道线索的人被人干掉了。”

“噢——噢，”路丁摸摸鼻子。

“不是我杀的。”我补充道。

我们都沉默了好一会儿，然后路丁说：“你不需要什么担保信，你根本不会随身带着它，现在你把你知道的告诉我之后，我更不敢给你写担保信了。”

我起身，咧嘴一笑，向门口走去。他也迅速起身，绕过桌子，向我跑过来，把他那干净瘦小的手搭在我的肩上。

“听好，我知道你已经疯了，但是如果你真的有什么线索的话，就告诉我们的人，我们很需要线索。”

“你他妈的以为我是靠什么谋生的？”我咆哮着。

“两万五千美元的赏金都是你的。”

“我还以为是两万美元呢。”

“两万五千美元，你现在还不懂吗？斯夫从来就没找到珍珠，要是他真的找到过，多年前，他就会和我们谈条件的。”

“好吧，”我说，“让你下定决心真是费了不少时间。”

我们握了握手，相视而笑，就好像两个自以为是的男孩，明知要不到对方，但仍然不放弃地尝试。

下午四点四十五分，我回到办公室。小酌了几杯，填满了烟斗，然后坐下来整理思绪。接着，电话响了。

一个女人问道："是马洛吗？"她的嗓音很小，但很尖，冷冰冰的。我不认识她。

"是的。"

"你最好来见见拉什·马德尔，认识他吗？"

"不认识，"我撒了谎，"我为什么要见他？"

突然，电话那头传来一阵响亮的冷笑声，"因为那个脚掌烫伤的家伙。"那个女人说。

电话被挂断了，我把听筒放在一边，点了根火柴，盯着墙发呆，火烧到手指时才缓过神来。

拉什·马德尔是阔恩大厦的一个讼棍，专办交通事故损害赔偿等案件，替人做伪证的专家。他处理的案件看起来不起眼，实则获利颇丰。不过我还真没听说过他处理过什么与烧伤别人的脚有牵连的大案件。

4

此刻正是下班高峰期，曼哈顿春天街道人潮涌动。办公室的速记员早早就下班了，的士沿着路肩缓慢行驶，有轨电车也加入了堵车的行列，交通警察正在禁止车辆右转，尽管这是完全符合交通法规的。

阔恩大厦的正门是干芥末色，不够气派，入口处挂有一个超大的假牙广告。大厦里面的向导牌上只写着无痛牙医、快递员培训等之类的，有些只有名字，有些则只有门牌号，连名字都没有。拉什·马德尔，律师，619 室。

我走出颠簸的开放式铁笼电梯，看到脏兮兮的橡胶垫上放着同样脏兮兮的痰盂，走廊里全是烟味，我试着扭了扭619室磨砂玻璃门上面的把手，门是锁着的，我便敲门。

玻璃门后出现一道身影，门咯吱一下被往里拉开了。一个肥胖的男人站在我的面前，又圆又肥的下巴，深邃的黑眼珠，油腻腻的脸，还有那陈查理式胡子让他本来就肥的脸显得更加臃肿了（陈查理，美国作家厄尔·德尔·比格斯笔下华人探长）。

他伸出两根被尼古丁熏黄的手指，“噢，很好，这拥有过目不忘本领的老捕手大驾光临，我猜，你就叫马洛吧。”

我踏步走进去，等着门咯吱一声被关上。房间没有铺地毯，只是铺了一层棕色的油毡布。里面摆放着一张翻盖书桌，一个看起来和熟食袋一样防火绿色大保险柜，两个文件储存箱，三把椅子，一个内置式衣柜，门边还有个洗手池。

“好了，好了，坐下吧，”马德尔说道，“很高兴见到你。”他赶忙走回桌后，挪了挪粗糙的坐垫，然后坐了上去。“真的很高兴你能来，有什么事呢？”

我坐下，嘴里叼着根烟，看着他，一言不发。我看到他开始冒汗，汗水顺着头发往下流，然后他抓起支笔，在记事簿上做标记。他匆匆地瞥了我一眼，然后又低头看他的记事簿，对着记事簿说话。

“有什么好主意？”他轻声问。

“关于哪件事？”

他没有看我，继续说：“关于我们怎么一起合伙做点小生意，比方说，关于一些石头的生意。”

“那个女人是谁？”我问。

“啊？什么女人？”他依旧不看我。

“那个给我打电话的人。”

“有人给你打过电话？”

我伸手去够他的电话，那是部老式的手摇电话，我拿起听筒，开始拨打警察总署的电话，一个数字一个数字慢慢地按。我知道他能把这个号码倒背如流。

他伸手过来，按下电话叉簧。“现在，听着，”他抱怨道，“你太心急了，你打电话给警察干什么呢？”

我慢悠悠地回答说：“他们想和你谈谈，关于你所知道的那个脚掌被烧伤的男人的事情。”

“非这么做不可吗？”他突然用力扯衣领，好像这会儿衣领太勒似的。

“就我来说，不是的，但是你要是以为我坐在这儿，就能任由你牵着鼻子走，那就不好说了。”

马德尔撕开一盒锡纸包装的香烟，往嘴里塞了一根，发出类似剖鱼的声音，他的手颤抖着。

“好吧，”他语气沉重，“好吧，别动气。”

“别再浪费力气试图糊弄我了，”我低声吼道，“讲重点，如果你有什么事要我做，可能那勾当太肮脏，我不会去干，但是至少我会听完。”

他点点头，现在感觉放松多了，因为他很清楚我是在虚张声势。他吐出一口烟，看着它飘到空中。

“好吧，”他语气平和，“我承认我刚才是在装傻，看来我们都是聪明人。卡罗看到你走进房子，后来又离开了，而警察始终没有出现。”

“卡罗？”

“卡罗·多诺万，我的一个朋友，就是她给你打的电话。”

我点点头，“继续说吧。”

他没再说什么，只是坐在那儿一脸严肃地看着我。

我咧嘴笑了笑，稍稍往桌边靠了靠，说道，“这就是困扰你的问题吧，你不知道我为什么会进那栋房子，也不知道我为什么离开前没有叫警察。放轻松点，我当时以为这事应该保密。”

“我们这样都只是在玩弄对方而已。”马德尔没好气地说。

“那好吧，”我说，“我们说说珍珠的事吧，这样是不是简单多了？”

他的眼睛发亮，他试图让自己兴奋起来，可是失败了。他压低声音，冷冷地说：“一天夜里，卡罗去接他——那个小矮子，一个疯子，成天吸毒，回家路上他一直惦记着那个蠢念头。他说了关于珍珠的事。他说，很久之前，一个来自美国西北部或者加拿大的老东西偷了珍珠，而且现在还藏着它们。只是他没有说那个老家伙是谁，也没说他身在何处。他太狡猾了，竟然忍住没说，我不知道为什么。”

“他是想让人烧他的脚，”我说。

马德尔的嘴巴颤抖着，额头又冒出一滴汗。

“我可没那么干，”他含混地说。

“是你还是卡罗，又有什么区别呢？既然那个小矮个死了，那警察早晚会查出凶手。你并没有查出你想要知道的，这就是我到这儿来的原因。你以为我知道你没查出的线索，算了吧，要是我知道得足够多，那也就不会出现在这儿。而如果你知道得足够多，也不会希望我出现。对吧？”

他龇着牙，许久才挤出笑容，好像我伤害到他似的。他艰难地从椅子上站起来，从桌子里侧拉出一个大抽屉，拿出一个精美的棕色酒瓶、两个条纹玻璃杯，放在桌上。他小声说：“你和我五五分，我会把卡罗踢出局。她太他妈的粗鲁了，马洛，我见过心狠手辣的女人，可是她简直就是钢板上的漂白剂，你不会想见她的对吧？”

“我见过她吗？”

“我想是的，她说你见过。”

“噢，那个道奇轿车里的女孩？”

他点点头，倒了两大杯酒，放下酒瓶，站了起来。“加水吗？我习惯加水。”

“不加，”我说，“但是为什么把我算进去呢？我并不比你知道的多呀，或者说，少得可怜。你真的不必为了我这点信息大费周章。”

他瞟向杯子，说道，“我知道从哪儿可以从利安得珍珠上弄到五万美元赏金，是你能弄到的两倍。我可以给你一份，而且还能自己得到一份。你得到保险公司保护，可以光明正大地调查，这正是我需要的。要加水吗？”

“不加。”我说。

他走到室内的那个洗脸池边，打开水龙头，装了大半杯回来。他又坐下来，咧嘴笑着，举起杯子。

我们一起对饮。

5

到目前为止，我犯了四个错误。一是掺和这件事，即使是为了凯西·霍姆；二是发现皮勒·马多死了后，仍然继续掺和这件事；三是让拉什·马德尔知道我知道他说的事；四是最糟糕的错误，就是喝了那杯威士忌酒。

酒刚下肚那会儿，就感觉味道怪怪的。随后有一瞬间，我异常清醒，就好像亲眼所见，我意识到他把自己的那杯酒与事先藏在壁橱里没下药的酒调了包。

我静静地坐了一会儿，指尖捏着空酒杯，努力集中精神。马德尔的脸开始变大，变模糊。他看着我，肥肥的脸上露出笑容，在陈查理式胡子间若隐若现。

我站起身，摇摇晃晃向他走去，直接给他的脑袋来了一拳。

他被打得犯晕，试图起身。我又瞄准他的下巴挥了一拳，他一下子失去了重心，手从大衣中甩出来，打翻了桌上的酒杯。我把酒杯扶起，静静地站着，听着周围的动静，眩晕感阵阵袭来，我尽力保持清醒。

我走到逃生门，试着转动门把手，门是锁着的。我现在已经站不稳了，我从办公室拖来一把椅子，把椅背抵在大门的门把手下方。我靠在门上大口喘气，咬牙切齿，咒骂自己。我拿出手铐走向马德尔。

一个非常漂亮的黑发灰色眼睛的女孩从衣柜里走出来，拿着一把0.32毫米口径的短手枪指着我。

她身穿一套蓝色的西装，上面有很多按扣；头戴一顶倒置茶托似的帽子，帽檐搭在额前。她清灰的眼眸看上去虽冰冷，却掩饰不住内心的轻松感。一张清秀的脸庞精致而有朝气，完美得就像刻出来的一样。

“好了，马洛，躺下睡好，你完蛋了。”

我踉踉跄跄走向她，挥舞着我的皮棍。她轻松闪开头，这时她的脸在我眼中不断变大，脸庞的轮廓开始模糊变形，她手中的枪看起来时而像隧道那样宽，时而像牙签那样细。

“不要傻了，马洛，”她说，“你乖乖睡上几个小时，我们行动几个小时。别逼我开枪，我真会开的。”

“该死的，”我咕哝着，“我知道你会的。”

“很好，亲爱的，我是那种敢说敢做的女人，行了，坐下吧。”

地板像海平面一样升高，向我袭来，我坐在地板上，就像坐在一只木筏上。我徒手支撑着自己，但几乎感觉不到地面，我的双手麻木了，全身也都麻木了。

我企图用眼神挫挫她的锐气，嘲笑道：“哈哈，女杀手！”

她冷冷一笑，我几乎没听到声音。现在我的脑袋开始嗡嗡作响，就像远处丛林中传来的战争号角。光线开始晃动，风吹得树梢沙沙作响。我不想倒下，却还是倒下了。

女孩的声音如精灵一般，从远处传来。

“五五分，嗯？他不喜欢我做事的方式，嗯？上帝保佑他那个傻瓜，我们会回来处置他的。”

恍惚中，我似乎听到一声闷响，好像是枪声。我希望她杀了马德尔，可是她没有。她只是帮忙把我打晕了——用的是我的那根皮棍。

等我醒来时，已经天黑了。头顶上有某样东西噼啪作响，桌边那扇开着的窗户外，街边昏黄的灯光洒在大厦的高墙上。那东西又噼啪作响，接着灯熄灭了。是屋顶上的一个广告牌。

我从地板上爬起来，就像一个男人从沼泽地中挣脱出来一样。我拖着沉重的步伐走到洗脸池边，往脸上泼水，脑子渐渐清醒，我动了动脸部的肌肉，慢慢走到门边，开了灯。

桌上散落着文件，断了的铅笔，信件，棕色的空酒瓶，香烟头和烟灰。抽屉被洗劫一空，我觉得也没必要再检查一遍了。于是我离开办公室，坐着摇摇晃晃的电梯下楼来，来到街上，我溜进一家酒吧，要了杯白兰地，然后取了车，开回家。

我换了身衣服，打包了行李，喝了点儿威士忌，接了个电话。那会儿大约是九点半。

是凯西·霍姆，她说："所以你还没走咯，我正希望你还没走。"

"你是一个人吗？"我问，声音还是有点沙哑。

"嗯，但目前还不是。屋子里全是警察，他们来了几个小时了。他们很友善，也很体贴。他们觉得是仇家前来报复而杀了皮勒。"

"所以这会儿电话是被监听了的，"我低声咆哮着，"你刚刚说我要去哪里？"

"嗯——是你的女朋友告诉我的。"

"一个年轻的黑发女孩？态度冷冰冰的？叫卡罗·多诺万？"

"她有你的名片，为什么这么问，难道她不是……"

"我没有女朋友，"我冷冷地说，"我只是猜测，你想都没想，就把那个北部的小镇名字告诉她了，是吧？"

"是，是的，"凯西·霍姆委屈地回答。

我赶上了夜间一班开往北部的飞机。

除了我头很疼，很渴望喝上一口冰水之外，整个旅程还算是很愉快的。

6

奥林匹亚的斯诺夸尔米酒店位于国会路上，对面是一个常见的广场公园。我从咖啡厅大门溜了出来，沿着山路往下走，到了普吉特海湾的尽头，那儿人迹罕至，只有一排废弃的码头。码头最显眼的地方堆满了捆好的柴火，有些老工人在柴堆里漫无目的地走动；有些人则坐在集装箱上，嘴里叼着大烟，脑后还挂着牌子，上面写着："柴火，劈柴，免费送货上门。"

他们身后有一个低矮的悬崖，北方广袤的松林在浅蓝的天空中若隐若现。

两个老男人坐在箱子上，相隔二十多步远，故意无视对方。我划船靠近他们其中一个，他穿着灯芯笼裤，披着红黑相间的双排扣呢子。他的毡帽饱尝了二十个夏天的汗水，他一只手握着一支黑色的短烟斗，另一只脏兮兮的手正慢慢地揪着一根从鼻子里伸出来的长卷毛，动作小心翼翼，内心却欣喜若狂。

我把一个箱子立起，然后坐下来，塞满我的烟斗，点燃它，吐了一口烟。我把手放在水里，说："你永远不会想到，这片水域最终注入太平洋。"

他看着我。

我说："这是尽头——悠远，宁静，就像你的家乡。我喜欢这样的小镇。"他继续看着我。

"我打赌，"我说，"一个人住在这样的镇上，一定认识镇里和隔壁镇上的所有人。"

他说："你赌多少呢？"

我从口袋中掏出一枚银元，口袋里还剩不少，这个老男人看着硬币，点点头，突然拔出那根鼻毛，对着灯光看着它。

"你会输的。"他说。

我把钱放在我的膝盖上，"知道这儿有个养着很多金鱼的人吗？"我问。

他盯着钱看，旁边另一个男人，身穿工装裤，脚上套着懒人鞋，他也盯着钱看。他们几乎是同时啐口水，第一个老男人嚷嚷着："听不见你说什么。"他慢慢起身，走向一个用参差不齐的旧木板建成的简陋小屋。他走了进去，砰的一声关上了门。

第二个男人气冲冲地丢了他的斧头，朝那关着的门上吐口水，然后往木材堆里走去。

小屋的门被打开了，那个穿着呢子大衣的男人伸出头来。

"他就是只阴沟里的螃蟹。"他说完，又关上了门。

我把钱放回口袋，往回走。我觉得弄明白他们说的话太浪费时间。

南北走向的国会路上，一辆开往塔姆沃特的绿色有轨电车缓慢行驶着。我老早就看到了政府大楼，街道向北延伸，街边有两家酒店和几家商店，之后有个分岔路口，右边通往塔科马港市和西雅图，左边过了桥，便是奥林匹克半岛。

过了这个分岔路口，街道突然变得破旧不堪。地面的柏油路凹凸不平，街边有家中国餐馆、一家木板搭成的电影院和一家当铺。脏兮兮的人行道上有个招牌立在中间，上面写着"烟铺"，下面还有一行小字——"台球"，好像生怕被人看到似的。

我继续走着，经过了一家花里胡哨的杂志摊和一个苍蝇飞舞的雪茄柜。店里左边有一个长长的木展柜，几台老虎机，一张台球桌。三个小孩在老虎机上瞎捣鼓，一个瘦高的男人，鼻子长长的，没有下巴，嘴里叼着根吸完的香烟，独自一人玩着台球。

我在一张高脚椅上坐下来，展柜后面一个眼神犀利的秃头男人站了起来。他把手在厚厚的灰色围裙上蹭了蹭，对我笑了一下，露出了一颗金色的假牙。

“来点儿黑麦威士忌，”我说，“知道这儿有什么人养金鱼吗？”

“好。”他说，“不认识。”

他在柜台后面往结实的玻璃杯里倒了点东西，然后把杯子推给了我。

“25 分。”

我嗅了嗅那杯东西，皱了皱鼻子。“你说‘好’是回应我的黑麦威士忌吗？”

秃头男人举起一个大瓶子，上面贴了个标签，写着：“纯正迪克西黑麦精华酿造，威士忌生产时间至少四个月以前。”

“好吧，”我说，“在我看来，它刚刚灌进来不久。”

我往里面加了点水，然后一饮而尽，喝起来就像是霍乱培养液。我往柜台上放了个 25 分的硬币。酒保又笑了笑，露出了另一边的一颗金牙，他强壮的双手牢牢地抓住了柜台，然后对我耸了耸下巴。

“你打听那个干吗呢？”他很绅士地问。

“我刚刚搬来不久，”我说，“想找些金鱼放在房子前窗。金鱼。”

酒保缓缓地说：“我看起来像认识养金鱼的人吗？”他脸色有点苍白。

那个长鼻子男人已经玩完一轮台球，他放下台球杆，优哉地走到柜台这边，往桌上扔了个五分钱，在我旁边坐了下来。

“在你胡说八道之前，先给我倒杯可乐。”他对酒保说。

酒保费了好大力气才将自己的手从柜台上松开，我低头想看看他手指有没有在柜台上留下压痕。他倒了杯可乐，用玻璃棒搅了搅，“乓”的一声把可乐放在了酒吧台上，深吸了一口气，然后从鼻孔呼出，哼了一声，就朝标有“厕所”的门走去。

那个长鼻子男人端起可乐，看向吧台后面满是污渍的镜子，他左边的嘴角很快地抽搐了一下，低声说道：“皮勒怎么样了？”

我捏着大拇指和食指，遮在鼻子上，抽了下鼻子，悲伤地摇摇头。

“说到重点了，是吧？”

“是的，”我说，“我还不知道您的名字。”

“叫我夕阳吧，因为我一直往西边跑，你觉得他还会保持沉默吗？”

“他会保持沉默的。”我说。

“你叫什么？”

“道奇·威利斯，埃尔帕索来的。”我说。

“在哪儿落脚？”

“酒店。”

他放下空酒杯，说：“我们去那儿谈吧。”

7

我们来到我房间，坐下来，看着对方，手里各举着一杯加冰的苏格兰威士忌。夕阳用他那双瞳距很窄、毫无情绪的眼睛观察我，每次眼神都只停留一会儿，但是从头到脚，仔仔细细地看了一遍。

我抿了一口酒，等着。最后他嘴巴都没动，却发出声音，问道：“为什么皮勒不亲自来？”

“和他来过这儿，却没留下的原因一样。”

“什么意思？”

“你自己琢磨。”我说。

他点点头，好像我刚刚说的话有什么含义似的。他接着说：“现在最高价是多少？”

“两万五千美元。”

“胡说。”夕阳情绪激动，甚至有点粗鲁。

我往后靠了靠，点了根烟，朝开着的窗户吐了口烟，看着微风把烟吹散。

“听着，”夕阳抱怨道，“你的一切我都不清楚，你可能是个骗子，我不能确定。”

“那你为什么还要和我谈？”

“你知道那个词，不是吗？”

这会儿就是好时机，我朝他咧嘴笑了笑，“是呀，金鱼就是暗语，烟铺就是见面地点。”

他面无表情，这证明我蒙对了。这是个千载难逢的好机会，即使在梦里，都没办法得到的好机会。

“那下一步干什么呢？”夕阳问我，他从杯里吸出一块冰，嚼了起来。

我大笑着：“嗯，夕阳，你这么谨慎，我很满意，我们当然可以像现在这样继续周旋几周，不过我们还是直接摊牌吧。那个老男人在哪儿？”

夕阳咬紧了嘴唇，舔了舔，又咬紧。他缓缓地放下杯子，右手轻轻地搭在大腿上。我意识到自己犯了个错误，皮勒的确知道那个老男人的藏身之处，而我理应知道这点。

可是夕阳不动声色，好像我没有犯错。他故意避重就轻，说道，“你是说，为什么我不把牌摊在桌上，让你坐着看个够，真是想得够美。”

“那你还能怎样呢？”我低吼道，“皮勒死了。”

他的一道眉毛和一边嘴角抽了一下，如果可能的话，他的眼神比之前更空洞了，他粗声粗气地说话，好像手指摩擦干燥的皮革发出的声音。

“怎么会这样？”

“现在多了两个你不知道的竞争对手。”我靠在椅背上，微微一笑。

手枪在阳光的照射下折射出一道金属蓝光，我还没来得及看清它是从哪儿被掏出来的，又黑又空旷的圆形枪口就已经指着我了。

“你欺负错人了，”夕阳冷冷地说，“我可不是任人玩弄的软柿子。”

我把双臂抱在胸前，特意把右手叠在外面，让他看到。

“如果我是在玩弄你的话，我就会……可是我不是。皮勒和一个女子混在一起，她把皮勒迷得晕头转向，不过他没有告诉她在哪儿能找到那个老男人，所以那个女人和她的头儿去了皮勒的住处，他们用热熨斗烫伤了他的脚掌，皮勒被吓死了。”

夕阳看起来无动于衷，“我还有足够的耐心听你的解释。”

“我也有，”我突然装作很生气，怒骂道，“你除了说你认识皮勒，你他妈的还说了什么有价值的话？”

他用勾着扳机的手指转动手枪，看着枪转动着。“那个老男人在威斯特波特，”他满不在乎地说，“告诉你又有什么用呢？”

“嗯，他手上有珍珠吗？”

“我他妈的怎么会知道？”他稳住枪，再一次把它放在大腿上。现在枪没有再指向我，“你说的对手现在在哪儿？”

“我希望我已经甩掉了他们，”我说，“可是我不太确定，我可以把手放下来，喝点东西吗？”

“嗯，可以。你是怎么搅和进来的？”

“皮勒的室友是我朋友的妻子，是她搅乱了这个局。她很坦率，是个值得信任的女人。皮勒让她加入，后来她又告诉了我——不过这是后来的事。”

“在皮勒死后？你那边有几个人分这笔钱？我拿一半，没商量。”

我一口气干了酒，把空杯子推开，“该死。”

他把枪拿起了一点，又放了下去。“一共有几个人分？”他厉声问。

“现在皮勒出局了，如果我们能控制大局的话，就三个人。”

“那几个烤人脚的家伙？不用担心，他们长什么样？”

“男的叫作拉什·马德尔，南方的一个讼棍，五十岁左右，挺肥的，留着两条向下走的细胡子，头顶有几根稀疏的黑头发，大概五英尺九英寸高，一百八十磅重，没什么胆量。女的叫作卡罗·多诺万，齐齐的黑长发，灰眼睛，很漂亮，五官精致，二十五岁到二十八岁之间，大约五英尺两英寸高，一百二十磅重，最后一次看到她时，她穿着蓝色的衣服，这个铁石心肠的女人，才是真正难对付的那个。”

夕阳平静地点点头，收好了枪。“我们会让她变温顺的，要是她想插一脚的话，”他说，“我家有辆破车，我们开到威斯特波特去看看，大家都说他对金鱼痴迷得很，你从金鱼入手，很容易就能接近他。我会暗中保护你，对我来说他太狡猾了，直接找他等于自寻死路。”

“那太好了，”我愉快地说，“我自己就是个金鱼迷。”

夕阳伸手去够酒瓶，倒了两指高的苏格兰威士忌，一饮而尽。他站起来，捋直衣领，尽力往上抬下巴，尽管他几乎没有下巴。

“哥们儿，不要出什么差错，这事还是挺有压力的。很可能我们死在丛林里，却什么也没捞到。而且，这事也算是犯罪。”

“别担心，”我说，“我们有保险公司的人作保。”

夕阳理了理马甲的衣角，揉了揉瘦瘦的颈背。我戴上帽子，把苏格兰威士忌塞进我刚刚坐的那把椅子边的包里，起身去关窗。

我们往大门走去。我刚要扭门把手时，就听到一阵指关节发出的咯咯声。我示意夕阳靠到墙边，盯着那门，过了一会儿，我打开了门。

两把枪几乎是在同一个水平线上，一把 0.32 毫米口径的小枪，一把斯密斯威森大枪。他俩没办法同时进门，所以那个女孩先进了屋。

“好啦，自大的家伙，”她冷冷地说，“钱是没有上限的，不过得看你有没有本事得到。”

8

我慢慢退回房间，这两位不速之客盯着我看，也不忘观察周边。我被自己的包绊倒，向后摔倒在地，我便顺势一边打滚一边呻吟起来。

夕阳脱口而出：“就是这两个家伙，这样最好不过了！”

他们俩抬起头，趁他们没注意，我取出枪，偷偷放在身下，又继续佯装呻吟。

大家沉默了一会儿，我没有听见有谁放下枪。房门还是大开着，夕阳整个身子还是贴在墙上。

女孩低声说：“拉什，看着那个私家侦探，顺便关上门。那个瘦子不敢开枪的，谁都不敢。”随后那一句，我差点没听到，她轻轻地说，“用力关上！”

拉什·马德尔一边小步向后退，一边用斯密斯威森大枪继续指着我。他的背部完全暴露在夕阳面前，他很清楚这点，所以眼珠不停转动。我本可以很轻易地就枪毙了他，但是我不打算这样做。夕阳张开腿站着，吐了吐舌头，他那呆板的眼睛里似乎流露出笑意。

他盯着那个女孩，她也盯着他。他们用枪互相指着对方。

拉什·马德尔走到门边，抓住门边缘，用力一推。我清楚地意识到接下来会发生什么。门嘭地关上时，那女孩便会开枪，如果时机拿捏准确的话，枪声就会被盖住，没人会听见。

我往前扑，抓住卡罗·多诺万的脚踝，用力一拉。

门嘭的一声关上了，她开了火，打到了天花板上。

她给我来了个回旋踢，夕阳用他紧绷绷却有穿透力的声音，慢慢说道：“你们要这样的话，那我们也不客气了。动手吧！”他那把科耳特左轮手枪上的击铁发出咔嗒的响声。

他声音里的某种东西使卡罗·多诺万冷静下来，她整个人垮下来，把枪丢在旁边，站起身，恶狠狠地瞪了我一眼。

马德尔扭了门上的钥匙，然后靠在门上，大口喘气。他的帽子斜到一边，盖住了一只耳朵，帽檐里的两条胶带飘了出来。

我在想这些事时，没有人动。走廊外也没有人走动的声音，也没有警报声。我双膝撑地，把枪藏好，站起身来，走到窗边。马路上没有人抬头往斯诺夸尔米酒店楼上看。

我坐在宽敞的老式窗台上，看起来有些尴尬，就像牧师说了什么亵渎的话。

女孩怒气冲冲地对我说："这就是你的伙伴？"

我没有回答。她的脸慢慢憋红，眼里全是怒火。马德尔伸出一只手，急躁地说："听着，卡罗，听着，现在这样做不是办法——"

"闭嘴！"

"哦，"马德尔被呛了回去，"我闭嘴。"

夕阳不慌不忙地打量了这个女孩三四遍，他拿枪的手自然地靠在胯骨上，整个人完全放松下来。我见过他拔枪，希望这姑娘不会上当。

他缓缓说道："我们对你俩略有耳闻，你们出价多少，我根本就不想知道，只是我不能忍受枪战。"

女孩说："够四个人分的。"马德尔卖力地点头，好不容易才装出个笑脸。

夕阳瞥了我一眼，我点点头，"四个就四个吧，"他叹了口气。

"不过这是我的底线，去我那儿谈吧，我不想再待在这里了。"

"我们看起来肯定头脑简单。"女孩抱怨道。

"杀人的确很简单，"夕阳语重心长地说，"我见过很多杀手，这就是我们得好好谈谈的原因，毕竟这不是杀人游戏。"

卡罗·多诺万的羊皮包从左臂滑下，她把那把 0.32 毫米口径的小枪放了进去，对我们笑了笑。她笑起来的样子真好看。

"我下注了，"她平静地说，"我加入，你家在哪儿？"

"奥特沃特街，我们打车去吧。"

"带路吧，老兄。"

我们走出房间，坐电梯下了楼，酒店大堂挂满了鹿角和装在玻璃框的花鸟标本，我们四个看上去挺面善的。的士驶出了国会路，经过广场，又路过了一栋红色的大屋子。这样的屋子对这个镇子来说，有点过于高大，而不太协调。不过立法机关大楼坐落在此后，大家就不这么觉得了。沿路还看到了远处的国会大厦以及大门紧闭的政府办公大楼。

马路渐渐变得宽阔，两旁种了一排排的橡树。公园围墙后有几栋大房子若隐若现，的士飞快地与它们插肩而过，转了个弯，便开到了通往普吉特海湾尽头的马路上。不一会儿，一小片空地上，一栋藏在大树间的屋子映入眼帘。大树树干后面一片水域波光粼粼。这栋房子有个带顶的走廊，门前是一片乱糟糟的小草坪，上面长满了野草，还有未经修剪的灌木丛。泥土车道尽头有个车棚，那边停了一部老式游览车。

我付了车费，大家下了车。我们四个人都谨慎地看着车子驶出视线。夕阳才说："我家在楼上，楼下住着一位老师，她不在家，我们上去谈吧。"

我们跨过草坪，来到走廊上，夕阳打开了一扇门，指着狭窄的楼梯，说："女士优先，美女，你先走吧，这个小镇上的人从不锁门。"

女孩冷冷地看了他一眼，上了楼，我紧随其后，然后是马德尔，最后才是夕阳。

一个单间几乎就占了整个二楼，由于大树遮挡的原因，二楼光线不足。房顶上有个采光的天窗，一张大沙发床放在倾斜的屋顶下，一张桌子，几张藤椅，一个小收音机，地板中央还有一个黑色的圆形火炉，这就是他的全部家当。

夕阳走进小厨房，拿了个方形瓶和几个杯子回来。他往杯里倒了几杯酒，自己拿了一杯，其余的就放在桌上。

我们各自上前拿了一杯，然后坐下来。

我听见马德尔咕噜的喝酒声一下子停住了，女孩的嘴角抽动，好像她要笑出来似的。然后她往前倾着身子，左手端着酒杯，搭在包上。

夕阳慢慢地把嘴抿成一条线，认认真真地说："烤人脚的家伙，是吧？"

马德尔紧张起来，摊开肥肥的双手。科耳特左轮手枪指着他，他把手放在膝盖上，紧紧抓住膝盖骨。

“真是蠢家伙，”夕阳不耐烦地说，“烫伤一个人的脚，逼他说出秘密，然后这会儿来到他同伙家。你们不会想在他脚上系根圣诞节彩带吧？”

马德尔吞吞吐吐地说：“好吧，那——要付出什么——代价呢？”女孩淡淡一笑，但没有说话。

夕阳咧嘴一笑，“用绳子，”他轻轻地说，“用泡了很多水的绳子绑着你们，打上死结，然后我和我的伙伴去抓萤火虫——就是你们口中的珍珠——等我们回来——”他停下来，左手在喉咙前比画了一刀。“这个主意怎么样？”他瞥了我一眼。

“好主意，但是别这么大声嚷嚷，”我说，“绳子在哪儿呢？”

“桌子那边，”夕阳一只耳朵动了动，指了指角落，回答道。

我朝那个方向看去，马德尔突然发出微弱而又尖锐的呻吟，眼珠向上翻，从椅子上正面朝地扑了下去，晕死过去。

这让夕阳大吃一惊，他根本没想到会发生这么愚蠢的事，他右手本来在空中打转，此刻停住了，他用科耳特左轮枪对准了马德尔的背部。

女孩把手伸进包里，羊皮包向上提了一英寸，那枪就挂在包里一个特制的夹子上——夕阳能想到包里的那把枪——很快就会开火。

夕阳咳了一声，他的科耳特左轮手枪发出低沉的响声，刚刚马德尔坐的那张椅子的靠背上飞起一片木屑。夕阳的枪掉了下来，下巴抵在胸口上，眼睛往天花板上看。两条长腿往前摊开，脚后跟与地面摩擦发出一阵刺耳的嘎嘎声。他像个瘸子一样瘫坐在那儿，下巴抵在胸前，眼睛朝上翻，像腌核桃一样蔫了。

我往多诺万小姐的凳脚一踢，她侧身摔下来，柔美的腿叠在一起，头上的帽子歪向一边。她尖叫着，我踩在她手上，然后飞快地把她的枪踢出了阁楼。

“把脚挪开！”

她慢慢站起来，咬着唇，恶狠狠地瞪着我，一步步向后退，像一个走投无路、气急败坏的小鬼。她不停地向后退，直到被墙挡住了才停下来。她脸色苍白，面无表情，眼神却依然炯炯有神。

我低头看了一眼马德尔，然后走到一扇关着的门前。里面是个洗手间。我转开了钥匙，示意那个女孩。

“进去。”

她挪着步子，从我面前走过去，几乎碰到了我。

“听着，私家侦探——”

我把她往里一推，嘭地一下关上门，反锁好。我根本就不担心她会不会跳窗逃走，因为我早就从楼下观察过这扇窗户。

我走到夕阳身边，在他身上摸了摸，在他口袋里我找到一串钥匙，我小心翼翼地取出来，生怕把他从椅子上撞倒。除此之外，我没有再找其他东西了。

这是车钥匙。

我又看了看马德尔，我发现他的手指像雪一样白，毫无血色。我踩着狭窄昏暗的楼梯下了楼，来到门廊上，走到屋子一侧，上了停在车棚那边的那辆老式观光车。

车子启动前，花了好长一段时间暖车，我把车从路沿倒到了水泥路上。我没有看到也没有听到屋子里有任何动静。屋子周围的大松树枝丫无精打采地摇着头，无情的烈日时不时地透过树叶洒在地上。

我开回了国会路，将油门踩到底，以最快的速度回到了镇上。一路上，我经过了广场公园、斯诺夸尔米酒店，过了桥，朝大平洋和西港的方向驶去。

9

我在公路上疾驰了一个小时，穿过了稀疏的林场，中途为了喝水只停了三次，还有一次由于汽缸泄漏，发出冲浪的声音，而不得不稍作休息。宽阔的白色马路，被黄色条纹分隔开来，一直延伸到山脚下，海平面波光粼粼，远处一群建筑物若隐若现。后来出现分岔路口，左边那条路上，与建筑群反向而行，路牌上标着：“西港——9英里。”我穿过一条锈迹斑斑的悬臂桥，接着一片被风肆虐过的苹果林映入眼帘。

又开了二十分钟，我终于到了西港，那是一片沙地，地势波浪起伏，上面分布着零零散散的木屋。沙地尽头是个狭长的码头，码头尽头几只帆船聚在一起，降落一半的帆拍打着孤零零的桅杆。帆船更远处是个移动的海峡，海岸线参差不齐，海水拍打着神秘的沙洲。

沙洲过去便是日本，这是海港的最后一个哨岗，也是一个人美国大陆的最西边，还是一个前科犯的最佳藏身之处，他带着偷来的新品种土豆般大的珍珠，前提是他没有竞争对手。

我把车停在了一家小农舍前，他家院子前放了个标牌，上面写着：“午餐，下午茶，晚餐。”一个身材矮小、满脸雀斑、兔子模样的男人正拿着扫把赶着院子里两只黑鸡。鸡好像也不甘示弱，与他斗起狠来。夕阳古董车的引擎还在发出嗡嗡声，他便转身看了过来。

我下了车，走到小门旁，指着标牌，问：“现在供应午餐吗？”

他把扫把丢向黑鸡，在裤子上揩揩手，斜眼看着我。“那牌子是我妻子放的，”他像个孩子一样顽皮地对我低语，“其实只提供火腿和鸡蛋。”

“火腿和鸡蛋挺合我口味的。”我说。

我们进了屋，屋里摆着三张铺了彩色桌布的桌子，墙上挂了几幅彩色石板画，壁炉那边摆着一个瓶子，里面是一个装配齐全的轮船模型。我坐下来，老板走进一扇弹簧门，有个人对他嚷嚷着，接着从厨房传来嗞嗞的油炸声。他走回来，从我肩膀后俯下身，在桌布上摆了几把餐具和一张餐巾纸。

“现在喝苹果白兰地有点太早了，是吧？”他轻声说道。

我说他真是大错特错，他立马走开，回来时拿了几个杯子和一夸脱清啤酒。他也坐下来，给我倒酒。厨房里一个男人用饱满的男中音唱着《克洛伊》，盖过了嗞嗞的油炸声。

我们举杯畅饮，等着酒精燃烧我们的身体。

“你不是本地人，对吧？”这个小个子问。

我说是的。

“也许是从西雅图来的？你身上穿的真是件好东西。”

“西雅图。”我点头。

“我们这儿很少有外地人来，”他说，看看我的左耳，“特地到这儿来的吧？先别急着否认——”他停下来，把啄木鸟一样敏锐的眼睛移到了我的另一只耳朵上。

“嗯，在否认之前。”我做了个很夸张的动作，说道，好像我对一切了如指掌似的，我继续喝着酒。

他靠了过来，气都快呼到我下巴上了。“见鬼，你可以在码头任何一家鱼档满载而归，他们抓螃蟹和牡蛎什么的，换回来这些东西。见鬼，就是这些东西，搞得西港乱糟糟的。他们给孩子一箱箱的苏格兰白兰地胡闹。车库里加拿大烈酒都堆到了房顶。见鬼，他们还有一支海岸警卫队，他们每周都会来码头巡逻一次。周五，总是在这儿一天。”他对我眨巴了眼睛。

我吐了口烟，厨房里的油炸声和唱着《克洛伊》的男中音还没有停下来。

“见鬼，不过，你应该不是做酒水生意的商人。”他说。

“嘿，是的。我是来买金鱼的。”我说。

“好吧。”他不太高兴地回应着。

我给我俩倒了杯苹果白兰地。“这瓶算我的，”我说，“我还打算再带些走。”

他神采奕奕，“你刚刚说你叫什么？”

“马洛，你以为我说买金鱼是跟你开玩笑，不，我是认真的。”

“见鬼，没人靠做这种小买卖谋生吧，难道有吗？”

我扯了扯袖子，“你刚刚说这是件好东西，是呀，有些人就是靠这些花里胡哨的品牌赚钱，潮流无时无刻不在变化。我听说这儿有个老家伙收藏了一个好宝贝。他可能会想卖掉，卖掉一些他自己养的宝贝。”

一个长着胡子的大个子女人用脚踢开弹簧门，大声嚷嚷：“过来端火腿和鸡蛋！”

老板急忙跑过去，端着食物走回来。我吃着东西，他在一旁仔仔细细地观察我。过了一会儿，他突然拍了一下桌子下面自己瘦弱的大腿。

“老华莱士，”他咯咯地笑着，“对了，你肯定是来找老华莱士的。见鬼，我们不是很了解他，他很少和邻居来往。”

他在椅子上转了个身，隔着薄薄的窗帘，朝远处的一座山指去。山顶上有一座黄白相间的房子，在阳光下显得格外耀眼。

“见鬼，那就是他住的地方。他养了一堆那东西。金鱼，是吧？见鬼，我真是觉得太离谱了。”

此时，我对这个小矮个完全没了兴趣。我狼吞虎咽地吃完了东西，埋了单，还花了三美元买了三夸脱苹果白兰地，我和他握了握手，就走了出去，回到了观光车上。

似乎一切都不必着急。拉什·马德尔早晚会醒过来，还会放出那个女孩，但是他们根本就不知道西港这回事。他们在场的时候，夕阳根本就没提到过“西港”这个名字。他们到了奥林匹亚也不会知道，或许根本就不会马上去那儿。如果在酒店那会儿，他们在我房间外偷听到的话，他们就知道我不会是单枪匹马做这件事。他们闯进来那会儿，却没有表现出他们知道这回事。

我有充足的时间。我开车到了码头，在那四处转了转。码头乱糟糟的，那儿有很多鱼档，几家低级酒吧，一家专供渔民娱乐的小夜总会，一间台球室，一排老虎机，还有低俗脱衣舞表演的拱廊。那些做鱼饵的小鱼在大木桶里跳来跳去，大木桶在木桩被绑成一排，浸在水中。有些痞子在路上瞎逛，任何试图干涉他们的人好像都会惹上麻烦。我在这儿看不到任何法律的踪影。

我朝着那栋黄白相间的房子驶去，开车上了山。那栋房子孤零零地坐落在山上，离它最近的屋子也相隔了四个街区。门前是一片平整的绿草坪，上面种了很多鲜花还有一个岩石花园。一个女人穿着棕色和白色相间的印花长裙，正用水枪喷蚜虫。

我下了车，任由那辆破车自己熄火，我脱下帽子。

“华莱士先生住这儿吗？”

她面容俊俏，看起来文静而有主见。她点点头。

“你要见他吗？”她的口气非常坚定，而且口音很好听。

听起来不像一个火车劫匪的妻子该有的口音。

我告诉她我的名字，还告诉她我在小镇就听闻了华莱士先生的金鱼，而我对品种奇特的金鱼很感兴趣。

她放下水枪，进了屋。蜜蜂在我头顶嗡嗡作响，它们这种毛茸茸的大蜜蜂一点也不怕海边刮来的寒风。远处海浪拍打着沙洲的声音，就好像背景乐一样。在我看来，北边的阳光是阴冷的，好像太阳的核心没有温度一样。

那个女人从屋子里走出来，没有关门。

“他现在在楼顶，”她说，“如果你想见他就请上楼吧。”

我绕过两把木摇椅，进了屋，那个偷了安利得珍珠的男人就住在这儿。

10

偌大的房间里，鱼缸在架子上摆了满满两层，长方形的大鱼缸都镶有金属边框。有些是灯光从上洒到鱼缸里，有些是灯光从下照进鱼缸里。鱼缸玻璃上长满了水草，里面的水草则随意地漂浮着，因此缸里的水显得幽灵般地碧绿，在这片绿光里，五颜六色的小鱼游来游去。

鱼缸里有些细长的鱼，比如长着奇特的长尾巴的金镖鱼和日本马尾鱼，玻璃般透明的鱼，半寸长的小孔雀鱼，看起来像女士围裙的斑点水泡眼鱼，体形较大、反应迟钝的黑龙睛长着一副青蛙的面孔，还有多余的鳍，在碧绿的水中慢慢游动，就像出门觅食的大胖子。

屋内的光线主要还是来自那扇倾斜的大天窗。天窗下一张光滑的木桌子旁站着一个瘦削高挑的男人，他左手心里，一只红色金鱼蹦来蹦去，右手拿着一个反面贴着胶布的安全刮胡刀的刀片。

他挑起灰色的浓眉看着我，眼睛凹陷晦暗，没有神采。我走到他身边，看着他手里的金鱼。

“真菌？”我问。

他缓缓点头，“水霉菌。”他把金鱼放在桌子上，小心翼翼地拨开它背鳍。这鱼的鳍出现了裂痕，而且有些腐烂，边缘还长了些青苔状的白色物体。

“水霉菌，”他说，“不算太糟糕，我帮这个小家伙修剪一下，它就会健康如初。先生，有什么能帮到你的吗？”

我在指间摆弄着一支香烟，对他微笑着。

“和人一样，”我说，“我是说，金鱼，它们也会生病。”

他把鱼贴在桌子上，剪掉了那部分腐烂的鱼鳍。他展开鱼尾，把尾巴也剪了。鱼便动弹不得。

“有些病可以医治，”他说，“而有些却不能。比如，鱼瓢出了问题，你就没法医治。”他抬头看了我一眼。“以防你误会，顺便解释下，剪了它的鱼尾，它并不感觉疼痛，”他说，“你可以弄死一条鱼，可是它不会像人那样感觉痛苦。”

它放下刀片，用一根棉签蘸了蘸一种紫色的液体，然后在剪过的地方做了记号。接着他又把手伸进白凡士林罐子里，又把那些地方抹了一遍。他把鱼丢进房间一侧的一个小鱼缸里，鱼平静地在里面游来游去，看起来十分惬意。

这个瘦削的男人擦了手，挨着一张长板凳的边缘坐下来，用死气沉沉的眼神盯着我看。很多年前，他曾经肯定是个美男子。

“你对金鱼感兴趣？”他问。他小心翼翼地喃喃低语，这是长期待在监狱和练习场所养成的说话习惯。

我摇头，“其实不是，这不过是我的一个借口。我老远赶来就是为了见你，斯夫先生。”

他舔了舔嘴唇，继续盯着我看。他再次说话时，温和的声音里充满倦意。

“先生，我叫华莱士。”

我吐出一圈烟雾，把手指插在中间，“就我的工作而言，我必须叫你斯夫。”

他身体向前倾，手紧握在一起，放在张开的膝盖骨之间。他粗糙的双手过去肯定吃了不少苦。他的头向我靠过来，乱蓬蓬的眉毛下，沉寂的双眼显得十分冷酷，但是声音依旧温和。

“今年还是头一回见到侦探呢，也是第一次和侦探聊天，你是谁派来的？”

“猜猜看。”我说。

他的语气更加温和，“听着，侦探，我在这儿有个很安静很温馨的家，没人再来打搅我，没有人有权力打搅我。我直接得到了美国政府的宽恕，我现在有金鱼做伴，我悉心照料我所爱的一切事物。我不欠这世界一分一毫，我已经还清了债务。我的妻子赚的钱足够我俩生活。侦探先生，我现在唯一需要的就是清静。”他停下来，摇了摇头，“你再也不能毁了我——再也不能。”

我什么都没说，只是微笑地看着他。

“没人能动得了我，”他说，“总统办公室调查清楚后，直接赦免了我，我只想一个人待着。”

我摇摇头，继续对他微笑，“除非你交出东西——否则你永远别奢望清静。”

“听着，”他语气温和，“你应该是刚加入这起案件，这对你来说还是个新案子，你想在此案上有所突破。可是，我与这案件已经纠葛了二十余年，还有很多人也一样，其中不乏聪明能干的人士。他们知道我没有拿过不属于我的东西，从来没有，珍珠在别人手上。”

“邮差，”我说，“肯定是他。”

“听着，”他说，语气依旧温和，“我知道只要记得这事的人还活着，他们就不会停止猜测。我知道他们隔不了多久就会派些废物来搅局。这都没事儿，我不会感觉烦恼。那现在我该做些什么才能让你从哪儿来回哪儿去呢？”

我又摇摇头，目光越过他的肩膀，看向后面大鱼缸，里面的金鱼静静地游来游去。倦意袭来，我产生幻觉，这个宁静的大屋子似乎充满鬼魅，都是许多年前的那些冤魂。

“你犯了个错，”我缓缓道来，“还记得一个叫作皮勒·马多的老友吗？”

他抬起头，我能察觉出他正在努力回忆关于皮勒的记忆。这名字好像对他并没有任何意义。

“你在莱文沃思结识的一个朋友，”我说，“一个小矮个，把二十块的钞票撕成两半，然后把假的贴上，就是因为这个坐的牢。”

“哦，”他说，“我记得。”

“你告诉他你有珍珠。”我说。

我知道他不信我，“我肯定是在跟他开玩笑。”他慢慢地说道，显出毫不在意的样子。

“也许吧，但是关键是，皮勒不这么想。前阵子，他和一个把自己叫作夕阳的家伙一起来了这儿，他们在这儿见过你，当时皮勒认出了你。他开始盘算着怎么能弄到些报酬，但是他是个瘾君子，睡觉的时候把这事说漏了。一个女人知道了这事，后来另一个女孩和一个讼棍也知道了，他们烫伤皮勒的脚，就这样他死了。”

斯夫目不转睛地看着我，他嘴角的线条显得更加分明。

我抖了抖烟，继续说，“我们不清楚他到底说漏了多少，但是那个讼棍和女孩现在在奥林匹亚，夕阳也在那里，不过他死了。他们两个杀了他。我不清楚他们是否知道你这个藏身之处，但是早晚他们会知道的，或者其他和他们一伙的人会知道。如果他们找不到珍珠，而你又不打算卖掉它们，那你还得继续和警察周旋，你还得和保险公司，甚至邮局工作人员慢慢耗。”

斯夫纹丝不动，他那双紧握在膝盖间的有疤痕的大手一动不动。他的眼睛死死地盯着我。

“但是你玩不过骗子，”我说，“他们永远不会消停，他们总是三两成群，他们有大把的时间，大把的金钱，也足够卑鄙，能够置你于死地。他们总能想方设法得到他们想知道的，他们会抓了你的妻子或者把你拖到丛林中，好好教训你一顿。你得咬牙熬过……现在我有个好建议。”

“你到底是什么人？”斯夫突然问，“我原以为你是侦探，但现在我不那么确定。”

“保险公司，”我说，“我们做个交易吧。赏金一共两万五千美元，五千美元给那个提供情报给我的那个女人，她是通过正当渠道得到消息的，所以这是她应得的。我拿一万美元，我冒着生命危险，做了一切的工作。而你可以从我这拿一万美元。你要是直接出面，拿不到一分一毫。还有什么问题吗？这提议怎么样？”

“听起来不错，”他温和地说，“但除了一件事，我没有珍珠，侦探先生。”

我板着脸瞪他，这是我的底线，能说的我都说了。我从墙上挪开挺直身子，把烟丢在木地板上，踩灭，转身要走。

他站起身，伸出一只手，“等等，”他严肃地说，“我会证明给你看的。”

他从我身边走过，走出房间。我看着金鱼，咬咬嘴唇。我听见外面汽车引擎的声音，还不是很近。我听见抽屉被打开又关上，很明显就是在旁边的一个房间。

斯夫回到这个全是金鱼的房间，他瘦削的手上握着一把锃亮的 0.45 毫米口径的科耳特左轮手枪，大约有一个人前臂那么长。

他拿枪指着我，说，“我的珍珠就放在这里面，一共有六颗，铅制珍珠。我在六十码远的地方能射中苍蝇的胡须。你不是侦探，现在就滚回去——转告你的好朋友，我随时都准备打掉他们的牙齿，周末还可以多送一颗子弹。”

我一动不动，这个男人死气沉沉的双眼中流露着一股疯狂，我根本不敢动。

“你不过是吓唬我，”我吞吞吐吐，“我可以证明我是个侦探，你是个前科犯，现在拿着枪又是重罪。放下枪，我们好好谈谈。”

刚才听到的汽车好像已经停在了屋外。车咔嚓地刹住，嗒嗒的脚步声，他们走过花园小路，上了台阶。突然传来一声尖叫，那是某人被抓住而发出的尖叫声。

斯夫退回房间，停在桌子和一个二三十加仑的鱼缸间。他对我龇牙咧嘴，那是一个被逼到绝境的人决心反抗的笑容。

“我想你的朋友已经赶来了，”他不慌不忙地说，“把你的枪拿出来，丢地上，趁现在还有时间——还有一口气。”

我看了看他眼睛上方硬而结实的头发，然后直视他的眼睛，没动。我知道如果我动一下——甚至只是按他说的做——他都会毙了我。

那几个人上了楼，他们步伐拖沓，好像当中有人在挣扎。

三个人前后进了房间。

11

第一个进屋的是斯夫夫人，她腿部僵硬，眼神呆滞，手臂不自然地弯曲着，双手往前伸，好像要抓什么，却扑了空。有把枪抵在她后背，那是卡罗·多诺万的0.32毫米口径的小枪。卡罗·多诺万无情的小手紧紧地握着那把枪。

马德尔最后进屋，他满脸通红，面露凶相，看起来醉醺醺的，估计喝了酒壮胆。他把斯密斯维森枪指向我，斜睨了我一眼。

卡罗·多诺万把斯夫女士推到一边，这个老女人踉跄地走到角落，跌了一跤，跪在地上，眼神迷茫。

斯夫盯着多诺万，他有些惊讶，因为多诺万是个年轻又美丽的姑娘。他还没习惯对付这种类型的杀手。她似乎把他的那股怒火浇灭了。如果是男人闯进来，他肯定会把他们扫成碎片。

这个头发黝黑、肌肤如雪的小姑娘面无表情地看着他，冷冷地说，“行了，这位老爹，丢掉枪，让事情简单些。”

斯夫缓缓俯下身，目光没有从她身上移开。他把那把新式科耳特大手枪放在地上。

“把它踢过来，老爹。”

斯夫踢开枪。枪在地板上滑过，滑向房子中间。

“很好，老前辈。拉什，看着他，我先解决这个侦探。”

两把枪换了个方向，现在这双冷酷的灰眼睛盯着我。马德尔朝斯夫走了几步，用斯密斯维森枪指在他的胸口上。

姑娘笑了笑，并非善意的笑容。“聪明的小伙，嗯？你从来就不怕冒险，是吧？这回失手了吧，私家侦探。你都没搜这位瘦削的同伙的身吧？他鞋里藏了一张小地图。”

“我不需要地图，”我不以为然地回答，对她咧嘴一笑。

我试图让笑容看起来别有深意，因为斯夫女士正在地板上挪着膝盖，每挪一步，她就越来越靠近斯夫的手枪。

“但是现在你彻底完蛋了，你和你大大的笑容。我给你烫熨斗时，抬起你的脚。站起来吧，先生。”

她五英尺两英寸高，一百二十磅左右，还只是个小姑娘。而我六英尺半高，一百九十五磅重，我举起手时，顺势朝她下巴上来了一拳。

这真是疯狂的举动，但是我竭尽所能控制多诺万和马德尔的行动，控制他们的枪和那些狠话。我往她下巴上揍了一拳。

她后退了一码，枪走了火，一颗子弹射中我的肋骨。她开始跌倒，像慢动作电影一样，慢慢倒下。看起来有点蠢。

斯夫夫人拿到了科耳特手枪，朝多诺万后背开了一枪。

马德尔转过身，那一刻，斯夫扑倒了他。马德尔往后一跃，吼叫着，又扑倒了斯夫。斯夫不再面无表情，他瘦削的脸上又露出来夸张而又疯狂的笑容。

科耳特手枪的子弹把女孩击倒，就好像一阵大风刮倒一扇门。蓝色的衣服随风飘起，有样东西撞在我胸口——她的脑袋。她往后退的时候，我看见她的脸上流露着一种从未见过的奇怪神情。

随后她蜷缩在我的脚边，娇小的身体再也不动了，红色的血液从她身体上流出来。那个身材高大、斯斯文文的女人站在她身后，双手紧握着科耳特枪，枪口还冒着烟。

马德尔朝斯夫开了两次枪。斯夫依旧咧嘴笑着往前冲，结果撞在了桌角上。之前他给生病的金鱼抹的紫色液体洒了他一身。他摔倒时，马德尔又对他开了一次枪。

我拔出我的卢格尔手枪，对准马德尔最疼的地方开枪，我知道那个地方并不致命——他的膝盖后面。他很快摔倒，好像一不小心被电线绊了一跤。他还没来得及呻吟，我已经给他戴上了手铐。

我把地上的枪都踢开，走到斯夫夫人面前，拿走了她手里的科耳特大枪。

好一会儿，房间里寂静无声。屋里的硝烟徐徐而上，从天窗上飘出去，在午后的阳光下，显得朦胧而苍白。我听见远处汹涌的海浪声，接着手边响起微弱颤抖的声音。

是斯夫，他有话要说。他妻子依旧是跪着爬到他身边，蜷缩一旁。他嘴唇上流着血，还冒着泡泡。他用力地眨眼，试图保持清醒。他对她笑着，声音颤抖而微弱，“黑龙睛，海蒂——黑龙睛。”

然后他脖子没了力，脸上的笑容也消失了。头歪向一边，倒在了地板上。

斯夫夫人抚摸他，然后慢慢站起身，平静地看着我，没有流泪。

她语气低沉却清晰，“你能帮我把他抬到床上去吗？我不想他和这些人躺在一起。”

我说：“当然可以，他刚刚说了什么？”

“我也不清楚，我觉得是一些关于他宝贝金鱼的废话。”

我抬起斯夫的双肩，她抬着他的脚，我们把他抬到了卧室，放在了床上。她双手抱在胸前，帮他合上双眼。她走过去，放下百叶窗。

“行了，谢谢你，”她说，并没有看着我，“电话在楼下。”

她在床边的椅子上坐下，头趴在斯夫手臂边的床单上。

我走出房间，关上门。

12

马德尔的腿还在慢慢滴血，不是很严重。我用纸巾帮他包扎膝盖时，他害怕地看着我。我估计他肌腱断裂，或者膝盖骨粉碎性骨折。警察来的时候，他应该可以一瘸一拐地跟他们走。

我下了楼，站在门廊上，看着门口的两辆车，然后朝山下望去，看向码头。没有人知道枪声是从哪儿传来的，除非他恰巧路过。很可能根本就没人注意过它们，他们会以为是森林里传来的枪响。

我走回房间，看着客厅墙壁上的手摇电话，一直没有碰它。有些事还困惑着我。我点了根香烟，望着窗外发呆，耳边不断响起，“黑龙睛，海蒂——黑龙睛。”

我走回金鱼屋，马德尔正在呻吟，大声喘息着。对待马德尔这样烤人的坏家伙，我该怎么办呢?

那姑娘真的死了，鱼缸都完好无损。金鱼在绿色的水里惬意地游来游去，自由自在、优哉优哉。它们根本不在意马德尔的存在。

墙角的黑龙睛鱼缸容积大约十加仑那么大，里面却只装了四只金鱼，不过都是大个头，鱼身大约有四英寸长，全身漆黑一片。其中两只正浮在水面上，呼吸着氧气，另外两只在缸底慢悠悠地游动着。它们头朝你游来时，你可以看见它们身体肥硕，尾巴舒展，脊鳍高耸，隆起的大眼珠让它们看上去像青蛙。

我看见它们在鱼缸里的绿色水草中笨拙地游来游去。两只红色的椎实螺正贴在玻璃上做清洁。底下的两只看起来比上面的两只更肥、更迟钝。我想这是为什么呢?

两个鱼缸中间横着一个藤条编的长柄漉网，我拿起来，伸进鱼缸，逮住一只较肥的黑龙睛，把它捞上来。我在网里给它翻了个，仔细地看着它发着微弱银光的腹部，我看到类似缝合线的东西。我摸摸那块地方，缝合线下面有个硬块。

我又捞出底下的另一只，同样有缝合线和硬块。我再捞出上面吸氧的那两只，没有缝合线和圆圆的硬块。而这两只比前两只更难逮住。

我把上面两只丢回缸里，现在我得和底下那两只周旋。我和斯夫一样也喜欢金鱼，但是生意就是生意，犯罪就是犯罪。我脱下外套，卷起袖子，拿起桌上背后贴着胶带的刮胡刀片。

真是个复杂的手术，我大约花了五分钟才搞定。后来它们就躺在我手心，直径四分之三英寸，很有分量，通体浑圆，色泽乳白，闪闪发亮的质地是其他珍珠所不能媲美的。这就是利安得珍珠。

我用水冲洗干净，用手帕包住，放下袖子，披上了大衣。我看了看马德尔，他面露痛苦又恐惧的神情，头上还不断冒汗。我一点都不怕马德尔，他不过就是个杀人犯，一个烤人的屠夫。

我走出金鱼屋，卧室门依然紧闭着。我下楼，拨通了墙上的电话。

“这里是西港的华莱士家，”我说，“这里发生了事故，我们需要医生和警察。您能帮忙吗？”

女孩说，“我会试着帮你联系医生，华莱士先生，不过可能需要点时间。西港有个镇长，让他过去可以吗？”

“也行，”我对她表示感谢，然后挂了电话。在乡下装个电话还是能派上用场的。

我又点了根香烟，坐在门廊上的一块粗糙的石头上。过了一会儿，传来一阵脚步声，是斯夫夫人出来了。她站了一会儿，往山下看了看，然后在我旁边的石头上坐下。她干涩的眼睛坚定地望着我。

“我想，你是个侦探。”她犹豫地说。

“是的，我是利安得珍珠投保公司的代表。”

她望了望远处，“我以为他能在此得到清静，”她说，“以为再也没有人能打扰他，以为这儿很安全。”

“他不应该藏着这些珍珠的。”

这次，她迅速地转过头，先是眼神迷茫，后来露出害怕的神色。

我把手探到口袋里，拿出包好的手帕，在手心打开。白色亚麻布上，两个珍珠靠在一起，价值两万五千美元。

“他本可以享受无忧的生活，”我说，“没人能够剥夺他的权利。可是他好像并不甘于平淡。”

她慢慢地看向珍珠，眼神在上面逗留。然后嘴唇抽搐，声音嘶哑。

“可怜的傻瓜，”她说，“你是找到了它们，你很聪明，这你自己也知道。他弄死了很多金鱼，才学会玩这小把戏。”她抬头望着我，眼中流露一丝迟疑。

她说：“我一直反对他这么做，还记得《旧约》里替罪羊的说法吗？”

我摇摇头，表示不记得。

“人的罪孽转移到了动物身上，动物就被流放到了荒野。金鱼就是他的替罪羊。”

她对我微微一笑，我没有回应她。

她依然带着一丝笑容，继续说：“你看，他曾经拥有珍珠，货真价实的珍珠，他受过那么多苦，好像他理应拥有这些。可是他不能从珍珠上获取任何利益，即使他费尽心机重新找到了它们。他在蹲监狱的期间，好像有些地标改了，他找不到爱达荷州——藏珍珠的地方。”

一根冰冷的手指在我脊梁骨上下移动着，我张开嘴巴，情不自禁地说：“啊？”

她伸出一根手指，碰了碰一颗珍珠。两颗珍珠还在我手里，我的手就像钉在墙上的架子。

“所以他找到了这两颗，”她说，“在西雅图，它们是空心的，里面全是白蜡。我不记得这种工序叫什么，它们看起来很完美。当然我根本就没见过价值连城的真品。”

“他拿它们来做什么呢？”我问她，声音嘶哑。

“你还不明白吗？这是他的原罪。他必须把它们藏在荒野，藏在这个荒郊野岭。他帮它们藏在鱼肚子里。你知道——”她又向我靠了靠，眼里闪着泪光。她很真诚地缓缓道来，“到后来，也就是一两年前，有时我觉得，他真的把他藏着的这对珍珠当成了真品。你明白了吗？”

我低头看着手里的珍珠，我慢慢地叠好手帕，合上手。

我说：“斯夫太太，我是个俗人，替罪羊的说法对我来说太高深。我想他不过是有点自欺欺人而已——跟其他遭受挫折的人一样，精神正常。”

她再次对我微笑，她笑起来的时候很迷人，然后又微微地耸耸肩。

“当然，你可以这样想。但是我——”她摊开双手，“哦，好了，这都已经不重要了，能不能把它们留给我做个纪念呢？”

“你要它们？”

“这是一对冒牌的珍珠。你肯定不会——”

我站起身，一辆老福特敞篷跑车正沿着山路爬上来，里面坐着一个马甲上别着一颗大星星的男人。破车发出的嗡鸣声，就像动物园里秃顶的老猿猴生气时的怒吼。

斯夫太太站在我身后，手半合着，微微流露恳求的神情。

我突然凶神恶煞地对她龇牙。

“哎，你刚刚编的故事真不错，”我说，“我他妈的差点就信了你。好在我清醒过来，夫人！但是你还是出卖了自己，“冒牌”这个词和你性格不符，你用科耳特手枪时，很娴熟，甚至有点冷酷。斯夫死前的最后几句话，让事情看起来更加古怪，“黑龙睛，海蒂——黑龙睛”，如果这对是假货，他根本没有必要说这些废话。他还没蠢得那么彻底，到死都还自欺欺人。”

刚开始她脸色没有变，但后来她的眼里充满憎恨，她努起嘴，啐了我一口。

我把这价值两万五千美元的东西揣在内衣口袋，一半是我的，一半是凯西·霍姆的。我能想象到当我拿钱给她时的神情，还能想到她把钱存入银行，一心等着约翰从昆廷监狱获释的神情。

福特车停在另外两部车后，开车的男人朝路边啐了一口，猛地踩住了急刹车，没有开车门，直接跳了出来。他穿着有袖子的衬衫，身材魁梧。

我走下去迎接他。

勒索者不开枪

1

玻利瓦尔酒吧内一个男人身着深蓝色西装，准确地说，是在灯光照耀下显出深蓝色。他身材修长，有着一双宽间距的灰色眼睛，细长瘦削的鼻子和轮廓分明的下巴，以及一张十分灵巧的嘴。黑色鬈发带有稍许灰色，像是小心翼翼地抹上去的。他的衣服很是合身，像是有了自己的灵魂似的，拥有着可疑的过去。此人正是马洛里。

他一只手准确而有力地夹着一支烟，另一只手按在白色桌布上，说道：

“法尔小姐，这些信得一万美元，不算太贵。”

他扫了一眼对面的女孩，随后视线穿过空桌望向心形舞池，那里一群舞者正在五彩灯光下摇曳起舞。

舞者们几乎挨着坐在舞池旁的客人，十分拥挤，使得汗津津的服务生穿过桌子时都得像走钢索的人一样保持着平衡。而马洛里坐着的桌子四周却只有四个人。

一个身材纤细的黑女人正喝着一杯威士忌，对桌坐着一个粗红脖子的男人，胡楂湿答答地闪着光。女人一脸忧愁地盯着她的酒杯，摆弄着膝盖处那只银色大酒瓶。再远处是两个皱着眉头、百般无聊的男人，各自抽着细长的烟，相互沉默着。

马洛里沉思片刻后说道：“法尔小姐，一万美元的事，给你解决得利利索索。”

朗达·法尔小姐长得十分漂亮。她为这一场合特意挑选了一身黑色衣服，但是晚礼服外套上轻如蓟花冠毛般的白色皮毛领，以及那头用来伪装的白色假发，使她看起来十分少女。她有着如矢车菊般深蓝色的眼睛，以及令所有老男人魂牵梦萦的细嫩皮肤。她头也不抬，厌恶地说道：“太荒唐了！”

“哪儿荒唐了？”马洛里问道。他有些惊讶，同时十分恼火。

朗达·法尔仰起脸，冷冷地瞪了他一眼，随即从桌上那个打开的银色烟盒中抽出一支烟，插入细长的黑色烟嘴。

她又说道：“一个电影明星的情书？没那么值钱了吧！观众们已不再是穿着蕾丝裤袜的八卦老太婆，热衷于这些事情了。”

她那双蓝紫色的眼中流露出一丝轻蔑，马洛里冷漠地看了她一眼。

“但你却很快地出来谈此事了，”他回答道，“还是和一个你从未听说过的人谈。”

她抖了抖烟嘴，说：“我一定是疯了。”

马洛里眼中浮现一丝笑意，嘴唇却一动不动。“不，法尔小姐，你应该这样做。想要我告诉你为什么吗？”

朗达·法尔生气地望了他一眼，随后又急忙移开视线，像是忘了他的存在。她抬起手来，看着手中的烟嘴，视线定住。她的手上没有戴戒指，却十分好看。要知道，在这个城市，漂亮脸蛋就跟一元店里的货物一样普通常见，但好看的手却像铁树开花一般难得一见。

她转过头，目光扫过那个眼神呆滞的女人，望向舞池边的人们。管弦乐队还在不停地演奏者甜美却单调的曲子。

“我厌恶这群有钱人，”她轻声说道，“他们看起来好像是只在夜里出没的食尸鬼一般。他们闲游浪荡，满身罪孽却仍恬不知耻。”她把手放回白色桌布上。“哦，对了。勒索鬼，你说说看，那些信为什么会威胁到我？”

马洛里笑了。他的笑声响亮且硬朗，使人不悦。“你真行，”他说，“这些信可能不值那么多钱，只是一些秽言污语，一个被色诱的女学生写的回忆录，而且她还在信中不断提及。”

“真卑鄙。”她的声音冰冷，像结了冰的天鹅绒。

“这些信之所以重要是因为那个收信的男人。”马洛里冷冷地说道，“那个骗子、赌徒、拿钱毫不费力的年轻人，还有其他一切。如果你还想继续在电视上混，被人看到和这样的人说话总不好吧？”

“我不会和他说话，勒索鬼，我都好几年没和他说过话了。我认识兰德里时他还是个不错的小伙。我们大多数人都有着不堪回首的往事，在我看来，这些都过去了。”

“哦？是吗？继续蒙我吧。”马洛里突然冷笑一声，“你不是刚还在求他帮你把这些信拿回来吗？”

她的头抽搐了一下，脸部几近溃散，只剩下一堆不受控制的五官，眼神中透出想要尖叫的前兆，但仅仅只维持了几秒。很快，她恢复了自控，但是眼睛却黯然失色，如马洛里般灰色。她小心翼翼地放下手中的黑烟嘴，十指交叉。她的指关节看起来毫无血色。

“你很了解兰德里吗？”她苦楚地说道。

“也许我只是恰巧经过，知道了一些事……我们是谈妥了呢，还是继续彼此纠缠呢？”

“你从哪儿得到的这些信？”她的声音仍旧僵硬带着苦涩。

马洛里耸耸肩：“咱们这行不允许透露这种信息。”

“我有理由问这个，因为还有其他人也想把你说的那些该死的信卖给我。这就是我来这的原因。我很好奇。我猜你们是一伙的，想通过抬高价格吓唬我，好让我有所行动。”

马洛里说：“不，我是独自一人。”

她点点头，低声嘀咕道：“不错。或许有些脑子机灵的人已经想到偷偷复印我的信……好吧，我不会给钱的，给了也没用。我不会答应你的，勒索鬼。我想你可以在某个夜晚，带着那些该死的信从码头上跳下去了。”

马洛里皱了皱鼻子，眼睛向下斜视着，沉思了一会儿说道：“说得好！法尔小姐。不过我们的谈话还是没有任何进展。”

她故意答道：“我并不想要任何进展。其实我有更好的处理方法，如果我带上了那把手柄镶珍珠的手枪，便可以一枪毙了你然后走人，我只是不想如此大张旗鼓罢了。”

马洛里抬起两根细长的手指，仔细地端详着它们。他看起来像是被她的话逗乐了，十分高兴。朗达·法尔把她那细长的手伸到白色假发里，随后又放下。

坐在不远处的一个男人很快起身向他们走来。

他步伐轻快，手上的黑色软帽在大腿旁来回摆动。他身着餐服，十分整洁。

在他走来的同时，法尔说道：“你不会以为我是孤身一人来这儿的吧？我呢，是从不会单独来夜店的。”

马洛里咧嘴笑了笑，冷淡地说道：“亲爱的，你本就不需要一个人来。”

那个男人走到他们桌前。他个子矮小，穿戴整齐却显得沉闷。黑色胡楂如绸缎般光泽，拥有着在拉丁人眼中比红宝石还珍贵的白净肤色。

他优雅地做了一个手势，像是示意着一场戏的开始。紧接着俯身向前，从马洛里的银色烟盒中拿出一支烟，一挥手便将它点着了。

朗达·法尔用手挡住嘴巴，打了个哈欠，紧接着说：“这位是我的保镖——艾尔诺，负责我的安全。挺不错的，是吧？”

她缓缓起身，艾尔诺帮她披上外套，然后转身看向马洛里，阴郁地笑了笑，张开嘴唇说道：

“嗨，兄弟。”

他的眼睛漆黑深邃且炯炯有神。

朗达·法尔披好外套，轻微地点了点头，她那娇嫩的双唇勾抹出一丝嘲讽的微笑，然后转身从桌子间的间隙走了出去。她昂首挺胸，气势凌人，尽管面部仍保持紧绷，十分谨慎，像是个落难的女王。并非毫无畏惧，只是不屑于显露出恐惧，她俨然做到了。

远处那两个无聊的男人饶有兴致地望向她。黑皮肤女人仍是闷闷不乐，试图调出一杯能将自己灌醉的高浓度威士忌。红粗脖子男人似乎已经睡着了。

朗达·法尔踩着铺了深红色地毯的五级台阶，越过一旁向她鞠躬的领班，径直向大厅走去，穿过金色环扣门帘，随后消失了。

马洛里看着她消失在视野中，转而望向艾尔诺，说道："好了，小子。现在在想什么呢？"

他冷冷地笑了笑，带着一丝嘲讽。艾尔诺身体僵硬，戴着手套的左手弹了弹手中的烟灰。

"还在自欺欺人呢？兄弟。"他迅速地反问道。

"我怎么自欺欺人了？小子！"

艾尔诺苍白的脸颊上泛起两片红光，眼睛眯成两条缝。他挪动了一下没有戴手套的右手，微曲手指，露出闪闪发亮的粉色指甲。

他细声说道："忘了那些信吧，兄弟。已经过去了，你懂吗？一切都已经过去了。"

马洛里略带嘲讽地打量着他，用手指拢了拢自己黑色鬈发，慢慢地说道："我好想不太明白你的意思，小子。"

艾尔诺笑了，笑声勉强生硬。马洛里熟知这种笑声，在某些场合是一场恶战的前奏。他望向艾尔诺那只敏捷的右手，厉声说道："滚蛋吧，傻子。不然我可能会打烂你的嘴。"

艾尔诺气得脸蛋扭曲，脸上那两片红光更为显眼。

他慢慢抬起那只夹着香烟的手，猛地掐灭烟头朝马洛里的脸上扔去。马洛里脑袋微微一偏，白色烟头便滑落到他的肩膀上。

他消瘦的脸颊依旧冰冷，毫无表情。他说话的声音低沉且遥远，像是他人发出的一般。

"悠着点，小子，很多人因为这样而受伤。"

艾尔诺再次发出那种勉强声音的笑声，吼道："勒索者不开枪，不是吗，老兄？”

“滚开，操蛋意大利佬！”

这句话以及这种轻蔑的语气惹怒了艾尔诺。他像一条受惊的蛇，迅速举起右手，从挂肩枪套中拔出一把枪，一动不动地瞪视马洛里。马洛里身体稍稍前倾，大拇指扣在桌子边缘，手指伸入桌沿下方，嘴角浮现出一丝微笑。这时，黑皮肤女人微弱地发出一声沉闷的叫声。

艾尔诺脸上的红光褪去，只剩下一片惨白，眼眶深陷。他用愤怒却略微颤抖的声音说道：“行行行，兄弟。咱们外头去说，你走先……”

三桌开外，一个无聊男人随意地抖动了一下，尽管动作细微，艾尔诺还是注意到了。他的目光闪烁了一下。突然，一张桌子向他袭来，砸在他的肚子上，将他击倒在地。

桌子不重，但马洛里的力道却不轻。桌子“砰”的一声砸来，桌上那些银质餐具一并滑落，声音十分嘈杂。艾尔诺横躺在地板上，桌子压在他的大腿上，脸部抽搐着。枪支掉落在他右手旁一英尺处。

有一瞬间，画面静止，仿佛时间凝住。这时，黑皮肤女人再次发出一声更为响亮的尖叫，打破了宁静，周遭的一切开始反复运动。

全场人都起身逃窜，两位服务生也举高双手，嘴里不停念叨着那不勒斯语。一个男传菜员眼角含泪，被领班推向前去。在他眼里，领班似乎比死亡都可怕。一个黄色头发、满脸通红的胖男人急匆匆地跑下楼梯，手中还挥舞着一大沓菜单。

艾尔诺从桌子下拔出他的腿，跪着向前移动了几步，抓起他的枪。随后转身，大声咒骂。马洛里对此却不以为然，静静地处于一片嘈杂之中。他倾身向下，朝艾尔诺的下巴一记重拳。

艾尔诺眼前一黑，像仅仅装了半袋沙子的麻布袋般倒下了。

马洛里端详了他几秒，然后从地板上捡起他的烟盒。烟盒里还剩两根烟。他取出一根叼在嘴里，将烟盒收起来。随后从裤口袋里掏出几张纸币，将其中一张折成长条状，塞入一个服务员口袋。

他不急不慢地走开，经过铺着深红地毯的五级台阶，从入口处出去了。

那个粗脖子男人小心翼翼地睁开他的鱼泡眼。喝醉酒的那个女人踉跄着起身，突发奇想，戴有珠宝的纤纤细手拎起一碗冰块就往艾尔诺肚子上倒，且十分精准。

2

马洛里从酒吧的顶棚里走出来，胳膊下夹着他的软帽，门卫好奇地望着他。他摇了摇头，朝着半圆形专用车道旁的弯曲小路走去，走了一会儿又停下脚步，站在路边，认真思考着，四周一片漆黑。过了一会儿，一辆弗拉西尼轿车从他身边缓缓驶过。

那是辆敞篷车，车身庞大，即便是好莱坞明星也会觉得它气派十足。车子在入口处灯光的照耀下，显得如同齐格菲歌舞团一般绚丽，到达暗处后便呈现出银灰色。一个身穿制服的司机坐在驾驶位上，身躯笔直如同一张纸牌，头上戴着一顶鸭舌帽，帽檐高高翘起。朗达·法尔坐在后座，如一尊蜡像般僵直。

车子穿过两旁石墩，悄无声息地驶入车道，消失在路灯中。马洛里心不在焉地戴上帽子。

他身处两棵高大的意大利柏树之间，四周一片漆黑，背后传来一股凉意。他转过身，瞥见枪管的一丝微光。持枪者是个高大硬汉，后脑勺扣着一顶看不出形状的帽子，外套松松垮垮，同样难以辨认。透过头顶上方一扇小窗透出的微弱灯光，依稀可以看出他的浓眉和鹰钩鼻，身后还站着另一个男人。

他说道：“这可是枪，兄弟。‘砰——砰’，人立马倒地。想试试吗？”

马洛里面无表情地望着他，说道：“别玩了，警官！你这是在干什么？”

高个硬汉笑了笑，笑声低沉，似浓雾中海水拍打岩石的声音。

他极其讽刺地说：“吉姆，这个聪明小伙认出我们了。看来我们当中有一人很像警察。”

他看了一眼马洛里，继续说道：“刚看到你在里面揍了个矮小个，爽吧？”

马洛里扔掉手中的烟，看着它在夜色中划出一条弧线。他认真地答道：“二十美元能改变你对这件事的看法吗？”

“今晚不行，先生。大多数时候都行，唯独今晚不行。”

“一百美元？”

“一百美元也不行，先生。”

马洛里严肃地答道：“那……这件事很难解决了。”

高个男人又笑了笑，走近了些。身后的那个男人也走出黑暗处，将他那胖乎乎的手放到马洛里的肩膀上。马洛里没有移动步伐，仅侧身一晃，甩开了他的手，说道：“拿开你的爪子，死条子！”

那个男人咆哮了一声。忽然，“嗖”的一声，马洛里左耳被棍子击中。他跪倒在地，摇晃了一阵后，用力甩了甩头，直到视线清晰，能够看清楚人行道上的菱形图案，他才慢慢起身。

他望向那个用棍子袭击他的男人，用阴沉的声音咒骂他。那个男人被震慑住了，嘴巴像融化的橡胶般松弛，无力还击。

高个男人大喊一声：“该死的！吉姆，你他妈的打他干吗？”

那个叫吉姆的男人咬着他那胖乎乎的一只手，另一只手将那根短棍放入外套侧面口袋。

“算了算了！”他说，“我们坐下聊吧，我想喝口酒。”

他径直向前走。马洛里慢慢转身但眼睛却紧盯着他，手还在揉着左侧头部。

高个男人认真地挪动他的枪，对马洛里说道：“走吧，兄弟。我们到月光下兜兜风。”

马洛里向前走着，高个男人走在他的一侧。那个叫吉姆的男人走在他的另一侧，他用力拍了拍自己的肚子，叫道：“我需要一口酒，麦克，我刚刚被吓到了！”

高个男人冷静地说道：“谁不想呢？你这可怜娃。”

他们走向停靠在马路边的一辆旅游观光车，车子紧挨着路边石墩。打马洛里的那个男人坐上驾驶座，高个男人把马洛里推到车子后座，随后在他旁边坐下。他把枪支放到大腿上，把帽子往后扯了扯，又拿出一包皱巴巴的香烟，左手抽出一根小心翼翼地点燃。

车子开出，一路上霓虹灯闪烁，如一匹无边无际、闪闪发光的绸缎，绚丽夺目。相反，探照灯透过高空稀薄的云层照射出一束光，显得毫无生气。车子向东开了一段路后，又转而向南，沿着长坡一路向下。

“是这样的，”高个男人从他的大鼻孔里吹出一丝烟，说道：“我们已经盯上你了，你打算把一些伪造信件卖给法尔小姐。”

马洛里阴沉得讪笑一声，说道：“你们这些警察刚可是打了我。”

高个男人盯着他，似乎在思考什么。

车窗外路灯飞速闪过，灯光不断照射在他的脸上。

过了一会儿，他说：“你就是那个人，对吧。弄清楚这些事情是我们的职责。”

黑暗中，马洛里眯起眼睛，嘴角上扬，说道：“什么职责，警察先生？”

高个男人张了张嘴，又吧嗒闭上，说：“你最好老实交代，聪明人。现在是最好时机，我和吉姆都很好说话，换作是别人那可不一定了。”

马洛里回答道：“交代些什么呢，长官？”

高个男人抖动了下身体，干笑一声，没有作答。车子经过位于拉西埃内加大道中间的油井，随后转入一条安静街区，道路两旁都种满棕榈树，开到一半，车子在一块空地前停了下来。吉姆熄了火，关掉车灯，从车门储物夹内拿出一个扁酒瓶就往嘴里倒，接着长舒一口气，将瓶子往后递。

高个男人喝了一口，晃了晃酒瓶，说道："我们得在这儿等一个朋友。现在咱们聊聊吧，我叫麦克唐纳，警察局的。你当时正在恐吓那个叫法尔的小姐，她的保镖随后走到跟前，你便打了他。合情合理，我们喜欢。但故事的另一部分却不怎么让我们喜欢。"

吉姆伸手向后拿回威士忌酒瓶，又喝了一口，吸了吸鼻子，说道："我们在暗中监视你，但没想到你如此明目张胆。"

马洛里一手倚在车门上，抬头望向窗外一片静寂的深蓝色星空。他开口说道："你知道的挺多，警察先生。但都不是从法尔小姐那获得的真实情报。没有明星会在遭到勒索后报警。"

麦克唐纳晃了晃他的大脑袋，眼睛在黑暗的车厢内闪着微光。

"我们不会告诉你如何获得情报的，机灵鬼。这么说，你确实在勒索她咯？"

马洛里严肃地回答道："法尔小姐是我们一位老朋友。的确有人想要勒索她，但不是我。这是我的预感。"

麦克唐纳立马回应道："那意大利佬拿枪指着你干吗呢？"

"他不喜欢我，"马洛里有些厌烦，"我对他也不友好。"

麦克唐纳十分气愤，低声骂道："一派胡言！"

驾驶座上的那个男人也回应道："给他一拳！麦克。让他尝尝拳头的滋味。"

马洛里伸了伸胳膊，随后放下，紧接着又抖动了一下肩膀，缓解长久坐立的酸痛感。他触碰到左胳膊下那只鲁格尔手枪，慢吞吞地说道："你说我卖伪造信件，何以见得呢？"

麦克唐纳轻声回应道："就凭我们知道原件在哪儿。"

马洛里不急不慢地回应道："我也是这样想的，警察先生。"他笑了笑。

麦克唐纳突然一记猛拳打在马洛里脸上，但出手并不重。马洛里笑了笑，用手指轻揉耳后瘀青的地方。

“被我说中了，是吧？”马洛里说。

麦克唐纳坚定地说道：“你就是太他妈的聪明了，小子。我想我们一会儿就会知道是不是了。”

他没再说话。驾驶座上的那个男人脱下帽子，挠了挠他那头灰发。隐约中，一阵喇叭声从半个街区开外传来，街尾的车灯也不断照射进来。过了一会儿，两条白色光束穿过棕榈树直射进来，左右摆动。一辆黑色卡车驶入街区，在他们的观光旅游车前停下后，熄火关灯。

一个男人从车里走了出来，往回走了几步。麦克唐纳向他打了个招呼：“嗨，老滑头，事情怎样了？”

那个男人身材高瘦，脸部却被拉低的帽檐遮住，模糊不清。说话时略微有点口齿不清，他回应道：“毫不费力，也没出啥岔子。”

“好吧，”麦克唐纳咕哝着说，“别开你那辆了，试试这部破车。”

吉姆走到车子后座，在马洛里左边坐下，手肘用力捅了捅他。

那个瘦高的男人坐上驾驶座，启动车子开回拉西埃内加大道，又向南开到威尔郡，再向西开。一路狂飙，十分莽撞。

车子胡乱闯了个红灯后，路过一间大型影院，影院的灯都已关闭，售票玻璃窗内也空无一人。随后车子又经过比弗利山，越过城际轨道。开到一处两旁筑有堤坝的山丘道路时，车子排气管发出越来越大的声响。

麦克唐纳突然开口道：“见鬼了，吉姆！我忘记搜他身了。拿一下我的枪。”

他俯身靠到马洛里跟前，近到都能感受到他呼出的酒气。他从上到下将马洛里的口袋摸了个遍，连屁股后的外套内口袋也不放过。摸到左胳膊下方的挂肩枪套时，他停顿了片刻。随后又转而搜另一边，最后移开双手。

“好了，吉姆。这家伙没带枪。”

马洛里瞬间感到疑惑。他眉头紧皱，嘴唇干裂。

停顿了一会儿后，他问道：“我可以抽根烟吗？”

麦克唐纳讥讽道：“如今我们又怎会介意这种小事呢，亲爱的？”

3

西村的一个山丘上建有一座新公寓，看起来十分廉价。麦克唐纳、马洛里和吉姆在公寓前下了车，车子继续向前开，在拐角处消失了。

三人穿过寂静的大厅，连前台也空无一人，搭乘电梯上到七楼。穿过走廊后在一扇门前停了下来。麦克唐纳从口袋中掏出一串钥匙，打开房门。他们走了进去。

这是一个崭新的房间，房内通透明亮，烟雾缭绕。房间内家具颜色鲜艳，地毯印着黄绿相间的菱形纹。壁炉上摆满酒瓶。

有两个男人坐在八边形桌旁，手肘边都放着一个高脚杯。其中一个红发男人眉毛浓密，惨白的脸上深嵌一对黝黑眼睛。另一个男人有着一个滑稽的蒜头鼻，几乎没有眉毛，头发是沙丁鱼罐头般的颜色。他慢慢地放下手中的牌，笑容满面地穿过房间。他嘴巴松弛，脸部表情也和蔼可亲，看上去十分友好。

“遇到什么麻烦了吗，麦克？”他问道。

麦克唐纳摸了摸下巴，不情愿地摇了摇头。他望着那个蒜头鼻男人，好像十分厌恶他。算蒜头鼻男人依然面带微笑，问道：“搜身了吗？”

麦克唐纳抿着嘴冷笑一声，大步穿过房间走到摆着酒瓶的壁炉旁。他十分厌恶地答道：“聪明人从不带枪，他用脑。”

他又突然走回来，用他那粗糙的手背扇了马洛里一嘴。马洛里微微一笑，没有反抗。他站在一张深褐色宽大沙发前，沙发上印有鲜艳的红色正方形花纹。他双手垂于两侧，烟雾环绕于指间，最终与拱形天花板上的烟雾融为一体。

“别慌，麦克，”蒜头鼻男人说道，“你已经完成任务了。你和吉姆现在可以出去了。给车子加点油再走吧。”

麦克唐纳咆哮道：“你他妈命令谁呢？真以为自己是个大人物呢！科斯特洛，我就偏要待在这儿，看看这家伙得到什么惩罚。”

那个叫斯科特洛的男人微微耸了耸肩。坐在桌旁的那个红发男人稍稍转动了下身体，冷漠地看向马洛里，像是收藏家研究着一只被刺穿的甲虫一样，随后从一个小巧的黑烟盒中抽出一根烟，用金色打火机小心翼翼地点燃它。

麦克唐纳走回壁炉旁，从一个方形酒瓶中倒出一杯威士忌，喝了下去。他背倚壁炉，愁眉不展。

科斯特洛站在马洛里身前，把他那细长手指的指关节弄得“咔咔”作响。

他问道：“你从哪儿来的？”

马洛里眼神迷离地望着他，将烟放在嘴里。

“麦克尼尔岛。”他含糊道。

“多久了？”

“十天。”

“那你来这儿做什么？”

“造假。”马洛里用温和愉悦的口气回答道。

“之前来过吗？”

马洛里答道：“我出生在这儿，你不清楚吗？”

科斯特洛声音温和，似乎能抚慰人心。“不，我并不知道，”他说，“十天前你来这儿干什么？”

麦克唐纳拖着步子走回来，粗壮的手臂左右摆动。他倚靠在科斯特洛肩膀上，又扇了马洛里一巴掌。马洛里脸上瞬间浮现出红印子，他前后甩了甩头，眼中燃起暗火。

“天啦！科斯特洛，这家伙根本不是来自麦克尼尔岛，他在逗你玩呢！”麦克唐纳大声喊道，“这个机灵鬼不过是个来自布鲁克林区或是堪萨斯城的小骗子，那地方的警察都是瘸子，这可是众所周知的。”

科斯特洛举起手来轻轻地推了推麦克唐纳的肩膀，平缓地说道：“你没必要这样，麦克。”

麦克唐纳生气地握着拳头，又突然笑起来，一个箭步向前，脚后跟踩在马洛里脚上。马洛里大喊一声：“该死的！”然后跌落在长沙发上。

室内空气开始有点缺氧。房间内只有一扇窗，悬挂着的厚纱窗把窗户遮得严严实实。马洛里拿出手帕擦了擦额头，轻轻地拍了拍嘴唇。

科斯特洛依旧用平缓的语气说道：“麦克，你和吉姆出去。”

麦克唐纳微微低下头，斜眼死盯着他。他的脸上汗津津，进房后到现在还没有脱下他那件邹巴巴的破外套。科斯特洛没有转头看到。过了一会儿，麦克唐纳蹒跚着走回壁炉旁，用手肘将挡道的那个灰头发警察推开，抓起那个装着苏格兰酒的方酒瓶。

“打电话给老板吧，科斯特洛，”他扭过头喊道，“你还没聪明到能处理好这事。别光说不做了！”他稍稍侧了侧身，拍了拍吉姆的后背，嘲笑道：“你就只是想要多喝一杯酒吗，小子？”

“你到这儿来做什么？”科斯特洛再次盘问马洛里。

“来找个熟人。”马洛里懒散地望着他，眼里的怒火已然消失。

“真有趣，小子。”

马洛里耸了耸肩，说道：“我本想着演一场戏，或许就能接触到我要找的那个人了。”

“也许你这场戏演错了。”科斯特洛平静地说道。他闭上眼睛，用拇指指甲刮了刮鼻子。“这种事情难以预料。”

麦克唐纳刺耳的声音响彻整个房间。“聪明鬼是不会犯错的，先生。只要动动脑子就不会。”

科斯特洛睁开眼睛，回头瞥了一眼红发男人。红发男人坐在转椅上随意地旋转，右手松散地半张着搭在腿上。科斯特洛把头转向另一边，看着麦克唐纳。

“滚出去！”他眼神冰冷，“赶紧给我滚出去！你喝醉了，我不愿与你争论。”

麦克唐纳肩靠在壁炉上，两手插在外套侧面口袋里，他那方形大脑勺上顶着一顶皱巴巴、看不出形状的帽子。灰色头发警察吉姆稍稍挪动了一点，嘴巴颤抖着，紧张地望向麦克唐纳。

“打电话给老板，科斯特洛！”麦克唐纳大喊道，“你不能够命令我！我憎恶你，可不会听你的！”

科斯特洛犹豫了一会儿，走到电话机旁。他盯着墙壁上方一个黑点，拿起话筒，背对着麦克唐纳拨通了电话。紧接着转身背靠墙壁，握着话筒朝马洛里微微一笑，等待着电话接通。

“你好……是的……科斯特洛。一切都很顺利，只是麦克喝醉了。他很不友好……不愿意出去。这个我还不清楚……一个外地小伙。好的。”

麦克唐纳做了个手势，说道：“等一下……”

科斯特洛笑了笑，不慌不忙地把电话放下。麦克唐纳盯着他，目露凶色。他朝地毯上吐了一口痰，正好吐在椅子旁的墙角处。他说道：“真荒唐！荒唐！从这儿根本不可能打到蒙特罗斯。”

科斯特洛微微动了动双手。红发男人站起身来，离开桌子，慵懒地站着。他稍稍将头后仰，使烟雾升起时不会熏到眼睛。

麦克唐纳气得直跺脚，下颌的白色线条衬托出他那张通红的脸，他目光灼热，深邃而坚定。

“我想我们可以这样解决。”他说着，然后随意地从口袋中抽出手，一把蓝色配枪在空中划出一道精准有力的弧线。

科斯特洛望向红发男人说道：“抓住他，安迪。”

红发男人身体紧绷，吐掉苍白嘴唇上的烟，如闪电般迅速抓起他的手。

马洛里说道：“不够快，看这里。”

他迅速又轻微地挪动了一下，使人难以察觉。身体稍向长沙发上前倾，黑色鲁格尔长手枪便对准了红发男人的肚子。

红发男人慢慢地将手中衣领处放下，空无一物。

房间十分安静，科斯特洛看了麦克唐纳一眼，眼神中透露出厌恶之情，手掌摊开置于面前，低头看着双手，苦涩地笑了。

麦克唐纳慢吞吞地挖苦道：“绑架这事我可做不来，斯科特洛。我可不想参与其中，不愿与你们这帮乌合之众共事了。我就是赌那个机灵鬼会站在我这边。”

马洛里站起身来，从一旁走向红发男人。走到一半时，灰发警察吉姆突然大叫一声扑向麦克唐纳，抓住他的口袋。麦克唐纳稍稍有些震惊地望着他。他抬起粗壮的左手抓住吉姆外套的翻领，一把举起。吉姆挥舞着双拳打他，两次都击中。麦克唐纳紧闭双唇，朝马洛里喊道：“快看那些家伙。”然后非常冷静地将手枪置于壁炉上，把手伸入吉姆的外套口袋里，拿出那根皮革短棍，说道：“你这个卑鄙的家伙，吉姆。你真卑鄙！”他毫无敌意地对吉姆说着。

而后他挥起短棍朝灰发警察脑门上一击。灰发警察慢慢跪倒下去，手拽着麦克唐纳外套的衣角。麦克唐纳弯下腰，朝着脑门处又是猛地一击。

吉姆侧身瘫倒在地，嘴巴张大，帽子掉落一旁。麦克唐纳轻轻挥舞着短棍，一滴汗水从他的鼻翼处流下来。

“真是个粗鲁的家伙，不是吗，麦克？”科斯特洛冷冷地说道，似乎漠不关心刚刚所发生的一切。

马洛里走向红发男人，在他身后开口说道："举起手来，伙计。"

红发男人举起手后，马洛里手绕过肩膀，伸入外套中，从挂肩枪套中去取一把手枪，把它丢在身后的地板上，又摸了摸另一侧外套，拍拍口袋，然后后退几步，绕着科斯特洛走了一圈。科斯特洛没有带枪。

马洛里走到麦克唐纳身边，站在一个可以看见房间内所有人的地方，问道："谁被绑架了？"

麦克唐纳拿起手枪和一杯威士忌，说道："那个叫法尔的女孩。我猜他们在她回家的路上绑架了她。他们从那个意大利保镖那得知今晚她会出现在玻利瓦尔酒吧与人见面后，就开始计划了。我不清楚他们把她带到哪儿去了。"

马洛里双脚分开站着，皱了皱鼻子。他手腕放松，随意地拿着鲁格尔手枪，问道："你们这样做是为了什么？"

麦克唐纳冷酷地说道："先讲讲你的事吧，你休息得够久了。"

马洛里点点头，回答道："看在你的分上……好吧。有人雇我去找朗达·法尔的一些信。"他望了一眼面无表情的科斯特洛。

麦克唐纳说道："那轮到我了。我觉得这其中有猫腻，所以我才会抓住这次机会，远离这种关系。就是这样。"他挥舞着手，似乎主宰着房内的一切。

马洛里拿起一个玻璃杯，确认干净后倒了一点儿苏格兰酒，小酌一口，舌头在嘴里打转回味着。

"我们来聊聊绑架的事吧，"他说道，"刚刚科斯特洛打给谁了？"

"阿特金森，一个好莱坞大律师，操控着这几个家伙。他也是法尔小姐的律师。老好人阿特金森，呵呵，其实是个卑鄙的家伙。"

"他参与策划了绑架案？"

麦克唐纳笑答道："当然了。"

马洛里耸耸肩，说道："这对他来说，像是个愚蠢的把戏。"

他绕过麦克唐纳，沿着墙壁走到科斯特洛身旁。他用枪口抵住科斯特洛下巴，将他的头往后推到水泥墙面上。

"科斯特洛是个好人，"他若有所思地说道，"他不会绑架一个女孩的。对吗，科斯特洛？或许会稍稍勒索下，但不会做出粗鲁的事情，不是吗，科斯特洛？"

科斯特洛眼神空洞，咽了一下口水，从牙缝中挤出一句话："谁说的？真好笑。"

马洛里说道："事情会越来越有趣的，但也许你完全不了解情况。"

他抬高枪，将枪口挪到科斯特洛的鼻翼处。瞬间留下一道白印，很快又变为红色。科斯特洛看起来有些害怕。

麦克唐纳将一瓶几乎装满的苏格兰酒瓶放入口袋后，说道："让我来！"

马洛里严肃地摇了摇头，看着科斯特洛。

"太吵了。你知道这地方是怎么建成的吗？真应该去见见那个阿特金森。如果能找到大老板，一定得见见。"

吉姆睁开眼睛，用手撑住地板，试图站起身来。麦克唐纳抬起一只大脚，毫不在意地踩在灰发男人脸上。吉姆再一次倒下，灰头土脸。

马洛里瞥了一眼红发男人，走到电话机旁。他拿起话筒，用左手很不熟练地拨打了号码。

他说道："我在打电话给雇我的那个人……他有一辆车速很快的大车……我们暂时要拿这些家伙当人质了。"

4

兰德里的黑色凯迪拉克大轿车悄无声息地驶入通往蒙特罗斯的长

坡，车灯照进左下方山谷底。空气寒冷却又清新，夜空中繁星闪烁。兰德里从驾驶座向后望去，一只手臂搭在椅背上。手臂黝黑细长，还戴着一双白色手套。

他已经重复三四遍道："所以说，是她自己的发言人要勒索她。好吧，好吧。"

他从容而淡雅地笑了笑。实际上，他的所有动作都显得从容淡雅。兰德里身材高大，肤色苍白，明眸皓齿在车灯的照耀下闪闪发光。

马洛里和麦克唐纳坐在后座上。马洛里望着窗外，没有说话。麦克唐纳猛拉苏格兰酒方瓶，瓶塞不小心掉落到地板上，他边咒骂边弯下身去摸索。找到瓶塞后，他倚靠在座位上，愁眉苦脸地望着兰德里那苍白干净的脸，脖子上还围着一条白色围巾。

他说道："你在高地大道的那处房子还在吗？"

兰德里答道："是的，长官。不过维持得不好。"

麦克唐纳咆哮着说："那真是耻辱，兰德里先生。"

随后又把脑袋往后靠在椅垫上，闭上眼睛。

凯迪拉克下了公路。司机似乎知道要去哪里，他绕了一圈后进入一个高档小区，小区内景观优美，房子华丽。夜色中，青蛙鸣叫，空气中有橘子花开的味道。

麦克唐纳睁开双眼，身体前倾，说道："拐角处那栋房子。"

房子背靠宽阔的弯曲街道，房顶用瓦片堆砌而成，入口处是诺曼式拱门，两旁分别挂有点亮的铁艺灯笼，通道两旁是玫瑰藤架。司机熄灭车灯，熟练地将车停到藤架旁。

马洛里打了个哈欠，打开车门。许多车辆停靠在街边拐角处。两个司机抽着烟，在一旁闲晃，烟的火光点缀着这片深蓝色夜空。

"开派对呢！"他说，"好极了！"

他从车内走出来，稍稍停留在草地上望向前方，然后踏着柔软的草地走到通道处，通道处铺着许多颜色暗沉的砖块，间隙里杂草丛生。

他站在两个铁艺灯笼之间，按响了门铃。

一个戴着帽子、穿着围裙的女仆打开门。马洛里说道："抱歉打扰到阿特金森先生，但事情十分重要。就说麦克唐纳找他。"

女仆犹豫了一会儿，走回房内，大门依然开着一条缝。马洛里轻易地推开它，看到宽阔的门厅，门厅地面和墙上都铺着印度地毯。他走了进去。

沿着门厅走了几步，就有扇门通往一个昏暗的房间，房内摆放着许多书籍，有一股高级雪茄的香味。椅子上散落着许多帽子和外套，房子最里面传来低沉的收音机舞蹈伴奏。

马洛里拿出他的鲁格尔手枪，靠在门口的侧柱上，望向屋内。

一个身穿晚礼服的男人出现在大厅内。他头发花白且浓密，身材丰满，脸色红润，神情急躁，看起来十分精明。即使精心裁剪过的衣肩也无法将人们的注意力从他那大腹便便的肚子上转移开来。他浓眉紧蹙，步履匆忙，看起来十分恼火。马洛里突然跨进门口，将枪抵在阿特金森肚子上。

"你在找我。"他说。

阿特金森喉咙哽咽一下，停下脚步，手微微举起，吓到睁大双眼。马洛里抬起手枪，将冰冷的枪口移动到V领上方，对准阿特金森喉咙。律师半举着一只手臂，似乎想要夺取枪支。但很快又一动不动，高举双手。

马洛里说道："不要说话。动动脑子。你被出卖了，麦克唐纳出卖了你。科斯特洛和另两个家伙被绑在了西木区。我们想要朗达·法尔。"

阿特金森的蓝色双眸看起来黯淡无光。朗达·法尔这个名字似乎没有使他有任何波澜。他稍稍扭动了下身体，说道："你找我干什么？"

"我们认为你知道她在哪儿。"马洛里平淡地说道，"但我们不要在这儿谈，咱们去外面吧。"

阿特金森抽搐了一下，气急败坏地说道：“不……不，我还有客人。”

马洛里冷冷地说道：“我们想要的客人可不在这儿。”紧接着对着阿特金森的脸上压了压手枪。

这一突然的动作使阿特金森赶忙后退一步，抓住手枪。马洛里双唇紧闭，手腕扭了个圈，瞄准阿特金森嘴巴就是一枪，血从他的嘴里流出，他的嘴唇开始肿起，脸色苍白。

马洛里说：“冷静一点，肥佬，或许你还可能活过今晚。”

阿特金森转过身，迅速地朝开着的大门径直走去。

马洛里抓住他的手臂，把他拉到左边，走在草地上。

“慢一点儿。”他轻声说道。

他们穿过藤架。阿特金森伸出双手，在车门处挣扎半天。那扇开着的车门里伸出一只长胳膊抓住了他，将他拽进车内。他倒在座位上，麦克唐纳用手轻轻拍打他的脸，将他摁在靠垫上。马洛里钻进车内，然后将车门关上。

车子迅速转弯向前开出，车轮摩擦地面发出刺耳的声音。车子开出一个街区后，司机才将车灯打开。随后他稍稍转头，说道：“去哪儿？老板。”

马洛里说：“随便。开回镇上去。慢点儿开。”

凯迪拉克再次转上公路，驶下长坡。车灯再次照进山谷，车头灯的白光在谷底缓慢移动。

阿特金森挣扎着在座位上坐起，拿出手帕擦了擦嘴。他盯着麦克唐纳，镇定地说道：“你们打算做什么？麦克，勒索我吗？”

麦克唐纳大笑一声，打了个嗝。他似乎有些微醺，含混不清地说道：“见鬼了，当然不是。那些小子今晚绑架了法尔小姐，她的朋友们可不同意。但你对此全然不知，是吗，大人物？”他再次嘲弄他一番。

阿特金森慢吞吞地说道：“真有趣……但我的确不知道。”他抬高他那白头发脑袋，继续说道：“那些人是谁？”

麦克唐纳没有回答他。马洛里划了一根火柴，用双手挡着火苗，点燃了烟。他缓慢地开口："这不重要吧？要不你告诉我们朗达·法尔关在哪儿，要不你就直接带路。考虑一下，咱们有的是时间。"

兰德里转过头来看向后方。他的脸色苍白，夜色中显得模糊不清。

"这个要求不过分吧，阿特金森先生。"他严肃地说道，声音柔和平静，十分悦耳。他用戴着手套的手指敲击着椅背。

阿特金森凝视了他一小会儿后，将头再次后仰靠在背垫上。"要是我什么都不知道呢……"他疲倦地说道。

麦克唐纳抬起手朝他脸上打了一巴掌。律师的头栽在坐垫上。马洛里十分不悦，用冰冷的声音说道："少动点你那拳头了，警察先生。"

麦克唐纳回骂了一句，转过头去。车子继续向前开动。

车子已经开到山谷。不远处有一个三色航空灯塔在夜空下闪耀。他们驶入一个树木繁茂的斜坡，穿过几座黑黝黝的山丘之间的谷底。一列火车从纽霍尔隧道呼啸而过，发出轰隆隆的声音加速前行。

兰德里朝司机说了句什么。凯迪拉克开出山谷，驶向一条泥泞道路。司机关了车灯，在月光的照耀下继续前行。泥泞道路的尽头是一片枯黄草地，四周有低矮灌丛。隐约可见路面上随处丢弃着的废弃罐头和褪色了的碎报纸。

麦克唐纳拿出酒瓶，举起来灌了一大口。阿特金森用浑厚的声音说道："我有点晕，给我一口吧。"

麦克唐纳转过身，举起酒瓶，大声吼道："哟，想得真美！"随后将酒瓶放回口袋。马洛里从车门储物夹内取出一个手电筒，打开灯光照在阿特金森脸上，说道："说吧。"

阿特金森把手放在膝盖上，直盯盯地看着手电筒的光。他的眼神呆滞，下巴上还有血迹。他说道："这是科斯特洛的阴谋。我不知道他要做什么。但如果真是科斯特洛，另一个叫摩根的老滑头也会参与其中。他在鲍德温山的平顶山上有个棚屋。他们可能把朗达·法尔带到那儿去了。”

阿特金森闭上眼睛，在强光的刺激上流下一滴眼泪。马洛里娓娓道来：“麦克唐纳应该知道那里。”

阿特金森仍旧闭着眼睛，说道：“我也是这样猜想的。”他的声音沉闷，毫无情绪。

麦克唐纳握紧拳头，突然侧身朝他脸部来了一拳。律师呻吟了一声，倒向一侧。马洛里缩回双手，收回手电筒。他生气地喊道：“你要再这样，我就一枪毙了你，警察先生，尽管试试吧！”

麦克唐纳傻笑着转身回去。马洛里关掉手电筒，更为平静地说道：“我想你说了实话，阿特金森。我们去老滑头摩根的棚屋看看。”

司机掉了个头，再次驶入公路。

5

车前灯照到一道白色尖木桩栅栏，几秒过后便熄了灯。栅栏后面的高地上有两个油井塔直指天空，显得一片荒凉。车子熄了灯后缓慢前行，停在了通往小木屋的马路上。路两旁没有其他房屋，车子和油田之间也空无一物。木屋也是一片漆黑。

马洛里下车穿过马路，一条沙石车道通往这间没有门的棚屋。棚屋下边停放着一辆旅游观光车。车道两旁是被碾轧过的稀疏草坪，车道后方有一块曾经是草坪，如今不知做何用处的灰暗土地。月光下，仅能看到一条用来晒衣服的电线以及一个安着生锈铁纱门的小门廊。

门廊上方有一扇百叶窗，窗边上两条细缝透出光来。马洛里悄无声息地穿过干草地和泥土路，走回车上，说道：“走吧，阿特金森。”

阿特金森艰难地走出车子，像个没睡醒的人似的踉踉跄跄。马洛里拽着他的胳膊，两人踏上木台阶，静悄悄地穿过门廊。阿特金森摸索着找到门铃，按了下去。房内传出一阵嘈杂声。马洛里侧身靠在墙上，确保不会被打开的铁纱门挡住。

门悄无声息地打开了，一个身影在门后若隐若现，身后一片漆黑。律师含糊地说道："是我，阿特金森。"

门钩被打开了，铁纱门向外推开。

"什么事？"马洛里曾听过这个口齿不清的声音。

马洛里移动了下身子，将手中的枪举到腰间。门口的那个男人企图关上门，马洛里迅速挡到他身前，舌头与牙齿发出一声'咯咯'的撞击声，责备地摇了摇头。

"你没有带枪吧？老滑头。"他说着，把枪轻轻往前推，"慢慢地转过身来，放轻松，老滑头。当你感到脊椎后有一丝凉意时，就往前走。我们就跟在你身后。"

那个瘦高男人举起手，转过身来走进黑暗中，马洛里的枪抵在他身后。客厅十分狭小，灰尘漫天，还散发出一股饭菜味。门口有一盏灯，瘦高男人慢慢放下一只手，打开了门。

天花板中央挂着一个没有灯罩的灯泡。一个瘦弱女人站在灯下，穿着脏兮兮的白色罩衫，双手软弱地搭在身侧，一头乱糟糟的深褐色头发下是一双黯淡无光的眼睛，手指的肌肉无意识地抽搐摆动。她像只挨饿的猫一般，发出一声微弱的哀鸣。

瘦高男人走到房间另一侧，靠着墙壁站着，手掌按着墙纸，脸上浮现出一丝神秘的微笑。

兰德里的声音从身后传来："我会杀掉阿特金森的那些爪牙的。"他戴手套的手上拿着一支很大的自动手枪，走进房间。"挺不错的小房子。"他又愉悦地说了一句。

房间角落里有一张铁床，朗达·法尔就躺在上面，全身上下被一条棕色军毯包裹着。白色假发有些歪斜，露出了湿湿的金色鬈发。她的脸色有点白得发蓝，胭脂和口红显得格外耀眼。她正轻声打鼾。

马洛里把手伸入毯子内探了探她的脉搏，又撑开一只眼睛仔细看了看往上翻的瞳孔。

他说道："打过药了。"

穿着罩衫的女人润了润嘴唇。"打了点麻醉。"她缓慢地说道，"不会伤身的，先生。"

阿特金森坐在一把坚硬的椅子上，椅背上搁着一条脏毛巾。他的衣服在灯下显得十分耀眼，下半张脸布满脏兮兮的血迹。瘦高男人轻蔑地望着他，用手掌拍了拍被弄脏的墙纸。这时候麦克唐纳进来了。

他满头大汗，脸涨得通红。他向前踉跄了一小步，抬起手倚在门框上。"嗨，小伙子们。"他神情茫然地说道，"遇到这种大场面，我应该能升职了。"

瘦高男人止住微笑。他迅速侧身躲到一旁，手上握着一把枪。一声巨响充斥着整个房间，震耳欲聋，紧接着又是一声枪声。

瘦高男人滑倒在地，姿势十分悠闲地躺在空地板上。他一动不动，眼睛半睁着望向麦克唐纳。那个瘦女人张大嘴巴，但并没有发出声响。

麦克唐纳又把另一只手放在门框上，向前倾身。咳了几声，鲜血流到了下巴上，他的双手慢慢地从门框上滑下。肩膀开始向前抽搐，像是游泳者在海浪中俯身向前游，随后摔了个面朝地，头上还扣着帽子，颈背处露出脏乱的灰褐色鬈发。

马洛里说："两个倒下了。"他用厌恶的眼神望着兰德里。兰德里低头看着那把自动手枪，然后将它放到他那件黑色薄外套的一侧口袋中。

马洛里走到麦克唐纳旁边弯下腰，一根手指按在他的太阳穴上。没有心跳。他又按了按颈静脉血管，也是如此。麦克唐纳死了，他身上还散发出浓烈的威士忌酒味。

灯泡下出现了一缕白烟，是一股刺鼻的硝烟味。那个瘦女人弯腰向前，爬向门口。马洛里一只手猛拉她的胸部，将她甩了回来。

“你给我好好待在这儿。”

阿特金森从膝盖上放下双手，不停摩擦双手，好像已经毫无知觉。兰德里走到床边，伸出戴着手套的那只手，抚摸着朗达·法尔的头发。

“嗨，亲爱的。”他柔声说道，“好久不见。”

随后走出房间，说道：“我把车开到这边来。”

马洛里看着阿特金森，随口说道：“谁有那些信，阿特金森？朗达·法尔的信。”

阿特金森慢慢抬起他那张苍白的脸，似乎光线刺眼般眯着眼，含混不清地说道：“我不知道。或许是科斯特洛吧。我从没见过他们。”

马洛里发出一声短促刺耳的笑声，脸部线条依旧冷峻。“如果真是这样，那不是太他妈好笑了吗？！”

他弯下腰走到角落的床边，用棕色毯子紧紧包裹着朗达·法尔。当他抱起法尔时，她停止了打鼾，但并没有醒来。

6

公寓前的一两扇窗户亮着灯。马洛里抬起手腕，看着手腕上的手表。指针微微发光，指向三点半。他朝车内说：“给我十分钟左右，然后上来，我会给你开门的。”

通往公寓的门口被锁上了，马洛里拿出一串钥匙打开它，然后把钥匙放在了门闩上。大厅里的落地灯和电话总机旁的罩灯发出微弱的灯光。

一个身材瘦小的白发男人睡在电话总机旁的椅子上，嘴巴张开，鼾声悠长，仿佛一只受了伤的动物般哀鸣。马洛里走上铺着地毯的楼梯，在二楼按了直升电梯的按钮。电梯隆隆作响，下来后他走了进去，按了标有“7”字的按钮。他打了个哈欠，因疲惫而显得目光呆滞。

电梯停下后，马洛里走进那条明亮安静的走廊，在一扇灰色橄榄木门前停下，耳朵贴在门板上，然后慢慢地将钥匙插入门锁，轻轻转动后推开一两英尺，又听了听动静，随后走了进去。

一张安乐椅旁放置着一盏红色罩灯，一个男人卧躺在椅子上，灯光照在他的脸上。他的手腕和脚踝都被宽胶带绑着，嘴巴也被封住了。

马洛里弄插好门闩，关上门，脚步轻快地穿过房间。躺在椅子上的人是科斯特洛，白色胶带将他的嘴唇紧紧粘在一起，使脸略微发紫，他的胸部抽搐着，大鼻子发出哼哼的呼吸声。

马洛里扯掉科斯特洛嘴上的胶带，侧着手掌压在他的下巴上，迫使他张开嘴巴。科斯特洛的呼吸节奏略有变化，胸部停止了抽搐，脸部的紫色也逐渐褪变为灰白色。他动了动，发出一声呻吟。

马洛里从壁炉上拿起一个一品脱的黑麦酒酒瓶，用牙齿撕开瓶盖的金属包装条。他把科斯特洛的头往后扯，往他嘴里倒入一些威士忌，然后用力掴了一耳光。科斯特洛呛了一口，咕噜咕噜吞了下去。一些酒从他的鼻孔流出，他张大双眼，慢慢聚焦，嘴里嘟囔着。

马洛里走向房间另一头，穿过挂在门上的天鹅绒门帘，走进一个短短的过道。过道上的第一扇门通往一个放有两张床的卧室，灯开着，床上各躺着一个被绑着的男人。

灰头发警察吉姆正在睡觉，也可能是昏过去了。他的头部一侧有凝固的血迹，脸色灰白，脏兮兮的。

红发男人的双眼睁大，闪闪发亮，满是怒火。他不停地动着嘴巴，企图咬掉嘴上的胶带。身体滚到一侧，几乎快滚下床了。马洛里将他推回床中央，说道："这些都只是一场游戏。"

他回到客厅，打开更多的灯。科斯特洛在安乐椅上挣扎着试图坐好。马洛里拿出一把小刀，走到他的身后，划开绑在他手腕上的胶带。科斯特洛迅速分开两只手，一边相互揉搓着手背上被胶带撕掉汗毛的地方，一边咕哝着。随后弯下腰来撕掉脚踝上的胶带，说道："刚才可真难受，都无法用嘴呼吸。”他的声音平淡散漫，毫无节奏感。

他站起身来，往酒杯中倒入两英寸的黑麦酒，一口喝下后又坐了下来，把头倚在椅子的高靠背上。他的脸重新恢复生气，疲惫的双眼也开始发光。

他问道：“有啥新鲜事吗？”

马洛里咬起一些冰块，皱了皱眉，一口喝下威士忌。他用指间轻轻地揉着左侧头部，脸部肌肉抽搐了一下，然后坐下，点燃一支烟。

他说：“有几件事。朗达·法尔回家了。麦克唐纳和老滑头摩根被枪打死了。但这些都不重要。我想要的是你打算卖给朗达·法尔的那些信，把它们交出来。”

科斯特洛抬起头来，咕哝道：“我没有那些信。”

马洛里说道：“把信拿出来，科斯特洛。马上！”他小心翼翼地把烟灰弹在地毯上一个黄绿相间的钻石花纹中间。

马洛里不耐烦地动了动。“我没有那些信，”他一口咬定，“我从没见过。”

马洛里灰蓝色眼睛十分冷漠，生气地说道：“你他妈甚至不知道自己在做什么，真是可怜……我累了，科斯特洛，不想与你争论。除非你想让我一枪打歪你那颗大鼻子，这样你会看起来十分恶心。”

科斯特洛举起他那瘦骨嶙峋的手臂，揉了揉嘴边因撕胶带而变红的皮肤。他扫了一眼房间，后门的天鹅绒门帘轻微动了一下，似是有风吹过。然而并没有风。马洛里正盯着地毯。

科斯特洛从椅子上慢慢站起身来，说道：“我有一个壁式保险箱，我来打开它。”

他穿过房间走到正门的那堵墙边，取下一幅画，在一个内置圆形保险箱上输入密码，随后打开圆形小门，把手伸了进去。

马洛里说：“等等，科斯特洛。”

他慢悠悠地穿过房间，左手越过科斯特洛的手臂伸入保险箱。缩回的手上拿着一把手柄镶有珍珠的小型自动手枪。嘴唇吧唧一声，随后将那把小手枪放入口袋中。

“还是不明白，是吗，科斯特洛？”他厌倦地说道。

科斯特洛耸了耸肩，走回房间另一端。马洛里再次把手伸入保险箱内，翻出一些东西丢在地上。然后单膝跪地翻找着。地上有一些白色长信封，一捆用回形针别好的剪报，一本厚厚的小支票簿，一本小相册，一本通信录，一些散落的文件和几张夹有支票的黄色银行对账单。马洛里随意打开了一个长信封，瞅了一眼，没有多大兴趣。

后门的门帘再次动了动。科斯特洛笔直地站在壁炉前。一只细小的手紧握着一把枪，从门帘后伸出来，身影消瘦，脸色苍白，眼睛十分明亮——是艾尔诺。

马洛里站起身来，双手空空举在胸前。

“抬高点，小子，”艾尔诺用嘶哑的声音说道，“再高点，小子！”

马洛里再将手抬高了一点，眉头紧锁。艾尔诺走进房间，脸上汗珠闪闪，一撮油腻的黑发垂到眉毛上。他咧嘴笑着，显得十分僵硬。

他说道：“我觉得我们就该马上给你一枪，死骗子。”

他提高语调，似乎有一种询问语气，等待着科斯特洛的回答。

科斯特洛没有说话。

马洛里稍稍动了动脑袋，感到口干舌燥。他望向艾尔诺的眼睛，看到了他眼中的焦虑。

他快速说道：“傻瓜，你被骗了，但那个人不是我。”

咧着嘴笑的艾尔诺忽然咆哮起来，头朝后仰。扣扳机的手指的第一关节开始变白。这时，门外一阵骚动，随后门开了。

兰德里走了进来，肩膀一顶关上了门，然后倚在门上，十分引人注目。双手插在黑色薄外套的口袋里，黑色软帽下一双眼睛明亮而邪恶，他看起来十分愉悦。

脖子上随意地缠绕着一条白色丝巾，他动了动埋在丝巾里的下巴，露出一张像是古老象牙雕刻而成的英俊而又苍白的脸庞。

艾尔诺微微动了动枪，等待着。兰德里愉悦地说道："赌一千美元，你先倒地。"

艾尔诺黑得发亮的小胡子下，双唇颤抖着。两支枪同时发射。兰德里像一颗被狂风袭击的树般晃动了下身体，他的这把 0.45 毫米口径手枪再次发出巨大声响，由于隔着衣物且靠近身体，枪声有些沉闷。

马洛里翻身躲到长沙发后面，拿出鲁格尔手枪举到胸前。然而艾尔诺的脸已经变得苍白。

他慢慢倒下，身体十分轻盈，似乎是被他右手上的手枪拽倒的。他倒下时双膝跪地，身体朝前滑落。他的背部弓着，但不一会儿就瘫软了。

兰德里从外套口袋中伸出左手，像推着什么东西一样张开手指。他从另一只口袋中艰难而又缓慢地取出那把大自动手枪，一点点地举起枪，随着脚后跟转动转过身来。面对着全身僵直的科斯特洛，再次扣下扳机。石膏灰从墙上落到科斯特洛的肩膀上。

兰德里依稀笑了笑，轻声说道："该死！"

他的眼睛上翻，枪支从他松懈的指间滑落，掉在地毯上。他膝盖着地，半跪着的身体摇晃了一会儿后倒向一侧，全身瘫倒在地，动作迅速且优雅，没有半点声响。马洛里看着科斯特洛，愤怒地说道："小子，你真够幸运！"

警报声持续响起，电话总机上亮起三个小红灯。

消瘦的白发男人突然闭上嘴，挣扎着坐起身来，看起来十分疲惫。

马洛里别过转过脸去，快速走过他的面前，冲出大厅，走出公寓大门外，跨下三级大理石台阶，穿过人行道和街区。兰德里的轿车司机早已把脚踩在油门上，马洛里钻进车子，气喘吁吁地坐在他身旁，甩上车门。

"快开车！"他吼道，"不要走大马路。警察五分钟内就到了。"

司机看了他一眼，问道："兰德里呢？我刚听到了枪声……"

马洛里举起鲁格尔手枪，迅速冷漠地答道："开车，小子！"车子挂上挡，迅速向前冲出，司机不顾一切地转了个弯，眼角时刻瞥着那把枪。

马洛里说道："兰德里死了，现在听我的了。"他举起鲁格尔手枪，把枪口放在司机的鼻子下。"但不是我杀的，你闻闻，朋友，它没有开过火。"

司机声音颤抖地大喊一声："天啦！"车子大范围摇晃了一下，偏离了道路几英尺。

天开始亮了。

7

朗达·法尔说道："公开吧，亲爱的。公开好了。有点噱头总比没有新闻的好。我都不确定能不能续约，所以有点新闻总是好的。"

一间宽敞的房内，朗达·法尔坐在一把椅子上，她那蓝紫色眼睛慵懒地望着马洛里，显得很是冷漠，她伸手去拿那只蒙着雾气的高脚杯，喝了一口。

房间十分宽敞，地板上铺满了柔色的中国式地毯，里面还摆着许多红漆柚木家具。墙上方的金色边框闪闪发光，天花板显得有些遥远且模糊，像是夏日的黄昏。一个雕刻精美的大收音机正播放着柔和而缥缈的音乐。

马洛里皱了皱鼻子，看起来冷酷却带着些愉悦。他说："你个狡猾的卑鄙小人。我不喜欢你。"

朗达·法尔说道："哦，是吗？亲爱的，你是喜欢我的。你对我近乎疯狂。"

她笑了笑，把一支烟放入翡翠绿的烟嘴里，与她的翡翠绿睡袍极为相称。随后，她伸出她那线条优美的手，按下她身旁那张低矮珍珠柚木桌上的按铃。一个身穿白色外套的日本男管家悄无声息地走进房间，给她调制更多的鸡尾酒。

“你是个聪明人，不是吗？亲爱的。”男管家走出去后，朗达·法尔说道，“你认为你口袋里的那些信对我十分重要。其实并不是如此，先生，并非如此。”她抿了一口新调好的威士忌，“你手里的那些信是假的。是一个月前写的。兰德里手上的并非真的，他很早之前就给我了。你手上的那些不过是道具。”她抚了抚她那柔顺的鬈发。前一晚的经历似乎对她没有造成任何影响。

马洛里仔细地看着她，说道：“你如何证明呢？”

“一张便笺——如果需要证明的话。在第四街区和斯普林街交界处有个小伙子在研究这种事情。”

马洛里说道：“模仿笔记？”

朗达·法尔微微一笑。“笔迹很容易模仿，只要你有足够的时间。他们是这样说的。总之，我的事情就是这样。”

马洛里点点头，抿了一口他的威士忌，然后将手伸入外套里袋，拿出一个平整的法定规格大小的马尼拉纸信封，放在膝盖上。

“因为这些假信，昨晚有四个男人被枪杀了。”他漫不经心地说道。

朗达·法尔温柔地看着他。“其中三个，两个是恶棍，一个是黑吃黑的警察。我却因为这些人渣而失眠。当然了，我为兰德里的死感到抱歉。”

马洛里客气地说道：“你能为兰德里感到抱歉，也算不错了。”

她继续平静地说道：“正如我曾经跟你说的一样，兰德里曾是个好小伙，当时他还在努力地进军电影界。但他最终选择了别的行业，做那种事总有一天会挨子弹的。”

马洛里搓了搓下巴。“他竟然忘了已经把信还给你了，真是可笑。

太可笑了。”

“他不会在意这种事的，亲爱的。他就是那种演员，而且他喜欢这种表演。这给了他一个展现自我的机会，他太喜欢如此了。”

马洛里的脸变得冷峻，心生厌恶。他说道：“看起来我很合适这种工作。我不太了解兰德里，但他认识我芝加哥的一个朋友。他想办法找出了那个勒索你的人，而我则配合他演出。所发生的一切使事情变得更加顺利——只不过动作有些大了。”

朗达·法尔用她那亮闪闪的小指甲敲了敲明亮的牙齿，说道：“你回去原来住的地方干什么，亲爱的？做私家侦探吗？”

马洛里大声笑起来，微微动了动，将手指插入黑色鬈发中。“别管了，亲爱的。”他轻声说道，“别管他了。”

朗达·法尔有些惊讶地看了他一眼，发出尖厉的笑声。“真疯狂，不是吗？”她柔声说道。继续用稍有些干涩的声音说道：“阿特金森多年来一直用各种各样的方式压榨我。我伪造了这些信，把它们放到他能拿到的地方。果不其然，信不见了。几天后就有个粗声粗气的男人打电话来对我施压。我没有理会。我在想着怎么抓住阿特金森的把柄，两个人加起来制造个爆炸性新闻，当然是不会对我有多大损害的那种。但是事情似乎远远超乎想象，我开始害怕了。我想到了寻求兰德里的帮助，我确信他很乐意。”

马洛里粗声说道：“头脑简单、不会转弯的小子，不是吗？见鬼了！”

“你对好莱坞这个名利场不太了解，不是吗？亲爱的。”朗达·法尔说道。她将头偏向一侧，轻声哼道。舞曲的旋律在安静的空气中肆意飘扬着。“真是段优美的旋律……剽窃的韦伯协奏曲……要获得关注总得牺牲点什么，不然没人会相信的。”

马洛里站起身来，拿起膝盖上的信封扔在她的腿上。

“这些信，一共五千美元。”他说。

朗达·法尔往后靠了靠，盘起她那穿着翡翠绿睡袍的双腿，一只绿色小拖鞋滑落到地毯上，马尼拉纸信封也随之掉落在鞋旁。她一动不动，问道："为什么？"

"我是个生意人，亲爱的。我需要报酬。兰德里没有付钱给我。他得付我五千美元，现在看来得你付了。"

她那矢车菊般的蓝色眼睛十分平静，看了他一眼后说道："不行……勒索鬼。我在玻利瓦尔酒吧已经跟你说过了，我很感激你，但我只会为自己花钱。"

马洛里简略地回答道："这他妈就是你花钱的最好方式了。"

他俯下身来拿起酒杯，喝了一小口，然后把酒杯放下，用两根手指的指甲敲了敲杯侧，一抹细微的微笑浮现在他的嘴角。他点了一支烟，把火柴扔在了风信子花盆里。

他慢悠悠地说道："兰德里的司机都跟我说了。兰德里的朋友想见见我，他们想知道为何兰德里会在西木区被杀。警察一会儿后也会找到我。肯定会有人跟他们打小报告的。昨晚的四起谋杀案我都在场，我自然是脱不了干系的。我很可能需要全盘托出。那些警察会让你臭名昭著的，亲爱的。至于兰德里的朋友——我不知道他们会做出什么事情——估计是些伤害人的事情吧。"

朗达·法尔抽出双腿，脚趾摸索着穿上绿色拖鞋。她的双眼睁大，无比震惊。

"你会……出卖我？"她倒吸了一口气。

马洛里笑了笑，他的眼神明亮而坚定。他注视着地板上落地灯折射出来的光束，语气厌烦地说道："我他妈为什么要保护你？我不欠你什么。而且你都不愿意花钱雇我，真他妈吝啬。我没有犯罪记录，但你也知道，那些警察法官之类的最喜欢我这类人。而兰德里的朋友们只会知道一个好人被人用卑鄙的手段杀了——天啊，为什么我需要包庇你这样的骗子呢？"

他生气地哼了一声，深褐色的脸颊浮现出两块红晕。

朗达·法尔一言不发地站着，缓慢地左右摇晃着头，说道："别跟我讨价还价，勒索鬼。这事没得商量。"她的声音因疲惫而显得微弱，但仍坚挺下巴，显得十分勇敢。

马洛里伸手拿起帽子。"你真让人受不了，"他咧嘴笑了笑，"天啦！但你们这些好莱坞女人一定都很难缠。"

他突然身体前倾，左手按在她的脑后，用力地亲她的嘴，指间划过她的脸颊。

"在某些方面来说——你是个不错的女人。"他说道，"长得漂亮的骗子，仅仅只是漂亮。你并没有伪造信件，亲爱的。阿特金森不会被这种小把戏骗到。"

朗达·法尔弯下腰，从地毯上抓起那个马尼拉纸信封，翻出里面的东西——几张密密麻麻写满字的灰色毛边纸，上面还印着薄薄的金色字母组合。她盯着这些信，鼻翼都在颤抖着。

她慢慢地说道："我会把钱给你的。"

马洛里扶起她的下巴，抬起她的头来。

他十分温柔地说道："亲爱的，我跟你开玩笑呢。我就是有这个坏毛病。但关于这些信还有两件有趣的事情。第一，这些信并没有信封，也不知道是写给谁的——没有任何证据显示。第二，兰德里被杀时信就放在他的口袋里。"

他点了点头转身要走。朗达·法尔急忙喊道："等等！"她的声音突然充满恐惧。

马洛里说道："这件事已经结束了，你却还不能解脱，喝口酒吧，放松一下吧。"他向前走了几步，转头说道："我得走了。我和一个难缠鬼还有个约会……送些花给我吧。蓝色野花，如你眼睛一般。"

他从拱门下走了出去。门开后又重重地关上。朗达·法尔一动不动地坐了许久。

8

香烟的烟雾弥漫在空气中。一群穿着晚礼服的人站在门一侧，喝着鸡尾酒。门上挂着帘子，房内是赌博室。帘子下的一盏灯照射到屋内轮盘赌桌的一角。马洛里手肘搁在吧台上，酒保抛下两位穿着派对礼服的年轻女孩，从木质桌面上推了一条白色毛巾到马洛里面前，问道："老板，想喝点什么？"

马洛里答道："来点啤酒。"

酒保把啤酒给了他，对他笑了笑，又继续服侍两个女孩去了。

马洛里啜了一口啤酒，露出一脸苦相，然后望向酒吧尽头的那块长镜子，稍稍侧了侧身，以便能够通过镜子看到整个地面乃至远处的墙面。

墙面上的门开了，一个穿餐服的男人走了出来。褐色的皮肤，脸上布满皱纹，一头钢丝绒色的头发。他与马洛里在镜子中目光交汇，点头致意后穿过房间走了过来。

他说道："我叫马尔多恩，很高兴你能来。"他的声音温柔，略带沙哑，像是个胖子的声音，但实际上他并不胖。

马洛里说道："我们不是来聊天的。"

马尔多恩说道："到我办公室去吧。"

马洛里又喝了一小口酒，又皱了皱眉，把酒杯推回到吧台前。他们走出门口，踏上一段铺着地毯的楼梯，走到一半处又转向另一段楼梯继续向上。楼上有一扇亮着灯的房门，他们走了进去。房间原是卧室，并没有经过精心布置，如今成为一间办公室。灰色的墙壁上挂着两三幅镶着画框的画。房内有一个巨大的文件柜，一个不错的保险箱和几把椅子。胡桃木桌上放置着一盏羊皮纸罩灯。桌子一角处坐着一个年轻的金发男人，一只脚搭在另一只脚上晃动着，头上戴着一顶软帽，帽子上有一个同性恋标志。

马尔多恩说道："好了，亨利。我有事忙了。"

金发年轻男人站起身来，打了个哈欠，用手掩住嘴巴，然后做作地扭动了下手腕。他的手指上戴着一只大型钻戒。他看了看马洛里，笑了笑，慢慢走出房间，关上了门。

马尔多恩坐在蓝色皮革旋转椅上，点燃了一支细雪茄，然后把雪茄盒推到木纹桌子的前端。马洛里在桌子另一端坐下，两边是门和开着的窗户。房内还有另外一扇门，但被保险柜挡住了。他也点燃了一支烟，说道："兰德里欠了我一些钱。五千美元。有人愿意代他还吗？"

马尔多恩将他那棕色手臂放在椅子扶手上，前后摇晃着。"我们还没谈到这一步。"他说。

马洛里说："好吧，那我们谈到哪儿了？"

马尔多恩眯着他那双黯淡无光的双眼，语气平淡地说道："谈到兰德里是怎么死的。"

马洛里把烟叼在嘴里，双手交叉置于脑后。他吐出一口烟，烟雾飘到马尔多恩头上的墙壁那儿。他对着烟雾说道："他欺骗了所有人，也骗了自己。他扮演了太多角色，最后搞混了。他对枪十分着迷，手里一有枪就会朝别人开枪，有人回敬了他一枪。"

马尔多恩仍摇晃着椅子，说道："或许你可以讲得仔细点。"

"当然了……我可以告诉你整个故事……关于一个写信女孩的故事。她认为她当时堕入了爱河，不计后果地写了些信。写这种信虽然很勇敢，但也不会有什么好处。随着时间的推移，不知怎么的，这些信落到了勒索市场上。一些人便开始勒索这个女孩。要价没有很高，至少对她来说无关痛痒。但她似乎喜欢用更为复杂的方法解决问题。兰德里觉得可以帮她，于是想出了一个计划，这个计划需要一个能穿着燕尾服、不会将勺子放入咖啡杯、并且镇子上没人认识的男人。于是他找到了我。我在芝加哥经营一个小小的代理机构。”

马尔多恩将椅子转向开着的窗户，望向窗外那些树的树顶。“私家侦探，嗯？”他冷冷地嘀咕着，“来自芝加哥。”

马洛里点点头，瞥了他一眼，视线回到墙上的老地方。

“这是真的，马尔多恩。不过从我最近遇到的这些人来看，你或许就不会这么认为了。”

马尔多恩不耐烦地做了个动作，没有说话。

马洛里继续说道：“好吧，我对这份工作过于认真了。这是我第一次也是最糟糕的一次错误。当勒索变为绑架时，我已经获得了一些进展，虽然不怎么样。我联系到了兰德里，他打算跟我一起做。我们毫不费力地找到了这个女孩。我们把她送回了家。但我们还是得找到那些信。当我试图从一个我认为藏有那些信的男人那里找出信时，其中一个坏蛋从后面进来，企图开枪。兰德里刚好进来，摆了个姿势，与那个家伙几乎同时开了枪。他中了枪。场面十分精彩，如果你喜欢看的话。但我却陷入困境，因此我必须逃离现场，或许有些偏见，但这就是整个故事。”

马洛里呆滞的棕色双眼露出一丝情感。“女孩的故事应该也很有趣。”他沉着地说道。

马洛里吐出一口白烟。“她被麻醉了，不知道发生了什么。即使知道，也不会说的。而且我也不知道她的名字。”

“我知道，”马尔多恩说，“兰德里的司机已经跟我讲过。所以不必麻烦你告诉了。”

马洛里继续平静地说道：“那些是外面流传的，没有详细内容。这些内容才使故事有趣——而且更卑鄙。那个女孩根本没有寻求兰德里的帮助，但他知道了勒索的事情。他曾有过这些信，因为是写给他的。他计划找出那些勒索者，便让我给那个女孩传递错误信息，让她误以为我有那些信，约她在夜店交谈。那些勒索她的人就会盯上我们。

她的确来了，因为她有胆量，也的确被监视着，因为有内线——女佣或司机什么的。那些勒索她的人想知道我的来路，所以抓了我。如果我没失手的话，就能知道这个勾当里都是些什么人。不错的计划，你不觉得吗？”

马尔多恩冷冷地说道：“有些漏洞……继续吧。”

“诱骗成功后我知道一切尽在掌握之中。我按部就班，因为那个时候我只能如此。没多久发生了另一出肥皂剧，这一次没有进行彩排过。一个分赃黑帮财物的大个子警察临阵脱逃了，使其他人陷入困境。他可以做些勒索的勾当，但那晚却突然出现了绑架。对我来说，这个小插曲使事情变得更为简单了，而且对兰德里也没什么损害，因为那个警察并不是个聪明的家伙。我想杀死兰德里的那个家伙也不是什么聪明人。那个人只是很恼火，以为自己被骗了，分不到钱了。”

马尔多恩褐色的双臂在椅子扶手上上下摆动，像是个采购商在讨价还价时显示出的烦躁不安。“你是想以这种方式来解决这些问题吗？”他嘲讽道。

“我是动脑筋的，马尔多恩。虽然动得不够快，但始终是动了。也许没人花钱请我动脑筋，但也没人强制不准我动脑筋。如果我还聪明点，那就是兰德里的不幸了，他本该想到这一点。如果我不聪明，那我就是他的最佳人选——一个能请得起的忠实陌生人。”

马尔多恩平淡地说道：“兰德里有足够的钱。他也有点头脑，尽管不是很聪明，但也足够了。他不会为这种廉价的勒索费心的。”

马洛里厉声笑道：“在他看来并不廉价，马尔多恩。他想要那个女孩，她已经超过他，不再和他处于同一级别。他不能往上挤，但却能把她拉下来。那些信不足以把她拉回身边。但加上绑架以及老情人英雄救美的假桥段，你便能看到一场无米也能煮成熟饭的戏码。如果这件事传了出去，她会立刻失去工作。但如果希望这件事不传出去，你可以想象一下它的代价，马尔多恩。”

马尔多恩发出一声："嗯哼。"眼睛仍旧望着窗外。

马洛里说道："但目前这些事都没有付佣金。我是被雇来找那些信的，我也找到了——兰德里被打死后我在他口袋里找到的。我希望为此能获得相应的报酬。"

马尔多恩转过椅子，双手平放在桌面上。"把信给我，"他说，"我看看它们值多少钱。"

马洛里的目光变得尖锐而愤怒。"你们这帮家伙最糟糕的地方就是永远分不清哪些人靠不靠得住……那些信已经退出了交易市场。它们经手了太多人，已经弄坏了。"

"那些人，"马尔多恩讥笑道，"想得倒挺美。兰德里是我的搭档，我很想念他……所以你把信给了别人，我却要付钱给你，感谢你让兰德里被杀。我真应该把这段写进日记里。我的直觉告诉我朗达·法尔已经付了你大笔钱了。"

马洛里讽刺地说："我就知道你会这么想。也许你会喜欢这个故事的另一个版本……那个女孩十分厌烦兰德里总是骚扰她。她伪造了一些信件，放在她那个聪明律师能拿到的地方。那个律师拿到那些信，交给了一个黑帮。他曾借这一黑帮之力处理过一些事情。那个女孩写信找兰德里帮忙，兰德里便找到了我。那个女孩随后也找到了我，出更高的价钱雇我让兰德里陷入困境。我照旧和他做事，然后找一个家伙假装袭击我，接着使他置于那个家伙的枪口之下。那个家伙开枪杀了他，我于是用兰德里的枪杀了那个家伙，让一切看起来合乎情理。随后我喝了杯酒，回家睡觉去了。"

马尔多恩俯下身，按下桌子一侧的蜂鸣器，说道："我更喜欢这一个。我在想能否让它成为现实。"

"你可以试试。"马洛里懒洋洋地说道，"但我认为这不是你现在该做的第一紧要事。"

9

房门开了，那个金发男孩大步走了进来。他的嘴唇咧开，露出愉悦的微笑。舌头微微露出，手里拿着一把自动手枪。

马尔多恩说道：“我不忙了，亨利。”

金发男孩关上门。马洛里站起身来慢慢退后到墙边，冷酷地说道：“现在要做些有趣的事情了，是吗？”

马尔多恩抬起手指，捏了捏下巴上的肥肉，简略地说道：“这里不会发生枪击案。来这里的都是好人。也许你没有杀兰德里，但我不希望你再出现在这儿，你挡着道儿了。”

马洛里一直往后退，直到肩膀抵住墙壁。金发男孩皱了皱眉，朝他走近了一步。马洛里说道：“待着别动，亨利。我需要空间思考。你可以开枪打我，但我的枪也会有所回击的。这里的枪声可不会让我有麻烦。”

马尔多恩弯腰靠在桌子上，望向一边。金发男孩放缓脚步，舌头依旧夹在双唇之间。马尔多恩说道：“我这张桌子里有一些百元大钞，我会给亨利十张，他会跟你一块去你的公寓，甚至会帮你打包。你一旦踏上往东的火车，他便会给你这些钱。但如果你再回来，那就得另谈了——那就不是用口了。”他慢慢放下手臂，打开抽屉。

马洛里一直盯着金发男孩。“亨利或许会中途改变主意呢？”他用一种友好的语气说道，“在我看来，他不太牢靠。”

马尔多恩站起身来，手从抽屉中抽出来，把一沓美元放在桌上，说道：“我可不这么认为，亨利一向听从指挥。”

马洛里咧嘴笑了笑，说道：“也许这正是我所担心的。”他仍旧咧嘴笑着，但嘴角歪斜，显得十分僵硬，苍白的双唇间露出洁白的牙齿。

“马尔多恩，你说你很想念兰德里，真是胡说八道。你一点儿都不在乎他。如今他死了，你便可以名正言顺得到赌场他那一半的股份，也不会有人质疑。游戏规则便是如此。你之所以希望我离开，是因为你觉得还能找到合适的地方兜售那些丑闻——那样赚的钱比你这小赌场一年赚的还多。但你已经不能再兜售了，马尔多恩。市场已经关闭了。没有人会在乎信件公不公开，也不会有人付钱给你了，一毛钱都没有。”

马尔多恩清了清嗓，仍站在原地，身体稍稍前倾，双手置于桌上，那沓钱就在双手之间。他舔了舔嘴唇，说道：“好吧，果然聪明。为什么不能呢？”

马洛里右手拇指迅速做了个意味深长的手势。

“我是这场交易中的受骗者。你才是聪明人。我坦率地跟你讲第一个故事时，直觉告诉我，兰德里不是单独一人安排这个完美的计划。你他妈就完全参与其中！但你错就错在让兰德里带着那些信。现在那个女孩可以站出来说话了。虽然不多，但足以获得公司支持，因为公司可不想就让某些无耻赌徒毁掉一个身价百万美元的明星名声……如果你不给我钱，那你就遭殃了，你将会见识到好莱坞最完美的掩盖手段。”

他停顿了一下，朝金发男孩望了一眼。“还有一件事，马尔多恩。当你设计一场枪战时，记得找个明白状况的家伙。这位同性恋小伙都忘了保护自己的安全了。”

马尔多恩呆住了，金发男孩移开视线看了一眼手里的抢。仅半秒时间，马洛里便沿着墙跳开了，鲁格尔手枪迅速握在手中。金发男孩脸部变得十分紧张，他开了枪。鲁格尔手枪也开了火，子弹射到了金发男孩头顶帽子旁的墙壁上。亨利被吓得瘫软倒地，再次扣下扳机。马洛里被枪击中，向后倒在墙上。他的左手失去了知觉。

他的嘴唇扭曲，一脸愤怒。他稳住身体，迅速地开了两枪。

金发男孩拿枪的手臂突然扬起，枪沿着墙壁向上高高抛出。他睁大双眼，嘴里发出痛苦的叫声。随后他滚到门前，打开门，一头栽在楼梯上。

房内的灯光照射到他身上。远处有人尖叫了一声。一扇门砰的一声关上。马洛里看着马尔多恩，镇定地说道：“打中了我的手臂！……本来我可以让这个浑蛋死四回了！”

马尔多恩从桌上抬起双手，手中握有一把蓝色左轮手枪，一枪射到马洛里脚边的地板上。马尔多恩突然东倒西歪地向前倾斜，手中的枪像烫手山芋一样被扔掉。双手伸向半空，身体十分僵硬。

马洛里说：“到我前面来，大人物！我要走出这里！”

马尔多恩从桌子后面爬出来，像个提线木偶般颠簸移动。他的双眼像腐坏的牡蛎般无神，口水流到了下巴。

门口处有东西若隐若现。马洛里侧身伏在地上，朝门口乱射一通。但鲁格尔手枪的枪声被一支猎枪震耳欲聋的枪声掩盖住了。猎枪打在了马洛里右侧，一瞬间枪焰四射。马尔多恩身中多枪。

他脸朝地倒下，身子还没着地便断了气。

一支短猎枪掉落在门口，一个身穿衬衫、大腹便便的男人摇摇晃晃地瘫倒在门框上。嘴里欲言又止，血洒在了起褶的衬衣上。

突然而来的巨响吓坏了楼下。尖叫声、脚步声、失控的尖叫厉笑、如尖叫般刺耳的声音。外头的车子纷纷启动，车轮在车道上摩擦发出尖锐的声音。客人们四处逃窜。不知何处的一扇窗户掉了下来。人行道上传来杂乱的脚步声。

灯光照射着楼梯口，没有一丝动静。金发男孩躺在地板上，轻声呻吟，旁边躺着那个死去的男人。

马洛里爬到桌子旁，瘫坐在椅子上。他用持枪的那只手的一侧擦了擦眼角的汗水，肋骨靠在桌边，眼睛盯着门口，喘息着。

他的左手开始抽搐，右腿像是得了埃及瘟疫。血从袖子里流出，流到手上，顺着两根指间滴下。

过了一会儿，他从门口处移开视线，望向桌子台灯下的那捆钱。他伸出手，用手枪枪口将钱拨进开着的抽屉。他痛得龇着牙，向前倾了倾身把抽屉关上。随后他不断迅速地睁闭双眼，一会儿紧闭一会儿又猛地睁开，让头脑变得清晰一些。他把电话拉到身旁。

这时楼下一片寂静。马洛里放下鲁格尔手枪，拿起话筒放在手枪旁。

他大声说道："太糟糕了，亲爱的……也许我还是错了……也许那个浑蛋根本没胆量拿那个伤害你……好吧……我该挂电话了。"

正当他开始拨电话时，警笛声正呼啸着越来越近。

10

一个穿着制服的警官坐在打字机桌子前，对着录音机说话。然后望了一眼马洛里，手指着一扇玻璃门，说："侦探队长找你，私人谈话。"

马洛里僵直地站起身来，穿过房间，身体靠在墙上推开玻璃门，走了进去。

房内铺着褐色的油毯，看起来脏兮兮的，可以与当局"媲美"。侦探队长卡斯卡特坐在房间中央，旁边放着一张乱七八糟的折叠桌，看起来用了至少二十年。另一边是一张平整的橡木桌子，大到都可以打乒乓球了。

卡斯卡特是个高个子爱尔兰人，穿着寒酸，脸上总是汗淋淋的，耷拉着的双唇始终保持着微笑，白胡子中间有一处烟迹，手臂上许多赘肉。

马洛里拄着一根橡皮头拐杖，慢慢向他走来。他的右脚有些肿大，十分疼痛。左手缠着一个用黑丝巾绑成的吊带。他刚刚刮了胡子，脸上干净苍白，眼睛如石板般黝黑。

他面对着侦探队长坐下，将手杖放在桌上，抽出一支烟点燃，然后随口问道："判决结果如何，长官？"

卡斯卡特笑了笑，"你觉得呢，小伙子。你看起来有些虚弱。"

"还不错，有些僵硬而已。"

卡斯卡特点点头，清了清嗓子，假装翻了翻面前的一些文件，说道："无罪释放。有些意外，但的确判了你无罪。芝加哥还了你清白——该死的。你的鲁格尔手枪打中了麦克·科利斯，他犯了两次重罪。我想把这把鲁格尔手枪留作纪念，可以吗？"

马洛里点点头。"可以。我正打算换一把 0.25 毫米口径的铜弹手枪。狙击手用的那种，没有枪声，不过最好穿着晚礼服的时候带着。"

卡斯卡特仔细地瞧了他一会儿，继续说道："猎枪上有迈克的指纹，那支枪打中了马尔多恩，这个毫无争议。那个金发男孩伤得不重，我们在地上找到的自动手枪上有他的指纹，这就让他有点麻烦了。"

马洛里无聊地摩挲着下巴："其他人呢？"

队长扬起他那乱糟糟的眉毛，眼神看起来十分空洞，说道："我不知道还有什么事和你有关，你说吧。"

"不是和我有关，"马洛里解释道，"我只是好奇而已。"

队长坚定地说道："不要好奇。别人问你，也不要去猜……听听鲍德温山的事吧。我们是这样想的，麦克唐纳是在追踪毒贩老滑头摩根时殉职而死的。老滑头的妻子也有罪，但我们不会去抓她。麦克不是缉毒组的，他那晚休息，但仍尽职尽责，他是个伟大的警察。麦克热爱他的工作。"

马洛里微微一笑，礼貌地说道："是这样吗？"

"是的，"队长回答道，"另外，大家都知道这个兰德里是个赌徒，也是马尔多恩的合伙人。真是个有趣的巧合——他去西木区找一个叫科斯特洛的人收钱，那家伙是在东部铁路那里帮人下赌注的。我们的一个警察吉姆·罗尔斯跟着他，他本不需要去的，但是他很了解兰德里。兰德里和科斯特洛在钱的问题上有些分歧，吉姆被短棍敲晕了，兰德里和其中一个小混混相互开枪。还有一个家伙我们没有查到。我们抓了科斯特洛，但他什么也没说，我们也不想打老头。他被控告拿短棍袭击人，我估计他会申诉。”

马洛里跌坐在椅子里，脖子靠在椅背上方，吐出一口烟，烟雾直升到了污迹斑斑的天花板上。他问道：“前天晚上呢？是赌盘逆转了，还是拿来恶作剧的雪茄在车库地板上炸出了个洞？”

侦探队长用手快速擦了擦流汗的脸颊，又掏出一块大手帕擤鼻涕。

“哦，那个，”他轻描淡写道，“那没什么。那个金发男孩，叫亨利·安森什么的，说一切都是他的错。他是马尔多恩的保镖，但这并不意味着可以随意朝任何人开枪，这会给他造成麻烦。但因为他如实交代，所以也没为难他。”

队长停了下来，盯着马洛里的眼睛。马洛里正咧嘴笑着。“当然，如果你不喜欢他的故事……”队长冷冷地说道。

马洛里说：“我还没听过。我想我会喜欢的。”

“好吧，”他缓和了一下语气，低声说道，“好吧，那个安森说马尔多恩按铃让他进去，那时你和他老板正在谈话。你正说着某件事情，也许是在说楼下被他们做了手脚的赌盘。桌上有些钱，安森以为你在敲诈他的老板。在他看来，你十分机灵，而他又不知道你是个侦探，所以有些紧张。他开了枪，你没有立刻还击，但那个可怜的家伙又开了一枪而且射中了你。于是，你朝他肩膀开了一枪，在这种情况下谁都会这样做。如果换作是我，我会直接打死他。随后那个拿着猎枪的男人是来谈钱的，不要问为什么，他反正就是开枪打死了马尔多恩，然后中了你一枪。我们一开始以为他是故意打死马尔多恩的，但他说不是，他在门口那摔了一跤，天啦，我们多不希望是你开的枪，你只是个无辜者，任何人在受到非法武器威胁时都有权保护自己。”

马洛里柔声说道："还有地方检察官和验尸官，他们怎么说？我希望我走时和来时一样清白。"

卡斯卡特皱了皱眉，看着脏兮兮的油毯，咬着大拇指，像是喜欢自虐似的。

"验尸官一点也不在乎这点破事。如果地方检察官想要找事，我会告诉他几件他们没有办妥的案子。"

马洛里拿起桌上的手杖，把椅子推后，拄着手杖起身。"你们警察局真棒，"他说，"我觉得你们这儿根本不会有人犯罪。"

他慢慢走到门口。队长在他身后问道："回芝加哥吗？"

马洛里轻轻耸了耸没有受伤的右肩。"我可能留在这儿，"他说道，"有一家电影公司给了我一个工作。关于私人勒索、敲诈的细节之类的。"

队长真心地笑了笑。"很好，"他说，伊克利普斯电影是家不错的公司。他们对我一直很照顾……很不错很轻松的工作，勒索鬼。别再搞这些麻烦事了。"

马洛里郑重地点了点头。"只是些轻松的工作，长官。几乎毫无挑战，如果你明白我的意思。"

他走了出去，穿过走廊进了电梯，走到大街上，钻上一辆出租车。车内有些闷热，回酒店的路上感到有些晕眩。

内华达瓦斯

1

雨果·坎德利斯身材高大，他弯腰站在壁球场中央，左手拇指和食指间娴熟地捏着一个小黑球，他将球抛在发球线附近，瞄准后便将长柄壁球拍挥了过去。

黑色壁球打在前墙上，大约半壁的高度，然后弹了回来，虽然力度不大，却仍在空中划出一条高高的曲线，差不多挨到了白色吊顶和线路保险装置后面的灯，然后缓缓地滚到后墙边，由于没有碰到墙面，球没有再次反弹回去。

乔治·戴尔随手一挥，球拍底部狠狠地砸在水泥后墙上，球掉下来一动不动。

他说："结果出来啦，老板，十二比十四，你球技比我高多啦。"

乔治·戴尔个子很高、皮肤黝黑、英俊帅气，一副好莱坞式的气派。而雨果的皮肤是棕色的，身上没什么肥肉，一副结实威猛的模样，看样子经常锻炼。他浑身上下都硬邦邦的，除了那两片丰满柔软的唇，还有那双牛一样炯炯有神的眼睛。

"是呀，我总是比你厉害。"雨果·坎德利斯开怀大笑。

他厚实的腰身往后仰着，笑得合不拢嘴，胸膛和肚子上挂着晶莹剔透的汗珠。他打着赤膊，下面只穿了一条蓝短裤，一双白色羊绒袜和一双厚重的胶底运动鞋。他头发灰白，一张大饼脸上偏偏挂着小小的鼻子和小小的嘴巴，眼睛还不停地忽闪忽闪，不过犀利得很。

"还要再来一局吗？"他问道。

"不了，除非你硬要我打。"

雨果·坎德利斯面露不悦，"那好吧。"他简短地说。他把球拍夹在腋下，从短裤里拿出一个防水小袋子，从中取出一支雪茄和一根火柴。他借着火光点着了烟，随手便把火柴丢在了壁球场中间，等着别人去收拾。

他任凭壁球场的门敞开着，挺胸阔步，沿着走廊朝更衣室走去。戴尔默默地跟在后面，像小猫一样温顺，脚步轻盈，还带着几分优雅的气质。他们一起进了浴室洗澡。

坎德利斯在洗澡的时候哼着小曲儿，还往身上打满了肥皂泡沫，他先用热水洗了一遍，再用冰凉的水冲一遍，他喜欢这样洗澡。他擦干身子，全身轻松，裹了块干净的毛巾，昂首挺胸地走出浴室，嚷嚷着要服务生送冰的生姜麦芽啤酒过来。

一位穿着笔挺的白色侍应装的黑人端着个托盘急急忙忙地赶过来，坎德利斯洋洋洒洒地签了张支票，打开了他的大号双层储物柜，取出一瓶约翰沃克牌威士忌，然后将它放在过道上的绿色圆桌上。

那个服务生认真地调好酒，然后倒了两杯，说："好了，坎德利斯先生，请慢用。"说完便领了二十五美分赏钱走开了。这时，乔治·戴尔已经穿着一套高档灰色法兰绒走了过来，他端起其中一杯酒。

"今天过得不错吧，老板？"他透过酒杯眯起眼睛看着顶上的灯。

"我觉得还行，"坎德利斯说，"待会儿回家我得好好款待一下我的小情人。"他眯着眼朝戴尔匆匆一瞥。

"我不跟你一起回家可以吗？"戴尔心不在焉地问。

"我倒无所谓，但娜奥米可就伤心啦，"坎德利斯不太开心地说。

戴尔耸耸肩，嘴巴微微张开，轻声说："你就喜欢挑逗别人，对吧，老板？"

坎德利斯没有回应，也没有看他。戴尔端着酒杯静静地站在那儿，看着这个大男人逐件穿上印有字母的绸缎内衣，印有灰色时钟的紫色袜子，印有字母的丝质汗衫，以及黑白细格子西装，这身打扮让他看上去就像个活脱脱的大谷仓。

他打好紫色领带后，又喊黑人服务生过来调酒。

戴尔拒绝喝第二杯酒，他点点头，轻轻地踩在高高的绿色寄存柜间的地毯上走开了。

坎德利斯穿好衣服，喝完调好的第二杯酒，将自己剩下的威士忌锁在柜子里，然后往嘴里放了支棕色大雪茄。他让黑人服务生帮他点着雪茄后，便趾高气扬地离开了，而且一路上见人就大声打招呼。

他走了之后，除了几个人窃窃私语，更衣室几乎就鸦雀无声了。

德玛俱乐部外正下着雨，制服装扮的门童帮雨果·坎德利斯穿好白色雨衣，系好腰带后，便送他去车边。门童自己在雨篷前穿好雨衣，就为雨果打伞，一路陪着他走过通往路缘的条纹木质地毯。雨果的那辆车是皇家蓝林肯牌豪华轿车，上面还带有米色的条纹。车牌号码是5A6。

司机穿着黑色雨衣走出来，衣服领子拉到了耳朵边，他没有东张西望。门童拉开车门，雨果·坎德利斯钻进车里，坐在后座上，屁股深深往里陷。

“晚安，山姆，叫司机送我回家。”

门童碰了碰帽子向他表示敬意，然后关上车门，将话传达给司机，而司机头也不回地点点头。车子便冒雨离开了俱乐部。

一阵狂风袭来，雨噼噼啪啪地打在了豪华轿车的玻璃窗上，雨滴慢慢聚集斜斜地流入了窗槽。街角满是行人，他们正小心翼翼地穿过日落大道，生怕被雨水溅到。雨果·坎德利斯咧嘴笑着，还假模假样地露出一副抱歉的神情。

车子穿过谢尔曼驶出了日落大道，然后转了个弯，朝着那片山区开去。车速开始加快，因为车子正驶在一条林荫大道上，而且这会儿车流量较小。

车里的温度很高，所有的车窗都关得严严实实的，就连驾驶座后的玻璃隔板一路上也没打开过。车子后座弥漫着雨果浓浓的雪茄烟，分外呛人。

坎德利斯眉头紧皱，他探过去摇窗户，可是车窗的摇手柄坏掉了。他又试了试另一边，可是也打不开。他开始发狂发躁，他想用小型电话呼叫司机，可是车里面根本就不见小型电话的影子。

车子一个急转弯便开上了一条笔直的山路上，马路一旁种满了桉树，却连一栋房子也没有。坎德利斯突然感觉脊梁骨一阵冰凉，这股寒意在他的脊梁骨上下蹿动着。他欠了欠身子，握紧拳头重重地敲着玻璃窗。可是司机仍然没有转过头来，车子在狭长昏暗的山路上疾驰。

雨果·坎德利斯想要一把抓住门把手，可是根本没有门把手——两边都没有。突然，雨果的大饼脸上露出一丝不知所措的苦笑。

司机倾向右边的副驾驶位，戴着手套的手正在找某样东西。突然，只听见一阵尖锐的嗞嗞声。雨果·坎德利斯闻到了一股杏仁味。

起初，味道很淡——相当淡，而且让人心旷神怡。嗞嗞声没有消失，渐渐地杏仁味越来越浓、越来越苦，雨果·坎德利斯丢掉雪茄，奋力往旁边的窗户上砸去，玻璃却依旧纹丝不动。

此时，车子已经爬上了山坡，居民区零星的路灯尽收眼底。

坎德利斯坐回座位上，抬起脚拼命地踢他面前的玻璃隔板。可是不管怎么踢都没有用，渐渐地，他视线模糊，脸部扭曲，脑袋朝后面的垫子上倒下去，最后歪在厚实的肩膀上。大脑袋上柔软的白色毡帽也皱得不成样子。

司机迅速地往后扫了一眼，这一瞬间，可以看到他那消瘦的鹰钩脸。他又将身子探到右边，紧接着嗞嗞声便停了下来。

他在一条荒无人烟的马路边停了车，熄掉了全部的车灯。雨啪啪地打在车顶上，发出一阵闷响。

司机冒雨下了车，打开了后车门，然后捂住鼻子快速地跑开。

他在车子不远处稍作停留，前后观察了一番。

豪华汽车后座上的雨果·坎德利斯却一动不动。

2

弗朗辛·雷坐在一张红色矮凳子上，旁边的小桌上放着个雪花石膏烟灰缸。她刚刚丢在里面的雪茄头缓缓升起青烟，在宁静温暖的空气中勾勒出道道花纹。她双手抱在脑后，青灰色的眼眸慵懒而迷人，深褐色的秀发烫着大波浪卷，其间夹杂着几缕蓝色发丝。

乔治·戴尔倾身向前，深深吻上她的唇。他的唇是热的，吻她时，不禁打了个寒战；而她却一动不动，只是在他起身后懒懒地对他嫣然一笑。

戴尔嗓音浑厚，他说："听着，弗朗辛，你什么时候才能甩掉那个赌徒做我的女人呢？"

弗朗辛·雷耸耸肩，手依然放在脑后。"他是个坦坦荡荡的赌徒呀，乔治，"她懒洋洋地说，"今时今日，这点可是难能可贵的，再说了你也没什么钱。"

"我可以赚到。"

"怎么赚呢？"她的声音就像大提琴一样低沉沙哑，这让乔治·戴尔为之动情。

"从坎德利斯那儿，我已经掌握了那鸟人的很多把柄。"

"比方说？"弗朗辛问。

戴尔饱含深意地对她微微一笑，他睁大眼睛，故意做出一副无辜的表情。弗朗辛·雷觉得他的眼白有点别的颜色，不够通透。

戴尔点了一支雪茄，"太多了——比方说，去年他出卖了一个来自雷诺的恶霸，那个恶霸同父异母的弟弟由于谋杀罪而在这儿被捕，坎德利斯收了两千五百美元替那人的弟弟脱罪。结果，在另一起案件中，他和地方警察做交易，又害得那个恶霸的弟弟锒铛入狱。"

“那个恶霸对此有什么反应？”弗朗辛·雷缓缓地问。

“目前什么都没做，我想他可能以为是更有背景的人干的好事，毕竟人不可能总是立于不败之地。”

“但是，如果他知道真相，可能就会有很多举动啦。”弗朗辛·雷点点头说道，“乔治，那个恶霸是谁？”

戴尔压低声音，又往她身上凑了过去，“跟你说这事我真是有点傻。那个人叫扎帕蒂，我从没见过他。”

“最好永远别见——如果你够聪明的话，乔治。谢谢你告诉我这些事，我可不会像你一样把自己逼到那种境地。”

戴尔淡淡一笑，黑黝黝的脸上露出一口大白牙，“这种事就留给我吧，弗朗辛。什么都不用管，只要记得我有多爱你就好。”

“来杯酒吧。”女孩说。

这间房是酒店公寓的客厅，整个房间的装修都是按照大使馆的规格来的，全都采用红白两色，太过单调死板。白墙上刷有红色图案做装饰，白色软百叶窗上挂着白色窗帘，煤气暖炉前铺着一块半圆形白边红地毯，一张椭圆形白桌子靠墙摆在窗户之间。

戴尔走到桌前，倒了两杯苏格兰威士忌，还往里面加了冰块和充气水。他端着杯子走回房间，一缕轻薄的烟雾如羽毛般从雪花石膏烟灰缸里慢慢升腾。

“甩了那个赌徒吧，”戴尔边说边递给她一杯酒，“他是那种会让你陷入险境的人。”

她抿了一口酒，点了点头。戴尔拿过她的酒杯，就着她刚刚抿酒的杯沿处喝了一小口，然后端着两杯酒靠了过去，再一次吻上她。

通往短走廊的门上挂着几块红色的窗帘，窗帘被拉开几英寸的缝隙，一个男人的脸露了出来，灰色眼眸相当冷酷，他心神凝重地将屋内的情况看在眼里。后来，窗帘被悄悄地合上了，没有发出一丝声响。

过一会儿，门被重重地关上，走廊里传来一阵脚步声。约翰尼·德·鲁斯穿过窗帘走进房间，那时戴尔正在给他的雪茄点火。

约翰尼·德·鲁斯高挑精瘦，文质彬彬，身上的黑色服装裁剪时尚。他冷若冰霜的灰眼睛旁有许多笑纹，薄薄的嘴唇精致却不柔软，长下巴上还有一道刀疤。

戴尔看他，做了个手势，一脸茫然。德·鲁斯一言不发地走到了桌边，倒了杯威士忌，什么都没加就直接喝了下去。

他背对着房间站了一会儿，手还不停地在桌子边缘拍打。然后转过身，微微扬起嘴角，说："大家好。"语气温和，腔调却拖得老长，然后从里面的一扇门走了出去。

他坐在一间卧室里，宽敞却过于奢华，里面放着一张双人床。他走进衣帽间，拿出一个黄色的皮箱，在床上打开了它。他把高衣柜抽屉里的衣服全都整理出来，然后不慌不忙地将它们整整齐齐地放进了皮箱，整理东西时，他还轻轻地吹着口哨。

打包好东西之后，他砰地一下关上箱子，然后点了一支雪茄。他一动不动地在房间中央站了好一会儿，灰眼睛望着墙壁出神。

又过了一小会儿，他走回衣帽间，出来时拿着把小手枪，枪装在一个软皮套中，上面还有两根短带子可以系住。他提起左边裤腿，将装好枪的皮套系在了裤子上。然后拎起箱子走回客厅。

弗朗辛·雷看见箱子时，迅速地眯了眯眼。

"要去什么地方吗？"她低声问道，嗓音沙哑。

"是的，戴尔去哪儿了？"

"他有事先走了。"

"那真糟糕。"德·鲁斯轻声说，他放下箱子，站在旁边，冷灰的眼睛看了看女孩的脸，上下打量着她曼妙的身姿，从她的脚踝一直看到红褐色的头发。"那真糟糕，"他说，"我喜欢他经常出现，你对我已经有些厌烦了。"

"或许是的，约翰尼。"

他弯下身子去拿箱子，可是碰都没碰到箱子就又直起身子，若无其事地说："记得莫珀斯·帕里西吗？我今天在镇上看到他了。"

她的瞳孔瞬间放大，很快又眯起眼睛，几乎都快闭上了。她轻轻地咬着牙，霎时间，下颌骨的曲线分外鲜明。

德·鲁斯的眼神继续在她的脸和身体上游移。

"你就是为了这事出门的吗？"她问。

"我打算去旅行，"德·鲁斯说，"我可不像以前一样争强好胜。"

"一个幌子，"弗朗辛·雷温柔地说，"我们去哪儿呢？"

"不是幌子——真的是去旅行，"德·鲁斯淡淡地说，"而且不是我们——只是我，我一个人去旅行。"

她静静地坐着，一动不动地看着他的脸。

德·鲁斯探进大衣口袋，从里面拿出一个长钱包，打开钱包就像翻开了一本书。他往女孩大腿上丢了一小沓钞票，然后收起钱包。她根本就没有去碰那沓钱。

"这些够你花好一阵子了，你不需要急着去找新情人，"他面无表情地说，"如果你还要钱的话，我会再寄给你的。"

她慢慢地站起来，那沓钞票从她的裙子滑落掉到地上。她双臂下垂，双手紧握，青筋浮起，眼神呆滞，一副死灰脸。

"你是说我们之间结束了，约翰尼？"

他拎起箱子，她往前迈了两大步，迅速挡在他面前，一只手放在他的大衣上。他一动不动地站着，眼睛里含情脉脉，嘴巴却没有一丝笑意。夏尔美牌香水的味道刺激着他的鼻腔。

"你知道你像什么吗，约翰尼？"她声音沙哑，说话含混不清。

他等着她继续说下去。

"一只鸽子，约翰尼，你就像只鸽子。"

他微微点头，"没错，以前我向警察举报了莫珀斯·帕里西，我不喜欢干什么非法的勾当，宝贝。说不定哪天我还会举报他，因为妨碍警察办案，可能会给我自己带来麻烦。这都是陈年旧事，明白了吗？”

“你向警察举报了莫珀斯·帕里西，还以为他不知道是你干的，但是他或许早就知道是你干的好事！所以你要逃跑，为了逃出他的手心……这是个玩笑，约翰尼。我不过是和你开个玩笑。这并不是你离开我的原因。”

“也许我已经厌倦你了，宝贝。”

她仰起头，突然大笑起来，笑声几乎有点刺耳。德·鲁斯依然没有改变主意。

“你真没种，约翰尼，你太软弱了。乔治·戴尔都比你有种。天呀，你太懦弱了，约翰尼。”

她往后退了几步，盯着他的脸。她的眼里闪现一丝不能接受现实的神情，不过很快就消失了。

“你是个帅小伙，约翰尼。天呀，你长得真的很帅，只可惜你太软弱。”

德·鲁斯毫不动情，仍旧心平气和地说，“这不是软弱，宝贝——只是有点多愁善感而已。我喜欢玩玩牌，掷掷骰子，也喜欢有风险的游戏，包括女人在内。但我要是在这些游戏中输了，既不会觉得受伤，也不会自欺欺人，只会换个地方重新开始。和你在一起也不过是场游戏。”

他弯腰提起箱子，从她身旁绕过，掀起红窗帘，头也不回地走出了房间。

弗朗辛·雷呆呆地盯着地板，失了神。

3

德·鲁斯站在查特顿的侧门下左顾右盼，头顶上方是扇贝形的玻璃遮篷，威尔夏大街上灯火通明，而周边的小巷却黑漆漆、静悄悄的。

雨还在簌簌地下，一滴雨从遮篷飘下来，滴在他红色的烟头上，发出呲的一声。他提起箱子沿着街道走向自己的轿车。那是一辆崭新的黑色帕卡德牌汽车，上面到处都是素雅的小铬片，停在了街道的尽头。

他在车门前停住，刚一开门，一把枪迅速地伸了出来，正好对着他的胸口。一个人厉声说道："别动，把手举高，我的乖乖。"

德·鲁斯隐隐约约看到车里的那个男人，光线反射在他瘦削的鹰钩脸上，可是不足以看清他的模样。他感觉到枪死死地压在他的胸口上，硌得胸骨有些疼。他身后又传来一阵匆忙的脚步声，又一把枪抵在他的背上。

"满意了吗？"另一个人问。

德·鲁斯放下箱子，抬起手放在车顶上。

"好吧，"他不耐烦地说，"现在是想怎样？抢劫吗？"

车里的男人低声笑着，有只手从后面拍了拍德·鲁斯的屁股。

"慢慢往后退！"

德·鲁斯双手高举在空中，往后退步。

"不要举那么高，浑球，"后面的男人威胁说，"与肩同高就好。"

德·鲁斯把手放低。男人从车里走出来，挺直腰板，又一次把枪指在德·鲁斯的胸口上，另一只长长的手臂伸过来解开了德·鲁斯的外套。德·鲁斯微微往后一仰，那个男人把他的口袋和胳肢窝都摸了一遍，最后在他的手臂下找到一把带皮套的0.38毫米口径的手枪。

"找到一把枪，查克，你呢？"

"屁股后面什么都没有。"

站在前面的男人走了几步，拿起箱子。

"走吧，我的乖乖，去我们车上。"

他们沿着街道走远了，一辆大型蓝色林肯牌轿车赫然耸现，车身还带有浅黄色的条纹。那个鹰钩脸打开了车门。

“进去。”

德·鲁斯冷漠地钻了进去，弯腰上车时，将雪茄头丢在了黑暗潮湿的地上。他嗅到一股淡淡的味道，可能是熟透的桃子或者杏仁。他坐了进去。

“进去坐在他的旁边，查克。”

“听着，我们都坐在前面，我可以处理——”

“不行，进去坐在他旁边，查克。”鹰钩脸呵斥道。

查克嘟哝着，坐在了汽车后座德·鲁斯的旁边。另一个男人重重地摔上门，透过紧闭的窗户能看见他棱角分明的脸上露出一丝冷笑。然后他坐到驾驶位上，发动了车子，飞驰而去。

德·鲁斯皱了皱鼻子，深深地吸了一口这种奇怪的味道。

他们在街角转弯，沿着第八大道往东开去，到了诺曼底后便往北走，穿过威尔夏大街，过了几条小巷，爬上一个陡坡，又下了坡朝梅罗斯驶去。这辆大型林肯牌轿车在细雨里自由穿梭，悄无声息。查克蹙着眉头坐在角落里，枪放在膝盖上，借着路灯可以看出他傲慢的方脸涨得通红，样子一点儿也不轻松。

玻璃隔板前司机的后脑勺一动不动，他们穿过了日落大道和好莱坞街，往东转向了富兰克林，又向北转到了洛费利斯，然后一直往下开向河床边。

上坡的车辆射出的白光断断续续洒进林肯车里，德·鲁斯紧张地等待着。下一束灯光照进车里时，他迅速弯腰，拉起左裤腿，刺眼的灯光消失前，他已经靠回了座垫上。

查克没有动，也没有注意到德·鲁斯的举动。车子开到山脚下，停在滨江大道的十字路口，变灯之前，对面涌现出密密麻麻的一排汽车。德·鲁斯等待着，算准了车灯对人视线影响的时机，他迅速弯腰，飞快地垂下手，把小手枪从腿上的枪套里拔了出来。

他再一次靠回去，枪压在左边的大髀下，正好藏在查克座位旁。

林肯车在滨江大道上疾驰，又经过了格里菲斯公园的大门。

“我们这是去哪儿，小流氓？”德·鲁斯漫不经心地问。

“闭嘴，”查克咆哮道，“你会知道的。”

“这不是单纯的抢劫，对吧？”

“叫你闭嘴。”查克再次怒吼。

“你们是莫珀斯·帕里西的人吗？”德·鲁斯冷冷地问，一点儿也不慌张。

这个脸部涨红的持枪歹徒猛地拿起膝盖上的枪，说：“我说了，叫你闭嘴！”

德·鲁斯说：“那抱歉了，小流氓。”

他抓着查克的手一扭，枪头在大腿上方转了个个儿。他迅速上膛，左手按在扳机上。枪发出一声闷响——其实声音小得几乎听不见。

查克大叫一声，手猛地一抽搐。枪被踢了出去，掉在车上。他马上用左手捂住右肩。

德·鲁斯把毛瑟枪换到右手上，然后死死地抵在查克的侧身上。

“冷静，小子，冷静，手别乱动。现在，把那把枪给我踢过来，快点！”

查克把地上的那把大型自动手枪踢了过去，德·鲁斯迅速弯腰捡起了枪。那个瘦脸司机往后看了一眼，车子有些偏离轨道，他立即摆正了方向盘。

那把毛瑟枪用来揍人的话有点太轻了，德·鲁斯抬起大枪，使劲往查克脑边上砸了过去，查克呻吟着，向前扑倒，手乱抓一通。

“瓦斯！”他哀叫着，“瓦斯！他会打开瓦斯的！”德·鲁斯更加用力地砸他，查克滚到了座位下。

林肯车驶出了滨江大道，跨过一座小桥，穿过一个跑马道，又开上了一条泥泞狭窄的小路，路旁有个高尔夫球场。道路两旁全是树木，车子就这样在黑暗中飞奔，还不停地从一边飙到另一边，好像这是司机故意为之。

德·鲁斯让自己保持镇定，他摸黑探着门把手——可是车里根本就没有门把手。他咬紧嘴唇，拿枪拼命地砸窗户。可是窗户结实得就像石头砌成的墙。

鹰钩脸往右欠了欠身子，接着传来一阵咝咝声。杏仁味突然加重，味道越来越浓烈。

德·鲁斯从口袋里扯出一块手帕捂住鼻子，司机不得不坐好扶稳方向盘，他弓着腰开车，尽量把头放低。

德·鲁斯将大枪枪口抵在玻璃隔板上瞄准司机的后脑勺，而司机不停地闪躲。他连开了四枪，开枪时，还闭着眼睛，撇开头，活脱脱地像个紧张的女人。

玻璃片没有四溅开来，他睁开眼时只看见玻璃隔板上有个椭圆形的洞，正前方的挡风玻璃也裂开来，但没有碎掉。

他拿枪往洞的边缘猛砸，试图敲松一块玻璃。现在瓦斯透过手帕灌进他的鼻腔，他的脑袋像气球一样轻飘飘的，视线模糊起来。

鹰钩脸司机蜷缩着身子，拧开自己身边的那扇车门，把方向盘打向反方向，然后跳了车。

车子冲过低矮的路基，颠了几下，然后猛地撞到一棵树上。车身严重扭曲，其中一扇后门也被弹开。

德·鲁斯赶忙冲出门外，结果倒栽在泥巴地上，身体内的瓦斯也被撞跑了一些。之后，他大口地呼吸着新鲜空气，靠着腹部和膝盖的力量翻过身，头依然低着，但是枪高举着。

鹰钩脸正跪在十几米远的地方，德·鲁斯看见他从口袋里抽出一支枪，举起来。

德·鲁斯握着查克的那支枪，不停地扫射，直到子弹打光了。

鹰钩脸慢慢地缩成一团，他的身体与漆黑的夜色和潮湿的大地融为一体。滨江大道上时不时有汽车驶过，雨水打在树上，格里菲斯公园的灯塔被乌云淹没，只剩下一片黑暗与死寂。

德・鲁斯深吸一口气，站起身来。他扔掉那把已经没了子弹的枪，从外套口袋掏出一把小手电筒，然后把衣领立起来遮住鼻子和嘴巴，又用力压紧包住脸的厚衣物。他上了车，熄掉车灯，用手电照了照司机驾驶座。他赶紧靠过去，关掉了一个像灭火器的铜汽缸的阀门，瓦斯泄漏的咝咝声这才停了下来。

他走到鹰钩脸面前，那家伙已经死了。他的口袋里有些头寸松、现金和银币，还有雪茄烟，一盒埃及俱乐部的火柴，但是没有钱包，另外还有几梭子弹以及德・鲁斯那把 0.38 毫米口径的手枪。德・鲁斯将最后这件东西放回了身上，然后站起身，离开了那具尸体。

他借着格兰代尔市的灯光，望着黑夜笼罩下的洛杉矶河床。不远处一块绿色霓虹灯不停闪烁，分外明亮，上面写着：埃及俱乐部。

德・鲁斯暗自微笑，然后又走回林肯车旁，把查克的尸体拖了出来丢在湿地上。手电筒微弱的灯光照在查克脸上，他原本通红的脸此刻已经变蓝，睁着的眼睛空洞地望着天空，心脏也不跳动了。德・鲁斯将手电筒放在地上，把查克身上的其他口袋都摸了个遍。

他找到了一些普通人常带在身边的东西：一个钱包，里面有一本驾照，驾照主人是洛杉矶京都酒店的查里斯・李・格兰德。他还发现几盒埃及俱乐部的火柴，以及京都酒店 809 房的钥匙。

他把钥匙放进口袋，砰地关上了刚刚弹开的那扇车门，然后爬到轮胎底下，发动引擎，猛拧撞坏的金属挡泥板，车子便从树上退了开来，慢慢地在泥巴路上颠簸，最后终于倒回了马路上。

回到滨江大道上时，他打开车灯向好莱坞驶去，最后抵达了离好莱坞大道北边还有半个街区远的地方——肯摩尔。他在一栋大型砖房公寓前的几棵花椒树下停好车，熄掉火后，便把箱子拎了出来。

他走开的时候，公寓大门的探灯正好照在了汽车牌照上，上面写着 5A6，这可是个很难弄到的车牌号。那两位持枪歹徒为什么用这个号码呢？这让德·鲁斯很是疑惑。

他在药店打电话叫了辆出租车，车子把他载回了查特顿。

4

公寓空无一人，温暖的空气中残留着夏尔美牌香水的味道和雪茄的烟味，似乎不久前有人在这儿待过。德·鲁斯冲进卧室，检查了两个衣柜里的衣物以及梳妆台上的物品，然后走回红白两色的客厅，给自己调了一杯烈酒。

他拴好外面的门，端着酒杯走进卧室，脱掉满是污泥的衣服，换上另一套暗色西装，但是剪裁同样时髦。他一边在麻质白衬衫的领口处打上一条黑色领带，一边抿了口酒。

他将小毛瑟枪的枪管擦拭干净，重新把枪组装了一遍，还往弹匣里加了一颗子弹后，便把枪装回了腿上的枪套中。然后他洗了手，拿着酒杯走到电话旁。

他最先打给了《纪事报》，找新闻报社编辑沃纳。

电话那头一个人拖着嗓音说："我是沃纳，说吧，找我什么事。"

德·鲁斯说："我是克劳德·约翰·德鲁斯，请帮我在你的名册上查一个加利福尼亚的车牌号——5A6。"

"肯定是哪个该死的政客的车牌。"那个人慢吞吞地说完后，便走开了。

德·鲁斯一动不动地坐着，看着墙角那根饰有凹槽的白柱子，柱子顶端有一个红白相间的碗，里面装有红白两色的人造玫瑰花。他厌恶地皱了皱鼻子。

电话那头又传来沃纳的声音，"1930 年版的林肯牌豪华轿车，登记人是好莱坞西区，清水街 2942 号，卡莎德奥罗公寓的雨果·坎德利斯。”

德·鲁斯随口问道：“就是那个律师，是吗？”

“没错，那个大嘴巴，职业做证律师，”沃纳压低声音说，“偷偷告诉你，约翰尼，那个家伙一肚子坏水，而且他其实并不怎么聪明，不过是在行内混得够久，知道谁可以出卖，谁不可以……又发生了什么新鲜事吗？”

“哦，没有，”德·鲁斯柔声说，“他只是开车溅了我一身水，还不停下来道歉。”

他挂了电话，喝完了杯中的酒，又起身去调酒。然后他翻看了白桌子上的电话黄页，找到了卡莎德奥罗德公寓的电话，便拨了过去。总机的客服人员告诉他，雨果·坎德利斯先生已经出城了。

“请帮我接通他公寓的电话。”德·鲁斯说。

一个女人接听了电话，她冷冷地说：“是的，我是雨果·坎德利斯夫人，请问你有什么事吗？”

德·鲁斯说：“我是坎德利斯先生的一位客户，有非常要紧的事要找他，你能帮个忙吗？”

“非常抱歉，”那个人对他说，声音冷默而且几近慵懒，“我丈夫是临时被叫出城的，我也不知道他去了哪里，我也很希望他今晚能打电话给我。他离开了俱乐部——”

“哪个俱乐部？”德·鲁斯装作无意地问道。

“德玛俱乐部，我是说他从那儿离开后就没有回家。要是有什么话要传达——”

德·鲁斯说：“谢谢你，坎德利斯夫人，我可能会晚点再打给你。”

他挂了电话，缓缓地狞笑着，抿了口刚调的酒，又把京都酒店的号码找了出来。他打过去，说：“我找809房的查理斯·李·格兰德先生。”

“8-0-9，”客服人员脱口而出，“请稍等。”过了一会儿，她说：“房间没人接电话。”

德·鲁斯谢过她之后，拿出口袋里的钥匙，看了看上面的号码：809。

5

德玛俱乐部的门童，山姆，靠在大门口的浅黄色石头上，看着日落大道上穿梭来往的车辆，车前灯刺痛了他的眼睛。他累了，很想回家。要是能来支烟，来一大杯杜松子酒，该多好呀。他希望雨能早早停下来，因为下雨天酒吧里冷冷清清的。

他从墙边挪开身子，在雨篷底下的走廊上来回走动，还不停地拍着戴白手套的大黑手。他本来想吹《溜冰圆舞曲》，可是一直找不准调子，便改吹《轻松女士》，这首歌不需要调子。

德·鲁斯从哈德逊街角走来，靠墙站在他身边。

“雨果·坎德利斯先生在里面吗？”他问，看都没看山姆一眼。

山姆咂动着牙齿，不以为然地说：“他不在。”

“那他来过吗？”

“你可以去前台问问，先生。”

德·鲁斯从口袋抽出戴着手套的手，将一张五美元的钞票卷在左手食指上。

“他们知道什么你不知道的事吗？”

山姆缓缓地笑着，看着钞票在手指上越卷越紧。

“不是这样的，老板。没错，他之前来过，而且几乎每天都来。”

“他是什么时候走的？”

“他大概是六点半走的，估计哈。”

“是开着他的蓝色林肯牌豪华轿车走的？”

“是的，不过不是他自己开的车。你问这个干吗？”

“那时正在下雨，”德·鲁斯平静地说，“而且下得相当大，可能他坐的不是林肯车。”

“就是那辆林肯车，”山姆坚定地说，“是我送他上车的，他从来不坐别的车。”

“车牌号是5A6吗？”德·鲁斯不依不饶地问。

“没错，”山姆咯咯地笑着，“那个号码简直就像市议员的专属号！”

“认识那个司机吗？”

“不认识——”山姆开口说，不过又马上沉默了。他用白皙的手指摸了摸黑乎乎的下巴，那手指几乎有香蕉那么粗。“呃，我可不是个大傻瓜，他肯定又换了位新司机。我很确定我不认识那个人。”

德·鲁斯把那张钱塞到山姆白色的大手掌里。山姆立马握紧钱，但是大眼睛里突然闪现一丝疑云。

“说吧，先生，你问这些问题有什么目的？”

德·鲁斯说：“我已经付过钱了，不是吗？”

他走回哈德逊街角，上了自己的那辆黑色帕卡德牌轿车。他驶入了日落大道，然后一路向西开去，几乎快到了比弗利山庄，然后转向山脚，开始留意街角的路标。清水街是一条山路，在那儿可以将整个城市的美景尽收眼底。卡莎德奥罗公寓位于帕金森一角，是一片高级别墅区，四周是顶部铺着红瓦的土坯墙。公寓的接待大厅在另一座单独的屋子里，围墙对面有一个大型的私人车库。

德·鲁斯把车停在车库对面的街道上，坐在车里观察窗外，看到一间用玻璃围住的办公室，里面有一名穿着洁白的工作服的服务员，他正盘腿坐在凳子上读报纸，还扭过头往背后看不见的痰盂吐口水。

德·鲁斯从车上走下来，过了马路，往回走，然后避开了服务员的视线溜进了车库。

车子排成了四排，其中两排靠在白墙边，另外两排相互对立停在车库中间。车库仍有许多空位，但是也停了不少车。那些车几乎都是昂贵的加顶大车，当然也有两三辆炫酷的敞篷车。

不过只有一辆豪华轿车，车牌号为 5A6。

那辆车保养得当，明亮耀眼，车身是皇家蓝，边缘还带点浅黄色。德·鲁斯脱下手套，把手放在散热器外壳上——真凉。他又摸了摸轮胎，看着自己的手指发现皮肤上沾了点干燥的灰尘。车子螺纹上没有泥土，只有一些极其干燥的灰尘而已。

他沿着一排黑色的车子往回走，然后靠在办公室敞着的门边。过了一会儿，服务员抬起头，看到他时大吃一惊。

“看到坎德利斯的司机吗？”德·鲁斯问他。

那个男人摇摇头，又往铜质痰盂盆吐口水。

“我来了之后没看到——我大约是三点钟来的。”

“他没有去酒吧接那老头吗？”

“没有，我猜没有。那辆车没有被开走，他向来都是开它出门。”

“那他住哪儿？”

“谁？马迪克？林子后面有个用人宿舍，不过我听说他住在某家酒店，让我想想——”他皱起眉头。

“是京都酒店吗？”德·鲁斯提醒道。

德·鲁斯盯着他的下巴看，这个看车库的家伙还在想着。

“没错，我想就是那家酒店。不过我也不太肯定，因为马迪克不怎么爱说话。”

德·鲁斯向他表达谢意后，过了马路，又钻进帕卡德牌轿车里，往市区去了。

他到达第七泉水街角时，已经是九点二十五分了，京都酒店就在这个地方。

这家酒店已经有些年头了，曾经高档豪华，而如今却濒临破产，在警察局也是声名狼藉。里面的木地板大都油迹斑斑，颜色发黑；镀金镜子也残缺不全。天花板的吊灯低垂，烟雾缭绕；一群小混混坐在酒店的旧皮摇椅上无所事事。

看管大马蹄形雪茄铺的金发女郎不再年轻，终日忍受寒酸的生活，眼里满是愤世嫉俗的情绪。德·鲁斯靠在玻璃柜台上，往后拉了拉黑鬈发上的帽子。

"来包骆驼牌香烟，宝贝。"他用赌棍特有的腔调低声说道。

那个女人往他面前扔了一包烟，收了十五美分，然后微微一笑，把找零的硬币丢到他的胳膊肘下。从她的眼神可以看出她对他有意思。她倾身向前，将脑袋凑近，那样他就可以闻到她秀发的芳香。

"问你点事。"德·鲁斯说。

"什么事？"她温柔地问。

"帮我查一下住在809的房客是谁，不要告诉其他接待员。"

金发女郎看起来有些失望，"你为什么不亲自去问他，先生？"

"我胆小嘛。"德·鲁斯说。

"好吧。"

她走到电话边，打了个电话，声音悠扬，然后走回德·鲁斯身边。

"那人叫马迪克，有什么问题吗？"

"没有，"德·鲁斯说，"谢谢你，在这家这么好的酒店工作感觉如何？"

"谁告诉你这家酒店好啦？"

德·鲁斯微笑着扶了扶帽子，慢步走开了。她望着他的背影，眼里全是忧伤。纤细的手肘靠在柜台上，托着腮帮目送他远去。

德·鲁斯走过大堂，上了三个台阶，走进一间开放式铁笼电梯，电梯摇晃了一下才开始上升。

"八楼。"他双手插在口袋里，靠在笼子上，说道。

京都酒店总共只有八层，德·鲁斯穿过一条全是油漆味的长廊，然后在走廊尽头转了个弯，就看到了809房。他敲了敲颜色发暗的木门，没人回应。于是他弯下腰，从钥匙孔往里瞄了瞄，然后又敲了敲门。

他从口袋里拿出那把钥匙，开门进了屋。

两边的窗户都紧闭着，空气中充斥着浓浓的威士忌味，天花板上的灯一直亮着。房里摆着一张大铜床，一张深色的办公桌和两张棕色的皮摇椅。桌子看上去很朴素，上面放着一个扁平的四玫瑰棕色酒瓶，瓶里空空如也，上面也没有瓶盖。德·鲁斯拿着瓶子嗅了嗅，屁股靠在桌沿上，四处打量着这个房间。

他的目光扫过深色办公桌，移到床上，又移到门边的那堵墙，最后落在了房间的另外一扇门上，门后亮着光。他走过去，开了门。

浴室的棕色木纹石地板微微发黄，一个男人脸朝地趴在上面。地板上的血已经发黑，而且黏糊糊的。深红色的血是从男人脑后两个弹孔流出来，再顺着脖子流到地板上。看得出来，血早就流干了。

德·鲁斯脱下手套，弯下腰用两根手指试了试他的动脉。他摇摇头，又戴上了手套。

他离开浴室，关上门，走过去开了扇窗。他把身子探出去，贪婪地呼吸着雨中清爽湿润的空气，看着绵绵细雨飘落在漆黑的小巷里。

过了一小会儿，他关上窗，又关了浴室的灯，从桌上的第一层抽屉拿出了“请勿打扰”的牌子，关了天花板上的灯后，便离开了房间。

他把牌子挂在门把手上，穿过走廊，坐电梯下了楼，离开了京都酒店。

6

弗朗辛·雷低声哼着小曲，穿过查特顿寂静的走廊，她断断续续地哼着，自己也不知道自己哼的是什么曲子。她涂着樱桃红指甲的左手抓着一条从肩上滑落的绿色天鹅绒披肩，右胳膊下还夹着一瓶包裹好的酒瓶。

她扭开钥匙，一推门，立马定住，眉头很快就皱起来。她静静地站在那儿，回忆，努力回忆，她有点紧张起来。

她出门时没有关灯，可是现在灯全熄了。应该是用人关的吧，她心想。然后进了房间，摸索着红窗帘走到客厅。

暖炉发出的红光扫过白边红地毯，照在一团黑亮黑亮的东西上。原来是双鞋子！没有人动过那双鞋子。

弗朗辛·雷颤巍巍地叫着："噢——噢！"那双握着披肩的修长美甲差点戳破她自己的脖子。

只听见"咔嗒"一声，安乐椅旁的灯亮了起来。德·鲁斯坐在椅子上呆呆地看着她。

他穿着外套，戴着帽子，眼神飘忽，深不可测。

他说："你刚刚出去啦，弗朗辛？"

她缓缓地坐到半圆形的长沙发边，顺手把酒瓶放在了旁边的地板上。

"我喝醉了，"她说，"我觉得自己还可以喝很多，所以我又醉了过去。"她拍着酒瓶说。

德·鲁斯说："我想你朋友戴尔的老板被人绑架了。"他漫不经心地提及此事，一副事不关己的样子。

弗朗辛·雷缓缓地张开嘴巴，霎时间，脸上的优雅美丽消失得无影无踪，脸庞像张煞白憔悴的面具，只剩下胭脂在上面肆虐。她似乎很想尖叫。

过了一会儿，她闭上嘴，脸庞又恢复了美丽，她的声音像是从远方飘来的，说道："要是我告诉你我不明白你在说什么，会不会好过些？"

德·鲁斯依然面不改色，他板着脸说："我从这儿出去走到街上时，两个小混混突然冒出来劫持了我，其中一个人躲在我车里。他们很可能是在别的地方就盯上了我，然后一直跟到了这儿。”

“没错，”弗朗辛·雷气喘吁吁地说，“没错，约翰尼。”

他的长下巴微微动了一下，“他们逼我上了一辆林肯牌豪华轿车，那真是辆好车，车子里的窗户很厚实根本敲不烂，后面没有门把手，而且门窗都关得严严实实的。前面的座位有罐毒气——内华达瓦斯，开车的那个家伙对后车厢放毒气，自己却能一点也不吸到。他们把我载到格里菲斯公园路上，朝埃及俱乐部开去。那地方是城乡接合部，接近机场。”他停顿了一下，摸摸眉梢，继续说：“他们没有发现我藏在腿上的毛瑟枪，司机撞了车，我才逃了出来。”

他摊开双手，低头看着它们，嘴角露出一丝冷笑。

弗朗辛·雷说：“我与此事毫无瓜葛，约翰尼。”她的声音死气沉沉，没有一点生气。

德·鲁斯说：“在我之前坐上这辆车的人很可能没有带枪，他就是雨果·坎德利斯。这辆车完全仿造他的车——同样的车型，同样的喷漆，同样的车牌号——但并不是他的那辆车，有人为此费了不少功夫。下午六点半左右，坎德利斯坐着这辆冒牌车离开了德玛俱乐部。他的夫人说他出城了，我一个小时前和她通过电话。午后，他的车就一直停在车库，没有出去……他的夫人现在有可能知道他遇险了，也可能还不知道。”

弗朗辛·雷指甲刮着裙边，嘴唇颤抖。

德·鲁斯继续平静地说，听不出他真实的情绪：“今天晚上或者是今天下午，有人在市里的一家酒店干掉了坎德利斯的司机，到目前为止，警察还没有发现他死了。有人精心谋划了一切，弗朗辛。你不会想与这个阴谋有牵连吧，宝贝？”

弗朗辛·雷低头盯着地板，她声音沙哑地说：“我得喝酒，我快不行了，我感觉特别难受。”

德·鲁斯站起身走到白桌前，倒了杯酒走回去。他端着杯子站在她面前，没有立马把杯子递给她。

“我偶尔才会耍狠，宝贝，不过我一旦耍起狠来，可不会轻易停手的。如果你知道什么，现在说出来比较好。”

他把酒递给她，她一饮而尽，烟青色的眼眸恢复了一丝神采。她缓缓地说：“我什么都不知道，约翰尼，事情不是你说的那样。不过今晚乔治·戴尔说要送套房子给我，他跟我说坎德利斯曾要了一个来自雷诺的恶霸，他以此事威胁坎德利斯，就能弄到钱。”

“那个油腔滑调的家伙真是聪明反被聪明误，”德·鲁斯说，“雷诺是我的家乡，宝贝，那儿的恶霸没有我不认识的，说说看，那个人是谁？”

“一个叫扎帕蒂的人。”

德·鲁斯轻声说：“扎帕蒂就是埃及俱乐部的老板。”

弗朗辛·雷突然站起身，抓着他的胳膊。“不要插手这事！看在上帝的分上，就这一次，能不能不要插手？”

德·鲁斯摇摇头，淡淡一笑，目光在她身上游离，然后甩开抓着他胳膊的手，往后退了几步。

“我坐过他们的瓦斯车，宝贝，我很不爽，我闻过了他们的内华达瓦斯，而且那混混的枪上还留有我的指纹。这足以让警察查到我头上，我已经与此事脱不了干系。如果有人被绑架，而我又报警的话，可能另一个受害者又会被撕票，这个可能性很大。扎帕蒂是雷诺数一数二的狠角色，这和戴尔告诉你的话能对上，如果莫珀斯·帕里西和扎帕蒂混在一起，那我被牵扯进来也就顺理成章了，因为帕里西对我可是恨之入骨。”

“你没必要只身犯险的，约翰尼。”弗朗辛·雷绝望地说。

他脸上仍旧挂着笑容，嘴唇紧闭，眼神冰冷。“是我们两个才对，宝贝。穿件长外套，外面还下着小雨呢！”

她木讷地看着他，刚刚放在约翰尼胳膊上的那只手有些僵硬。她伸了伸手指，又紧紧握住。她说话中气不足，肯定是害怕极了。

“我？约翰尼，噢，千万不要带上我。”

德·鲁斯温柔地说：“拿上外套吧，宝贝。把自己打扮漂亮点，这可能是我们最后一次一起出门啦。”

她踉踉跄跄地与他插身而过，德·鲁斯轻轻地抓住她的胳膊，握了好一会儿，然后在她耳边低语：“你不会陷害我的对吧，弗朗辛？”

她回过头来看见他眼里的忧伤，愣了一会儿，呼吸中夹杂着一丝沙哑的声音，然后抽开手臂，快步跑回了卧室。

良久，德·鲁斯才回过神来，眼里没有了忧伤，嘴角也再次挂起一丝冷冷的微笑。

7

德·鲁斯微闭着双眼，看着庄家的手指滑过桌面，落在桌边。他的手指丰满圆润，指尖纤细，优雅十足。德·鲁斯抬起头看着他的脸——一个未老先衰的秃头男，有双深邃的蓝眼睛，他的头顶完全没有头发，一根也没有。

德·鲁斯又低头看着庄家的手，放在桌边的右手微微弯着，棕色天鹅绒外套剪裁得像件晚礼服，上面的袖扣碰到了桌沿。德·鲁斯露出招牌式的冷笑。

德·鲁斯在红色上押了三个蓝色筹码，这一局球停在了黑 2 的位置上。其他四个玩家中，庄家赔了两位。

德·鲁斯把五个蓝色筹码往前推到了红色方块上，然后把头扭向左边，左边一位高大威猛的金发年轻人往 0 上放了三个红色筹码。

德·鲁斯舔舔嘴，脑袋继续往左扭，看向一个很小的房间，弗朗辛·雷坐在靠墙的长沙发上，头倚在墙上。

“我觉得我要赢了，宝贝，”德·鲁斯对她说，“我要赢啦。”

弗朗辛·雷眨眨眼，把头从墙上挪开，伸手拿起面前矮圆桌上的酒杯。

她抿了一口，盯着地板，没有接话。

德·鲁斯又回过头来看着金发男子，另外三个人也下好注了，庄家看上去有些不耐烦，却又不失警惕。

德·鲁斯说：“为什么我每次下红色你就下0，而我下黑色你就下双0？”

金发男子微微一笑，耸耸肩，默不作声。

德·鲁斯把手放在牌桌上，非常小声地说：“先生，问你个问题。”

“也许我就是这种人，”金发男子咕哝着，“喜欢穷冒险。”

“怎么回事，这么慢？”另一个男人催促道。

“各位，请离手吧。”庄家说。

德·鲁斯看着他说：“开始吧。”

庄家左手转动转盘，又用同一只手往反方向掷球，而右手放在桌边，一动不动。

球停在了0隔壁的黑28处，金发男子开怀大笑。“就在旁边，”他说，“就在旁边。”

德·鲁斯数了数自己的筹码，认真地把它们叠好。“我下六千美元，”他说，“虽然赌场不大，但肯定还是有钱可捞，谁经营这家赌场？”

庄家慢慢露出微笑，直视德·鲁斯的眼睛，平静地说：“你刚刚说赌场？”

德·鲁斯点点头，懒得说话。

“我听到你说赌场，”庄家说，迈出一条腿，然后把重心移到这条腿上。

三个玩家赶忙收起筹码，往角落里的小吧台走去。他们点了酒，然后靠在吧台边的墙上，看着德·鲁斯和庄家。金发男子没有走，他嘲讽地对德·鲁斯一笑。

“哑，哑，”他若有所思地说，“注意你的言行。”

弗朗辛·雷喝完酒，又把脑袋靠在墙上，长睫毛下的眼睛默默地看着德·鲁斯。

过了一会儿，门开了，一位黑胡子、浓眉毛的大块头走了进来，庄家看看他，又看看德·鲁斯，眼神示意了一下。

“没错，我刚刚听到你说赌场，”他平淡地重复了一遍。大块头用自己的手肘架起德·鲁斯的胳膊肘。

“出去，”他冷冷地说。

金发男子龇牙咧嘴，把手插进了暗灰色的西服口袋里。大块头没有看他。

德·鲁斯扫视牌桌，看着庄家说：“我要收回我的六千美元，今天就先到此为止。”

“出去。”大块头厌恶地说，又用手肘戳了戳德·鲁斯。

秃头庄家假惺惺地微微一笑。

“你，”大块头对德·鲁斯说，“不想让我动粗的，对吧？”

德·鲁斯故作惊讶地看着他，满是讽刺的神情。

“好吧，一个头脑简单四肢发达的家伙，”他轻声说，“尼基，拿下他。”

金发男子从口袋中抽出右手，振臂一挥，手里的那把枪在灯光下显得又黑又亮，他“啪”的一声打在了大块头的后脑勺上。大块头本想抓住德·鲁斯，而德·鲁斯快步从他身旁闪开，还从胳膊下掏出一把枪。大块头抓着轮盘赌桌的边缘，重重地摔在了地上。

弗朗辛·雷站起来，打了个嗝。

金发男子溜到旁边，转个身看着酒保。酒保把手放在吧台上，刚刚三个玩转盘的家伙也在一旁看得津津有味，不过他们没有乱动。

德·鲁斯说：“尼基，我觉得他右边中间的那颗袖扣是铜的。”

“没错，”金发男子把枪放回口袋，绕过桌子，走到庄家身边，捏起他右边袖子上的第三颗扣子，用力一扯。再一扯，扣子便被扯了下来，还拉出了一条细线。

“是铜的。”金发男子放下庄家的手，淡淡地说。

“我先拿走我的六千美元，”德·鲁斯说，“然后去会会你的老板。”

庄家缓缓地点点头，伸手去拿赌桌上的那摞筹码。

大块头躺在地上纹丝不动，金发男子把右手伸到屁股后，掏出腰后的那把 0.45 毫米口径的自动手枪。

他挥舞着手枪，微笑地看着四周。

8

他们走在阳台上，俯视着餐厅和舞池。楼下传来乐队演奏的热闹爵士乐；食物、香烟和汗水的味道也随着音乐声一起飘上来。阳台设得很高，楼下的场景就像俯瞰摄像机镜头下的画面。

秃顶庄家打开阳台角落的一扇门，头也没回地走了进去，那个被德·鲁斯叫作尼基的金发男子紧随其后，然后是德·鲁斯和弗朗辛·雷。

前面是一条短短的走廊，天花板上装有一个磨砂的电灯泡。尽头的门像镀了金似的，庄家伸出一根肥肥的手指按下旁边的小按钮，便响起“嗡嗡”的门铃声，就像电梯开门时的声音。庄家往里一推，门开了。

里面是一间休息办公两用的房间，宽敞舒适。房门正对面是一个火炉，而房门左边放着一张绿色的长沙发。沙发上坐着一个男人，他身材矮小，脑袋和黑脸也都又小又圆，黑色的小眼睛没有神采，就像两颗黑玉纽扣。看到我们进来，他放下报纸抬起头，脸色铁青。

房间中央有一张大桌子，一个挺拔的男人站在桌子尽头，手里拿着调酒器。他缓缓转过头来，眼神越过肩膀，看向刚刚进屋的四个人，与此同时，手里仍然以舒缓的节奏摇晃着调酒器。他脸庞又大又黑，眼睛凹陷，皮肤暗灰松弛，短短的红发没有打蜡，也没有分边，左边脸颊上还有一道淡淡的“十”字形刀疤。

高个男人放下调酒器，转过身来，凝视着庄家。长沙发上的那个男人没有动弹，但他内心却七上八下。

庄家说：“我想他们是要抢劫，可我也无能为力，他们摆平了大块头乔治。”

金发男子兴高采烈地从口袋中掏出0.45毫米口径的手枪，枪口指着地面。

“他觉得是抢劫，”他说，“要真是这样，那你还能活命吗？”

德·鲁斯砰地一下把门关上，弗朗辛·雷从他身边走开，走到离火较远的一边。德·鲁斯没有看她，可是长沙发上的那个男人却看着她，看着大家。

德·鲁斯平静地说：“高个的是扎帕蒂，小个的是莫珀斯·帕里西。”

金发男人走到旁边，只留下庄家独自一人站在正中央，0.45毫米口径手枪对着长沙发上的那个小个子。

“没错，我是扎帕蒂，”高个子说。他好奇地看了德·鲁斯一会儿。

然后又回过头拿起调酒器，他拔开瓶塞，倒了浅浅的一杯酒。他喝完酒，用纯麻布手帕抹抹嘴，然后小心翼翼地把手帕放回胸前的口袋，露出一个三角形。

德·鲁斯冷冷一笑，用食指摸了摸左眉梢，右手插在夹克衫口袋里没有拿出来。

“我和尼基上演了一出好戏，”他说，“因此，外面的人都知道我们进来见你了，他们会猜测我们之间进展如何，会不会发生争执。”

“听起来挺有趣的，”扎帕蒂点点头，“为何想见我呢？”

“想和你谈谈你那辆载人的瓦斯车。”德·鲁斯说。

长沙发上的男人突然动了一下，手从腿上弹起来，好像被什么东西蜇了一下。金发男子说：“别动……最好别动，帕里西先生，小心我一枪毙了你。”

帕里西又乖乖地坐在那里，手放回又短又粗的大腿上。

扎帕蒂微微张大深邃的眼睛，“瓦斯车？”他声音显得无辜又茫然。

德·鲁斯往前走到房间中央，定在庄家身边。他灰色的眼眸泛着冷漠的微光，但是脸色苍白疲惫，活力不再。

他说：“也许是有人把这事推到你头上，扎帕蒂，可我不这么想。我说的是辆蓝色林肯牌轿车，车牌号是 5A6，车前座有一罐内华达瓦斯。你很清楚，扎帕蒂，本州喜欢用这种瓦斯处决杀手。”

扎帕蒂咽了咽口水，大喉结跟着前后蠕动。他努努嘴，又抿了回去，然后又嘟起嘴巴。

长沙发上的那个男人放声大笑，看上去很享受自娱自乐的感觉。

房间外传来一个声音，他厉声说道：“金发的那个，把枪放下，其他人举起手来。”

德·鲁斯看到门被拉开了一条缝，一把枪和一只手从缝里露出来，但是不见人影和人脸。房里的灯光照着那把枪和那只拿枪的手。

那把枪好像瞄准了弗朗辛·雷，德·鲁斯迅速妥协，他说：“好吧。”然后把手举在空中，手里什么也没拿。

金发男子说：“肯定是大块头乔治——他肯定早醒了，现在是有备而来。”他松开手，0.45 毫米口径的手枪掉在前方地板上。

帕里西以迅雷不及掩耳之势从沙发上站起身，还从胳膊下抽出一把枪。扎帕蒂从抽屉里拿出一把左轮手枪，握好。他对着门口说道：“出去，不要插手此事。”

门“咯吱”一下关上了，扎帕蒂对秃头庄家点头示意，后者自打进屋以来压根就没敢动弹一下。

“回去工作吧，路易斯，就当什么也没发生过。”

庄家点点头，转身走出了房间，还轻手轻脚地带上了房门。

弗朗辛·雷傻傻地笑着，她伸手把喉咙边的衣领立起来，好像房间里很冷似的。实际上，这间屋子没有窗户，又有火炉，暖和得很。

帕里西吹着口哨，快步走到德·鲁斯面前，用手里的那把枪抵在他的脸上，向后推了推他的头，左手伸到德·鲁斯的口袋里，掏出了一把科尔特左轮手枪，然后搜了他的胳膊附近，转到他身后，摸了摸他的屁股，又走回前面。

他往后退了一点，用其中一把枪的枪柄砸德·鲁斯的脸颊。枪砸在他脸上时，德·鲁斯依旧岿然不动，只是头微微颤了一下。

帕里西又往同一个地方砸去，血从德·鲁斯的颊骨慢慢往下流，他的脑袋微微低垂，膝盖发软，缓缓倒了下去，他左手撑在地上，摇晃着脑袋。他的身子蜷缩着，双腿靠在一起，右手无力地垂在左脚旁。

扎帕蒂说：“行啦，莫铂斯。不要杀他，我们还得从他们那儿套消息呢！”

弗朗辛·雷再次放声大笑，这次笑得更加没心没肺。她一只手扶在墙上，身体不住地颤抖。

帕里西深吸一口气，从德·鲁斯身边退开，黑黝黝的圆脸上露出满意的笑容。

“我等这一天等好久了。”他说。

他退到离德·鲁斯大约六英寸开外的地方时，某样黑亮的小东西好像从德·鲁斯的左裤腿溜到他的手中。突然传来一声刺耳的枪响，地上闪现橙黄色的火星。

帕里西脑袋向后闪，可是下巴还是被打了个洞，霎时间，鲜血喷涌而出。他的手一松，两把枪都掉了下去。他的身体开始摇晃，重重地倒在了下去。

扎帕蒂说："见鬼！"举起左轮手枪。

弗朗辛·雷尖叫一声，扑向扎帕蒂——她拳脚并用，尖叫不止。

左轮手枪连响两声，子弹都打在了墙上，墙壁啪啪作响。

弗朗辛·雷瘫跪在地，手也挨着地面。一条纤细的长腿从裙底露了出来。

金发男子单膝跪地捡起自己的那把0.45毫米口径的手枪，大喊道："她抢了那浑蛋的枪！"

扎帕蒂两手空空地站着，脸色很难看，右手手背上有一条长长的红色抓痕，他的左轮手枪掉在弗朗辛·雷旁边的地板上。他难以置信地低头看着枪，眼里满是惊恐。

帕里西躺在地上咳嗽了一声，然后一动不动。

德·鲁斯站起来，手里的小毛瑟枪看上去像个玩具，他的声音像是从很远的地方传来的，他说："小心门外，尼基……"

房间外没有声响，四周也一片寂静。扎帕蒂站在桌子尽头，身体僵硬，脸色煞白。

德·鲁斯弯下腰，抚摸着弗朗辛·雷的肩膀，"你还好吗，宝贝？"

她曲曲腿，站了起来，低头看着躺在地上的帕里西，身子因紧张而不住地颤抖。

"抱歉，宝贝，"德·鲁斯站在她身旁温柔地说，"我想我误会你了。"

他从口袋里掏出手帕，在唇边打湿它，然后轻轻地擦拭着左边脸颊，看了看手帕上的血迹。

尼基说："我想大块头乔治应该又睡着了，那会儿没一枪毙了他，我真是傻。"

德·鲁斯轻轻点头，说："没错，这场架打得真没劲。扎帕蒂先生，你的帽子和大衣在哪儿？我想你得陪我们走一趟。"

9

在花椒树荫下，德·鲁斯说：“就是这儿啦，尼基。那辆车就在那里，没人动过它，不过最好还是先观察一下。”

金发男子从帕卡德牌轿车走下来，在树底下走了几步，又在帕卡德牌轿车这边的街道上站了一会儿，然后穿过马路，走到林肯牌轿车旁，车子停在肯摩尔北边的砖房公寓前。

德·鲁斯把身体探到副驾驶位旁，伸手捏了捏弗朗辛·雷的脸颊，说：“宝贝，你现在先开这辆车回家，我晚些再去看你。”

“约翰尼——”她抓住他的手臂，“你还要去干吗？看在上帝的分上，你能收手了吗？”

“还不行，宝贝，扎帕蒂先生还有些事要跟我们说呢，我想让他去坐坐那辆瓦斯车让他振作一下。无论如何，我都需要他的证词。”

他瞟了一眼坐在后座角落的扎帕蒂，扎帕蒂喉咙发出一声刺耳的声音，他阴沉着脸瞪着前方。

尼基穿过马路走了回来，一只脚踩在汽车踏板上，站在车门外。

“没有钥匙，”他说，“你有吗？”

德·鲁斯说：“有。”他从口袋中掏出钥匙，递给尼基。尼基绕到扎帕蒂那边，打开车门。

“出来吧，先生。”

扎帕蒂板着脸下了车，站在绵绵细雨中，嘟囔了几句，德·鲁斯也跟着下了车。

“去吧，宝贝。”

弗朗辛·雷挪到驾驶位，扶住方向盘，踩下启动器，引擎嗡嗡作响。

“回头见，宝贝，”德·鲁斯轻轻地说，“宝贝，先帮我暖暖拖鞋，还要帮我个大忙，千万不要给任何人打电话。”

帕卡德牌轿车穿过花椒树林，驶出了漆黑的街道。德·鲁斯眼看着它转了弯，然后用手肘戳了戳扎帕蒂。

“我们走吧，你就坐在你那辆瓦斯车后面，窗户破了洞，所以我们没办法让你吸入大量的瓦斯，但是你还是能尝尝那个味道的。我们会开到乡下的某个地方，我们有一整晚的时间陪你玩。”

“我想，你知道这是绑架吧？”扎帕蒂气势汹汹地说。

“我乐意。”德·鲁斯得意地说。

他们穿过马路，三个男人不慌不忙地一起走着。尼基打开林肯车那扇还没坏的后门，扎帕蒂坐进去，尼基“砰”地一下关上门，然后坐到驾驶座，插上了车钥匙。德·鲁斯坐在他的旁边，双腿叉开坐在那罐瓦斯上。

整辆车都弥漫着瓦斯的气味。

尼基发动了车子，在街区中部转弯，向北边的富兰克林开去，回到洛弗利斯，又开往格兰代尔市。过了一小会儿，扎帕蒂把身子往前挪，敲打着玻璃。德·鲁斯把耳朵贴在尼基脑后玻璃的那个洞上。

扎帕蒂大喊道：“石屋—城堡路—拉肯亚达洪区。”

“哎呀，真是个孬种。”尼基咕哝着，眼睛盯着前方的路面。

德·鲁斯点点头，意味深长地说：“应该不是这样，现在帕里西死了，除非他想出逃命的办法，不然他什么都不会说的。”

尼基说：“换作是我，我宁愿被打死也不愿受这样的折磨。给我点支烟，约翰尼。”

德·鲁斯点了两支雪茄，递了一支给金发男子。他看了一眼后面角落里的扎帕蒂，往来的车灯照在他那张紧绷的脸上，投射出的阴影让他看上去更让人琢磨不透。

这辆大型轿车悄悄地穿过来格兰代尔市，又爬上山坡，朝蒙特罗斯驶去。在蒙特罗斯市上桑兰高速，走完桑兰高速便到了几乎是一片荒废的洪区——这儿就是拉肯亚达。

他们找到了城堡路，然后沿着那条路朝山区开去。几分钟后，他们到达了石屋。

石屋背对着公路，它们之间隔着一片空地，也许以前是块草坪，不过现在上面只有沙堆，碎石和几块大岩石。他们在公路上转了个九十度的急弯才到这儿。公路的尽头是残缺的混泥土墙，它是被1934 年新年之夜的那场洪水给冲毁的。

混泥土墙后面是主要的受灾区，那儿野草蔓延，还有很多大石头。尽头有棵树，树的大半截根都裸露在地面上，大约八英寸。

尼基停下车，熄了车灯，从车子里拿出一个大号手电筒，递给德·鲁斯。

德·鲁斯下了车，手里拿着手电筒，扶着门站了一会儿。他从外套口袋掏出枪，手自然地垂在旁边。

“看样子他是想拖延时间，”他说，“我看这儿根本什么线索都没有。”

他瞥了一眼扎帕蒂，讽刺地笑了一下，然后踩着小沙丘，走向石屋。屋子的前门半掩着，门口堆满了沙子。德·鲁斯往屋子的角落走去，还尽量看紧大门。他挨着墙走，还盯着后面那扇被木板钉死的窗户，看样子里面没有开灯。

屋后的那片地以前应该是鸡舍。车库被挤扁了，只剩下一辆破铜烂铁般的房车。后门和那扇窗户一样也被钉死了。德·鲁斯默默地站在雨中，想着为什么前门是开的呢？然后，他想起几个月前也发生了一场洪灾，不算凶猛，但还是足以冲开面山的那扇前门。

旁边的空地上耸立着两栋荒废的灰泥屋，离洪区更远的一片高地上有一扇亮着的窗户，这是德·鲁斯视线范围内唯一看见的灯光。

他回到屋前，溜进那扇开着的门，站在屋里听着周围的动静。良久，他才打开手电筒。

这个屋子没有室内该有的气味，反倒和室外的气味一样。客厅里除了沙子，几件破破烂烂的家具，墙上的污渍，以及洪水退去后在墙上留下的黑线上方挂着的几幅画，其余什么都没有。

德·鲁斯几步便穿过短走廊来到厨房，厨房地板上有个洞，以前是放水槽的地方，现在却放着一个生锈的煤气炉。他又从厨房走到卧室，到目前为止，他还没有听到屋内有一丝声响。

卧室四四方方，漆黑一片。地上铺着块地毯，上面蒙一层干巴巴的泥。铁床上的弹簧锈迹斑斑，弹簧上是留有水渍的床垫。

床底下露出一双脚。

这双大脚穿着咖啡色的拷花皮鞋，套着紫色的袜子，袜子侧面还有灰色的时钟印花，袜子上面是条黑白格裤。

德·鲁斯静静地站在那儿，拿手电筒照在那双脚上，嘴巴轻轻地咂了一声，他就这样一动不动地站了好几分钟。然后把手电筒倒立在地上，灯光照在天花板上再反射下来，照亮了整个房间。

他抓住床垫，把它从床上挪开。然后把手探到床底，他摸到了床下那个男人的一只手，那手是冰凉的。他抓住男人的脚踝想把他拉出来，可是他又大又沉，把床移开可能反而容易些。

10

扎帕蒂的头向后靠在垫子上，闭着眼睛，微微偏着脑袋。他双眼紧闭，尽力把脑袋偏得更远些，这样手电筒的灯光就不至于刺到他的眼。

尼基把手电筒贴在脸边，开了又关，关了又开，单调而有节奏地重复着。

德·鲁斯站在敞开的那扇车门边，一只脚踩在车踏板上，看着淅淅沥沥的细雨。昏暗的天际，一架飞机的信号灯若隐若现。

尼基漫不经心地说："你永远想不到一个人能有多软弱。我曾经见过一个家伙，警察的指甲刚碰到他的酒窝，他就吓得屁滚尿流。"

德·鲁斯憋不住笑了。"这个家伙可是个狠角色，"他说，"你得想个比用手电筒刺他眼更好的法子才行。"

尼基又把手电筒开开关关。"我可以，"他说，"不过不想弄脏自己的手。"

过了一小会儿，扎帕蒂把手举到前面，再慢慢放下，然后开口说话。他的声音低沉，眼睛依旧紧闭着，生怕手电筒刺痛双眼。

"是帕里西实施的这次绑架，事情结束前我全然不知。大约一个月前，帕里西控制了我，因为他有几个恶霸撑腰。也不知道他是怎么知道坎德利斯骗了我两千五百美元的事，坎德利斯本来答应帮我弟弟摆脱谋杀罪，可是拿了钱之后又出卖了他。我没有跟帕里西说过这事，直到昨晚我才知道他早知此事。"

"今晚大约七点或者再晚一些，他来到酒吧，对我说：'我们抓到了你的一个朋友，坎德利斯。这里总共十万美元，需要快速洗干净。你要做的就是帮忙把这笔钱和桌上的那些钱混在一起，你没得选择，原因有二：一是你能分到一笔酬劳；二是我们是在你的地盘上，要是事情搞砸了，你也脱不了干系。'就这样，帕里西在我的酒吧坐着，咬着指甲，等他的手下。他的伙计一直没有出现，他变得焦躁不安，马上跑去啤酒店打了个电话。"

德·鲁斯点燃了手里握着的那支雪茄，说道："此事是谁谋划的？你怎么知道坎德利斯在这儿？"

扎帕蒂说："莫珀斯告诉我的，不过我不知道他已经死了。"

尼基笑了起来，又飞快地拨弄着手电筒的开关。

德·鲁斯说："让灯亮一会儿。"尼基便把灯照在扎帕蒂苍白的脸上，扎帕蒂抿了抿嘴，睁了一下眼睛。他的双眼无神，就像死鱼的眼睛。

尼基说：“这儿真他妈的冷，这家伙怎么办？”

德·鲁斯说：“我们把他带进屋子，把他和坎德利斯绑在一起，这样他们就能互相取暖了。我们明天早上再过来，看看他有没有想出点别的什么事情。”

扎帕蒂吓得全身发抖，眼角好像闪着一丝泪光。沉默了一会儿后，他说：“好吧，我承认是我策划了整件事情。瓦斯车是我的主意，我不是想要钱，我要的是坎德利斯，我就是想他死。上周五，我的弟弟在昆廷被绞死了。”

大家沉默了片刻，尼基咕哝了几句，德·鲁斯没有动，也没有说话。

扎帕蒂继续说：“坎德利斯的司机，马迪克，也参与了此事，因为他恨坎德利斯。原本计划让他开那辆冒牌车，然后一枪杀了他，这样行动就更加天衣无缝。可是他收了钱却迟迟不动手，帕里西对他起了疑，便杀了他，换了个人开车。那天下雨，老天助了我们一臂之力。”

德·鲁斯说：“这才乖嘛，不过还有些事你还没说，扎帕蒂。”

扎帕蒂飞快地耸耸肩，微微睁开眼看了看手电筒，似乎冷笑了一下。

“你到底想干吗？你想两头都得罪吗？”

德·鲁斯说：“我想揪出指使别人绑架我的那个幕后黑手……算了，我会自己搞定的。”

他把脚从踏板上挪开，“哐”地一下关上车门，一屁股坐到黑漆漆的副驾驶位。尼基收起手电筒，坐到驾驶座上，发动了引擎。

德·鲁斯说：“尼基，开到有电话的地方，我要叫辆出租车。然后开着这辆车兜一个小时，再打电话给弗朗辛。我会让她传话给你的。”

金发男子缓缓地摇头，“你是个好搭档，约翰尼，我喜欢你。但是事情调查得差不多了，我打算回警局报案。别忘了家里的那件旧汗衫还放着我私家侦探的执照呢！”

德·鲁斯说：“再给我一个小时，尼基，就一个小时。”

车子下了山坡，驶出桑兰高速，又越过另一座山丘，朝着蒙特罗斯开去。过了一会儿，尼基说：“万事小心。”

11

卡莎德奥罗公寓大堂的桌子尽头摆着一个时钟，现在是凌晨一点十二分。大堂是古典的西班牙风格：里面铺着深红色的印度地毯；镶满铆钉的椅子上铺着皮革靠垫，垫子两旁还垂着皮革流苏；灰绿色的橄榄木门上嵌着厚重的铁质合页。

大堂里有一位身材瘦小、穿着整洁的接待员。他金色的胡须打了蜡，顶着一头蓬松的金发。他靠在桌边，看着时钟打哈欠，还不时地用光亮的指甲壳敲着牙齿。

街边的门开了，德·鲁斯走进来，他脱下帽子，甩了甩，又戴上，压低了帽檐。他不慌不忙地扫视了一眼这个冷清的大堂，然后走到桌边，戴着手套往桌上一拍。

“雨果·坎德利斯的别墅是几栋？”他问。

接待员看上去有点恼怒，他瞥了一眼时钟，然后看了看德·鲁斯的脸，又回头看着时钟。他傲慢地一笑，目中无人地说：“12C，这个点你还要我去传话吗？”

德·鲁斯说：“不用了。”

他转身离开前台，朝一扇嵌有方形玻璃的大门走去，这扇门像是高级隐秘会所的大门。

他手刚要碰到门，身后突然响起一阵刺耳的铃声。

德·鲁斯回头看了一眼，又转身走回桌边。那个接待员迅速把手从铃上移开。

他的声音带着一股冷嘲热讽的意味，他对德·鲁斯说："这可不是普通的公寓，还请你自重。"

德·鲁斯的两颊微微发红，他靠向柜台，一把抓住接待员夹克的镶边领口，把他的胸口扯到桌边。

"你刚刚什么意思，死基佬？"

接待员脸色发白，不过他又一次按响了铃声。

一个身穿宽松的套装、头顶深褐色假发、矮墩墩的男人从桌边走过来，他伸出一根圆乎乎的手指，说："嘿！"

德·鲁斯松开接待员，面无表情地看着这个矮胖的男人大衣前的烟灰。

胖子说："我是这儿的保安，要是你想要狠得先会会我！"

德·鲁斯说："你挺懂我的，我们去那角落谈谈吧。"

他们走到角落里，坐在一棵棕榈树旁边，胖子打了一个哈欠，拎起假发边缘，冲里面挠了挠。

"我叫库瓦利克，"他说，"到时我会亲自教训那个瑞士佬的，你来这儿有何贵干？"

德·鲁斯说："你能保证守口如瓶吗？"

"不能，我的嘴可停不下来，聊天是我在这儿唯一的乐子。"库瓦利克从口袋里拿出半支雪茄，点燃了它。

德·鲁斯说："这次你会保持缄默的。"

他伸进大衣口袋，掏出钱包，拿出两张十美元的钞票，用食指把钱卷起来，卷成管状才松开手，然后把钱塞进胖子的外衣口袋。

库瓦利克眨巴眨巴眼睛，但是什么都没说。

德·鲁斯说："坎德利斯的公寓里有位叫乔治·戴尔的男人，他的车停在外面，所以人肯定就在里头。我想见他，但是不想让他知道是我想见他。你可以带我进去，然后陪着我。”

胖子谨慎地说：“这会儿天色已晚，他可能已经睡觉了。”

“就算他睡着了，那也睡错了床，”德·鲁斯说，“他必须起来。”

胖子站起来，“我不喜欢动脑子，不过我喜欢你的钞票，”他说，“我先进去看看他们有没有起床，你在这儿等我。”

德·鲁斯点点头，库瓦利克沿着墙边，溜进了角落的那扇门。他走路时，肥屁股上的枪套从大衣底下露了出来。接待员看了看他的背影，又不屑地瞥了一眼德·鲁斯，然后拿出一把指甲锉。

十分钟过去了，十五分钟过去了，库瓦利克还没有回来。德·鲁斯突然站起来，皱着眉头朝角落的门走去，柜台边的接待员挺直身板，看着桌上的电话，不过没有碰它。

德·鲁斯进了门，走在有吊顶的走廊上。雨水轻柔地从顶上的瓦片滴落下来。院子中央有个椭圆形的游泳池，里面铺着颜色鲜艳、带有花纹的瓷砖。院子尽头，还有几个别院。其中左边的一个院子尽头有扇亮着灯的窗户。他小心翼翼地走过去，走近才发现这个门牌号就是 12C。

德·鲁斯上了两个台阶，隔着点距离按下了门铃。没有任何反应。片刻之后，他又按了一次，然后拉了拉门，门锁住了。他好像听见房里某个地方传来一阵微弱的撞击声。

他在雨里站了一会儿，然后绕到别墅的一角，沿着一条狭窄潮湿的通道，走向屋子后面。他拉了拉服务用门，也锁住了。德·鲁斯咒骂了一句，拿出了胳膊下的那把枪，把帽子抵在服务用门的玻璃窗上，用枪托砸玻璃。玻璃碎落在屋内，叮当作响。

他收起枪，扶正帽子，把手伸进破窗户里，打开了门。

厨房又大又亮敞，地上铺着黑色和黄色的瓷砖，看上去这房间主要是调酒用的。铺着瓷砖的沥水台上摆着两瓶海格，一瓶轩尼诗，还有三四种其他品牌的高档酒。短短的走廊尽头有扇通往客厅的门，门紧闭着。角落有架大钢琴，旁边亮着一盏台灯。另一盏台灯放在一张矮桌上，桌上还放着些酒水和玻璃杯。壁炉里的火焰快要熄灭了。

撞击声越来越明显。

德·鲁斯走出客厅，穿过一扇挂着短帷幔的门，走进另一条走廊，随后进入了一间装修精美的卧室。撞击声是从衣橱里传来的，德·鲁斯打开衣橱门，看见了一个男人。

他坐在衣橱里，背后衣架上挂着一堆衣服，一块毛巾绑在他的脸上，另一块绑住了他的脚踝，而双手也被绑在了身后。他跟埃及俱乐部的庄家一样，也是个秃头。

德·鲁斯低头仔细看他，突然笑了起来，弯下腰给他松绑。

男子把嘴里的小毛巾吐了出来，粗声粗气地咒骂着，然后钻进后面的衣服堆里，再出来时手里抓着一团毛茸茸的东西。他把它捋顺后戴在了光秃秃的头顶上。

原来是这儿的保安，库瓦利克！

他站起来，嘴里依然喋喋不休地咒骂着。他避开德·鲁斯，肥肥的脸上一脸警惕，右手伸到臀后的枪套上。

德·鲁斯两手一摊，说道："说说怎么回事吧。"然后在一张印花矮椅上坐下来。

库瓦利克默默地看了他一会儿，才把手从枪套上移开。

"我看到这屋亮着灯，"他说，"所以我按响了门铃，一个皮肤黝黑的大高个开了门，我见过他很多次，他就是戴尔。我告诉他外面有个人想见他，但不想透露姓名。"

"然后你就被绑了。"德·鲁斯冷淡地说。

"还没有，不过也快了，"库瓦利克咧咧嘴，嘴里吐出残留的毛絮，"我把你的样貌跟他形容了一遍，然后我就被绑了。他奇怪地笑了笑，叫我进去等一会儿。我刚一进门，他便关上门，拿枪抵在我腰上。他说：‘你刚刚说他穿着一身黑衣服？’我说：‘是的，为什么拿枪指着我呀？’他说：‘他是不是灰眼睛，黑鬈发，厚嘴唇？’我说：‘没错，你这个浑蛋，干吗拿枪指着我？’他说：‘为了这个。’说完便拿枪砸我的后脑勺，我倒在地上，头晕目眩，不过还没有完全晕死过去。然后坎德利斯的那位臭婆娘从走廊里出来，他们把我绑好丢进衣橱里，结果就像你现在看到的这样。我还听见他们倒腾了一会儿，后来就没动静了。这就是你按门铃之前发生的事。”

德·鲁斯慵懒地微微一笑，整个身子放松地摊在椅子上，看起来懒洋洋的，一点也不着急。

“他们逃走了，”他淡淡地说，“应该是有人通风报信，我可不觉得这是个明智的举动。”

库瓦利克说：“我以前可是富国银行保镖，这样的惊吓还承受得住，他们去哪儿了呢？”

“坎德利斯夫人是位怎样的女人？”

“听说是位好色的黑美人，为人有点尖酸刻薄。他们每三个月就换一位司机，卡莎公寓有好些男子都被她看上了，我猜袭击我的那位是她最近的新欢。”

德·鲁斯看着手表，点了点头，倾身向前，站了起来。“我想是时候让警察插手了，局里有朋友吗？你可以跟他报个案。”

有个人说：“还不是时候呢。”

乔治·戴尔快步从走廊进入屋内，不动声色地站着，手里拿着把细长的消音自动手枪。他的眼里全是怒火，但浅黄色的手指稳稳地扣在扳机上。

“我们没有走，”他说，“我们还没准备好呢，不过这对你俩来说可不是什么好消息。”

库瓦利克的肥手迅速放到臀后的枪套上。

那把黑管自动手枪发出两声闷响。

库瓦利克大衣钱的烟灰飞溅起来，他的手猛地从腰间甩开，小眼睛突然睁得老大，就像豌豆荚爆出一粒豆子。他侧面朝墙重重地砸了上去，然后慢慢倒下，向左侧着身子躺在地上，一动不动，眼睛半睁着，背靠着墙，他的假发掉在一旁。

德·鲁斯瞥了他一眼，目光又移回戴尔身上。他的脸上看不出一点情绪，甚至没有一丝激动之情。

他说："你真是个失去理智的笨蛋，戴尔，你连最后的机会都放弃了。你本来只需要吓唬吓唬我们就够了，不过你犯的错也不止这一个。"

戴尔平静地说："不，我明白了，我不应该派人去杀你，我只不过是为了好玩，这事办得一点儿都不专业。"

德·鲁斯轻轻地点点头，近乎友好地看着戴尔。"只为了好玩？是谁告诉你这个游戏已经玩完了的？"

"弗朗辛，他妈的浪费了好多时间才把事情说清楚，"戴尔粗鲁地说，"我要走了，所以暂时不能向她表示感谢。"

"你走不了的，"德·鲁斯说，"你逃不出这个州，你也拿不到坎德利斯的一分钱，你拿不到，你同伙拿不到，你的女人同样拿不到。警察已经得知此事了。"

戴尔说："我们会脱身的，我们有足够的经费上路，约翰尼，永别啦！"

戴尔的脸一绷，举起枪。德·鲁斯眯着眼睛，战战兢兢，准备挨枪，但枪没有响。戴尔身后传来一阵沙沙声，一位穿着灰色貂皮大衣的高挑的黑美人溜进房间。她乌黑的秀发上戴着一顶小帽子，脖子上绑了个蝴蝶结。她虽然有些消瘦，但瘦得很美。嘴唇上的胭脂涂得像烟灰一样黑，两颊却很白净。

她冷淡慵懒的声音与她紧绷的脸很不相称，"谁是弗朗辛？"她冷冷地问。

德·鲁斯睁开眼，身体僵硬，摊在椅子上，右手开始滑到胸前。

“弗朗辛是我的女朋友，”他说，“戴尔先生一直想把她从我身边夺走。不过这也无可厚非，他年轻俊朗，本来就有选择女人的主动权。”

高个女人突然脸色一黑，狂躁暴怒起来。她狠狠地抓住戴尔的胳膊——他拿枪的那只。

德·鲁斯抓住腋下的枪套，掏出0.38毫米口径的那把枪。但是走火的不是他的枪，也不是戴尔手里的那把消音自动手枪，而是一把大型科耳特左轮手枪，枪管八英寸长，火力像炸弹一样猛。它是从地板上，从库瓦利克的右臂边发出来的，枪就握在他肥肥的手里。

这枪只走了这么一次火而已。戴尔像是被一只巨大的手推到了墙上，脑袋撞在上面，顷刻间，他黝黑帅气的脸上血肉模糊。

他浑身无力，靠着墙摊了下去，黑管自动手枪掉落在他面前。黑美人扑过去拿枪，四肢着地跪在戴尔蜷缩的身体前。

她够到枪，拿了起来，青面獠牙，狠狠地咬着嘴唇。

库瓦利克说：“我是个狠家伙，我以前可是富国银行的保镖呢！”

他的“大炮”又开火了，女人尖叫了一声，身子摔在戴尔的尸体上。她的眼睛睁开又闭上，闭上又睁开，脸色苍白。

“只是打到了肩膀，她没事的。”库瓦利克说着，站起身来，扯开大衣，拍拍胸脯。

“防弹衣，”他自豪地说，“我当时觉得我最好还是再安安静静地躺一会儿，以免他朝我的脸开枪。”

12

弗朗辛·雷打了打哈欠，伸了伸穿着绿色睡裤的大长腿，看着脚上的那只绿拖鞋。又打了个哈欠，站了起来，着急地穿过房间，走到椭圆形的桌子旁。她倒了杯酒，咕噜咕噜地喝了下去，不由打了个寒噤。她的脸苍白憔悴，眼睛凹陷，眼底有些脏东西。

她看了看手上的小腕表，差不多是凌晨四点钟。她还没有放下手腕，就听到一阵声音，她吓得半死了，背靠着桌子，气喘吁吁。

德·鲁斯穿过红窗帘走进来，他停住脚步，面无表情地看着他，然后慢慢地脱下帽子和长大衣，把它们往椅子上一丢。他又脱去西装外套以及胳膊上棕黄色的枪套，然后走到酒桌边。

他嗅了嗅酒杯，往里面倒了三分之一杯的威士忌，一口气灌了下去。

“所以是你向那浑蛋通风报信的？”他悲伤地说，低头看着手里的空酒杯。

弗朗辛·雷说：“是的，我不得已才打给他的，出了什么事吗？”

“你不得已给那浑蛋打了电话，”德·鲁斯声调不改地说，“该死，你明明知道他参与了此事，即使他为了脱身会杀掉我，你还是宁愿让他活着。”

“约翰尼，你还好吗？”她温柔地问，语气疲惫。

德·鲁斯没有说话，也没有看她。他慢慢地放下酒杯，又倒了些威士忌，加了点汽水，还四处找冰块。他没有找到冰块，便抿了抿酒，眼睛盯着白色桌角。

弗朗辛·雷说：“世上没人比得上你，约翰尼。和你作对，对他没好处。如果我认识他，就必须让他明白这点。”

德·鲁斯缓缓道来：“胡说八道，我可没那么好，要不是那位穿着防弹衣的酒店保安枪法如神，我早就命丧黄泉了。”

片刻之后，弗朗辛·雷说：“你要我走吗？”

德·鲁斯匆匆地看了她一眼，又移开目光，放下酒杯，从桌边走开。他扭头说道：“不用，只要你以后对我坦诚相待。”

他在一张深陷的椅子上坐下，手肘搭在椅把上，双手捂着脸。弗朗辛·雷看了他一会儿，然后走过去，坐在其中一只椅把上。她轻轻地向后推他的头，直到靠在椅背上，然后开始抚摸他的前额。

德·鲁斯闭上眼睛，身体完全放松下来，声音开始有点迷迷糊糊的。

“也许因为你在埃及俱乐部救了我一命，所以我觉得你有权利让我吃你心上人一枪。”

弗朗辛·雷抚摸着他的脑袋，一声不吭。

“你的心上人已经死了，”德·鲁斯继续说，“神枪手打爆了他的脸。”

弗朗辛·雷的手停了下来，过了一会儿，又继续抚摸着他的头。

“坎德利斯的夫人也在场，她看上去可是个抢手货。她想要雨果的钱，又想要世上所有男人，当然雨果除外。感谢上帝，她没有死，她说出了很多真相，扎帕蒂也是。”

“嗯，亲爱的。”弗朗辛·雷平静地说。

德·鲁斯打了个哈欠，“坎德利斯死了，我们还没开始调查前就已经死了，他们唯一的目的就是要他死。帕里西可不管他们的手段，他只要能拿到钱就行。”

弗朗辛·雷说：“嗯，亲爱的。”

“上午再告诉你剩下的事吧，”德·鲁斯含糊地说，“我想我和尼基没犯法……我们去雷诺结婚吧……我厌倦了这颠沛流离的生活……宝贝，再给我来杯酒。”

弗朗辛·雷没有动，只是用手指温柔地抚摸着他的额头，又帮他按了按太阳穴。德·鲁斯躺了下去，头侧到一边。

“好的，亲爱的。”

“不要叫我亲爱的，”德·鲁斯迷迷糊糊地说，“就叫我鸽子吧。”

他熟睡过去，她从椅把上站起来，走过去在他身旁坐下，就这样静静地坐着，涂着樱桃红指甲的纤细精致的手托着腮帮，看着他。

恼人的珍珠

1

一整个早上，我对着打字机前面的一张白纸发呆，想写封信，却什么也没写出来，这话着实不假。我每天早上都无所事事，此话也对。但是，这也不能成为我必须出门去找回彭拉多克老夫人的珍珠项链的理由啊，我又不是警察。

当然，给我打电话的艾伦·麦金托什让一切变得不一样。“最近好吗，亲爱的？”她问，“忙不忙呢？”

“说忙也不忙，不忙也忙，”我说，“不过大部分时候还是很闲的。我挺好的，有什么事吗？”

“我觉得你不爱我，沃尔特。不管怎么说，你也该去找点活干。你就是太有钱了。有人偷了彭拉多克老夫人的项链，我希望你能把它们找回来。”

“我想你可能打错电话了，这里不是警察局，”我冷漠地说，“这是沃尔特·盖奇家，我是盖奇先生。”

“那好，请帮艾伦·麦金托什小姐转告盖奇先生，”她说，“告诉他，要是半小时内他没出现的话，将会收到一封挂号邮件，包裹里会装着一枚订婚钻戒。”

“这对我有挺多好处的，”我说，“那只老乌鸦还能再活个五十年呢。”

但是她已经挂了电话，我只好戴上帽子，下楼开着帕克车出门了。那是四月末一个美好的早晨，如果你在乎这个的话。彭拉多克老夫人住在卡隆德莱特公园的一条宽阔安静的街道上。五十年来，她的宅子一如从前，但是想到艾伦·麦金托什可能会在这儿再住上个五十年，我就高兴不起来，除非彭拉多克老夫人死了，再也不需要护士。几年前，彭拉多克先生与世长辞，没留下了遗嘱，只有一堆理不清的财产和一张受资助者的长清单。

我按响前门门铃，过了一会儿，一个矮小的老女人开了门，她穿着仆人的围裙，一头白发上面挽着个发髻。她盯着我，好像从没见过我，现在也不愿意见到我。

“我找艾伦·麦金托什小姐，谢谢，”我说，“请告诉她沃尔特·盖奇先生来访。”

她抽抽鼻子，一言不发地转身。我跟着她进了屋，房子里全是霉臭味，走廊四周都用玻璃围着，里面还摆满了藤条编织的家具，闻起来就像让人作呕的木乃伊。她又抽抽鼻子，走开了。

不一会儿，门又开了，艾伦·麦金托什走进来。她身材高挑，有一头蜜色的秀发，肌肤水嫩得就像杂货铺老板偷偷为自己留下的新鲜草莓和桃子。如果你不喜欢这样的女孩儿，那我真是替你感到可惜。

“亲爱的，你还是来了，”她嚷嚷着，“你人真好，沃尔特。坐下吧，我和你说说事情的原委。”

我们坐下来。

“彭拉多克老夫人的珍珠项链被人偷了，沃尔特。”

“你电话里已经告诉我了，我可没发烧。”

“请允许我做一个专业性的揣测，”她说，“也许一直以来，你的体温就不正常。那串项链是由四十九粒粉色珍珠串成的，是彭拉多克先生送给他夫人的金婚礼物。她近来都很少戴它，可能除了圣诞节，或者和几个老得还能站起来的朋友共进晚餐时才会佩戴。另外，每年感恩节，她给领养老金的人、她的朋友和彭拉多克先生死前托付给她的老下属安排晚宴时，她也会戴上。”

“你的动词时态有点混乱，”我说，“但是大意还是清晰的，接着说吧。”

“好吧，沃尔特，”艾伦说，带着某些人所说的俏皮神情，“珍珠被人偷了。是的，我知道我已经跟你说了三遍，但是这真是太奇怪了。珍珠放在皮盒子里，盒子又放在一个旧保险箱里，保险箱多半时候又是开着的。我觉得即使保险箱锁着时，一个强壮的男人也能用手指掰开。今天早上，我要去保险箱拿份文件，顺便想看一眼珍珠——”

“我希望你一直陪着彭拉多克老夫人的目的，不是期望她把那串珍珠留给你吧，”我冷冷地说，“珍珠很适合老人家和金发肥妞，但是对高挑的女人来说——”

“噢，闭嘴，亲爱的，”艾伦打断我的话，“我当然不是为了这些珍珠——因为它们都是假货。”

我硬生生地咽了咽口水，盯着她看。“得了吧，”我嘲讽道，“我听说过彭多拉克老先生偶尔会从帽子里拿出几只斗鸡眼的兔子，但是你说他送给自己老婆的金婚礼物是串假珍珠，这我可不信。”

“噢，别傻了，沃尔特！最初的那串项链是真的，实际上，彭多拉克老夫人卖了原来的那串，做了个赝品。”她的一位老友，格雷默尔珠宝公司的兰辛·格雷默尔先生悄悄地为她操办了一切，当然她不想任何人知道这事。这也是我们还没有报警的原因。你会替我们找到它的，对吧，沃尔特？”

“怎么找呀？她为什么要卖掉那串真项链呢？”

“因为彭多拉克先生走得太突然，没有为他一直资助的那些人做任何打算。后来又是经济大萧条时期，根本就没什么钱可用。现有资金只够补贴家用和付用人薪水，他们都跟随了彭多拉克老夫人很多年，她宁愿自己挨饿也不愿辞退他们任何一个人。”

“这可真新鲜，”我说，“我向她表示敬意。但是我到底怎么才能找到它呢？如果它是假的，那找不找到又有什么关系呢？”

“嗯，那些珍珠——我是说赝品——花了两百美元，是在波西米亚定制的，足足花了好几个月才做好。就那儿现在的局势来看，她恐怕再也没机会得到那样一串质量上乘的赝品了。而且她很怕别人发现那不是真品，或者当小偷发现那是假的之后，就会勒索她。你看，亲爱的，我知道是谁偷了它们。”

我说：“啊？”这话我很少说出口，因为我觉得这可不是绅士该用的词汇。

“沃尔特，是几个月前我们请的那位司机——一个可恶的大浑蛋，他叫亨利·艾克尔伯格。前天，他突然毫无理由地辞职。没有人弃彭多拉克老夫人而去，她的上一位司机是位很老的先生，已经过世了。但是亨利·艾克尔伯格什么也没说就走了，我断定就是他偷走了珍珠。沃尔特，他有一次想吻我。”

“噢，他真的，”我漠不关心地说，“想要亲你，呃？这块大肥肉现在在哪儿，亲爱的？你有没有想到什么地方？他不大可能在街角乱逛，等着我逮到，揍他一顿。”

艾伦垂下柔和的长睫毛，看着我。每当她这样时，我都会浑身酥软，就像清洁女工背后的秀发。

“他没有逃跑，他肯定已经知道珍珠是假的，这样他就可以放心地勒索彭多拉克老夫人。我已经给他的中介所打过电话了，他回去过，而且又登记了一次，想找新工作。但是他们拒绝给我提供他的地址，理由是那样做违反他们的规定。”

“为什么不会是别人偷走了珍珠呢？比如，一个入室抢劫犯。”

“不可能是别人。仆人们都没有嫌疑，而且房子每晚都锁得和冰箱一样严实，没有被人破门而入的迹象。另外，亨利·艾克尔伯格知道珍珠放在哪儿，因为上一次夫人戴完珍珠后，他亲眼看到我把它们收起来的。那次是彭多拉克先生的忌日，夫人请来两位挚友共进晚餐。”

“那肯定是一次非常愉快的晚宴，”我说，“行了，我会去中介所，让他们把亨利的地址给我。中介所在哪儿？”

“艾达·图米家政职业中介所，地址在东二区两百号，一个让人非常不舒服的街区。”

“对亨利·艾克尔伯格来说，我的街区让他加倍难受呢，”我说，“他想要亲你，是吗？”

“沃尔特，”艾伦温柔地说，“找珍珠才是正事。我真希望他还没有发现珍珠是假的，没有把它们丢到海里。”

“如果他已经丢了，我会让他潜到海里把项链给我找回来。”

“沃尔特，他六英尺三英寸高，身材魁梧，”艾伦羞答答地说，“不过，当然没你那么帅气。”

“跟我差不多呀，”我说，“肯定会很有趣的。再见，亲爱的。”

她扯着我的袖子，“沃尔特，还有一件事。我不介意小小的打斗，因为那样很有男子气概。但是你千万不要引发骚动，你知道的，那样会招来警察。还有，尽管你也高大威猛，大学时还是右边锋，但是你有一个弱点。答应我，不要沾威士忌好吗？”

“这个艾克尔伯克，”我说，“才是我最想喝掉的东西。”

2

东二区街道上的艾达·图米家政职业中介所，不仅名副其实，而且与那片区域的档次很相配。我不得已在接待室等候了一小会儿，那里面的味道真是让人不敢恭维。一位其貌不扬的中年妇女管理着这家中介所，她告诉我亨利·艾克尔伯格在她们那儿注册登记，应聘私家车司机。还说可以叫亨利打电话给我，或者也可以让他来办公室和我见面。但是，当我在她桌上放了张十美元的钞票，并暗示这只是出于对中介所如此诚信的欣赏，而不是对她们介绍的人有偏见，她便做出让步，并给我提供了亨利的地址——在圣塔莫妮卡大道的西边，靠近一座曾叫谢尔曼的城市。

事不宜迟，我马上开往那儿，因为我怕亨利·艾克尔伯格打电话到中介所，知道我会去找他的消息。结果，那是一家寒酸的旅馆，靠近城市间的电车轨道，交通便利，入口还和一家中国干洗店相连。楼上就是宾馆，台阶上铺着已经老化的条纹橡胶地毯，固定地毯的铜管既粗糙不堪又参差不齐。楼梯走到一半，中国干洗店的味道便消散了，取而代之的是煤油灯、香烟头、浑浊的空气和油腻腻的纸袋的味道。上了楼，最先映入眼帘的是一个木架子，上面放着本记事簿。最后一次入住记录是三周前写下的，用的是铅笔，那人写字时手肯定颤抖着。由此看来，这家旅馆的管理不怎么严格。记事簿旁边有一个门铃和门牌，上面写着：经理。我按下门铃，等候着。不一会儿，门被往里拉开，有人拖着步子，不慌不忙地朝我走来。一个男人站在我面前，他穿着一双很旧的皮拖鞋和一条说不上颜色的裤子，裤子最上面的两颗纽扣也没扣，这让他的大肚子舒服很多。另外，裤子上还有两根红色的背带，汗衫的腋下也有些发黑，其他地方也不干净，他的脸该好好洗洗了，胡子也得刮刮。

他说：“满房了，哥们儿。”一边说还一边冷笑着。

我说：“我不是来开房的，我来找一个叫艾克尔伯格的人，别人告诉我他住这儿。但是，我查了查记事簿，他没有在上面登记。当然，你知道，我这么干是违法的。”

“还算是个有自知之明的家伙，”这个肥佬又冷笑起来，“顺着走廊进去，哥们儿，二十八号房。”他挥着根手指，那颜色和大小简直像个烤熟的马铃薯。

“能麻烦你带我过去吗？”我说。

“真麻烦，简直是副州长的派头呀。”他说着，开始晃着肚皮。眼皮全是黄油褶子，那双眯眯眼几乎被完全遮住了，“好吧，哥们儿，跟我来。”

我们穿过昏暗的走廊，来到走廊尽头的一扇木门前，上面的木质气窗紧闭着。肥佬用胖嘟嘟的手拍了拍门，没有任何反应。

“出门了。”他说。

“能麻烦你开下门吗，”我说，“我想进去等艾克尔伯格。”

“去猪的手提箱里等吧，”肥佬骂道，“他妈的，你以为你是谁？”

这可惹毛我了，他个头很大，大约六英尺高，但是好像宿醉还没醒。我来回看了看昏暗的走廊，这地方好像根本没人。

我朝他肚子上打了过去。

他一屁股坐在地板上，打了个嗝，右膝盖猛地撞倒自己的下巴，他咳嗽起来，快被呛哭了。

“哎呀，浑蛋，”他哀怨道，“你比我年轻二十岁，这分明就是欺负人。”

“开门，”我说，“我没时间和你啰唆。”

“一美元，就给你开门，”他在衣服上揩干眼泪，说着，“两美元，我就给你保密。”

我从口袋掏出两美元，然后扶他起来。他折好两张钞票，拿出一把我本来花五分钱就可以买到的万能钥匙。

“哥们儿，你真厉害，”他说，“你从哪儿学的这招？大多数大块头都不太灵活。”他打开门。

“一会儿你要是听到什么骚动，”我说，“不要在意，要是有什么东西损坏了，我会好好补偿你的。”

他点点头，我走进房间。他在我身后带上了门，脚步声渐渐减弱，最后四周寂静无声。

房间很小，寒酸又俗气。里面摆着一张棕色梳妆台，上面有面小镜子；一把直背木椅，一把木摇椅；还有一张珐琅瓷有些剥落的单人床，上面罩的棉床单满是补丁。单扇窗上的窗帘有苍蝇留下的污渍，绿色百叶窗底下的板条也不见了。角落里有个洗脸池，旁边挂着两条纸一样薄的毛巾。当然，这儿没有独立卫生间和衣橱。隔板前挂着一块深色印花布，很显然是用来代替衣橱的。我在布后面发现了一套最大号的灰色商务套装，正好是我的尺寸，要是我穿成衣的话，肯定很合适，但我从不穿成衣。地上还放着一双黑色粗革皮鞋，至少是十二码。还有一个廉价的硬纸箱，毫无疑问，我也翻了一遍，因为它没有上锁。

我还翻看了写字台，结果意外地发现，里面的东西整洁、干净又体面。但是东西不是很多，更没有什么珍珠。我把房里所有的可能或不可能藏珍珠的地方都翻了个遍，却没有找到任何让我感兴趣的东西。

我在床边坐下，点了根烟，等着。现在看来，亨利·艾克尔伯克要么个十足的大傻瓜，要么就真的是无辜的。从他在这个房间留下的痕迹来看，他不像会干偷珍珠项链这种坏事的人。

我已经抽了四根烟，比往日我一整天抽的还多。此时，脚步声越来越近。这步伐十分轻快，但并不是鬼鬼祟祟的。有把钥匙插进门里，接着钥匙一扭，门便轻松地被打开了。一个男人走进来，看着我。

我身高六英尺三英寸，体重超过两百磅。这个男人也很高，但看上去比我瘦很多。他穿着一套蓝色的哔叽呢西装，除了整洁之外，我找不到别的更好的形容词。他金色的头发又细又密，脖子跟漫画里的普鲁士下士很像，肩膀非常宽厚，双手又大又有力，脸庞好似饱经了岁月的磨砺。他绿色的小眼睛朝我眨了眨，当时我把那当作不怀好意的挑逗。我一下子就明白他不是什么好对付的人，可我也不怕他。我和他体形力量都不相上下，不过我有点怀疑他没我聪明。

我平静地从床边站起来，说道，“我来找一位叫作艾克尔伯格的人。”

“你怎么进来的，哥们儿？”声音很爽朗，却有些低沉，但听着还算舒服。

“这个待会儿再解释，”我冷冷地说，“我在找一个叫艾克尔伯格的人，是你吗？”

“噢，”他说，“那个大胆狂徒，那个跳梁小丑。等一等，让我先松松皮带。”他往屋里迈了几步，我也朝着他迈了几步。

“我叫沃尔特·盖奇，”我说，“你是艾克尔伯格吗？”

“给我五分钱，”他说，“我就告诉你。”

我假装没听见，“我是艾伦·麦金托什的未婚夫，”我冷淡地对他说，“听说你想要亲她。”

他朝我又迈进一步，我也跟着向前迈了一步。“什么意思——什么叫想要？”他讥笑着。

我右手狠狠地往前挥去，正中他的下巴。对我来说，这拳已经够狠了，可是他却无动于衷。然后我又用左手朝他脖子狠狠来了两拳，第二拳正好打在他宽鼻梁的一侧。他哼了一声，打中了我的心口。

我蜷缩着身子，感觉双手抓着房子，要把它转起来似的。当房子还在旋转时，我用力一甩，结果自己后脑勺朝地，倒了下去。一时间我失去平衡，我正在想办法恢复平衡时，一条湿答答的毛巾打在我脸上，我睁开双眼。亨利·艾克尔伯克的脸凑在我面前，脸上露出关怀的神情。

“哥们儿，”他说，“你的肚子和中国佬的茶一样没劲。”

“给我白兰地！”我用嘶哑的声音说，“发生什么了？”

“你被地毯上的小洞给绊了一跤，哥们儿。你确定要喝酒吗？”

“白兰地，”我又嘶哑着声音说，然后闭上了眼睛。

“我不希望你喝了酒之后，又让我再打你一次。”他说。

门开了，又被关上。我一动不动地躺在地上，免得因为移动犯恶心。时间蒙着长长的灰色面纱缓慢流逝，后来房门又一次被打开，又再被关上。过了一会儿，某样生硬的东西压在我的嘴唇上。我张开嘴巴，白兰地流进我的喉咙。我咳嗽起来，但是火辣辣的酒精渗进我的血液，很快我就振奋起来。我站了起来。

“谢谢你，亨利，”我说，“我可以这么叫你吗？”

“这又不收税，哥们儿。”

我起身站在他面前，他好奇地打量着我。“你看起来挺好的，”他说，“你怎么不告诉我你生病了？”

“去你的，艾克尔伯格！”我一边骂道，一边使劲全身力气朝他的下巴一侧打去。他晃晃头，眼里冒出怒火。他还在摇头时，我又往他脸上和下巴上揍了三拳。

“所以你这是想为了爱情而战咯！”他嚷嚷着，抓起被子丢向我。

我往床边一躲，但是这一下我动得太快，以至于失去了重心，脑袋撞在窗户下的护壁板上，它被我撞得往里陷了四英寸。

一条湿毛巾又拍打着我的脸，我睁开眼。

“听着，小鬼，你打了我两次，可什么便宜都没占到。也许你该找个弱点儿的对手。”

“我要白兰地。”我嘶声怒吼。

“你得来黑麦威士忌。”他又把瓶子抵在我嘴巴上，我咕噜咕噜地喝着。然后我又站了起来。

让我吃惊的是，床竟然没有移动。我坐在床上，亨利·艾克尔伯格也在我身边坐下，拍着我的肩膀。

“我们可以和平共处的，”他说，“我从没有吻过你的女人，尽管我不否认我曾有过这个念想。你担心的就只有这些吗？”

他将刚刚买的那瓶威士忌倒了半杯出来，若有所思地喝了下去。

“不，还有一件事。”我说。

“请讲，不过答应我不要再动手了，行吗？”

我相当不情愿地答应了他，“你为什么辞去彭多拉克老夫人那儿的工作？”我问他。

他挑着浓密的金色眉毛，看着我，然后看看手里拿着的酒瓶。“你觉得我是个帅哥吗？”他问。

“呃，亨利——”

“别吞吞吐吐的。”他低声怒吼道。

“不，亨利，我不觉得你很帅，但毫无疑问，你很有男子气概。”

他又倒了半杯威士忌，递给我。“轮到你了。”他说。我一饮而尽，完全没有意识到自己在做什么。当我不再咳嗽时，亨利又拿过酒杯再次倒满，他自己也心神不宁地喝着酒，酒瓶已经快空了。

“假使你爱上一位天使般美丽的女人，以我的身世背景，我这样一个出生在农场的家伙，在农业大学时成天打架斗殴，头像和分数总在记分板上“赫赫有名”。除了鲸鱼和肥公猪——也就是你们说的机车——我全都斗过，当然偶尔也得吃点苦头。后来我找到一份工作，在那儿每时每刻都会见到我心上人，却深知自己根本没戏。如果是你，你会怎么做呢，朋友？——我只好选择离开。”

“亨利，我想握握你的手。”我说。

他没精打采地和我握手。“所以我辞了工作，”他说，“我还能有什么别的办法呢？”他举起酒瓶对着光线往里看。“兄弟，你让我买酒就是个错误，我一喝起酒就停不下来，你很有钱吗？”

“当然，”我说，“如果你想要喝威士忌，亨利，那就喝吧。我在好莱坞富兰克林大道上有个很好的公寓，我不是瞧不起你这儿，你这儿当然也是个不错的临时落脚点。我建议现在去我那儿，那儿大很多，空间充足方便行动。”我晃着手，一副神气活现的模样。

“就说你喝醉了吧。”亨利说，他绿色的小眼睛里满是羡慕。

“我还没喝醉，亨利，尽管我的确感觉到威士忌的劲头了，我现在兴奋得很。千万别介意我说话的方式，那是个人问题，比如你说话就直截了当、干脆利落。但是离开前，还有一件相当重要的事想和你讨论。别人派我来找彭多拉克老夫人的珍珠项链，我想有可能是你偷了它。”

“小子。”亨利温和地说。

“公事公办，亨利，坦诚相待是解决问题的最好办法。那珍珠是赝品，因此我们应该更容易达成妥协。我并没有恶意，亨利，也很感激你为我买来威士忌，但是一码归一码。我给你五十美元，你还回珍珠，并且不要再过问此事，可以吗？”

亨利不悦地冷笑一声，他声音里并无敌意，说道：“所以你认为我偷了珍珠，还坐在这儿等着一群警察来抓我吗？”

“我们没有报警，亨利，你可能还不知道珍珠是赝品。把酒给我，亨利。”

他把瓶里剩下的酒几乎全倒给了我，我心情愉悦地喝了下去。我把酒杯丢向镜子，但很可惜，没有砸中。那个又重又廉价的杯子掉在地上，却没有碎。亨利·艾克尔伯格开怀大笑起来。

“你在笑什么呢，亨利？”

“没什么，”他说，“我只是在想那个傻瓜要是发现珍珠是假的话，会有什么反应。”

“你是说你没有偷项链，亨利？”

他又大笑起来，但笑声有点忧郁。“是的，”他说，“没有偷，我应该揍你一顿，不过又有什么意义呢？换作是谁都会这么想，是的，我没有偷项链，兄弟。如果它们是冒牌货，我根本没必要去偷；我曾有一次看到老夫人把它们戴在脖子上，如果它们看上去如那次那般耀眼的话，我偷了它们之后，绝不会躲在洛杉矶这个破公寓里，等着一卡车警察来抓我。”

我再次向他伸出手，握了握。

“这就是我必须弄清楚的事，”我开心地说，“我现在放心了，去我那儿吧，一起想办法找回珍珠吧。我们两个组合起来肯定是战无不胜的，亨利。”

“你在跟我开玩笑吗，呃？”

我站起来，戴上帽子——前后颠倒着戴。“不是，亨利。我正给你一份工作机会，我知道你很需要它，而且，到时，你想喝多少酒都行。我们走吧。你现在这样子还能开车吗？”

“嘿，我可没喝醉。”他说，看起来一脸惊讶的样子。

我们离开房间，走出昏暗的走廊。突然，那个胖子经理从暗处走出来，站在我们面前，摸着自己的肚子，那双小眼睛贪婪地望着我。“一切都还好吗？”他一边问，一边咬着根牙签，那牙签可能是用太久了，颜色很深。

“给他一美元。”亨利说。

“为什么，亨利？”

“噢，我也不知道。给他就是了。”

我从口袋翻出一美元，给了那个胖子。

“谢谢，朋友。”亨利说。他掐着胖经理喉结下的肥肉，娴熟地抢过他指间的那张钞票。“这可以用来买酒，”他解释说，“我不喜欢别人乱要钱。”

我们手挽手地下了楼，丢下经理一人在那儿用力咳嗽，想要把卡在食管的牙签咳出来。

3

下午五点，我从睡梦中醒来，发现自己躺在自家的床上。我的公寓在莫雷纳别墅里，位于好莱坞伊瓦尔街旁的富兰克林大道上。我转过头，头疼得要命，看到亨利·艾克尔伯格穿着内衣和裤子躺在我旁边。然后，我发现自己也没穿几块布。床边的凳子上放着瓶几乎没怎么喝的老普兰泰申牌的黑麦威士忌，容量足足有一夸脱。地板上躺着一瓶被喝精光的同一个品牌的酒瓶。衣服东一件西一件地也散落在地板上。安乐椅的锦缎椅把也被香烟烧出了个洞。

我小心翼翼地摸着自己，我的肚子又痛又难受，下巴有一边好像肿了，更要命的是，我衣衫不整。我从床上爬起来时，一阵刺痛袭上太阳穴。我忍着疼痛，稳步走到桌前，拿起酒瓶，就往嘴里灌。在连续喝了几口烈酒后，我感觉好多了。我欢欣雀跃，准备好迎接一切冒险。我又走回床边，用力地晃着亨利的肩膀。

“醒醒，亨利，”我说，“太阳快下山啦，知更鸟在鸣叫，松鼠在骂人，喇叭花也合起来花瓣准备睡觉啦。”

亨利·艾克尔伯格握着拳头醒过来，就像所有准备动手的人一样。“搞什么鬼？”他低低地咆哮着，“噢，是你呀。嗨，沃尔特。你感觉怎样？”

“我感觉好极了，你休息得好吗？”

“当然。”他赤脚踩在地上，用手指弄了弄浓密卷曲的金发。“你倒下之前，我们喝得挺好的，”他说，“我从不一个人喝酒，所以也小憩了一会儿，你还好吗？”

“是的，亨利，我真的感觉很好。我们得干活啦。”

“好极啦。”他拿起威士忌酒瓶，畅饮了一口。他用扁平的手摸摸肚子，绿眼睛里闪着平静的光。“我生病了，”他说，“我得吃点药。”他把酒瓶放在桌上，开始打量着公寓。“天哪，”他说，“我们一进来就忙着喝酒，都没好好看看你的狗窝。你这儿真不错，沃尔特。天啊，一台白色的打字机和白色的电话。怎么，小子——你刚被提拔吗？”

“那不过是个愚蠢的梦，亨利。”我一边说，一边不好意思地摆摆手。亨利走过去，看着我写字台上并排放着的打字机和电话，和银镀文具，每个文具上都刻着我名字的首字母。

“装修得不错，呃？”亨利说。

“还过得去吧，亨利。”我谦虚地说。

“嗯，接下来干什么呢，朋友？你有什么主意吗？还是我们再喝点儿？”

“是的，亨利，我有个主意。有你这样的人帮我，我的想法肯定可以付诸实践。我觉得我们必须，就像他们说的，散布小道消息。一串珍珠被偷了，黑市肯定会马上收到风声。亨利，珍珠项链很难卖掉，因为不能弄断了一颗颗地卖，而且行家能识破真假——这是我从书上看到的——黑市肯定会闹得沸沸扬扬。找一个人，让他帮我们传出消息，告诉大家我们愿意出合理的价钱换回珍珠，应该不是件难事。”

“你说得真不错——就一个醉汉而言，”亨利边说边伸手够酒瓶，“但是你难道不记得那些珍珠是赝品的事啦？”

“出于感情原因，我还是很乐意出钱换回项链，真假对我来说不重要。”

亨利喝了点儿威士忌，看上去很享受那味道，就又喝了几口。他礼貌地朝我晃晃酒瓶。

“好吧——只要这方法行得通，”他说，“但是你说的‘黑市’可不会为了一串玻璃珠子闹腾那么久，我是不是说错了？”

“亨利，我在想，黑市可能有股幽默感，把这事变成他们之间谈论的笑柄可能更有显著效果。”

“我有个主意，”亨利说，“有个傻瓜发现彭多拉克夫人有一串牡蛎珠子，值好些钱，他干脆利落地偷了出来，然后跑到同伙那儿吹牛，大家都捧腹大笑。我觉得这样的事在台球室肯定传得很快，而且是他们无聊时的谈资。而且事情会越传越开，越传越离谱。但是小偷得赶紧处理掉珍珠项链，就算它们缴了交易税后只值几分钱，因为这可是个烫手山芋。入室盗窃可是犯罪呀，沃尔特。”

“但是，亨利，”我说，“还有另一种情况：要是这个小偷很蠢，这当然就没什么。但是要是他还算聪明，这就难说了。彭多拉克夫人是个很骄傲的女人，她生活在城里的高级住宅区。要是别人知道，她竟然戴假项链的话，要是曾有报纸报道过这串项链是她丈夫送她的金婚礼物——嗯，我觉得你应该明白我的意思，亨利。”

“小偷没那么聪明，”他边说边摩挲着棱角分明的下巴。然后，他抬起右手大拇指，若有所思地咬住它。他望了望窗外，看了看屋子的角落，又看着地板，余光还瞄向我。

“绑架，呃？”他说，“也许有这个可能，但是这些小偷一般不会乱来。而且，那家伙可能有话要传过来。有这种可能的，沃尔特。我不介意卖掉我的金牙来换点消息，但是这事还有回旋的余地。你打算出多高的价钱呢？”

“先用一百美元试试，但是将来我愿意出到两百美元，那串赝品也就值那么多。”

亨利摇摇头，又喝了口酒，“不，那家伙不会愿意为那点钱就暴露自己的。他冒的风险远不止那么点钱，要是那样的话，他可能会丢掉赃物，撇清自己的嫌疑。”

“至少我们可以试试，亨利。”

“嗯，可是从哪儿下手呢？我们的酒快喝光了，也许我该穿上鞋出去跑一趟，呃？”

就在此时，好像上帝对我无言的祈祷做出了回应，我公寓的门前传来轻轻的敲门声。我打开门，捡起昨晚的晚报，又关上门，拿着报纸回到房间，边走边打开它。我的右手食指摸着报纸，对着亨利·艾克尔伯格自信地微笑着。

“看这儿。我跟你赌一夸脱的老普兰泰申牌威士忌，答案就在报纸的犯罪版面。”

“根本没有什么犯罪版面，”亨利哈哈大笑，“这儿可是洛杉矶，我肯定赢你。”

我略带不安地翻到报纸第三页，因为虽然我在艾达·图米家政职业中介所的等候室那会儿，就已经在早报中看到了我要找的内容，但是我不确定它会不会继续刊登在晚报中。但是我的祈祷还是有回报的，那部分内容没有被移除，但是那段话特别短，标题是：珠宝盗窃案，路易斯·甘德斯受警方调查。“听着，亨利，”我说完便开始朗读：

昨晚深夜时分，警方接到一份密报后，秘密逮捕了路易斯·C.甘德斯——知名春天街酒吧的业主。就本市西部高级住宅区近期举办的一场晚宴上，一串价值超过二十万美元的珍珠项链被盗一案，警方对其进行了全盘审问。据悉，当时有人持枪抢劫了宴会上的女宾客。一小时后，甘德斯被释，他拒绝记者访问。“我从不敢忽悠警察。”他低调地说。威廉·诺加德长官，声称自己对甘德斯与此抢劫案无关感到很满意，此次密报只是有人蓄意报复而已。

我合上报纸，把它丢在床上。

“你赢啦，喏。”亨利说着，递给我酒瓶。我喝了一大口，又还给了他。“现在做什么？联系这个甘德斯，让他把消息传给小偷？”

“他或许是个危险人物，亨利。你觉得我们打得过他吗？”

他不屑地哼了一声，“啧，不过就是个春天街的废物，一个隔着手套戴假红宝石的肥佬。带我去见他。我们要把他的来路查个清清楚楚，再把脏物也给找出来。但是我们的酒快没了，我们恐怕喝了一品脱。”他对着光线看了看瓶子。

“我们喝得已经够多了，亨利。”

“我们没喝醉，对吧？我到这儿才喝了七杯，或者九杯。”

“当然，我们没醉，亨利，但是你喝太多啦，我们今晚可难熬了。我想我们应该刮刮胡子，穿好衣服，而且我认为应该穿高级晚礼服。我这还有一套，你穿应该会很合身，因为我们尺码几乎一样。我们这样两个高大威猛的男人携手合作，肯定就能开个好头。正装会让那些小咖印象深刻的，亨利。”

“好极啦，”亨利说，“他们会以为我们是给哪个大人物当差的，甘德斯肯定会吓得喘不过气。”

我们决定照我说的做，我把衣服拿出来给亨利穿。他洗澡刮胡子时，我给艾伦·麦金托什打了电话。

“噢，沃尔特，真高兴你打电话来，”她兴奋地嚷嚷，“你找到什么了吗？”

“还没有，亲爱的，”我说，“但是我们有主意了，我和亨利正准备去实践一下。”

“亨利？沃尔特，亨利是谁？”

“怎么，当然是亨利·艾克尔伯格，亲爱的。你这么快就把他给忘啦？我和亨利现在是好朋友，我们——”

她毫不留情地打断我，“你喝酒了吗，沃尔特？”她十分严肃地问我。

“当然没有，亲爱的。亨利是个滴酒不沾的家伙。”

她用力地吸了下鼻子，我从电话这头能清楚听到她的声音。“但是亨利不是偷了项链吗？”沉默了好一会儿之后，她问道。

“亨利？我的天使。当然不是他。亨利离开是因为他爱上你了。”

“噢，沃尔特，就那个粗鲁的家伙？我肯定你醉得一塌糊涂。我不想再和你谈下去了，再见。”她重重地挂了电话，我心情沉重，搞得耳朵都跟着痛了起来。

我手里握着老普兰泰申牌威士忌，在椅子上坐下来，回想自己刚刚到底说了什么冒犯鲁莽的话。由于我没办法想事情，便接着用酒精安抚自己，直到亨利走出浴室。他穿着我的有褶翼领衬衫，系着黑色蝴蝶结，看上去英俊潇洒极了。

我们离开公寓时，天色已暗。尽管艾伦·麦金托什电话里对我的态度让我有点小失落，但至少我还是充满了希望与信心。

4

甘德斯的酒吧不难找，亨利在春天街打到的第一辆出租车直接把我们送到了目的地。酒吧的名字叫作蓝湖，室内也沐浴在一片有些刺眼的蓝光中。我和亨利神态自若地走进去，因为我们在曼蒂的加勒比洞穴饭店饱餐了一顿，才出发去找甘德斯先生。亨利穿着我第二好的高级晚礼服，肩膀上围着白色流苏围巾，头上戴着轻薄黑色毡帽（他的头稍微比我大点儿），身上的夏季大衣的两边口袋还各放了一瓶威士忌，看上去真是帅气逼人。

蓝湖酒吧的吧台挤满了人，我和亨利走到后面昏暗的小餐厅。一位穿着脏兮兮的晚礼服的男人走过来，亨利和他打听甘德斯，他指了指远处角落里的一个胖子，那人独自坐在小桌前。我们走了过去。

那个人面前摆着一小杯红酒，他坐在那儿，指间缓缓拨弄着一颗绿色的大石头，他没有抬头看我们。桌子旁没有多余的椅子，亨利便用手肘撑着靠在桌边。

“你是甘德斯吗？”他说。

这时，那男人还是没有抬头，他蹙着浓密的黑眉，心不在焉地说：“是的，先生。”

“我们想和你单独谈谈，”亨利对他说，“找个没人打搅的地方吧。”

甘德斯抬起头，扁平的黑色杏眼里满是无奈。“所以呢？”他耸着肩问道，“什么事呢？”

“关于一些珍珠，”亨利说，“一串总有四十九颗，质量上乘，粉色的。”

“你是要买——还是要卖？”甘德斯问道，他的下巴开始上下抖动着，好像被逗乐了。

“买。”亨利说。

这个男人轻轻地敲了敲桌子，一位高大的服务员走到他身旁。“他们都喝醉了，”他冷漠地说，“把他们请出去吧。”

服务员抓住亨利的肩膀，亨利随意地伸出手，抓住那家伙的手扭了一下。那张原本红光满面的脸立马变成难以形容的颜色，但那可不是什么好色儿。他低低地呻吟了一声，亨利甩开他的手，对我说："往桌上放张百元钞票。"

我取出钱包，从里面抽出一百美元的钞票，先前我在莫雷纳别墅的取款机取了两张，为了以防万一。甘德斯看着钞票，示意了一下那位大个头的服务生，他搓了搓手，然后将它紧握在胸前，便走开了。

"这是什么意思？"甘德斯问。

"买五分钟和你单独相处的时间。"

"这可真有意思，好吧，我接受。"甘德斯收起钞票，将它折得平平整整，然后放进背心口袋。接着他双手撑在桌子上，费力地站起身，然后摇摇晃晃地走开了，看都没看我们一眼。

我和亨利跟着他穿过拥挤的桌子，走到餐厅后面，穿过一扇嵌在护墙板里的门，然后走进一条昏暗狭窄的走廊。甘德斯打开走廊尽头的一扇门，走进一间亮堂的房间，然后站在门口为我们护着门，他橄榄色的脸上露出阴沉的微笑。我先走了进去。

当亨利经过甘德斯面前，走进房间时，甘德斯突然以迅雷不及掩耳之势从衣服里拿出一根黑黝黝的小皮棍，狠狠地往亨利头上一砸。亨利向前倒下去，四肢着地。甘德斯迅速地关上门——就他的体形而言，这速度已经相当快了——他左手握着小棍子，靠在门上。顷刻间，他的右手握着一把短小却有分量的黑色左轮手枪。

"这真有意思。"他故作绅士地说道，自己咯咯地笑着。

后来发生的事我真的没有看仔细。上一秒，亨利还四肢朝地趴在地上，背对着甘德斯；下一秒，或者说就在同一瞬间，有样东西像只水里的大鱼腾空而起，只听见甘德斯咕哝了一声。接着我就看见亨利满头金发的硬脑袋埋在甘德斯的肚子里，他的大手抓住甘德斯毛茸茸的双腕，然后，他站起身，挺直腰板，甘德斯便被高高地举在头顶上。甘德斯紧张得张大嘴巴，脸色发紫，他试图在空中找到平衡。只见亨利晃着身体，看上去非常轻松，然后听见"砰"的一声，甘德斯背部着地，躺在地上抽搐着。门里的钥匙转了一下，亨利背对着门站着，左手握着棍子和左轮枪，然后，急切地摸了摸装着威士忌酒瓶的口袋。这一切发生得如此之快，我靠在旁边的墙上，看得有点犯恶心。

“大胆狂徒，”亨利托着嗓子说，“跳梁小丑，等一等，让我先松松皮带。”

甘德斯在地上转过身，忍着疼痛，艰难地爬起来，重心不稳地站着，用手揉着脸，衣服上沾满了灰尘。

“就是这根棍子，”亨利边说边把那根小黑棍递给我看，“他就是用这个袭击我的，对吧？”

“怎么，亨利，你不知道吗？”我问。

“我只是想再确认一下，”亨利说，“你不该这么干的，我可是艾克尔伯格。”

“好吧，你们想怎么样？”甘德斯粗声粗气地问，完美地掩饰了他的意大利口音。

“我来告诉你我们想干吗，丑八怪。”

“我不认识你们，”甘德斯说，小心翼翼地在破办公桌旁的木椅上坐下来，他擦擦脸和脖子，又摸了摸其他部位。

“你误会了，甘德斯。几天前，住在卡隆德莱特公园的一位夫人丢了一串串着四十九颗珍珠的项链。项链锁在保险箱，但是那箱子很容易打开。我们公司收了那串项链一点儿保费，还有我得拿回刚才给你的那张钞票。”

他走向甘德斯，甘德斯迅速从口袋取出叠好的钞票，递给他。亨利把钱交给我，我放回了钱包里。

“我想我并没有听说过那串项链。”甘德斯认真地说。

“你打了我一棍子，”亨利说，“所以给我好好听着。”

甘德斯摇摇头，畏畏缩缩地说：“我不会替小偷打掩护，也不和强盗土匪打交道，你找错人啦。”

“仔细听着，”亨利低声道，“你或许已经听到什么风声了。”

他用右手的两根手指轻轻地将木棍在胸前晃着，头上依旧戴着那顶不太合适的毡帽，虽然帽子有点皱了。

“亨利，”我说，“看上去，你把今晚的活全承包了，你觉得这样公平吗？”

“好吧，你来对付他吧，”亨利说，“这个胖子挨打后变得可爱多了。”

这时，甘德斯脸色已经自然多了，他平静地盯着我俩。“你们是保险公司的人，呃？”他疑惑地问道。

“你说呢，丑八怪？”

“你们去过梅拉克里诺那儿吗？”甘德斯问。

“嚯，”亨利粗声粗气地说，“那个大胆狂徒，那个——”但是我迅速地打断他。

“等等，亨利，”我说完，转向甘德斯，“梅拉克里诺是一个人名吗？”

甘德斯吃惊地瞪圆眼睛，“当然——是人名。你不知道他，呃？”他黑色的眼睛里闪现疑云，但刚一出现就消失了。

“打给他。”亨利边说边指着破旧办公桌上的电话。

“电话坏了。”甘德斯若有所思地拒绝道。

“棍子也有点问题。”亨利说。

甘德斯叹着气，转过椅子上他那肥胖的身体，拉过电话。他用沾有墨水的手指拨了个号码，听着。过一会儿，他说，“乔？……我是路易斯，有两个保险公司来的家伙想做卡隆德莱特公园的那单生意……是的……不，珍珠……你什么都没听说，呃？……好吧，乔。”

甘德斯放好电话，又在椅子上转过身。他打量着我们，眼神略带疲惫，“什么消息都没有，你们是哪家保险机构的？”

“给张名片给他。”亨利对我说。

我又取出钱包，从里面拿出一张我的名片，上面只印有我的名字，其他什么都没有。所以，我用口袋里的铅笔在名字下方写道：莫雷纳别墅公寓，伊瓦尔街旁的富兰克林大道。我把名片给亨利看了看，然后给了甘德斯。

甘德斯看着名片，静静地咬着手指头。突然，他脸上闪着光，“你们最好见见杰克·罗勒。”他说。

亨利凑上前盯着他，此刻，甘德斯的眼神明亮、坚定又诚恳。

“他是谁？”亨利问。

“他经营企鹅酒吧，就在斯特里普街日落大道——应该是8644号，要是有谁能查出这事，那非他莫属。”

“谢谢。”亨利平静地说。他瞥了我一眼，“你信他吗？”

“嗯，亨利，”我说，“我量他也不敢说假话。”

“嚯，”甘德斯突然说，“那个大胆狂徒，那个——”

“闭嘴！”亨利咆哮着，“这是我的台词，甘德斯，关于杰克·罗勒的消息可靠吗？”

甘德斯卖力地点着头，“绝对可靠。杰克·罗勒对任何高级货都会插一手。但是，见他可不是件容易事。”

“这就不劳你费心了，谢啦，甘德斯。”

亨利把小黑棍丢到房间一角，又打开左轮手枪的弹匣，那把枪之前一直握在左手里。他倒出子弹，然后弯腰把枪往地上一推，它滑到桌子底下不见了。他随意地将子弹抛起来，然后任由它们一粒粒地掉在地上。

“再见啦，甘德斯，”他冷冷地说，“如果你不想在床下找鼻子的话，就闭上你的嘴。”

然后，他打开门，我们快步走出去，没有受到任何人的阻挠，终于离开了蓝湖酒吧。

5

我的车停在这片区域的不远处，我们上了车，亨利将双臂倚在方向盘上，郁闷地望向挡风玻璃外。

“嗯，你怎么想的，沃尔特？”他终于开口问道。

“亨利，如果你是问我的意见的话，我觉得甘德斯纯属胡说八道，他当时只是想摆脱我们，而且我觉得他并不相信我们是保险公司的代理人。”

“我也这么想，他怎么可能帮我们，”亨利说，“我觉得根本就没有什么梅拉克里诺，或者杰克·罗勒，甘德斯打的肯定是空号，他不过是在自言自语罢了。我应该回去把他四肢卸下来，去他妈的死胖子。”

“这是我们能想到的最好的办法啦，亨利，而且我们尽了最大的努力实施它。我建议现在先回公寓，然后再好好想想别的办法。”

“一醉方休。”亨利说完，发动了车子，驶离街边。

“亨利，我们只能喝一点啦。”

“好！”亨利哼了一声，“那个畜生，要是耍我们，到时我就回去把他那儿砸个稀巴烂。”

尽管当时红绿灯没有在运作，他在一个十字路口停下来，拿起一瓶威士忌放在嘴边。他刚要喝酒时，后面有辆车开撞了上来，但不算很严重。亨利呛了一下，放下酒瓶，酒还洒到了衣服上。

“这个小镇太拥挤了，”他怒骂道，“总有些捣蛋鬼出现，搞得我都不能好好喝口酒。”

后面的那辆车一直鸣着喇叭，因为我们的车还都没往前开。亨利猛地打开车门，下车走到后面。我听到嘈杂的争执声，亨利的声音更响亮。过了一会儿，他走回来，上车继续赶路。

“我本想揍他一顿的，”他说，“不过还是算了。”后来他开得很快，一路踩紧油门，我们回到了好莱坞莫雷纳别墅的公寓，坐下来时各自拿着一个大酒杯。

“我们还有一夸脱半的烈酒，”亨利看着桌上的两瓶酒，旁边还有一堆早就空了的瓶子，说道，“这应该够我们想出个主意啦。”

“亨利，要是不够的话，供应商那儿还有一堆呢！”我兴奋地干了杯中的酒。

“你说得不错，”亨利说，“为什么你每次说话都这么逗呢？”

“我可没法改变说话的风格，亨利。我爸妈一直都严格遵守新英格兰传统，我从小就不说方言，即使大学时期也没说过。”

亨利试图消化我刚才的那番言论，可是我知道那对他来说太难了。

我们谈论了一会儿甘德斯，还对他的建议进行了一番怀疑。就这样过去了大概半个小时，突然，桌上的白色电话响了起来，我跑过去，希望是艾伦·麦金托什打来的，希望她已经消了气。但结果是一个男人的声音，我不认识他。他说话干脆利落，但是声音里有种不太悦耳的金属质感。

“你是沃尔特·盖奇吗？”

“是的。”

“嗯，沃尔特·盖奇，我听说你正在市面上找一样珠宝。”

我紧紧地捂住电话，转过身，在话筒上方对着亨利做了个鬼脸。可是，他正愤愤地给自己倒一大杯老普兰泰申牌威士忌呢。

“是有这么回事，”我对着话筒说，努力保持镇定，尽管我已经有点兴奋过了头，“如果你说的珠宝指的是珍珠。”

“哥们儿，一串总共四十九颗，售价五千美元。”

“真荒谬，”我气喘吁吁地说，“五千美元买那些——”

那人粗鲁地打断我，“你没听错，哥们儿，五千美元。伸出手好好数数，不多不少，就五千，好好想想，我晚点再给你打电话。”

电话咔嚓一下就被挂断了，我激动地把电话放好。我全身颤抖着，走回椅子边坐下来，用手帕擦着脸。

“亨利，”我压低嗓门，急促地说，“我们的行动奏效了，但是这太奇怪啦！”

亨利放下空酒杯，这是我第一次见他放下空酒杯，而且任由它空着。他凑过来，用那双紧绷的绿眼睛淡定地看着我。

“什么？”他温和地说，“什么奏效了，小子？”他用舌尖慢慢舔着嘴唇。

“我们在甘德斯那儿做的事奏效啦，亨利。刚刚有个男人打电话给我，问我是不是要买珍珠。”

“哎呀，”亨利噘起嘴，轻轻地吹起口哨，“他妈的，那个拉丁佬还真有点料。”

“但是开价五千美元，亨利。这听上去不合情理。”

“啊？”亨利的眼珠都快掉出来似的，“那些赝品要五千美元？他们疯了吧。你说过那些珍珠造价才两百美元呀。那些家伙根本就是吸血虫。五千美元？呵，我都可以买一车假珍珠塞满大象的肚子啦。”

我知道亨利有些困惑，他又默默地给我们的杯子添满酒。我们看着对方，“现在，你打算怎么办呢，沃尔特？”他沉默了好久才问我。

“亨利，”我坚定地说，“只有一个办法，艾伦·麦金托什是偷偷把此事告诉我的，她并没有取得彭多拉克老夫人的许可就告诉了我珍珠的事，我觉得我应该尊重她对我的信任。但是艾伦现在正和我闹脾气，不想跟我说话，这也是我为什么喝那么多威士忌的原因。不过我的谈吐和头脑依旧清晰。刚刚的事太让人意外了，无论如何，我觉得都该问问好朋友的意见。当然，这个人最好有做大生意的经验，还得懂珠宝。亨利，我真的认识就这么一个人，明早我就给他打电话。”

“哎呀，”亨利说，“你本来用九个字就能将事情表达清楚，哥们儿。那家伙是谁？”

“他叫兰辛·格雷默尔，是第七大道格雷默尔珠宝公司的总裁。艾伦曾跟我提过他，兰辛是彭多兰克老夫人的一位老友，而且实际上，就是他为老夫人制作的那串假项链。”

“但是这家伙会打草惊蛇的。”亨利反对说。

“我不这么认为，亨利，我觉得他怎么也不可能做出让彭多拉克老夫人难堪的事。”

亨利耸耸肩，“赝品就是赝品，”他说，“你什么也做不了，就算是珠宝店的总裁也没法让它变成真的。”

“话虽如此，但他们狮子大开口肯定有什么缘由，亨利。我想到的唯一理由就是勒索，坦白来讲，要我独自处理这事有点困难，因为我对彭多拉克家族的背景了解的不多。”

“好吧，”亨利叹气道，“要是你真这么想，那就跟着直觉走吧，沃尔特。我最好乘着微风习习回家去，好好睡上一觉，这样才能更好地迎接艰难的挑战——如果有的话。”

“你不会介意在这儿过夜吧，亨利？”

“谢了，哥们儿，但我想我还是回旅馆好了。我带这瓶酒回去，它能助我入眠。明早我可能会接到中介所的电话，到时得洗漱一下去面试。我想我得把这身行头换掉，这样就不会显得太奇怪。”

说完，他走进浴室。过了一会儿，穿着他那身蓝色哔叽呢走出来。我让他开我的车回去，可是他说他住的那片区治安不好。不过，他同意穿走身上一直穿着的大衣，并小心翼翼地将没有开封的一夸脱威士忌放在口袋里，然后亲切地和我握了握手。

“等一下，亨利，”我说着掏出钱包，拿出一张二十美元的钞票给他。

“这是什么意思？”他生气地说。

“你暂时还没找到工作，亨利，而且今晚你表现出色，虽然结局让人有些困惑。这是你应得的，这点小钱我还付得起。”

“那好吧，谢谢你，朋友，”他说，“但这算我借你的，”他声音沙哑，“明早要我打电话叫你吗？”

“务必给我打一个，还有一件事，你能否换一家旅馆呢？虽然不是我的过错，但我想警察知道这起盗窃案后，恐怕会怀疑到你头上吧？”

“见鬼，他们会折磨我好几个小时，”亨利说，“但是他们又能得到什么呢？我可不是任人玩弄的软柿子。”

“当然，这由你自己决定，亨利。”

“好的，晚安，朋友，祝你好梦。”

他离开后，我突然觉得十分伤感和寂寞。虽然亨利说话有点粗鲁，但他的陪伴让我振奋起来。他真是个男子汉。我从剩下的酒瓶中给自己倒了满满一大杯威士忌，怀着忧郁的心情，一饮而尽。

结果，我无法控制地想要给艾伦·麦金托什打电话，我不惜一切代价都要打给她。我走到电话边，拨下了她的号码。等了很久，终于有一位倦意满满的仆人接听了电话，但是艾伦一听到我的名字，就不肯来听电话。这让我更加失落了，我稀里糊涂地喝光了剩余的威士忌。然后躺在床上，心神不宁地睡去。

6

嘈杂的电话铃声将我从睡梦中惊醒，睁开眼我看见清晨的阳光已经洒进房间。已经早上九点钟了，房里灯还都亮着。我爬起来，感觉身体有点儿僵硬，四肢还有些无力，因为我还穿着晚礼服。但是我身体尚好，情绪稳定，没有我想象中的那么难受。我走过去接电话。

是亨利，他说，“朋友，现在感觉怎样？我就像十二个瑞士人宿醉了一场。”

“不算太糟，亨利。”

“我接到中介所的电话，他们说有份工作要招人。我现在得去那儿一趟，去试试运气。面试结束后，需要我过去一趟吗？”

“是的，亨利，一定要过来。十一点前，我就能办完昨晚跟你提过的事回来。”

“那人有再打电话过来吗？”

“还没有，亨利。”

“好，那就这样，”他挂了电话。我洗了个冷水澡，刮了胡子，换好衣服。我穿上一套低调的棕色的商务套装，喝了点楼下咖啡馆送来的咖啡。我还叫服务生帮我清理了公寓里的空酒瓶，并给了他一美元小费。喝了两杯黑咖啡后，我感觉精神饱满，便开车去市中心，格雷默尔珠宝公司在华斯特第七大道有间规格庞大、装修体面的店面。

又是一个阳光明媚的清晨，在这样可爱的日子里，一切都变得美好。

兰辛·格雷默尔不是很容易见到的，所以我不得不告诉他的秘书，我是为了彭多拉克老夫人的一件密事而来。当此话传达给他后，我马上被带到一间长长的办公室，格雷默尔先生站在房间最里面的一张大桌子后面，他向我伸出一只瘦削红润的手。

“盖奇先生？我想我们之前没见过，是吧？”

“是的，格雷默尔先生，我们没有见过。你应该认识艾伦·麦金托什小姐，她是彭多拉克老夫人的贴身护士。而我是她的未婚夫——至少昨晚之前还是。我来见你是为了一件很重大的事情，而且你必须答应替我保密，我才能开口。”

他约莫七十五岁，精瘦高挑，举止得体，而且保养得很好。他眼眸是忧郁的深蓝色，但脸上的笑容却让人感觉很温暖。他身穿一套黑色的法兰绒套装，翻领上还别着一朵红色的康乃馨，看上去年轻感十足。

“盖奇先生，我从都不对人许诺，这是我的一个原则，”他说，“另外，我认为这种要求也很不公平，但是如果你保证这事与彭多拉克老夫人有关，而且的确需要谨慎处理，不能声张，我也许能破例一次。”

“的确如此，格雷默尔先生，”我说，随即将事情完整地跟他讲了一遍，没有任何隐瞒，甚至没有掩饰我昨天喝了过多威士忌的事实。

故事快要讲完时，他好奇地盯着我，精美的手拿起一支老式白鹅毛笔，他用上面的羽毛慢慢地挠着右耳。

“盖奇先生，”他说，“你猜不到他们为什么会对一串珍珠要价五千美元吗？”

“要是让我猜的话，由于此事极为隐秘，我的猜想可能会有些大胆，格雷默尔先生。”

他用白鹅毛在左耳上打圈，点头道：“说吧，孩子。”

“事实上这串珍珠是真品，格雷默尔先生，你是彭多拉克老夫人的老友——甚至你俩可能是青梅竹马。她出于慷慨而急需用钱，所以将她的金婚礼物——珍珠项链交给你出售，而你并没有卖了它们，格雷默尔先生。你只是假装卖掉了项链，从自己那儿拿出两万美元给她，又将真项链还给了她，假装那是从捷克买来的赝品。”

“孩子，你的脑子可比你的嘴巴好使。”格雷默尔先生说。他起身走到床边，拉起精美的纱帘，朝熙熙攘攘的第七大道望去。他走回桌边坐下来，笑容中略带伤感。

“你猜得不错，这让我有点难堪，盖奇先生，”他叹息地说，“要不是因为彭多拉克夫人是个骄傲的女人，否则我就会直接给她两万美元的无担保贷款。我恰好又是彭多拉克先生房产的共同管理人，我很清楚在当时的经济形势下，如果不大量变卖他家的房产，根本就不可能凑足现金用来照顾那些亲戚和需要资助的人。所以彭多拉克夫人卖了项链——她认为这样可以救急——但是又坚持不让别人知道此事。因此，我就做了你刚才猜想的事，这并不重要，我能负担起这笔钱。我至今尚未婚配，盖奇，还是公认的有钱人。事实上，那串项链在那个时候根本不值我给她的一半价钱，甚至不值现在那些小偷要求的五千美元。”

我垂下眼帘，以免这位善良的老绅士因为我的直视而感到困扰。

“我认为我们最好还是凑齐五千美元，孩子，”格雷默尔先生立马补充道，语气轻快，“尽管被偷的珍珠比切割过的珠宝要难卖得多，但这价格已经很低了。要是初次见面我就愿意相信你，你能处理好此事吗？”

“格雷默尔先生，”我坚定平静地说，“对你而言，我完全就是个陌生人，而且不过就是一个平凡的普通人。但是我以敬爱的已故双亲的名义向你保证，我绝不会胆小退缩。”

“好，好一个有血有肉的男子汉，孩子，”格雷默尔先生和蔼地说，“我不怕你会偷走这笔钱，因为我对艾伦·麦金托什小姐和她的男友的了解，比你预想得要多。而且，珍珠项链买过保险，当然是以我的名义，按理来说，保险公司应出面解决此事。但是看来你和你那位有意思的朋友现在进展得很不错，我相信你们一定能做好，那个亨利肯定是个堂堂正正的男子汉。”

“我和他很亲近，虽然他言行举止有点大大咧咧。”

格雷默尔先生又玩了好一会儿他的白色鹅毛笔，然后他拿出一本大的支票簿，开了张支票，他小心翼翼地吸干上面的墨水，然后从桌子上递给我。

“如果你拿到了珍珠，我会让保险公司的人赔钱给我，”他说，“若果他们还想做我生意的话，就不会刁难我。银行在街角那边，我会等着他们的电话。他们可能得打电话跟我确认才会给你兑现。万事小心，孩子，别让自己受伤。”

他再一次和我握手，我犹豫地说，“格雷默尔先生，你给了我别人从未给予我的莫大信任，”我说，“当然，先父除外。”

“我表现真像个傻瓜，”他古怪地笑着说，“好久都没听到有人像简·奥斯汀笔下的人物那样说话，这让我显得真粗俗。”

“谢谢您，先生。我知道我说话有点儿矫揉造作，斗胆请您帮个小忙，可以吗，先生？”

“什么忙，盖奇？”

“帮我给艾伦·麦金托什打个电话，她现在有点疏远我，告诉她我今天没有喝酒，而且你委与我重任。”

他放声大笑：“乐意至极，沃尔特。我知道她是个值得信任的人，因此我也会将事情的进展告诉她。”

我从他那儿离开后，便前往银行去兑换支票。银行出纳员狐疑地看着我，然后离开柜台好一会儿，最后极不情愿地点了一沓百元大钞给我，看上去好像那钱是他自己的。

我将那沓整齐的钞票放进口袋，说，“请给我一包二十五分的零钱。”

“一包二十五分的零钱，先生？”他挑起眉毛。

“没错，我要拿来付小费，请帮我包好，这样我好带回家。”

“噢，明白了，请给我十美元。”

我接过这包厚厚的硬币，丢进口袋，开车回好莱坞。

亨利已经在莫雷纳别墅的大厅等着我了，他粗糙结实的大手正摆弄着帽子，脸看上去比昨天更加憔悴，我嗅到了他的气息中夹杂的威士忌味。我们上楼走进公寓，他迫不及待地转身看着我，“有什么好事吗，朋友？”

“亨利，”我说，“讨论今天的工作之前，我想你让你知道，今天我可不想喝酒，我知道你已经喝了不少。”

“只喝了一点儿，沃尔特，”他有点儿后悔地说，“我去应聘的那份工作丢了，我到那儿之前就没了。有什么好消息吗？”

我坐下点了根烟，平静地看着他，“呃，亨利，我不知道该不该告诉你，但是经过你昨天对甘德斯做的事之后，不告诉你好像有点小肚鸡肠。”我又犹豫了一会儿，亨利看着我，捏着自己左臂的肌肉。“那串项链是真的，亨利。我受到委托处理此事，现在我口袋里有五千美元。”

我简要地跟他讲了一下早上发生的事。

他惊讶得无法用言语形容，“天啊，”他尖叫着，嘴巴张得大大的，“你是说，你就这样从格雷默尔那儿拿到这五千美元？”

“千真万确，亨利。”

“小子，”他一本正经地说，“你气质非凡，谈吐优雅，光凭这一点就有很多人愿意为你掏腰包。比如格雷默尔先生，他那样一个商人凭你的三言两语就给了你五千美元。为什么没人愿意这样对我呢，要是有人愿意的话，我甘愿变成猴子的叔叔，或者蛇的爸爸，甚至去牛郎店陪酒都没问题。”

就在此时，好像我公寓的大门一直被人监视着，电话又响起了，我跑过去接电话。

这是我等候的其中一人的声音，但是不是我最希望听到的那个人的声音。“盖奇，今早考虑得怎样了？”

“考虑得差不多了，”我说，“如果你们能保证我得到尊重的话，我打算做这笔生意。”

“你是说你已经弄到钱了？”

“此刻就在我的口袋里。”

那个人好像慢慢地呼出一口气，“只要我们拿到钱，你就会拿到项链的，盖奇。我们做买卖不是一天两天了，我们从不赖账。要是我们拿到钱就不认账，那这事很快就会传开，以后就没人敢和我们做生意了。”

“好的，我明白了，”我说，“我会按你们指示做的。”我冷漠地补充道。

“仔细听着，盖奇。今晚八点整来太平洋帕利塞德，知道那儿在哪儿吗？”

“当然知道，那儿是日落大道马球场西边的一片小住宅区。”

“没错，日落大道直接通到那片小区。那儿有家药店——九点前都在营业。今晚八点整在那儿等我们电话，一个人，我是说一个人来，盖奇，不许带警察或者身强力壮的家伙。那儿是偏远的乡村，我们自有办法把你带到我们的目的地，前提是我们得确保你是只身一人前来的。都听明白了吗？”

“我又不蠢。”我顶嘴道。

“不要做手脚，盖奇。我们会验钞的，不要带枪，我们到时会搜身，我们的人手足够把你重重包围。我们认识你的车，不要耍花样，不要自作聪明，不要出错，这样大家就可以相安无事。我们就是这么做生意的，钱怎么给？”

“都是百元大钞，”我说，“只有几张是崭新的。”

“干得不错，那八点见，放聪明点，盖奇。”

电话咔嚓一下就挂了，我也放下话筒。几乎是在同一刹那，电话又响起来，这次是我最想听的那人的声音。

“噢，沃尔特，”艾伦嚷嚷着，“我对你太苛刻了！请原谅我，沃尔特。格雷默尔先生将一切都告诉了我，我真害怕。”

“没什么好害怕的，”我亲切地对她说，“彭多拉克老夫人得知此事了吗，亲爱的？”

“不知道，亲爱的。格雷默尔先生让我不要告诉她，我现在在第六大道的一家商店里给你打电话，噢，沃尔特，我真的很害怕。亨利会和你一起去吗？”

“恐怕不行，亲爱的。他们安排好了一切，不允许我带人。我必须只身前往。”

“噢，沃尔特！我害怕极了，我受不了这样的惊吓。”

“没什么可怕的，”我向她保证，“不过是场简简单单的生意而已，而且我也不是什么弱小的人。”

“可是，沃尔特——噢，我会试着坚强起来，沃尔特。能答应我一个小小的请求吗？”

“我不喝酒，亲爱的，”我坚定地说，“我绝对滴酒不沾。”

“噢，沃尔特！”

在这种情况下，这事让我好受多了，虽然别人可能没什么感觉。最后，我向她保证我跟坏蛋见完面就立马打电话向她报平安，这才挂了电话。

我从电话旁转过身，看见亨利正拿着他从侧口袋拿出来的酒大口大口地喝着。

“亨利！”我厉声喝道。

他放下酒瓶看着我，头发凌乱，眼神却异常坚定。“听着，哥们儿，”他低沉生硬地说，“我听到了你们的对话，这显然就是个圈套。你独自一人去野草丛生的荒郊野岭，他们会给你下毒，拿走你的钱，让你死在那儿——珍珠项链却仍在他们手里。不行，哥们儿。我说——绝对不行！”他最后那句话几乎是咆哮着说完的。

“亨利，这是我的责任，我必须完成它。”我平静地说。

“哼，”亨利气愤地说，“我说不行。你这个疯子，你那么善良，我说不行。威斯康星州艾克尔伯格家族的亨利·艾克尔伯格说不行——实际上，可以说是密尔沃基市的艾克尔伯格家族。他握着双拳说不行。”他又拿起酒瓶喝了起来。

“你要是喝醉了对这事可以一点儿帮助都没有。”我极其失望地对他说。

他放下酒瓶，满脸诧异地看着我。“喝醉，沃尔特？”他咆哮着，

“我没听错吧？你说我会喝醉？艾克尔伯格家的人会喝醉？听着，小子。现在我们时间所剩无几，要我喝醉可能要三个月。哪天你有三个月的时间，准备好五千加仑的威士忌和烈酒，我会很乐意花时间，让你看看艾克尔伯格家的人喝醉是个什么样子。你不会相信我说的。小子，到时这个小镇将只会剩下几根顶梁柱和一堆断壁残垣，而这些废墟中——天呀，要是再和你待久些，我都能说标准英语啦——在这些废墟中，一片死寂，方圆五十英里之内不会有活人，亨利·艾克尔伯格会躺在地上，对着太阳微笑。喝醉，沃尔特。到时可不仅仅是酒气熏天，也不是喝得烂醉的乡巴佬那样简单。但是，到时你用‘喝醉’这个词，我才不会觉得冒犯。”

他坐下，又喝起酒来。我失落地看着地板，不知道说什么好。

“不过，”亨利说，“那都是以后的事。我现在只是在吃药而已，就像人们说的，要是没有一点精神错乱的劲儿，那就不是我了，我可是在酒缸里长大的人。我陪你去，沃尔特。那地方在哪儿？”

“在沙滩边，亨利，你不能和我一起去。如果你一定要喝酒的话，那就喝吧，但是你不能和我一起去。”

“你的车很大，沃尔特。我可以躲在后面的地毯下，这很容易做到的。”

“不行，亨利。”

“沃尔特，你真是个好人，”亨利说，“我一定要陪你钻这个圈套，闻闻这酒的香味儿吧，沃尔特。你看上去有点虚弱。”

我们吵了一个小时，我的头隐隐作痛，而且开始感觉到很紧张很疲惫。后来我犯下了一个可能致命的错误，我被亨利的花言巧语所蒙骗，喝了一点儿威士忌，纯粹把它当药喝。这让我感觉放松许多，我又喝了很多。今天早上除了咖啡我什么都没吃，晚上也只是随便吃了一点儿。又过了快一个小时，亨利出去买了两瓶威士忌，那时我快乐得像只小鸟。所有的困难都烟消云散，我由衷地同意亨利盖块毯子躲在车里，陪我赴约。

我们很愉快地度过了几个小时，直到两点钟，我开始犯困，便躺到床上，沉沉地睡去。

7

我再醒来时，天都快黑了。我心里充满恐惧，太阳穴也一阵巨痛，我起了床。但是，才刚到六点半，我独自一人在公寓里，拉长的身影在地上移动着。桌上空空的威士忌酒瓶让我感觉十分恶心。亨利·艾克尔伯格不知道去哪儿了。出于本能的惶恐，下一秒我就为此感到羞耻，我急忙走到挂着夹克衫的椅子旁，将手探到胸口里层的口袋，那沓钞票还在，根本没人动过。犹豫了一小会儿，我带着默默的罪恶感，拿出钞票，慢慢地数着，钞票一张没少。我把钱放回去，嘲笑自己对他人缺失信任感，然后打开灯，走到浴室洗了个澡，我冷水热水交替着用，直到我的脑袋再次完全清醒过来。

我洗完澡正要换亚麻布新衣服时，有把钥匙打开了门锁，亨利·艾克尔伯格走进来，胳膊下夹着两个裹好的酒瓶。他真诚地看着我，我是这么认为的。

“没人比你还能睡，沃尔特，”他羡慕地说，“我不想吵醒你，就偷偷拿走了你的钥匙，我得去弄点吃的喝的。我还独自一人喝了点酒，我跟你说过的，这有悖于我的原则，但是今天是个大日子。不过，我们现在可以放松些，我指的是喝酒这事。事情结束前，我们得控制好紧张的情绪。”

他一边说一边打开包装，然后给我倒了一小杯酒。我感激地喝了下去，很快一股暖流在身体内流淌。

“我打赌你肯定检查了口袋里的钱。”亨利咧嘴笑着说。

我感觉到自己面红耳赤，但我一言不发。“好吧，朋友，你做得对。毕竟你对我了解多少呢？我还做了别的准备，”他将手伸到后面，从侧口袋掏出一把短管自动手枪，“如果那些小子敢来硬的，”他说，“我不介意用这把五美元买来的枪和他们玩玩，艾克尔伯格家的人可没怎么失手过。”

“我不同意，亨利，”我严厉地说，“这违反了约定。”

“去他妈的约定，”亨利说，“那些家伙拿走了钱，又没有警察在场，我得盯着他们交出项链，以免他们脚底抹油偷偷溜掉。”

我知道跟他争吵不出什么结果，因此我换好衣服准备离开公寓。我们又各自多喝了一杯酒，然后亨利在把一瓶满满的酒放在口袋里，我们才离开。

从走廊往电梯口走时，亨利低声解释道，“我雇了一辆车跟着你，以防那些家伙有同样的想法。你不妨在几个安静的街区兜几圈，这样我好找到你。你到达沙滩附近之前，他们很难找出你。”

“这肯定花了你不少钱，亨利，”我对他说，当我们在等电梯上来时，我从包里又拿出一张二十美元的钞票递给他。他不情愿地接过钱，但是最后还是把它叠好放进了钱包。

我按照亨利的建议，在好莱坞大道北边的几条山间小路绕了几圈，不一会儿，我清楚地听到后面有辆出租车对我鸣着喇叭。我把车停在了路边，亨利下了出租车，付了钱，然后跟着我上了车。

“警报解除，”他说，“没人跟踪我们。我会继续躲着，不过你最好在杂货店停一下，万一得和那些浑蛋动手，吃饱喝足还是会有帮助的。”

因此我往西驶去，开回了日落大道，在一家生意很好的路边饭店停下来。我们找了张桌子坐下来，简单地吃了点煎鸡蛋和黑咖啡，就继续上路了。我们到了比弗利山庄时，亨利又要我在几条住宅区的街道里兜进兜出，而他小心翼翼地从车子后窗观察四周。

最后我们非常满意地开回日落大道，一路顺利地往前开，经过了贝沙湾和韦斯特伍德的边缘，就快到达里维埃拉马球场了。就在此时，那儿有个叫作“曼德维尔”的小山谷，是个静谧的好地方。亨利让我朝那儿开了一小段，我们在山谷停下来喝了点儿他带来的威士忌，然后他爬到车子后面，将他高大的身体蜷缩起来躺在地上，上面还盖了条毯子，自动手枪和酒瓶就放在他触手可及的地方。一切就绪后，我再次上路。

太平洋帕利塞德的居民似乎早早地就睡去了。我到了所谓的商业中心时，除了银行旁的那家药店，其他店都关门了。我停好车，亨利依旧安静地躺在后面的毯子下，我站在伸手不见五指的人行道上，只听到一阵轻轻的笑声。接着我走进药店，看了看钟，现在离八点还差十五分钟。我买了包烟，点了一根，然后在敞开的电话亭旁站着。

那个药店的老板是个体形魁梧、满面红光的男人，看不出年纪多大，他把小收音机的声音开得很大，正听着某档可笑的广播连续剧。我叫他把声音关小点儿，因为我在等一个重要的电话。他照做了，但一脸不情愿，他马上就走进店铺后面，我看见他正透过一扇玻璃小窗不怀好意地盯着我。

就在药店的钟走到七点四十九分时，电话亭里的电话响了起来，我赶忙走进去，关紧门。我拿起话筒，不由自主地颤抖了一下。

正是那个熟悉的冷漠带金属质感的声音，“盖奇？”

“是我。”

“你按我说的做了吗？”

“是的，”我说，“钱就在我口袋里，而且我是一个人来的。”我不喜欢这种明目张胆说谎的感觉，即使是对一个小偷撒谎，但是我还是硬撑了过去。

“那么，听着。沿着你来的路往回走大约三百英尺，在消防站旁有个关了门的加油站，被装修成了红绿白三色相间的颜色。从那儿向南走，有条泥巴路，沿那条路走四分之三英里，你就能看到一道白色栅栏横在马路中间，你往左边开应该勉强能把车开过去。调暗车灯，穿过那儿，继续往下开，开到一个长满鼠尾草的山谷里，把车停在那儿，关了灯，在那儿等我们。明白了吗？”

“完全明白，”我冷冷地说，“我会照做的。”

“还有，听着，哥们儿，那儿方圆半英里内杳无人烟，给你十分钟赶过去，此刻你已经被监视着。你最好赶快过去，而且只能是一个人去——否则有得你好果子吃。不要点火柴，也不许用手电筒。赶紧上路吧。”

电话挂了，我离开电话亭。我刚一走出药店，那店铺的老板就冲到收音机前，把声音调得震耳欲聋。我钻进车里，掉了头，按照指示，沿着日落大道往回走。亨利躺在我后面的地板上，像坟墓一样安静。

此刻我十分紧张，可我们带来的酒都在亨利那儿。我迅速抵达了消防站，透过那儿的前窗我看到四位消防员正在里面打扑克。我右拐开到了泥巴路，经过了红绿白相间的加油站。尽管我的汽车发出微弱的声响，但夜深人静，四面八方只传来蟋蟀和树蛙的鸣叫声，附近的某片水域，还有一只孤独的牛蛙用嘶哑的嗓音呱呱地叫着。

山路起起伏伏，远处有一扇黄色的窗户。在这没有月光照耀的漆黑夜晚，隐隐约约一道白色栅栏如幽灵般横在马路中间，出现在我面前。我发现了旁边的空隙，调暗了车前灯，小心翼翼地把车开了过去。然后沿着高低不平的山路往下开了一小段，就来到了一块椭圆形的山谷里，那儿四周长满了低矮的灌木丛，地上到处是被人随意丢弃的空酒瓶、空罐头和碎纸片。然而，在这样的深夜时分，这儿荒无人烟。我停好车，熄了引擎和车灯，双手放在方向盘上，一动不动地等着。

亨利在我身后没有发出一点儿声响，我大概等了五分钟，尽管等待的过程似乎漫长许多，但什么都没发生。那儿太安静、太偏僻，我感觉很不舒服。

最后，身后传来一阵微弱的动静，我回头看见亨利脸色发白，他躲在毯子下偷偷地看着我。

他用嘶哑的声音低语道："有什么动静吗，沃尔特？"

我用力地对他摇摇头，他再次拉上毯子蒙住脸。我听到轻微的咕噜声。

又过去了整整十五分钟，这时我才敢动一动。等待的时候我过于紧张，身体变得有些僵硬。因此，我大胆地打开车门，踏到崎岖不平的路面上。一点儿动静都没有。我双手插在口袋里，踱着步子来回走了好几趟。时间一分一秒地过去，又过了半个多小时，我越来越不耐烦。我走到车子后窗边，对里面轻声细语。

"亨利，恐怕我们就这样被人耍啦，恐怕这根本就是甘德斯为了报复昨晚你对他的所作所为，而跟我们开的低级玩笑。这儿连个人影都没有，而进来的路只有一条。这看起来根本就不像我们所预期的见面地点。"

"狗娘养的！"亨利低声骂道，黑漆漆的车子里咯吱咯吱地响起来。只听见车子里一阵动静，然后他就从毯子里爬了出来。门微微打开，碰到我的身体，亨利把头探了出来。他把视力能及的范围都检查了一遍，"坐在踏板上，"轻声说，"我现在出去，如果他们躲在灌木丛里盯着我们，就只能看见一个脑袋。"

我照亨利说的做了，把衣领竖得高高的，把帽子拉到眼睛上方。一道无声无息的影子闪现，亨利从车里走了出来，他小心地关上门，生怕发出一丝声响，然后站在我面前，极力瞭望着所能看见的地方。我看见他手中的枪所反射出的隐隐微光。就这样，我们又等了十多分钟。

亨利恼怒了，将"谨慎"抛之脑后，"狗娘养的！"他大声咆哮着，"你知道发生什么了吗，沃尔特？"

"不，亨利，我不知道。"

“这只是一次试验，一次试验而已，那些肮脏的家伙在路上某个地方监视你，看你有没有乖乖行动，然后又在那家药店检查了一遍。我用两个结实的自行车铂金轮胎跟你打赌，你接到的那个电话肯定是从很远的地方打来的。”

“没错，亨利，你这么一说，我想肯定是这样。”我伤心地说。

“你看，小子，那些浑球根本就没有离开镇上，他们正坐在豪华便盆上，好好玩弄了你一把。明天那些家伙会再给你打电话，告诉你目前为止他们很满意，但是为了慎重起见，他们晚上又会试探你，到时可能是约在圣费尔南多河谷，而且价钱会涨到一万美元，理由是我们给他们添了很多麻烦。我应该回去把甘德斯的脖子扭断，这样他就只能看见自己的左腿了。”

“行了，亨利，”我说，“毕竟，我并没有照他们说的做，因为你坚持要跟我来。可能他们比你想的要聪明，我想现在唯一能做的就是回到镇上去，希望明天还有机会再试试。答应我，一定不要再插手。”

“傻瓜！”亨利生气地说，“没有我的话，他们就会像猫儿玩弄金丝雀一样玩弄你。你是个好人，沃尔特，但是你知道的可没有贝比·勒罗伊知道得多。那些家伙可是小偷，他们只要能妥善处理好手里的那串项链，就能得到两万美元。他们现在急于出手，但还是一样会想尽办法榨钱的。我现在就回去教训那个死胖子甘德斯，我会用别人从未用过的手段好好教训那个笨蛋。”

“好了，亨利，冷静些。”我说。

“天哪，”亨利咆哮着，“那些人把我屁股都气疼了，”他左手拿起酒瓶放在嘴边，饥渴地喝着酒。他的声音低沉了许多，听上去平静多了，“最好把钱收起来，沃尔特，计划失败了。”

“也许你是对的，亨利，”我唉声叹气，“我得承认大半个小时以来，我的胃就像秋天的叶子一样颤抖个不停。”

我肆无忌惮地站在他身边，往喉咙里灌了大量的烈酒，很快就精神振作。我把酒瓶还给亨利，他小心地把它放在踏板上，站在我身边，宽大的手心上下抛接着短管自动手枪。

“我不需要这把家伙对付那帮浑蛋了，见鬼去吧。”他手臂一挥，把手枪丢在了灌木丛里，枪发出一声闷响落在了地上。他从车边走开，双手叉腰站在那儿，抬头仰望着天空。

我走到他身边，借着昏暗的月光盯着他的侧脸，一丝莫名的惆怅感袭上心头。虽然我与亨利相识不久，却很喜欢他这个人。

“那么，亨利，”我终于开口，“下一步怎么办呢？”

“回家去，我想，”他缓缓说道，语气忧伤，“喝他个不醉不休。”他双手叠在一起，握成拳头，慢慢地晃了晃。然后转过脸来看着我，“耶，”他说，“没什么别的要做的了，回家吧，小子，我们现在只能做这个了。”

“现在还不行，亨利。”我轻轻地说。

我抽出口袋里的右手——我的手很大——右手握着早上在银行换的那包二十五分硬币，拳头变得很大。

“晚安，亨利，”我平静地说，将手臂和身体的力量集中在挥舞拳头上，“你打过我两次，亨利，”我说，“这次我可不会让着你。”

但是亨利根本没有在听我说话，我握着一包硬币的拳头不偏不倚地打中他的下巴。他的腿一软，整个人向前趴倒在地。他倒下去的时候还擦到我的袖子，我快步闪开了。

亨利·艾克尔伯格一动不动地躺在地上，像只橡胶手套一样软绵无力。

我略带伤感地低头看他，等着他清醒过来，可是他依旧纹丝不动。他静静地躺着，完全失去了意识。我把那包硬币放回口袋，弯腰凑向他，像翻肉一样把他的身子翻转过来，然后搜遍他的全身，但是过了好久，我才找到了珍珠，它们被绑在了他左腿袜子里的脚踝上。

“好了，亨利，”这是我最后一次对他说话，尽管他听不见，“虽然你是个小偷，但也是个绅士。今天下午你有很多次机会可以将钱拿走，而且什么也不用给我留下。还有刚才枪还在你手里时，你本来也能拿走钱。可是连这种方式都有悖于你的原则。你丢了枪，我们之间展开男人与男人的对决。没有人会帮助我们，也没有人会干扰我们。而就在此时，你还是犹豫了，亨利。事实上，亨利，我认为作为一个成功的小偷而言，你太优柔寡断了。而作为一个有冒险精神的男人而言，你获得了我的尊敬。再见，亨利，祝你好运。”

我从钱包里抽出一张百元大钞，细心地把它放在亨利平日放钱的口袋里。我钻回车上，喝了一大口威士忌，然后用木塞塞紧酒瓶，将它放在他的右手边。

我确信他醒来时会需要它的。

8

回到公寓时已经十点多了，但我还是立马走到电话旁，给艾伦·艾克尔伯格电话。“亲爱的！”我激动地说，“我找到珍珠啦！”

我听到电话那头她倒吸了一口气，“噢，亲爱的，”她既紧张又兴奋地说，“你有没有受伤？他们有没有伤到你，亲爱的？他们拿了钱就放你走了吗？”

“‘他们’根本就不存在，亲爱的，”我自豪地说，“格雷默尔先生的钱还在我这儿，一分不少。只有一个亨利而已。”

“亨利！”她吃惊地说，“本来我以为——快来我这，沃尔特·盖奇，来跟我说说——”

“我喝了威士忌，艾伦。”

“亲爱的！我明白你需要它。快过来吧。”

所以我又回到了街上，赶往卡隆德莱特公园，很快就到了彭多拉克府邸。艾伦到门廊来见我，我们在黑暗中手拉着手，站在门外小声地谈话，因为仆人们都睡觉了。我尽量简明扼要地把故事讲给她听。

“但是，亲爱的，”听到故事的最后，她说，“你怎么知道是亨利呢？我以为亨利是你的朋友，而且给你打电话的是另一个人——”

“亨利是我的朋友，”我有点儿忧伤地说，“而这恰恰也是毁了他的原因。至于给我打电话的人，那不过是个小问题，很容易就能安排好。亨利好几次离开我就是去安排那些事。其实是一个小细节提醒了我。我给了甘德斯那张写有我公寓地址的私人名片后，亨利就必须告知他的同伙我们见过甘德斯，并给了他我的名字和地址。当然为了将我们要赎回珍珠的消息传播出去，我们去拜访颇有名气的黑社会人物——这主意看上去很愚蠢，但其实也并不那么愚蠢——因为这给了亨利机会，让我误以为电话讯息是我们和甘德斯谈过，并将我们的困境告诉他之后的结果。但是亨利还没来得及去通知他的同伙关于我们和甘德斯见面一事，第一通电话便打进了我的公寓，很明显事有蹊跷。”

“然后我想起那天从后面撞我们的车，亨利当时下车去骂那个司机。当然，这起撞车事故是预谋好的，亨利故意制造了机会，他的同伙就在那辆车里。因此，亨利假装对那人咆哮，其实是在向他传递有用的消息。”

“但是，沃尔特，”艾伦有点不耐烦地听完我的解释后，说道，“这都是小事，我最想知道的事，你到底是怎么断定亨利偷走了珍珠。”

“是你告诉我他偷走了珍珠呀，”我说，“你当时那么确信。亨利是个很有耐性的人，他很可能会把珍珠藏起来，根本不担心警察会对他怎样。然后他会换一份工作，过了很长一段时间，再取回珍珠，悄悄地离开这个地方。”

黑暗中，艾伦站在门廊上不耐烦地摇着头。“沃尔特，”她突然说，

"你肯定有什么事瞒着我，除非你有百分百的把握，不然你是不会对亨利下狠手的，我很了解你这一点。"

"好吧，亲爱的，"我低调地解释道，"的确还有一件小事提醒了我。你知道的，我从不用公寓电话，因为不想被推销员之类的人打搅。我用的号码是私人专线，而这个号码是没有登记的。但亨利的同伙打的就是我那个号码，亨利在我公寓待了很久。我特地留心没有把那个号码给甘德斯，因为我根本没有期待甘德斯能给我带来什么线索。所以从一开始我就断定是亨利偷了珍珠，我要做的就是让他把藏着的珍珠拿出来。"

"噢，亲爱的，"艾伦抱着我，情绪激动，"你真勇敢，我觉得你在某些方面有你的独到之处，你相信亨利爱上了我吗？"

我对这个话题一点儿都不感兴趣。虽然夜色已深，我把珍珠项链留给艾伦保管后，还是立马开车赶往兰辛·格雷默尔先生的住处，将此事告知于他，并把钱物归原主。

几个月后，我十分欣慰地收到一封来信，上面盖着檀香山的邮戳，而信纸质地很差。

哥们儿，那个星期天，我没想到你手里会握着那包钱，当然我本来也没打算拿走它。但是，就是那一拳弄得我此后的一个星期里每次刷牙时都想起你。很抱歉我不告而别，你的确是个不错的人，虽然有点傻乎乎的，我真希望能和你在一起生活，而不是在这千里之外擦油阀。只有两件事——都是正经事——想让你知道：我真的深深爱上了那位高挑的金发女郎，这是我离开那位老夫人的主要原因。当我被一个女人迷得七荤八素时，我便心生邪念——偷珍珠。他们也有错，他们错就错在把珍珠随意地放在了一个面包盒里，我曾在吉布提为一个法国人工作，因此一眼就能将珍珠和雪球分辨出来。但是当我们两人独自在灌木丛时，没有任何人可以阻挡我，但是偏偏在这种紧要关头，我还是心软了，我下不了手。告诉艾伦，你那儿有我给她的求婚戒指。

你永远的朋友

亨利·艾克尔伯格（化名）

另外，想让你知道，那个给你打电话的家伙，试图从你塞在我内衣口袋的一百美元里分走一半钱，我只好狠狠揍了他一顿。

你的朋友

亨·艾（化名）

齐拉诺的枪

1

泰德卡玛蒂喜欢下雨，喜欢下雨的感觉，声音和味道。他从自己的拉萨尔双门跑车下来，在卡隆德特的外侧通道上踌躇了一会儿，他穿着蓝色的高领羊皮外套，高高的领子碰着他的耳朵，手放在口袋里，嘴里叼着一根烟。经过理发店、药店和香水店后，他走了进去。香水店里摆放着一瓶瓶精致的香水，那样子活像是百老汇音乐剧谢幕时演员们的造型。

他绕着一根带有金色纹理的柱子，随后走进铺有地毯的电梯里。

“你好，阿尔伯特！这场雨真大，走，咱们去九楼。”

这时，一个体态瘦弱，面带倦容，身着浅蓝色和银色相间的制服的年轻男孩抬起他戴着白色手套的手，挡住了即将关闭的电梯门，说道：“我的天哪，别以为我不知道您要去几楼，卡玛蒂先生？”

卡玛蒂看都没看一眼指示灯就直接摁下去九楼的按钮，随后他打开了电梯门，这时那男孩突然身子往后一靠，闭上了眼睛。

卡玛蒂马上停了下来，用他那犀利的褐色眼睛瞥了一眼。“没事吧，阿尔伯特？生病了？”

男孩在他虚弱的脸上勉强挤出微笑：“因为科尔基生病发烧，我已经连续值了两个班了，还有一点可能是我没吃饱。”

这位身材高大的褐眼男人从口袋里摸出皱巴巴的五块钱，还在男孩的鼻子下面弹了一下，男孩瞪大双眼，身板儿挺得直直的。

“天哪，卡玛蒂先生，我真不是这个意思……”

“别来这套，阿尔伯特。朋友之间这算点什么，你就权当帮我多吃点。”

随后他走出电梯，一边沿着走廊往前走，一边喃喃自语地说：“傻蛋一个。”这时一个男人从拐角处急匆匆地冲过来，撞到了卡玛蒂的肩膀，差点摔个人仰马翻，然后径直冲向电梯。

“我急着下去！”他猛烈地敲着即将关闭的电梯门。

尽管藏在拉低的、被雨淋湿的帽檐下，卡玛蒂还是看到了他苍白的脸，两只空洞无神的黑眼睛靠得很近。这样怪异的眼神卡玛蒂曾经见过——这是瘾君子们惯有的眼神。

电梯如同铅块一样极速下沉。卡玛蒂朝着电梯的方向看了良久，然后继续沿着走廊往前走，走过了那个拐角。

这时，他看见 914 的房门大开，一位姑娘躺在地上，身子一半在屋内，一半在屋外。她侧身倒在地上，穿着一件光亮的银灰色的睡袍，脸颊紧贴着走廊的地毯上。她留着一头浓密的金色大波浪卷发，而且梳得一丝不苟。这姑娘年轻而且十分漂亮，看不出来已经死了。卡玛蒂蹲在姑娘旁边，摸了摸她的面颊，还有余温。他轻轻地撩起头发，看到了头上的淤青。

“她是被打晕了。”卡玛蒂用牙齿紧咬住嘴唇。

他抱起这位姑娘，穿过小门廊，到套间的客厅里，把她放在了煤气壁炉前的天鹅绒长沙发上。

姑娘闭着双眼，躺着一动不动，妆容之下的肤色开始泛青色。他关上外面大门，巡视一下整间房子，然后走到走廊上，在墙角捡起一个闪闪发亮的东西，这是一把木头手柄，口径为 0.22 毫米的自动手枪，可以装满七枚子弹。他嗅了嗅枪的味道，然后放在口袋里转身回到姑娘身边。他从前胸的口袋里拿出一个银色的大酒瓶，拧开瓶盖后，用手指掰开她的嘴，威士忌穿过她精致亮白的牙齿，被灌到姑娘的嘴里。她呛了几下，头在他手臂上扭动着。她睁开了深蓝色的双眼，泛着些许紫色。姑娘的眼睛这下有了光泽，但依旧很虚弱。

他点了一根烟，伫立在一边低头看着姑娘。她动了动身子，过了一会儿轻声地说道：“我喜欢你的威士忌酒，还能再来点吗？”

他从浴室拿来杯子，倒了一些威士忌酒在里面。她缓缓地坐起，摸着自己的头开始呻吟起来。然后她接过酒杯，熟练地端起酒杯一饮而尽。

“我还是喜欢这种味道。”她说，“你是谁？”

她的声音低沉而又轻柔。他很喜欢这种音质的嗓音，回答道：“我叫泰德卡玛蒂，就住在走廊的尽头 937 号房。”

“我想我应该是突然昏厥过去了。”

“嗯哼。你是被打晕的，宝贝。”他褐色的眼睛好奇地看着她，嘴角泛着一丝微笑。

突然她睁大眼睛，眼神中透露出一种自我保护的神情。

他说：“我看到了那个把你击晕的人，他的发际线透着雪白色。这是你的枪。”

他从口袋里掏出枪，平放在手心里。“我得自己编个睡前故事了。”姑娘慢腾腾地说着。

“可不用说给我听，如果你碰上麻烦，我也许能帮上忙。当然得看是什么情况。”

“得看什么情况呢？”她语气冷淡而又犀利地问道。

“得看事情有多复杂。”他轻声回答道。他打开那把枪的弹盘，看了看里面的子弹。“铜镍合金的对吧？你对弹药还懂得挺多啊，天使。”

“难道一定要叫我天使吗？”

“因为我还不知道你的芳名。”

他咧着嘴朝着她微笑，然后朝着窗前的桌子走去，把那把枪放在桌上。桌上摆着一个皮革制的相框，并排摆着两张照片。他起初只是无意间扫视了一下，突然紧紧地盯着它，神情严肃。照片里是一位皮肤黝黑、略带英气的女人和一位瘦削、眼神冷峻的金发男子，他衣领高挺，系着大领带，窄窄的翻领显示出照片已有些年份了。他盯着照片中的男子，看得出神。

姑娘在他身后开口说道："我叫吉恩·阿德里安，在齐拉诺上班，工作就是歌舞表演。"

卡玛蒂仍旧看着照片出神，"我跟本尼齐拉诺很熟，"他心不在焉地说着，"这两位是你双亲？"

他转过身来看着她，她缓慢地抬起头。在她深蓝色的瞳孔里仿佛显露出某种恐惧。

"是的，他们都已过世好多年了。"她神情木然地说着，"还有问题吗？"他迅速回到长沙发那里，并站在她面前，"好吧，"他冷冷地说着，"我就是个好管闲事的主儿。可那又怎样？这是我的地盘儿，我父亲曾经还掌管过这里。老马科斯卡玛蒂，是人民的朋友；这酒店也有我的一份股权。那个行迹诡异的瘾君子在我看来像个亡命之徒，我怎么能对此袖手旁观呢？"

金发姑娘慵懒地看着他。"我还是挺喜欢你的威士忌的，"她说道，"我能……"

"你直接拿着酒瓶喝吧，天使。这么喝更快，更过瘾。"他嘀咕道。

突然，她站了起来，面色变得苍白。"你这种说话的态度，敢情我是个骗子、浑蛋，"她厉声地说道，"如果你非要知道事情的原委，我可以告诉你。我男朋友受到了他人的生命威胁。他是个拳击手，这伙人想要他输掉比赛。现在他们想利用我找到他，这样的解释你满意了吗？"

卡玛蒂从椅子上拿起他的帽子，拿出叼在嘴里的烟蒂，在烟灰缸里摁灭。他轻轻地点着头，换了一种语调说着："对不起，恳请你原谅。"然后朝大门走去。

等他走到一半的时候，身后传来姑娘咯咯的笑声，她轻声地说道："你可真是个臭脾气，还有你忘了拿走酒瓶。"

他又回去拿起酒瓶。然后突然弯下腰，用手托起她的下巴，吻了一下她的红唇。

“这真是见了鬼，天使，我喜欢你。”他轻声地说着。

他回到门廊，走出房间，那姑娘用手指摸着嘴唇，来回地摩擦着，脸上露出害羞的神情。

2

托尼埃克斯塔是酒店服务员领班，他个子跟女孩儿一样瘦小，皮肤黝黑，生着一双灵巧的小手，柔和的双眼还有一张铁嘴。他站在门口，说道：“我已经尽力了，买到了第七排的票，卡玛蒂先生。这个迪肯维拉还不错，我觉得杜克塔歌会是下一个轻重量级冠军。”

卡玛蒂说：“托尼，进来喝一杯。”他走到窗户边，静静地伫立着，看着窗外淅沥的雨，“如果能买给他的话。”他背对着补充道。

“好的，卡玛蒂先生，我就喝一小杯。”

在仿喜来登式的桌上摆着托盘，这个皮肤黝黑的小伙子小心翼翼地调了杯酒。他把酒瓶放在灯下，仔细地研究起来，用一根长长的勺子轻轻地搅动着杯子里的冰块，抿了一小口，然后笑起来露出自己的小白牙。

“塔歌还是很厉害的，卡玛蒂先生。他身手敏捷，脑瓜灵活，重拳出击稳准狠，而且果敢绝不退缩。”

“他必须得让自己的衣食父母赚到钱啊。”卡玛蒂不急不慢地说着。

“是的，他们还没给他喂狮子肉呢。”托尼回应道。

雨水击打着玻璃窗，密集的雨珠飞弹起来，沿着窗槽流下来。

卡玛蒂说道：“他就是个混混，即便是增光添彩，他依旧改变不了混混的本质。”

托尼长吁一口气：“真希望我也能去，今晚上我休息。”

卡玛蒂缓缓转过身来，移步到书桌前，调制了一杯酒。他的双颊现出两条阴影，而他的声音听上去有气无力，很是疲惫。

“那既然这样，什么原因造成你去不了？”

“我头疼。”

“你又穷得响叮当了！”卡玛蒂生气地说着。

黑小子细长的睫毛下，眼睛往一边斜视着，没有作声。

卡玛蒂左手攥起拳头，而后又慢慢松开，眼睛里充满了愤怒。

“有事就找卡玛蒂，”他叹了口气，“老好人卡玛蒂。他处处撒钱，心地善良，所以只管找卡玛蒂开口。来吧，托尼，钱拿走，给我弄两张票来。”

于是他从口袋里掏出一沓钞票，黑小子看起来被伤到了自尊。

“神呐，卡玛蒂先生，我不想让你觉得……”

“少来！朋友之间两张拳击票何足挂齿？快去弄两张票，带上女朋友，去他的塔歌。”

托尼埃克斯塔接过钱，他仔细地看了会儿这位老朋友。这时他的声音变得十分轻柔，说道：“我其实宁愿和您一同前往，卡玛蒂先生。塔歌肯定会大获全胜，而且可不光是在赛场上。他还有个金发碧眼的漂亮女朋友，就是那位住在914房的阿德里安小姐。”

卡玛蒂顿时愣住了，他慢慢放下手中的酒杯，在桌面上来回摆动酒杯，声音变得沙哑起来。

“可他依旧是个小混混，好了，托尼，我们一起去吃晚餐吧，七点在酒店门口碰面。”

“我的天哪，这太好了，卡玛蒂先生。”

托尼埃克斯塔轻轻地走出屋，不带声响地合上门。而卡玛蒂站在桌子边，指尖敲打着桌面，眼睛却注视着地面，就这样独自一人站在那里许久。

“卡玛蒂，你是全美国最蠢的傻瓜。”他气急败坏，大声咆哮着。

“让你自作多情，还英雄救美，你就是个傻蛋！”

他将杯子里的酒一饮而尽，看了看手表，戴上帽子，穿上蓝色的羊皮雨衣，走了出去。沿着走道经过 914 房间的时候，他停了下来，正准备抬起手去敲门，又没勇气地放了下来。

他慢悠悠地上了电梯，走到街边然后上了车。

特里比恩办公楼位于第四街区和泉水大街的交会处，卡玛蒂在街角停好车，进入员工专用通道，坐着摇晃的电梯到了四楼，电梯工是个上了岁数的老人，叼着一根熄灭的雪茄，卷起一本杂志放在离鼻子六英寸远的位置。

四楼宽大的双开门上写着“市政信件办公室”。另一个老人坐在一张小桌子后面，上面摆了一部电话。这时，卡玛蒂敲了敲桌子，说道：“告诉亚当斯，一个叫卡玛蒂的人找他。”

老人对着电话叽里呱啦说了一通，拿出一把钥匙，扬了扬下巴示意他可以进去。

卡玛蒂穿过大门，经过了一张“U”形状的办公桌，而后又经过了一长排小桌子，桌上的打字机都在忙碌地运转着。远处，一个身材瘦削的红发男子，无所事事，拔出抽屉将双脚搭在上面，脖子往后靠在倾斜的转椅上，动作十分危险，嘴里叼着大烟斗直指天花板。

当卡玛蒂走到这个男子身边时，他只是翻了翻眼睛，身子动都没动一下，还一边含着烟斗说道：“好啊，卡玛蒂。你这慵懒的大富翁最近过得怎么样啊？”

卡玛蒂说道：“有个叫科特威的家伙，能不能在你的简报里找找他的资料啊？准确地说他还是个州议员，全名叫梅尔森科特威。”

亚当斯这时把脚放回地上，靠在桌边，坐直了身体，拿出叼在嘴里的烟斗，把烟灰扣在垃圾桶里，说道：“就那个冷血的老东西？他什么时候爆出过新闻？好吧。”于是他拖着疲惫的身子站起，补充道：“跟我来吧，大富翁。”然后径直走向房间的尽头。

他们又走过了一长排桌子，这时一个胖墩墩的姑娘正对着自己写的东西哈哈大笑，甚至连妆都笑花了。

他们穿过一道门进入到一个大房间，里面摆着很多六层文件橱，还有一张小桌子和一把椅子。

亚当斯在资料室里翻箱倒柜，终于拉出一个文件夹放在桌上。“坐下吧，是有什么丑闻吗？”

卡玛蒂用手肘撑在桌面上，胡乱地翻着一摞厚厚的简报，这些简报不过是单调枯燥的政治新闻，根本谈不上是头条，无非都是科特威议员就某个公共议题发表了什么意见，在什么会议上发表了讲话，或者又是出席了什么重要场合。所有的这些都无聊至极。

他看着这几张经过处理加工的照片，照片里的男子身材瘦削，满头白发，神情从容淡定，双眼深沉而冷峻，从中看不出一丝光泽和温暖。过了一会儿，卡玛蒂说道：“有没有拿得出手的照片啊？我的意思是那种更接地气的。”

亚当斯叹了口气，伸了个懒腰，钻进一长条档案柜里。回来的时候拿着一张闪闪的黑白照片，然后把它扔在桌面上。

“你可以留着，”他说，“我们还有好多备份，这老家伙真是活得久。要不要我帮你找他要个亲笔签名啊？”

卡玛蒂眯着眼睛，盯着照片看了许久。“这就对了，”他慢腾腾地说着，“科特威结过婚没？”

“打我出生以来他就没结过，”亚当斯不耐烦地回答道，“可能以后也不会结了，说吧，到底葫芦里卖的什么药？”

卡玛蒂慢慢地朝他笑了笑。拿出酒瓶，放在文件夹旁边的桌面上。亚当斯一下来了精神，伸出长长的手臂去拿。

“那么他也不会有孩子吧。”卡玛蒂说。

亚当斯直勾勾地盯着酒瓶。“是的，我猜想，反正公众场合是没有谈起的，至少据我所知是没有的。”说完灌了一大口，擦了擦嘴巴，又喝了起来。

“那……”卡玛蒂说，“这倒是很有意思啊，再给你喝三口，不要说你见过我。”

3

胖男人凑到卡玛蒂脸边，上气不接下气地说着：“朋友，你觉得有人操纵这场比赛吗？”

“对啊，就是要让维拉赢。”

“赌多少钱？”

“先算算你口袋里的钱吧。”

“我跟你赌五百。”

“好，成交。”卡玛蒂语调平缓地说着，他目不转睛地盯着前排留着金色头发的后脑勺看。她充满光泽的大波浪鬈发下穿着一件镶着白色皮毛的坎肩。尽管看不到她的脸，当然也不需要看到他的脸。

胖胖的男人眨了眨眼睛，然后从马甲的口袋里小心地掏出一个鼓鼓囊囊的钱包。他靠着膝盖数了十张五十元钞票，把钱卷在一起，然后把钱包放回到兜里。

“来接招吧，傻蛋，”他喘着气说，“让我来看看你的赌注。”

这时卡玛蒂收回目光，拿出一沓全新的百元大钞，数出其中的五张递给他。

“小子，刚从家里拿出来的啊。”胖男人说道。接着他又把脸凑到卡玛蒂边上，“我叫斯基茨奥涅尔。看样子你也来头不小呢？”

卡玛蒂微微一笑，然后把钱塞到胖男子的手里。“斯基茨，你把钱拿着。我叫卡玛蒂。是老马科斯卡玛蒂的儿子。你要是胆敢携款逃跑，我的子弹可跑得比你快——随后咱们就知道结果了。”

胖男子深吸一口气，靠回到自己的座位上。托尼埃克斯塔用一副温情的眼神看着胖男子手里紧紧攒着的钱，他舔了舔嘴唇，朝着卡玛蒂露出一副尴尬的笑容。

“天哪，卡玛蒂先生，这钱可是肉包子打狗，有去无回了，”他小声地说道，“除非——除非你能弄到点什么内幕。”

“这五百块钱的风险值得一试。”卡玛蒂嘀咕着。

第六回合的开局铃响起。

前五个回合打得根本没意思。那个大块头的金发男子，杜克塔歌根本没有拼尽全力。而那个皮肤黝黑、带着波兰血统的迪克维拉，只是孔武有力，四肢疲软松弛，长着一口烂牙，两只耳朵被打得开了花。身体素质是还不错，但是出拳毫无章法，只是凭感觉一通乱打，基本都不在点上。不过目前看来，他还能抵挡住塔歌的攻势。场下的观众一个劲地给塔歌喝倒彩。

当休息椅被搬离擂台后，塔歌摸了摸自己身上那条黑银相间的短裤，他冲观众席里披着白色坎肩的姑娘笑了笑，但是笑得有些紧张。他长相英俊，脸上也没有受伤留下的疤痕。他的左侧肩膀上有血迹，那是从维拉鼻子里流出的。

铃声响起时，维拉在擂台上发动猛烈攻势，结果从塔歌肩膀滑过，接着又是一记左勾拳。塔歌接连吃了好几个拳头，被逼退到擂台边线，又弹了回来，紧紧地抱住对手维拉。

卡玛蒂在黑暗中静静地笑着。

这时裁判员轻易地将他们分开。维拉试着挥动拳头往上一勾，结果塔歌轻松地躲闪，并没有打中。双方就这样一来二去地僵持了一分钟。这时从大厅里传来华尔兹的乐声。维拉跳起来，朝塔歌挥拳，而塔歌似乎是等着被打，无动于衷，他脸上显露出一副诡异而又僵硬的微笑。观众席上那个穿白色坎肩的姑娘突然站了起来。

维拉的拳头只是擦着塔歌的下巴滑过，他几乎是一动没动。这时塔歌来了一记长长的右勾拳，正中维拉的眼睛，接着是一出左勾拳打向维拉的下巴，又一记右勾拳几乎落在同一个被打的地方。

黑皮肤的小子被打得四肢着地，接着慢慢地瘫倒下去，两只拳击手套还被压在身子下。被打倒后，裁判开始倒数，观众席里嘘声一片。

胖男子挣脱着站立起来，咧开嘴开怀大笑，说道："怎么样，我的朋友？你还认为是有人故意操纵比赛结果吗？"

"不就是输了嘛。"卡玛蒂的声音就像警局里的广播一样冷静平淡。胖男子说："好啦，就这样吧，朋友。以后经常来玩。"说完从卡玛蒂身旁走过，踢了一下他的脚踝。

卡玛蒂坐在原地一动未动，注视着渐渐空去的体育馆。拳击手和他们的教练们都从擂台走下楼梯。那位穿着白色坎肩的姑娘早已消失在了人群中，灯灭之后，整个谷堆状的体育馆看起来既廉价又污浊。

托尼埃克斯塔烦躁难耐，他看着一个穿着条纹工作服的男人在座位间拾废弃的报纸。卡玛蒂这时突然站起来，说："托尼，我要去找那个小混混谈谈，你先去车里等我。"

他快步走上一段通向大厅的斜坡，穿过还未散开的人群，走到一个灰色的大门前，上面写着"禁止通行"。于是他穿过大门，又经过一个斜坡，同样看到一扇门，上面写着"禁止通行"的字样。这里有一个看守门卫，他穿着一件褪了色、没有扣子的卡其布制服，一只手拿着啤酒瓶，另一只手拿着汉堡。

卡玛蒂出示了一下他的警官证，那个门卫都没仔细看就将他放行，当卡玛蒂走进去时，那个门卫还淡定地打了个嗝。他沿着狭长的走廊一直往前走，途中有很多标识号码的门。门后面传来阵阵嘈杂声，就在左手边第四个门上，钉着一张字迹潦草的纸片，上面写着"杜克塔歌"。

卡玛蒂打开门，走进房间，听到很大的淋浴声音，但是没有看到人。在一个狭小而又空荡荡的房间里，他看见一个穿着白色汗衫的男子坐在按摩桌的一头，桌子上面散放着很多衣服，卡玛蒂一眼就认出了这个人，他是塔歌的教练。

他说：“杜克在哪里？”

穿着汗衫的男子用拇指朝淋浴声传来的方向指了指。接着，一个男子晃悠悠地走到门前，蹒跚地走到卡玛蒂跟前。他个子很高，卷曲的棕色头发中又夹杂着深灰色。他手里拿着一大瓶酒。从他的表情可以看出，这家伙已经酩酊大醉。他的头发湿答答的，眼睛也充血。嘴唇时而张开，时而紧闭，脸上露出一副百无聊赖的笑容，嘴里不停地嘟囔着一些听不懂的话。

卡玛蒂很冷静地关上门，然后倚靠在门上，从蓝色雨衣的马甲口袋里掏出香烟盒，瞧都不瞧一眼这个鬈发男子。鬈发男子忽然将右手伸到外套里面，然后又抽了出来，手里掏出一把手枪，在他浅蓝色的西装前泛着光，这时他左手酒杯里的酒都溅了出来。

“别动！”他大声呵斥道。

卡玛蒂不慌不忙地拿出香烟盒，给他看了看，接着打开盒子，往嘴里塞了根烟。那把蓝色的枪离得很近，但却不是很稳，他端着酒杯的手仿佛在律动般地颤抖。

卡玛蒂云淡风轻地说了句：“别自找麻烦。”

穿着汗衫的男子从按摩桌上爬下来，直勾勾地看着手枪。鬈发男子说道：“我们就爱惹麻烦。迈克，给我搜他的身。”

穿着汗衫的男子说：“我可不想沾惹这种麻烦，施瓦尔。就看在上帝的分上，不要冲动，你醉得不清啊。”

卡玛蒂说道：“搜我身没问题啊，我没带家伙。”

“没那个必要，”穿汗衫的男子说道，“这个人是杜克的保镖，跟我没啥关系。”

鬈发男子说：“行，是我醉了。”然后咯咯地大笑起来。

“你是杜克的朋友吗？”穿汗衫的男子问道。

“我有话要找杜克说。”卡玛蒂回答道。

“关于什么的呢？”

卡玛蒂并没有回答。“行吧。”穿着汗衫的男子一边无奈地耸肩，一边说道。

“迈克，你知道吗？”鬈发男子突然恶狠狠地说道：“我总感觉这狗娘养的要抢我饭碗，见鬼的，真就是这样。”说着他用枪口戳了戳卡玛蒂，“先生，你不会是个私人侦探吧？”

“也许是的，”卡玛蒂说，“要不把枪口对准你自己的肚子吧。”鬈发男子转了转脑袋，朝他肩后的方向咧着嘴笑。

“迈克，你知道吗？他就是个私家侦探。他肯定是来抢我饭碗的。他肯定是。”

“把枪拿开，你个蠢蛋。”穿汗衫的男子嫌弃地说道。

鬈发男子微微把头转过来，“我需要保证他的安全，不是吗？”他抱怨道。

卡玛蒂用烟盒把枪推到一边，动作很随意。鬈发男子马上回过头来，卡玛蒂走到他跟前，朝他肚子猛地打了一拳，同时用前臂把枪推开。鬈发男子被呛了一口，酒杯一晃，酒溅到了卡玛蒂的雨衣上，蓝色的枪从他手里滑落到角落里，穿汗衫的男子赶紧跑过去捡。

这时淋浴的水声在不经意间停了下来，那位金发的拳击手走了出来，他用毛巾使劲地擦着身体。他目瞪口呆地看着眼前发生的这一幕。卡玛蒂说：“好了，闹够了，下不为例。”

他推开鬈发男子，然后趁他倒下时，用力地朝他下巴打了一拳，鬈发男子被打得摇摇晃晃，撞到墙上后，滑倒在地上。

穿汗衫的男子捡起枪后，呆呆地站在原地，看着卡玛蒂。卡玛蒂掏出一块手帕，将洒落在雨衣上的酒擦拭掉，这时塔歌闭上了他长得大大的、唇形优美的嘴，然后继续用毛巾前后擦拭着前胸后背，过了一会儿，他说道：“你到底是谁？”

卡玛蒂回答道："我以前是个做私家侦探的，我叫卡玛蒂。我觉着你可能需要帮助。"

塔歌的脸比从浴室出来时更红了。"为什么？"

"我听说你本打算输掉比赛的，而且我也看出来了你的努力尝试，只能怪维拉太菜了，你受不了输给这样的人。这也就意味着你惹上麻烦了。"

塔歌慢腾腾地回应道："我得让说出这种话的人付出代价，让他们被打得满地找牙。"霎时间，房间变得异常安静。那个醉汉坐在地上，眨巴着眼睛，想试图爬起来，却又放弃了。

卡玛蒂又轻轻地说了句："本尼齐拉诺是我的一个朋友。他就是你的靠山，不是吗？

穿汗衫的男子这时发出尖锐的笑声。他取出枪膛里的子弹，把枪扔到地上。然后走到门口，把门重重地关上。

塔歌瞧了瞧关上的房门，然后视线又重新回到卡玛蒂身上，他不急不慢地说道："你听到了什么消息？"

"你女朋友吉恩阿德里安和我住在同一个酒店的同一层楼。今天下午她被一个恶棍击晕了，我那会儿恰巧经过，撞见那个人潜逃，而后我把她扶回房间，就是你女朋友跟我说起了这件事。"

塔歌穿上了内衣和鞋、袜。他从柜子里拿出一件黑色绸缎的衬衫穿上。然后说道："她都没跟我说过。"

"比赛之前她不会跟你说的。"

塔歌微微地点了点头，说道："如果你认识本尼的话，也就不是外人。其实我一直被人威胁。也许就是这些蠢蛋，或者说是泉水街上想不劳而获、轻轻松松赚点钱的小阿飞们。但是我就想跟着自己的意愿去打拳。我想你现在可以走了。"

说着他穿上一条高腰的黑色裤子，在黑衬衫上系了一个白色领结，然后又从衣柜里拿出一件带黑边的白色哔叽面料的外套穿在身上。黑白相间的手帕从口袋处露出一个角。

卡玛蒂盯着衣服，朝门边挪了几步，又看了看坐在地上的醉汉。

“好的，”他说。“我看你都配了保镖。不过这只是我个人的一点想法，有失偏颇的地方还请原谅。”于是他走了出来，轻轻带上门，从斜坡回到大厅，然后走到街上。他穿过雨来到大楼的拐角处，看到一个铺满鹅卵石的停车场。

车灯朝他闪了两下，他的双门跑车从湿答答的鹅卵石上开了过来，托尼埃克斯塔坐在驾驶座上，把车停了下来。卡玛蒂从右边上了车，说道：“托尼，走，我们去齐拉诺喝一杯。”

“天啊，这太棒了。九楼的艾德里安小姐也在那儿表演。就是之前我跟你说过的那个金发女郎，你知道的。”

卡玛蒂说：“我见了塔歌一面。他这人我还挺喜欢的，不过他的穿衣品位可不敢苟同。”

4

嘎斯内沙克尔是一个重两百磅的胖子，他穿着时髦，面色红润，眉毛细长而精致——简直像极了中国花瓶上人物的眉毛。他穿着一件肩膀宽大的晚礼服，翻领上别着一朵红色康乃馨，他眼瞅着领班招待客人入座，偶尔还要去嗅嗅花香。卡玛蒂和托尼从大厅拱门进入时，胖子的脸上立马洋溢出灿烂的笑容，伸出手上去迎接。“泰德，过得好吗？是不是要办派对？”

卡玛蒂说：“就我们两个人而已，这是埃克斯塔先生，这位是嘎斯内沙克尔先生，他是齐拉诺的楼面经理。”

嘎斯内沙克尔看都没看托尼一眼就忙着和他握手，说道：“让我想想，你最后一次来这儿的时候是坐在……”

“她出了城。”卡玛蒂说，“我们就坐在舞台附近，但是不要离得太近，因为我们并不跳舞。”

嘎斯内沙克尔就从领班的胳肢窝下抽出菜单，引导他俩走过铺着深红色地毯的台阶，沿着一个椭圆形的舞台边缘行进。

三人坐下之后，卡玛蒂点了一份黑麦啤酒和丹佛三明治。然后内沙克尔把订单给了服务员，接着搬来一把椅子坐在旁边，他拿出一支铅笔，在火柴盒的背面画着各种三角形。

“看了拳击比赛没？”他随口一问。

“就是那一伙人吗？”

嘎斯内沙克尔会心一笑。“本尼找杜克聊过了，他说你的确聪明。”他忽然看了看托尼埃克斯塔。

“托尼就不用担心顾虑了。”卡玛蒂说。

“行，帮我个忙，成吗？”这事儿到此彻底结束。本尼很喜欢这个男孩子，都不会让他受到伤害，他已经差遣保镖保护他。假如他觉得塔歌面临的是生命威胁，而不是那些街头混混开得无聊的玩笑。本尼的习惯是一次只资助一位选手，而他们都是经过严格挑选而来的。

卡玛蒂点了一根香烟，从嘴边吐出烟雾，安静地说道：“这其实不关我的事，但我要说的是，这里面必有蹊跷。

嘎斯内沙克尔盯着他看了一分钟，然后无奈地耸耸肩。他说：“我希望你的判断是错的。”接着他们就火速起身，选了个中间桌的位置，然后时不时点头哈腰，招呼客人。

托尼埃克斯塔温柔的眼睛顿时被点亮了一般，说道：“天啦，卡玛蒂先生，你会觉得这件事棘手？”

卡玛蒂一言不发地点点头。这时服务员把啤酒和三明治送了过来，放在桌上就离开了。椭圆形的舞台上，有一支乐队站在尽头，奏起了一支长长的乐曲，主持人咧着嘴笑着走上舞台，把嘴凑向话筒。歌舞表演马上开始。一排半裸着的姑娘在彩灯下纷纷出场，她们先是围成圆圈，而后又散开转换成弧线，她们裸露的大腿在光线下闪着光，肚脐眼深深地陷在柔嫩白皙的肉体上。

一位热辣十足的红发歌手演唱了一首充满激情的歌曲，她极具活力的嗓音用以燃爆激情的焰火。姑娘们穿着黑色的紧身衣，带着丝质高礼帽又重返舞台跳得几乎还是相同的动作，只是暴露出来的部位略有不同而已。

这时音乐变得舒缓，一个高个子、黄皮肤的歌手在琥珀色的追光灯下，唱起伤感的情歌，她的歌声十分悠扬，感觉分外遥远且充满伤感，仿佛是古老的象牙。卡玛蒂啜着小酒，在昏暗的灯光下扒了扒三明治。在托尼埃克斯塔年轻而又正经的面容，闪现出一丝紧张的神情。

这时悲情女歌手退了场，中途短暂休息了一会儿。忽然，除了伴奏乐队头顶上的灯光，以及在桌后方，入口和走廊衔接处的琥珀色灯光亮着，其他所有灯光全部熄灭。

在黑暗中，观众开始尖叫，一道白色的聚光灯从屋顶上转移到舞台旁边的走廊上，在灯光的照耀下，映射出一张张煞白的脸，处处都闪烁着烟头的点点火光。四个高大的黑人男子在灯光下走了出来，肩上扛着一个白色的木乃伊棺材。他们步履缓慢，富有节奏，沿着走道走了出来。他们腰上系着白色的皮质缠腰带，白色的凉鞋和及膝的蕾丝长袜。月光照在他们黝黑光滑的手臂上，仿佛是黑色的大理石。

他们来到舞台中央，慢慢立起木乃伊的棺材，棺盖直到完全立起掉了下来。缓慢地，非常缓慢地，一个瘦长的白色身影从里向外倾斜出来，缓慢地，仿佛是枯树上最后一片残存的树叶，它在空中渐渐倾斜，盘旋着，似乎就快要落下，最后，在猛的一声鼓点中，落在了地上。

灯光熄灭后又再次亮起。那瘦长的身形立在地上，不断地旋转，而另一个黑人则从相反的方向旋转，把白色的裹尸条往自己身上缠。最后，布条全部解开，闪耀的灯光之下出现的一位姑娘，她身上挂满流苏，四肢白皙光亮。她向空中一跃，四个黑人接住了她，她在四个黑人手中身手矫健地旋转着，就像是棒球落在出球速度极快的运动员手中。

这时音乐换成了华尔兹，四个黑人像直立的柱子一般，她在其间翩翩起舞，缓慢而又优雅，虽然和他们靠得很近，但却没有身体的触碰。

演出结束了，掌声如潮水般涌来。灯光熄灭后，周围又一次变得沉寂黑暗。过了一会儿所有灯光再次亮起时，姑娘和四个黑人男子已经退场不见了。

“真是精彩绝伦啊，”托尼埃克斯塔惊叹道，“真是太赞了，刚才那位不就是阿德里安小姐吗？”

卡玛蒂不急不慢地说：“是还蛮别致的。”于是他又点了一支烟，望望四周，“看那边还有个穿着黑白相间衣服的，托尼。那个家伙就是杜克本人了。”

杜克塔歌站在一个半球状的包厢入口处，他使劲地鼓掌。在他脸上露着轻松的微笑，看样子是喝过几杯酒。

这时一只手臂突然搭在卡玛蒂的肩膀上，另一只手靠在手肘边的烟灰缸里，他嗅到了浓烈的威士忌酒味，于是慢慢地转过头，便看到了一张喝得烂醉的脸，就是杜克塔歌的保镖——施瓦尔。

“烟鬼和小白妞，”施瓦尔用浑厚的嗓音说着，“粗鄙、下三滥、真是糟糕透顶。”

卡玛蒂微微地笑着，稍稍动了下椅子。托尼埃克斯塔盯着施瓦尔，他的小嘴抿成了一条细线。

“是黑色的脸，施瓦尔先生，可不是黑人。我喜欢这个节目。”

“谁管你喜欢什么？”施瓦尔露出一副疑惑的表情。

卡玛蒂依旧微微一笑，把烟放在盘子旁边，又把椅子转过来一点点。

“你还认为我会抢你的饭碗吗，施瓦尔？”

"对啊，你朝我肚子上挥的一拳还欠着账呢。"说着把手从烟灰缸那儿拿出来，甩开桌上的杂物，两手紧握成拳头。"现在想试试吗？"这时一个服务员急忙拉住她的手腕，将他带离。

"是不是找不到座位了，先生？麻烦您往这边走。"

施瓦尔拍了下服务员的肩膀，尝试着把手搭在他脖子上，"真棒，我们喝两杯去，我讨厌这些家伙。"

说完转身就消失在桌子之中。

卡玛蒂说："去她奶奶的这个鬼地方，托尼。"他愤怒地看着舞台，紧接着眼神又变得认真专注起来。

这时一个金发女子出现在舞台边上，她穿着一件白色毛皮镶边的披风，先走到后台而后再次出现时离他们就更近了些。她顺着包厢边缘朝着塔歌之前站的地方走过去，忽然一个转身就不见了。

卡玛蒂说："去她奶奶的鬼地方，托尼我们走。"他的声音低沉而且气急败坏，突然又变得很小声谨慎："不，先稍等下，我又看见个不招人待见的家伙。"

这个男人站在舞台的另一侧，十分空荡，他沿着舞台边缘的弧线走过，绕过了用流苏装饰的桌子。今天没戴帽子所以他看上去有些特别，可是他的脸庞依然苍白，面无表情，还有那一双彼此靠得很近的双眼。他看上去还很年轻，三十岁以下的年纪，但也有些秃顶的症状。在他左边的腋窝下有些微微鼓起，但枪藏在里面也不被察觉。这个男子就是在卡隆德莱时，袭击吉恩阿德里安并从其公寓潜逃的那个男人。

他走到先前塔歌与吉恩阿德里安见面的走道上，随后也走了进去。

卡玛蒂立马站起来，将椅子往后一推，说："托尼，在原地等我。"

突然有人从后面打了他一下，于是他转过脸，几乎快贴到施瓦尔那张咧开嘴、汗流满面的脸上。

"朋友，我又回来了。"鬈发男子咯咯地笑着，然后从下巴给了他一拳。

对个醉汉来说这一击短拳已经很准了。卡玛蒂被突如其来的一拳打得失去平衡，趔趄了一下。托尼埃克斯塔立马站起来，像猫叫一样怒吼着。紧接着施瓦尔又挥来一拳，卡玛蒂还在眩晕之中，但这一记拳太慢，面太宽，卡玛蒂将身子一侧，使劲向上一拳打中鬈发男子的鼻梁，这时拳头还未来得及收回，就溅得满手是血，他把大部分的血都弄到了施瓦尔的脸上。

施瓦尔颤颤巍巍，向后退了一步，然后一屁股坐倒在地，另一只手去摸鼻子。

“托尼，盯着这个傻蛋。”卡玛蒂极快地说着。

施瓦尔从离他最近的桌上使劲扯下桌布，桌上的东西都翻落下来，各种银器和玻璃餐具都摔落一地。男人感叹，女人尖叫。这时一个服务员跑了过来，他面色铁青，气急败坏。

卡玛蒂几乎没有听到两声枪响。

枪声很小，声音低沉，两声连在一起，这是一把小口径的手枪。跑过来的服务员停了下来，其嘴边出现了一条深深的白线，仿佛是被鞭子抽打后断开了一样。

一个皮肤黝黑、鼻梁尖尖的女人尖叫起来，可是仿佛发不出声音一样。就在枪响之后，所有的人都目瞪口呆，就像世上所有的声音都没有了。卡玛蒂跑了出来。

人们纷纷伸长着脖子想一看究竟，卡玛蒂跳入人群之中，也跑到那个面色苍白的男子去往的走道，包厢砌着高墙，所幸弹簧门不高。从门后伸出几个脑袋，但走道上却没人。卡玛蒂走上一条铺着地毯的斜坡，朝着远处尽头开着门的包厢跑去。

他穿着深色裤子的两条腿伸在门口，松弛地瘫在地上，膝盖下垂，黑色皮鞋的脚尖朝向包厢。

卡玛蒂迅速赶到案发地点。

男子侧身倒在桌子的一旁，肚子和脸都紧贴在白色桌布上，他的左手耷拉在桌子和套着坐垫的椅子之间，右手放在桌上，手里握着一把 0.45 口径的黑色大手枪，头上秃顶的部分在灯光的作用下发着光，手上的手枪也闪着油亮亮的金属光泽。

鲜血从他的胸口不停地流出，白色衣服上的血迹格外刺眼，喷涌而出的鲜血就像是白纸上的墨迹。

杜克塔歌远远地站在包厢里面，他穿了白色的哔叽面料的外套，左手扶在桌子的一侧。吉恩阿德里安坐在他的旁边，塔歌木木地看着卡玛蒂，仿佛素未蒙面，他向前伸出了偌大的右手掌。

一只白色枪托的自动手枪握在塔歌手里。

“我开枪杀了他，”塔歌说，“他拿枪对准我们，于是我只能开枪了。”

吉恩阿德里安用手帕使劲地擦着手心，她表情僵硬、冷酷，但并没有透露出恐惧，她的眼神很深邃。

“我杀了他。”塔歌说道。说完把那把手枪扔在地上。枪落地时弹起，几乎砸到了倒地男子的头部。“我们快离开这儿吧。”

卡玛蒂把手放在四肢伸展的死者脖子的一侧，停留了一两秒后，将手移开。

“他已经死了，”他说，“市井之民杀了人——这真是大新闻。”

吉恩阿德里安两眼直勾勾地盯着他。他朝她露出一个微笑，并用手堵在塔歌的胸前，将他挡了回去。

“坐下，塔歌。你哪儿也不能去。”

塔歌说：“好吧，我开枪杀了他，你都看到了。”

“没关系的，”卡玛蒂说：“放轻松一点。”

这时，人潮拥挤在他的身后，推搡着他。他向后靠在那些推搡着的人身体上，一直对姑娘煞白的脸露出微笑。

5

本尼齐拉诺身形像两个鸡蛋，小一点的是头，大一点的就是整个身体。他的腿短小矫健，脚上穿着名牌皮鞋，腿脚都挡在漆黑没有光泽的书桌下。他的嘴紧紧地咬着手帕的一角，左手又使劲地向外拉扯，他在空中挥舞着自己那粗短的右手。感觉声音都被手帕给掩盖住了："请等一下，大家都请等一下。"在办公室的一个角落，放置着一张内嵌条纹的沙发，杜克塔歌坐在上面，两个总部来的警察坐在他两边。一边颧骨上瘀青了一块；浓密的金发变得乱蓬蓬，那件黑色哔叽面料的衣服也像是被人拧过一般。

灰白头发的那个警察嘴唇开裂了。而另一个警察头发颜色和塔歌一样，一只眼睛被揍得瘀青。他们看上去都是怒气难遏，特别是金色头发的那个。

卡玛蒂跨坐在一把靠墙的椅子上，他慵懒地看着坐在旁边皮质摇椅上的吉恩艾德里安。她手里抓着一块手帕，在手掌上来回揉搓。她很长时间都保持这样的状态，似乎压根都不知道自己在做什么，紧闭的小嘴看上去很生气。

嘎斯内沙克尔靠在门上抽着烟。"各位请稍等，"齐拉诺说，"如果你们不先动手，他也不会动手，他是个好孩子，是我见过最好的孩子，你们就放过他吧。"鲜血从塔歌的嘴角一侧流出，在他突出的下巴汇成一条细细的线，泛着光，脸上面无表情。

卡玛蒂冷不丁地说："本尼，你不想让警察们又开始大动干戈吧？"金发警察凶巴巴地问："卡玛蒂，你还有没有私家侦探从业执照？""我猜是放在某个地方了吧。"卡玛蒂说道。

"那我们也可能吊销它。"金发警察厉声喝道。

“先生，说不定您还能跳跳扇子舞呢，在我所认识的人里面，您也算是聪明的了。”

金发男子打算起身。年纪稍长的那个说：“别搭理他，给他六英尺的地让他自娱自乐，他胆敢越界，再来修理他不迟。”

卡玛蒂和嘎斯内沙克尔咧嘴相视而笑，齐拉诺在空中比画了一个无奈的动作，姑娘垂下眼睛，看了卡玛蒂一眼，塔歌张开嘴并朝铺着蓝色地毯地上啐了一口血。

外面有人在推门，内沙克尔朝旁边挪了几步，打开一条门缝，然后再全部打开，这时迈克查士尼走了进来。

查士尼是刑侦稽查组的组长，个子高挑，淡棕色头发，四十岁左右，两眼无神，长着一张瘦长狐疑的脸。他关了门，转动着钥匙，然后慢慢地走到塔歌面前。

“确认已经死亡，”他说，“一颗子弹在心脏下方，另一颗正中心脏，不管怎么说，这枪法真是一流。”

“该出招时必须得果断出招。”塔歌木讷地说着。

“就他？”灰色头发的警察问他的同事然后沿着沙发走开。

迈克查士尼点点头。“托奇普兰特就是个职业杀手。我差不多有两年没见到他了，这家伙右手枪法了得，不过是个浪迹的混混。

“他当然得有两把刷子，否则端得了这个饭碗嘛。”灰发警察说。

迈克查士尼拉长的脸很是严肃，但并不冷酷。“塔歌你有持枪许可证吗？”

塔歌回答：“对，本尼两个星期前给了我一本，因为我经常受到威胁。”

“听着，警官。”齐拉诺尖声大喊，“你知道吗？一群赌徒渣滓来威胁他，让他假装输比赛，他已经连续九场把对手打趴在地，现在赔偿率已经很高了，我告诉他，可以考虑下接受他们的条件。”

“我险些就答应了。”塔歌阴着脸说道。

“所以他们就要找人除掉他。”齐拉诺说。

迈克查士尼说：“这并不奇怪。塔歌，你是怎么还击他的？还有你的枪在哪里？”

“在我的后裤袋里。”

“让我看看。”

塔歌把手伸进裤袋，迅速抽出一条手帕，手在手帕中甚至简直就和枪管一样。

“手帕也放在口袋？”迈克查士尼问，“和枪一起？”

塔歌宽大绯红的脸上露出一丝惨淡愁云。他点了点头，迈克查士尼随意地往前倾斜身体，从他手里拿走手帕，嗅了嗅，打开之后又嗅了嗅，然后折起放进自己的口袋，他的脸上不露一丝痕迹。

“塔歌，他说了什么？”

“他说：‘小子，有人让我给你带话，现在我给带到了。’说完他就拿出手枪，准备扣动扳机，只是慢我一步，我就先出手了。”

迈克查士尼轻轻一笑，垫着脚跟，身体往后倾。他那浅浅一笑仿佛都要滑到他那长鼻子的下面。

他从头到脚地打量了塔歌一番。

“是的，”塔歌轻声说，“我不得不说这对于0.22口径的枪而言，这样的射击实在漂亮，像你这样的大块头，出手很迅速啊……谁受到了这些威胁？”

“我啊，”塔歌说，“是通过电话。”

“能分辨出声音吗？”

“很有可能就是同一个人，但我可没那么笃定。”

迈克查士尼拖着僵硬的腿挪到办公室的另一侧，站在那里看着手绘的运动刊物。然后又缓慢地挪回来，移步到门边。

“这家伙死了也活该，”他小声地说，“可我们的工作还得继续啊。你们两个得跟我进城录口供，走吧。”

于是他走了出去。那两个警察在杜克塔歌两边站了起来。那个灰色头发的呵斥道："小子，你最好给我老实点。"

塔歌不屑一顾地说道："那我可得洗心革面重新做人呐。"

他们都走了出去，金发警察等着吉恩艾德里安走到他前面，然后打开门，转身对卡玛蒂吼道："我说你啊——就是个神经病！"

卡玛蒂冷静地说："我就喜欢他们。长官，他们就跟我的宠物松鼠一样。"

嘎斯内沙克尔哈哈大笑起来，然后关上门走到桌子旁。

"我身子颤抖得就像是本尼的第三层下巴。"他说，"我们都来一杯白兰地吧。"

说完他倒了三杯三分满的酒，拿了其中一杯走到条纹沙发边上，把长腿伸展开来，头靠在沙发上，啜着白兰地。

卡玛蒂站起来，一口干了酒，他拿出一支香烟，在两指之间转来转去，他抬起头来看着齐拉诺又滑又白的脸。

"对于今晚的比赛，你觉得到手的钱有多少？"他轻声地问，"我指的是赌注。"

齐拉诺眨了眨眼睛，用一只肥手揉着嘴唇："就几千块。这就是每周的常规赛，结果并不重要，不是吗？"

卡玛蒂把香烟含在嘴里，靠着桌子去擦火，他说："假如真像你讲的那样，那在这里杀个人都不是事儿。"

齐拉诺一言不发。嘎斯内沙克尔喝掉了最后一口白兰地，小心地把空玻璃杯重新放回到沙发旁边的圆木桌上。安静地看着天花板发呆。

过了一下，卡玛蒂朝另外两个人点了点头，穿过房间，关上身后的门，然后走到外面。他沿着门廊朝外走，两侧的更衣室都开着门，里面黑压压一片，他穿过一个拉着窗帘的拱门，来到了后台。

领班站在玻璃门前，看着外面的大雨和警察身着制服的背影。卡玛蒂进入空空的衣帽间，找到自己的衣帽，穿戴整齐后离开，又走到了领班的身边。

他说：“我猜想你应该不知道和我一起来的小伙子现在怎么样了吧？”领班摇摇头，伸出手要去帮忙开门。

“那会儿这里得有四百号人——不过在警察来之前，已经有三百多人就走了，真是遗憾。”

卡玛蒂点点头，走进了大雨之中。身着制服的警察随意地看了他一眼。他沿大街走到停车场，车已经不见了，他环顾街道，在大雨中停留了一会儿，然后径直朝梅罗思走去。

过了一会儿，他上了一辆出租车。

6

位于卡隆德莱特车库前的坡道延伸到了黑暗、萧瑟的空气之中。投射在白墙上车子的影子看上去有些晦气，办公室里的灯光昏暗、微弱，氛围像极了死囚的牢房。

一个身材高大的黑人，穿着满是污渍的工作服，他揉着眼睛走了出来，在他脸上显出灿烂的笑容。

“卡玛蒂先生，您好啊，今晚看上去有些心事重重啊？”卡玛蒂说：“这一下雨我就有些失常，我打赌我的跑车不在这儿。”

“是的，没有在这里，卡玛蒂先生，我一直在这里清扫卫生，并没有看见您的车。”

卡玛蒂木然地回应说：“我借给了一个朋友。也许是他给撞坏了。”

说完抛下一枚五分硬币，然后又顺着坡道走到街边。他绕到酒店后方，走进一条如同巷子般的街道。巷子的一面也就是卡隆德莱特的背面，另一面有两幢木房子以及一栋四层高的砖房。砖房的门上有一个奶白色的圆球，上面写着“布莱纳旅馆”。

卡玛蒂爬了三层水泥台阶，试着推开门，但门是锁着的，他从玻璃往里看，里面是一个狭小、黑暗、空荡荡的大厅。他掏出两把钥匙，第二把能稍微转动一下门锁。他使劲向外拉门，而后又试了第一把钥匙。门上松垮的门闩正好能被挑开。于是门被打开，他走了进去，看了看空空的柜台，上面写着“经理”的字样，旁边放着一个摇铃。一个有编号的正方形文件夹挂在墙上。卡玛蒂绕过柜台，翻了翻柜台下的皮革质地的登记本，他往前翻了三页，读着上面出现的名字，看到一个字体潦草，小孩子笔迹的名字“托尼埃克斯塔”，他旁边又以另一种字体写上了房间号。

他把登记簿拿开，然后经过电梯，爬楼梯到了四楼。

走道里很寂静，微弱的灯光从天花板上的吊灯洒下来。左手边的门窗上透出星点微光，这是唯一的一扇能透点光的门。这是411的房门。他伸出手准备去敲门，然而还没碰到门就把手收了回来。

门柄上沾满了厚厚的污渍，看上去又很像血迹。

卡玛蒂低头看着门前类似于一摊血渍的东西，集中在地毯的边缘。突然他感觉手套里的手变得黏湿，他摘下手套，一时间双手僵硬得像爪子，他慢慢地舒展开来。他两眼敏锐而又严厉地盯着。

他抽出一条手帕套在们把柄上，徐徐地推开门，门并没有锁，于是他走了进去。

他环顾房间四周，轻声喊道：“托尼，噢，托尼。”

然后他又关上了背后的门，上锁后仍然用手帕包着。

天花板的中央垂下来三根黄铜链子，上面吊着一个碗状的灯饰，光线映射出来，照亮了铺设整齐的床，几幅画作，几套浅色的家具，深绿色的地毯以及方形的桉木桌子。

托尼埃克斯塔就坐在桌子前，头前倾靠在左臂上，在他坐的椅子下方，双腿与椅子腿之间，有一摊亮闪闪的褐色液体。

卡玛蒂拖着僵硬的腿走过去，在迈出第二步时发现腿异常疼痛，他移步到桌子边，拍了拍托尼的肩膀。

“托尼，”他用浑厚而低沉的声音喊着，“托尼，我的天哪，托尼。”

然而托尼并没有动，卡玛蒂走到他边上。在托尼的腹部看到了一条沾满鲜血的毛巾，毛巾的另一端紧紧地缠在大腿上。他右手蜷缩在桌子的边缘，仿佛他挣扎着把自己支撑起来，脸下面压着一个信封，上面字迹潦草。

卡玛蒂慢慢地从他的脸下抽出信封，他阅读着上面潦草的字迹，而这封信似乎很沉重。

“跟着他……科特大街 28 号……在车库……向我开枪……以为我捉到……他了……你的车……”

字迹滑到了纸的边缘，还留下了一块墨迹，笔掉落在地上，在信封上还残留一个拇指的血印。

卡玛蒂小心翼翼地折好信封以保护残留的指纹，他把信封塞进钱包里。他抬起托尼的头，微微地转向自己，他的脖子还有余温，然而已经开始变僵硬。托尼黑色轻柔的双眼依然睁着，如同猫眼一样闪亮。和所有刚刚故去的人一样，他的眼睛就一直看着你，但又并非完全如此。

卡玛蒂把他的头轻轻地放回摊开的左臂上，他斜着头站在原地，眼神有些迷离。而后他转动回脑袋，目光变得坚定。

他脱下雨衣和西装，卷起袖子，在房间的角落处用洗脸盆把毛巾打湿，走到门边把门柄擦拭干净，然后又弯下腰把地上的血迹处理干净。

他清洗干净毛巾，挂起晾干，然后小心地擦干手，最后穿起自己的外套。他用手帕开启气窗，抽出钥匙从门外反锁，再把钥匙从气窗扔进房间，只听到里面“哐当”钥匙落地的声音。

他走下楼，离开了这个布莱纳的旅馆，雨依旧还在下。他走到街角，沿着路看到树影婆娑的街区，结果发现自己的车被小心翼翼地停在不远处，离岔路口不过十几码，车灯关闭着，而钥匙还插在上面。他拔下钥匙，又发现座椅潮湿黏腻。卡玛蒂擦干手，关上窗户锁上车门，把车子依旧停留在原地。

回到卡隆德莱特他没有见任何人。瓢泼的大雨仍继续浇着空荡荡的街头。

7

从 914 的房门中透出了些许微光。卡玛蒂轻轻地敲了敲门，他环视着走道，戴着手套的手轻轻地摸着门板，等待着有人前来开门。他等了很久。从门后传来一阵十分疲惫的声音。

“谁呢？有什么事吗？”

“天使，我是卡玛蒂。我必须得见你。我有很重要的事要找你。”

门咯吱一下开了。他看到了姑娘疲惫苍白的脸，深凹的双眼变成深蓝色，而不是之前的紫蓝色。眼睛下面有深深的黑眼圈，又好像是睫毛膏晕了妆，揉到皮肤里了一样。姑娘有力的小手横在门边。

“是你，”她疲惫地说着，“也只能是你，好吧，我得先去洗个澡，我身上都有警察的味道了。”

“十五分钟行吗？”卡玛蒂问得很随意，但眼光锐利，一直盯着她。

她耸了耸肩，点点头。门似乎是因为他而可以被重重地关上。于是他回到自己的寓所，将帽子和大衣扔到一边，倒了一杯威士忌，走到浴室洗脸盆的小水龙头处接了杯冰水。

他慢慢地喝着小酒，看着窗外，马路上一片漆黑。时不时一辆汽车飞奔而过，双向道上的车灯不知来自何地又要去向何方。

他喝完酒，脱光衣服，打算去冲个澡。完毕后换上了一套干净的衣服，又往酒瓶里填满酒，放回到衣服兜里，然后又在箱子里掏出一把短管自动手枪，把玩了一会儿，又将它放回去，接着点了根烟抽了起来。

他换上一顶干爽的帽子和一身呢绒外套，朝 914 走去。

房门差不多是敞开的，他轻轻敲了下门，然后走了进去，把门带上，走到客厅就看到了吉恩阿德里安。

她端坐在沙发上，看上去刚洗漱完，穿着宽松的紫红色睡衣，中式的外套，一绺湿润的头发从太阳穴垂下来，精巧的脸蛋和大理石一样光洁，年轻的她看上去却疲惫不堪。卡玛蒂说："想要喝一杯吗？"

她动作空洞地比画个手势："行。"

于是他拿出玻璃杯，加入威士忌和冰块，拿到沙发边递给她。

"警察们对塔歌还仁慈吗？"

她动了动下巴，一直盯着酒杯看。

"他又没控制住自己，结果打了那两个警察，我想他们会恨死他的。"卡玛蒂说："对付警察他还真得下点功夫。明儿一大早，各种相机聚光灯都会对准他。我甚至都想好了几个精妙绝伦的标题，比如说，'著名拳击手的枪法快过职业枪手''杜克塔歌地下黑帮一记重拳'等，不胜枚举。"

姑娘小口地抿着酒，"我好疲惫，"她说，"脚也痛，我们还是说说你讲的正事吧。"

"没问题。"于是他打开烟盒，递到她的下巴边上。她摸索着抽出一根烟，然后他说道："烟点好之后就告诉我你为什么要开枪。"

吉恩阿德里安把烟叼在嘴里，低头去凑火柴点火，吸了一口烟之后把头仰起来，眼睛里渐渐恢复了光彩，嘴角露出浅浅的微笑，却笑而不语。

卡玛蒂盯着她盯了近一分钟，手里晃动着酒杯。而后其目光又转向地板，说道："那把枪是你的——就是我今天下午在这里捡到的那把。塔歌说他是从后裤袋里掏出手枪，这种掏枪方式堪称世界最慢。而且他还开了两枪，枪法如此精准，两枪毙命，死者当时甚至还没来得及从腋下的枪套里拔出手枪，你们的证词简直漏洞百出。而你，枪就放在腿上的皮包里，而且你还认识这个浑蛋，也许只有你才能动手杀了他。死者也许只是一直在窥视塔歌。"

姑娘淡然地说："我听说你是个私家侦探，你父亲是个大政客。城里的人都会谈论你，表现出有些惧怕你，说不定这些人你都认识，是谁花钱让你来调查我的？"

卡玛蒂说："天使，他们不会怕我。他们那样说无非是想看看你有什么反应，看我是不是也与此有牵连，然而他们根本不知道发生了什么。

"事情的原委都已经说得很清楚了。"

卡玛蒂摇摇头，说："警察就喜欢折腾，否则不会善罢甘休。他们对这些故事已经习以为常。我觉得以迈克查士尼的智慧，能推断出是你开的枪。现在他应该知道塔歌的手帕是否和手枪一起放在口袋里。"

她孱弱的手指放下了抽了一半的烟，窗户边的窗帘吹了起来，烟灰堆在烟灰缸里。她慢腾腾地说："是的，就是我开的枪。经过了下午发生的事情，你觉得我还会犹豫吗？"

卡玛蒂摸了摸自己的耳垂。"我把事情想得太简单了，"他轻轻地说着，"你不知道我的想法。这些肮脏糟糕的事已经发生。你真觉得那个浑蛋是要去杀塔歌？"

"我觉得是——要不然我也不会开枪打死他。"

"我觉得也许他只是想恐吓，天使，像另外一个人。毕竟夜总会可不是什么想走就能走的地方。"

她尖着声音说道："他们才不会公正断案。他还会再次逃跑。当然他还会要了谁的命。我不是想让塔歌帮我顶罪。是他自己非要把枪抢过去，把罪名都自己扛着。这还能怎样？尽管我知道真相都会大白于天下。”

她心不在焉地拨弄着烟灰缸里的烟灰，低着头，两眼无神。过了一下她轻声地说：“这就是你想知道的吗？”

卡玛蒂斜着眼睛看着她，并没有侧过头，直到能看见她倔强面庞的弧度，脖子处显露的坚实线条。他声音低沉地说道：“施瓦尔也参与了。和我一起在齐拉诺的一个朋友悄悄地跟踪他到了住所，结果被施瓦尔杀了。天使，我的朋友托尼死了，他死了，可他仅仅还是个孩子，一个在酒店当门童的可怜孩子。警察现在还不知道。”在寂静沉默之中，电梯的噪声很是嘈杂。从下着大雨的街道上传来沉闷的汽笛声，突然姑娘往前一倾，往侧面倒在了卡玛蒂的膝盖上。她的身体侧过来一半，她的后背几乎都靠在了他的大腿上，她的眼皮在颤抖，柔软的皮肤下青筋很是明显。

他缓慢而又轻柔地抱着她，收紧手臂，将她抬起来。他把脸靠得很近，在她唇边吻了一口。

她睁开眼睛，两眼空洞地看着，于是他又狠狠地吻了一口，然后把她推回到沙发上。

“这不是在逢场作戏，对吗？”

他转过身跳了起来。她声音很低沉，紧张且充满愤怒。

“你身上有某种东西太吓人了！这是一种特别诡异邪乎的东西。你跑过来跟我说另一个男人被杀了，然后又不经意间问了我，占我便宜，这简直不能相信是真的。”

卡玛蒂冷静地回应道：“当一个男人疯狂迷恋上别人的女人时，这样的男人往往都是可怕的。”

“我不是他的女人！”她厉声说道，“我其实一点都不喜欢他——当然我也不喜欢你。”

卡玛蒂耸耸肩。两个人彼此用空洞、满怀恶意的眼神对视着。姑娘紧咬着牙，暴怒地说："出去，你给我滚出去，我再也不想和你说话！我受不了你站在我身边！你快出去！"

卡玛蒂说："为何不呢？"他站起身来，拿起自己的帽子和外套。

姑娘又突然恸哭起来，而后大步地经过房间走到窗户边，背朝他一动不动。

卡玛蒂看着她的背影，走到她的身边，看着她披落在脖子的秀发。他说："见鬼，你为什么不让我帮你呢？我知道这其中一定有蹊跷。可我不会伤害你的。"

姑娘对着面前的窗帘恶狠狠地说道："滚出去！我才不需要你的帮助。滚出去离我远点儿。我不想再见到你。"

卡玛蒂慢慢地说："可我觉得你需要帮助。不论你愿意或否。桌上那个相框里的人我认识是谁，而且我还知道他并没有死。"

姑娘转过身来，脸色不一会儿变得如同白纸。她眼睛瞪着他，喘着粗气。过了好长一段时间后，她说："我算是完了，真的完了。你也无力回天。"

卡玛蒂抬起手，手指缓慢地滑过她的面颊，落到她紧致的下巴上。他褐色的眼睛还是那么深沉，嘴角带着微笑，笑容有些狡黠，甚至有些不太诚实。

他说："是我错了，天使。我对他并不了解，晚安了。"

说完他走回房间，穿过了小小的走廊，打开门。正当他开门的时候，姑娘一把抓起窗帘，并缓慢地摩擦着自己的面庞。

卡玛蒂没有关门，他静静地站在门口，看到前面有两个拿着枪的男人。他们站得离门很近，感觉就要去敲门。一个男人长得结实，黝黑，面色阴沉。另一个像得了白化病，眼睛泛红，尖嘴猴腮，白色的头发上戴了一顶湿答答的帽子，他的牙齿小而尖，笑起来很像只老鼠。

卡玛蒂于是关上身后的门，那个白化病人大喊："土包子，别关，我是说别关门。我们要进去。”

另一个男人往前走一步，用左手摸了卡玛蒂全身一遍，然后退回来说：“他身上没枪，可是胸前有一瓶好酒啊。”白化病人用手枪示意说：“你也进来，土包子。你们通通都要带走。卡玛蒂语气平缓地说：“你们用不着枪，科里兹。我认识你，还认识你老板，假如他想见我，我倒是愿意和他聊聊。”

他转身走回房间，两个男人一直跟着。

吉恩阿德里安一动没动，还静静地站在窗台前，窗帘贴着她的面颊，她闭着眼，仿佛完全没听见外面的声响。

而后她听到了进屋的脚步声，她突然睁开眼睛。缓缓转过身，瞪着卡玛蒂身后的两个枪手。白化病人走到房子中间，一语不发，环视四周，然后走到卧室和浴室，门开了又关上，他如同猫一样蹑手蹑脚地回来，扯开大衣，把帽子拉到头后面。

“小姐，把衣服穿上。我们要带你去雨里转转，怎么样？”

这时，姑娘盯着卡玛蒂。他耸耸肩，摊开双手，浅浅一笑。

“天使，事情就是这样了。听话准没错。”

她露出一副鄙夷的表情，慢慢地说：“你——你——”而后她的声音就变成无意义的嘀咕。她动作僵硬地穿过房间，走进卧室。

白化病人抽了一根香烟塞到他的尖嘴里，呵呵地笑着，好像嘴巴里塞满了口水。

“她看样子也不喜欢你啊，土包子。”

卡玛蒂皱了皱眉，他慢慢走到书桌旁，屁股靠在边上，盯着天花板出神。

“她觉得是我出卖了她。”他木然地说着。

“土包子，也许还真是你出卖的。”白化病人慢腾腾地说。

卡玛蒂说：“最好看紧她，她枪法很准。”

他随意地把手放到桌子后面，轻轻敲了敲桌面，就在不经意间，就很快把皮革相框藏到了记事本下方。

8

车子后排座位的中间有一个扶手，卡玛蒂把一只手肘支撑在上面，另一只手托着下巴。他透过雾蒙蒙的车窗看着外面的雨，在车灯的照射下，雨水像厚厚的白色喷雾，雨水击打着车顶，声音仿佛是从远处传来的鼓声。

吉恩阿德里安坐在扶手另一边的角落里，她戴着一顶黑色帽子，穿着一件灰色大衣，如丝般的头发披在衣上，她的头发比羊羔皮毛还要长，但不如它那么卷。她没有看一眼卡玛蒂，也没和他搭腔。

健壮、皮肤黝黑的男子开着车，白化病人坐在他的右手边，他们驶过寂静的街道，穿过视线模糊的房屋、树木和街灯，霓虹灯在厚厚的雨幕之后闪烁着，天空暗淡得看不见。

然后汽车开始爬坡，当驶过一个交叉路口时，看到了一盏弧形路灯，闪着微弱的灯光，卡玛蒂注意到了路牌上写的字“科特街”。

他轻声地说：“科里兹，这都是意大利人的聚居地，看样子你们老板不像以前那么挥金如土了啊。”

白化病人往后一看，目光闪了一下，“乡巴佬，你应该都知道。”汽车在一栋大的木房子前面减慢了速度。房子前面是格子走廊，外面的墙粉饰了小圆石，窗户看起来无光漆黑。街对面有一排砖瓦房紧靠着人行道，上面悬挂着一块喷了漆的招牌“保罗佩鲁齐尼殡仪馆”。

车子兜了个大圈，驶上了一条碎石子路，车灯照射着车库，车库门开着，于是车子开了进去，渐渐地停靠在一辆丧车旁，车子闪着车灯。白化病人大声吼道：“都给我下车去。”

卡玛蒂说：“看样子接下来的行程已经安排好了。”

“可笑的家伙，”白化病人斥责道，“就会耍小聪明。”

“哼……面对死亡我也有足够的乐观。”卡玛蒂不急不慢地说。

皮肤黝黑的男子熄了火，打开手电筒，关了车灯，然后下了车，他用电筒照向角落，那里放着狭窄的木梯。白化病人说：“土包子，上去。让这小姐走你前面，我们拿着枪在后面。”

吉恩阿德里安下车之后从卡玛蒂前走过，可是连看都不看他一眼，径直走上楼梯，三个男子接连有序地跟在她身后。

顶楼有一扇门。姑娘推开门，屋里面照射过来刺眼的光。他们走到一个空荡荡的阁楼，房子的柱子还没有上漆。房子的前后都有一扇正方形的窗户，窗户都关着，玻璃被漆成了黑色。一盏明亮的灯悬挂在餐桌的上方，一个身材健壮的男子坐在餐桌边，他手肘边上残留着一堆烟蒂。其中有两个烟头还在冒烟。

一个瘦长、嘴部松弛的男人坐在床上，一把鲁格尔手枪放在他的左手边。地上铺着一块破毯子，几件旧家具；在角落里还有一扇半开状态的隔板门，几乎还能看到里面的马桶和一部分用铁腿立在地板上的过时浴缸。

坐在餐桌边的男子个头不大，长得也不英俊。他有一头橘红色的头发，眉毛很浓，一张方脸凶神恶煞，下巴僵硬。他厚大的嘴唇上还叼着一根烟，他衣服看上去价格不菲，可是感觉连睡觉都不换的。

他漫不经心地朝吉恩阿德里安扫了一眼，叼着烟说道：“小姐，过来坐下。嗨，卡玛蒂。把枪交过来，左撇子。你们两个可以下去候着。”

姑娘安静地穿过阁楼，在木头制的靠椅上坐下。坐在床上的男子站了起来，把鲁格尔枪放到大个子男人手肘旁边的餐桌上，三个带枪的男子都接连下了楼，把门开着。

大块头的男子摸摸鲁格尔手枪，他看看卡玛蒂，嘲讽般地说：“我叫多尔柯南特，你可能还记得我。”

卡玛蒂一脸轻松地站在餐桌旁，两腿站开，手放在外套的口袋里，脑袋向后靠，他半闭着眼睛，眼神慵懒冷酷。

他说："的确记得，我替我父亲帮你解决了唯一没有破解的案子。

"小子，那根本不算，起码法院没有提起诉讼。"

"这一次可就不一定了，"卡玛蒂漫不经心地说，"我们州对于绑架可是重刑啊。"

柯南特皮笑肉不笑，脸上还带着一种愉快的表情，满脸阴险。他说："我们不必争斗。我们要做生意，而你上一个傻瓜更懂事。坐下，或者你想先去看看展览，它就在你后面的浴盆里。好吧，去看看它，然后我们再来谈谈。"

卡玛蒂转过身走到隔板门那里，推开门走进去。墙上的灯凸起，上面有开关，他打开灯，弯下腰看着浴缸。

他身体顿时变得僵硬起来，甚至连呼吸都变得困难，他慢慢地呼了几口气，伸出左手去推后面的们，躬着腰进一步看向铁浴盆。

浴缸很长，足够能让一个男子伸直身体。浴缸里笔直地躺着一个男人，后背朝下。他穿戴整齐，还戴着帽子，但是看上去不像是自己戴的。他长着一头灰褐色的头发，脸上有血迹，眼角左边的边缘有一个红色的洞。

这是施瓦尔，死了很久了。

卡玛蒂深深地吸了一口气，徐徐地直起身子，突然他把身体前倾，在浴缸和墙之间看到了一块空地。尘埃之中有一块闪闪发亮的金属，是一把蓝色的手枪，这应该是施瓦尔的枪。

卡玛蒂迅速地朝后方扫视了一眼，通过门缝看到了阁楼的角落、楼梯的进口以及柯南特踩在餐桌地毯上的一只脚。他慢慢地伸手到浴缸后方，捡起那把枪，弹匣里还有四颗子弹。

卡玛蒂解开外套，把枪塞到了裤腰带上，拉紧皮带，然后又系上了风衣，他走出浴室，小心翼翼地关上了隔板门。

多尔柯南特指着桌对面的椅子说："坐下吧。"

卡玛蒂看了看吉恩阿德里安，她带着好奇的眼神盯着他，黑色帽子下的脸很苍白，两眼也幽深无光。

他打了个手势，浅浅一笑："天使，是施瓦尔先生。他出了点事故，已经死了。"

姑娘面无表情地盯着他。而后她开始颤抖起来，又望着他不作声。

卡玛蒂坐在了柯南特对面的椅子上。

柯南特盯着他，又扔了一个烟头到白色茶托里，上面堆满了烟头，他重新点上一根香烟，火柴几乎滑过了整个桌面。

他吐着烟，随意地说着："是的，他已经死了，是你开枪杀了他。"卡玛蒂笑了笑，摇头说道："可不是我干的。"

"少装了，伙计，就是你杀的。意大利人佩鲁齐尼是对面殡仪馆的老板，同时也是这儿的房东，他有时候会把房子租给合适的房客，赚点蝇头小利。他正好是我的朋友，在意大利人中帮了我很多忙。他虽不知道施瓦尔是做什么的，但还是把房子租给了他。佩鲁齐尼昨晚上在这里听到了枪响，他从窗户向外看，看到一个人影上了你的车，他看见了车牌号，那正是你的车。"

卡玛蒂又摇了摇头："柯南特，真不是我干的。"

"怎么证明不是你干的……那个意大利人跑了过来，看见施瓦尔倒在楼梯上，已经断气了。于是他把施瓦尔拉上来抬到浴缸里。我猜想肯定是他浑身是血，而后搜了他的身，找到了一张警官证，还有一张私人持枪许可证，这下他大惊，于是给我打电话，我在听到名字后就立马赶了过来。"

柯南特停下来，又盯着卡玛蒂。卡玛蒂小声地说："你听说了今晚在齐拉诺发生的枪杀案吧？"

柯南特点了点头。

卡玛蒂继续说："那时候我和一个旅馆的朋友在那里，在枪击案发生之前，这个施瓦尔还打了我，我那个朋友追踪施瓦尔到了这里，他们交了火。施瓦尔喝醉了又惊恐万分，所以我打赌肯定是他先开枪，可我都不知道那孩子身上居然也有枪，施瓦尔击中了他的肚子，他到家后就死在了家里。他写了张字条给我，现在字条在我手这里。”

过了一会儿，柯南特说：“是你杀了施瓦尔，要不就是你雇凶杀人。我知道原因，他想要从你们的勒索勾当中退出了，他向科特威出卖了你。”

卡玛蒂看起来很是吃惊。他转过头看着吉恩阿德里安，她向前探着身子，两颊通红，眼睛闪烁着光亮，轻声地说：“天使，对不起。是我错怪你了。”

卡玛蒂浅浅一笑，回过头来看着柯南特，说道：“她以为是我出卖了她。谁是科特威？是你的走狗，那个州议员吗？”

柯南特脸色变得有些苍白，他非常小心地吧香烟放到茶托里，身体越过桌子，一拳打在卡玛蒂的嘴上，卡玛蒂跟着坐的凳子倒了下去，头摔在地上。

吉恩阿德里安急得突然跳起来，咬牙切齿，发出咯咯的响声，而后又一动不动。

卡玛蒂从地上赶紧爬了起来，扶起椅子，抽出一条手帕，擦了擦嘴又看看手帕。

楼梯上传来阵阵脚步声，白化病人把他瘦小的头伸进房间里，随后又伸出枪身。

“老板要帮忙吗？”

卡玛蒂看也没看一眼，说：“出去——把门关紧——滚远一点！”

门关上，白化病人的脚步声渐渐消失在走道里。卡玛蒂的左手放在椅子靠背上，慢慢地来回移动着，右手捏着一块手帕，他嘴唇肿大、发黑，眼睛一直看着柯南特手旁边的鲁格尔手枪。

柯南特拿起他的烟放入嘴里，说道：“也许你们还以为我会支持你们勒索的行径，然而我是不会这么做的，伙计。我要毁了它，它逃不过被毁掉的宿命，你们快点从实招来，要不然我下面的三个兄弟就拿你们开练了，快点说！”

卡玛蒂说：“好吧，可你的三个小兄弟都在楼下。”他把手帕放进外套，从里面掏出一把蓝色的枪，他说：“拿着这鲁格尔手枪的枪管，把东西给我拿过来。”

柯南特依旧不动，他眯缝着眼睛，猛吸了一口烟，没有去拿那把鲁格尔枪，过一会儿说道：“我猜你该知道自己现在在干吗。”

卡玛蒂轻轻摇了摇头，说：“也许我不关心这个，但如果真的发生了什么，你也没机会知道什么了。”

柯南特瞪着他，还是没有动。就这样盯着他很长时间，又看了看蓝色的手枪。“枪从哪儿来的？他们居然没搜你的身？”

卡玛蒂说：“当然搜了。这把是施瓦尔的枪，肯定是你那意大利朋友把它一脚踢到了浴缸后面，真是太粗心了。”

柯南特往前伸出两只粗壮的手指，把鲁格尔枪掉了个头，远远地推到桌子边缘，他点了点头，冷静地说：“这局我输了，我应该预判到这一点的，看样子现在我得说实话了。”

吉恩阿德里安从房里跑了过来，站在桌子的一边。卡玛蒂往前跨过椅子，左手拿起那把鲁格尔手枪放到大衣的外口袋里，但手里一直握着枪，然后把举着蓝色手枪的手放在椅子上面。

吉恩阿德里安说：“这男的是谁？”“多尔柯南特，在当地小有名气，他是议员约翰迈尔森科特威安插的眼线。而说到这个议员科特威，天使，他就是桌上照片里的那个人，就是你说的已故的父亲。”

姑娘小声地说：“他确实是我父亲。我还知道他根本没死，而且我确实勒索了他——勒索了十万块，其中参与的人有施瓦尔、塔歌和我。科特威并没有和我母亲结婚，所以我是私生女，可我仍然是他的孩子啊，我有权利这样做，况且他并不认识我这几个同伙。他对我母亲很不好，连一分钱都不留给她，他还派侦探监视了我好多年，施瓦尔就是其中之一。我来到这里后认识了塔歌，施瓦尔记起了我。于是他跑到旧金山还拿了一份我的出生证明，不过我现在拿到手了。”

她在包里找着，拉开了包里内衬的拉链，找出一张折叠的纸，扔到桌上。

柯南特盯着她，伸手去拿那张纸，打开之后看了看，不急不慢地说：“这说明不了什么。”

卡玛蒂把放在口袋里的左手拿出来，去够那张纸，柯南特把纸推给了他。

这就是一张出生证明的复印件，出生日期是 1912 年，记录了一个一个名叫吉恩阿德里安的女婴的诞生。其父母分别是约翰和安东尼雅吉安尼迈尔森。卡玛蒂放下出生证明。

他说道：“阿德里亚娜吉安尼——吉恩阿德里安，柯南特，这结果难道不是昭然若揭吗？”

柯南特摇摇头。“施瓦尔已经害怕了。于是告密给了科特威，因而躲到了这里。我本以为这就是他被杀害的原因。凶手不可能是塔歌，因为他还在牢里被羁押着。也许是我错怪你了。”

卡玛蒂漠然地看着他，一言不发。吉恩阿德里安说道：“这是我的错，我才是罪魁祸首。现在我明白了事情真的很糟糕。我想见他一面，向他道歉，从此以后不相见，我希望他能许诺不会伤害杜克塔歌，这样可以吗？”

卡玛蒂说：“天使，你想怎么做都可以的，我手里的两把枪支持你。可是你为什么要等这么久才出手呢？你为何不把他告上法庭，你是演艺界的人物，即使他胜诉，大众舆论都对你有利啊。”

姑娘咬着嘴唇说：“我母亲并不知道他的真实身份，甚至连他姓什么都不知道，对她而言，他就是约翰迈尔森。我也是来到这里之后才知道的，偶然在当地报纸看到了他的照片。他已经变了，但我还能认出他的脸。当然还有他的名字。”

柯南特不屑地说：“你不能公开去见他，因为你并非他的合法孩子。你母亲一厢情愿地要把你和他扯上关系，就跟那些鄙陋的女人看到丰盛的大餐一样。科特威说就是要这么做，好把你们关进牢里。姑娘请相信我，他是个铁石心肠的人，可不会为了二十年前的破事毁了自己的政治生涯的。”

高大的男人吐掉香烟，使劲摁灭，又说道：“我们可是花了大价钱才把他送上现在这个位置，我还打算继续让他留在这个位置，这也是我为什么会参与进来的原因。姑娘，现实一点，这事儿我是管定了，不是给你施压。你这是在徒劳，一无所获。而至于你这个双枪少侠的朋友，也许他以前不知道，但现在知道了，等于和你就是一条船上的人了。”

柯南特一拳打在桌面上，向后靠着，冷静地看着卡玛蒂手里那把蓝色的手枪。

卡玛蒂盯着这个高大男子的眼睛，非常轻柔地说：“晚上出现在齐拉诺的那个浑蛋不会是你派过来的吧，柯南特，是吗？”

柯南特咧开嘴大笑起来，他摇了摇头。楼梯口的门被轻轻地打开，卡玛蒂并没有看见，他一直盯着柯南特，而吉恩阿德里安却看见了。她瞪大眼睛，尖叫着恐慌地往后退了一步，卡玛蒂猛地看过去。

白化病人举着枪蹑手蹑脚地从门外走来。

他红色的眼睛里闪着光。嘴巴大张，阴险地笑着，说道：“老板，这门板薄。我都听到了，行吗？……土包子，把枪放下，否则我开枪把你射成两半。”

卡玛蒂微微装过身，松开他的右手，蓝色手枪掉在地上，从薄薄的地毯上弹了起来，他耸了耸肩，张开双手，没有看一眼吉恩阿德里安。

白化病人慢慢地走上前，用枪戳着卡玛蒂的背。

柯南特站了起来，绕过桌子，把那把鲁格尔手枪从卡玛蒂地大衣口袋掏了出来，举起手枪，没有说一句话，面无表情地举着枪敲了卡玛蒂下巴一下，卡玛蒂晕晕沉沉地侧倒下去。

吉恩阿德里安大叫起来，朝柯南特扑过去，结果被甩开，他把枪换到左手，狠狠地甩了她一耳光。

“老实点，姑娘，你也差不多玩够了。”

白化病人走到楼梯口，朝下呼应其同伙，于是另外两个枪手跑了上来，站在那里咧嘴笑着。

卡玛蒂一动不动地躺在地上，过了良久，柯南特又点起一根烟，用指关节敲了敲桌面，桌上放着那张出生证明。他厉声地说：“她要见那个老东西，行吧，就让她见见，我们都去见他。”他抬起目光，看着那个壮硕的男子。“你和左撇子先去城里把塔歌带来，尽快把他送到议员家去，现在就快去。”

于是两个混混下了楼。

柯南特低着头看了看卡玛蒂，轻轻地踢着卡玛蒂的肋骨知道他慢慢睁开了双眼，微微动了下身子。

9

车子停在山坡顶上的两扇铁门前，门后面有一幢木房子。木房子的前门开着，一个男人身着雨衣，帽子拉得很低，其身影透过昏暗的灯光映射出来，他在雨中慢慢地走着，两只手插在口袋里。

雨水从他脚边流过，白化病人靠着铁门，咬着牙齿咯咯作响，高大的男子说道：“你想干吗？我能看见你。”“土包子，你赶紧，柯南特先生想要见你老板。”

门里面的人朝暗处啐了一口：“那又怎么样？你他妈的知道几点了？”

柯南特突然打开车门，走到铁门前面，雨声里掺杂着车子的杂音和人的说话声。

卡玛蒂慢慢地转过头来，拍拍吉恩阿德里安的手。她很快把他的手甩开。

她压低着声音说：“你个傻瓜——噢，你就是个傻瓜。”

卡玛蒂叹了一口气，说道：“我是在享受这美好的时光，天使，是美好的时光。”

铁门里面的男人拿出钥匙，钥匙就挂在长链子上，他打开了锁。柯南特和白化病人朝车子走了过来。

柯南特把一只脚踩在汽车的踏板上，人站在雨中。卡玛蒂从口袋里拿出那瓶酒，用手摸了摸看凹损了没有，他打开瓶盖，将酒递给姑娘，说道：“来喝点酒壮胆。”

她没有作声，也一动不动。他对着酒瓶喝了一口，然后收起酒瓶，眼神穿过柯南特宽实的后背，望向一大片雨中的树林，以及一扇扇亮着灯的窗户，仿佛悬挂在夜空中一般。

一辆车开上山坡，车灯如匕首般划破湿冷的夜，它在一辆轿车后面停了下来。柯南特走了过去，把头伸进去说了几句话，车子往后退，进入了车道，车灯照射在墙上，一下消失了，然后又出现在了车道的顶部，很像车道上的鹅卵石。

柯南特回到车里，白化病人也跟在后面把车开进转向道，到了坡顶之后大家围着柏树的水泥停车场停了下来，所有人下了车。

一段台阶的顶部敞着一扇大门，一个男子穿着浴袍站在里面。他在上楼梯的路上，两边分别被一个男人紧紧夹住，他没有戴帽，也没有穿雨衣，他穿着白色外套的身体，夹在两个枪手中间显得异常巨大。

其他人也上了楼梯，进了屋，跟在穿浴袍的管家后面，穿过一个过道，过道的墙上挂满了祖先的照片，然后又穿过一个椭圆形的门廊来到了另一条过道，很是安静，最后走到了一间书房，里面灯光很暗，悬挂着厚实的帘子，里面还有一把深色的皮椅。

一个男人站在深色的大桌子后面，桌子放置在由低矮突出的书架围起的空间里，那个男人又高又瘦，头发灰白但很浓密且光亮，他长着一张倔强小嘴，面色苍白，满脸皱纹，一双幽深的黑眼睛。他欠了欠身，那一身镶着丝绸的蓝色灯芯绒袍子裹着他那瘦骨嶙峋的身子。管家打开门，柯南特又打开，动了动下巴示意下属把塔歌带离书房。白化病人来到塔歌身后，把他推到椅子上。塔歌看起来有些晕厥，呆傻，脸上还残留一块污渍，眼神很茫然。

姑娘迅速跑到他身边，说："哦，杜克——你怎么样啊，杜克？"

塔歌朝她眨巴下眼睛，勉强地咧嘴微笑着。"你也不走运啊，哼？没关系，我还好。"他的声音听起来有些不自然。

吉恩阿德里安从他身边走开，又坐了下来，两手抱着自己的身体，看样子很冷。

高个男子不屑地看了一遍房里的每一个人，冷冷地说道："这些都是勒索我的人——难道要大半夜的把这些家伙领到我这儿来？"

柯南特脱掉雨衣，把它甩在台灯旁的地上。又点起一支香烟，双腿分开站在屋的正中间——这个人不简单，强硬，专横，极度自信。柯南特说："这个姑娘想见你，要跟你说声道歉，想跟咱们好好地玩儿；那个穿着冰淇淋颜色外套的家伙是塔歌，他是个拳击手，因而势必会卷入这起夜总会枪击案，他们在城里大动干戈，结果最后还是吃了药才安静下来；另外这个是卡玛蒂，老库尔斯卡玛蒂的儿子，其实我都不知道他到底是来做什么的。"

卡玛蒂干巴巴地说："议员，我是个私家侦探，我在这里是因为客户啊——这跟阿德里安姑娘的利益息息相关。"他笑了笑。姑娘突然朝他看过去，而后又看着老板。

柯南特粗暴地说："施瓦尔，就你认识的那个人，现在他被杀了——不是我们做的，这事儿还得再查查。"

高个男子冷淡地点了点头，坐在椅子上，再拿起一支白色羽毛笔挠着耳朵。

“柯南特，那你打算怎么处理这件事？”他刻薄地问道。

柯南特耸了耸肩：“我这人虽粗俗，但也还是要秉公执法，先让检察官以勒索罪将他们逮捕入狱，捏造个故事告知媒体，等过了一段时间，让这件事慢慢冷却销声匿迹，再把这些家伙赶出咱们州，永远不准回来，要不然就……”

科特威议员又把笔在另一只耳朵上绕来绕去，“然而到了别的地方他们依旧可以攻击我，”他冷不丁地说，“我更喜欢摊牌，让他们从哪里来回哪儿去。”

“科特威，你不能冒这样的风险，说不定会毁了你的政治生涯。”

“我已经厌倦了政治生活，柯南特，我现在很愿意退休。”高大男子的嘴角出现了一抹淡淡的微笑。

“去你的。”柯南特大声吼道。他使劲转过头，凶巴巴地说：“大小姐，你给我过来！”

吉恩阿德里安站了起来，拖曳着脚步穿过房间，走到桌子面前。

“她是你女儿？”柯南特恶狠狠地问。

科特威盯着姑娘的脸良久，面部表情不露一丝痕迹。他放下了手中的羽毛笔，打开抽屉从里面取出一张照片，他看了看照片，又看看女孩，再又转向看看照片，冷静地说：“这照片可有些年岁了，长得很像啊，可以毫不犹豫地说这就是同一张脸。”

他把照片放在桌子上，不急不慢地从抽屉里拿出一把自动手枪，放在照片旁边。

科特威看着枪，嘴巴动了动，声音低沉地说：“议员，你没必要这样做，听着，摊牌的想法完全没必要。我让这些人都招供，然后我们就有了把柄，他们胆敢再闹事，我们也有充分的时间来收拾他们。”

卡玛蒂微微一笑，走过地毯一直来到桌边，说：“我想看下那张照片。”于是突然弯下腰拿起照片。

科特威细长的手伸向手枪，然后又收了回来，他后靠在椅子上，盯着卡玛蒂。

卡玛蒂看着照片，又放了下来，轻声对吉恩阿德里安说：“回去坐着。”

卡玛蒂说：“我很欣赏你这种摊牌的思想，议员，这样事情会变得简单明了，这和柯南特先生的想法南辕北辙，但您的想法起不了什么作用。”他弹了下照片，“这张照片只是长得很像，我可不认为这就是同一个人，比如耳朵的形状就不太一样，而且位置还低一些，她的眼睛间距要比阿德里安小姐小。下巴还长一些，这些特征都是不会变的。你得到了什么，不就是一封勒索信，你不可以就这样随意地降罪于一个人，姑娘的姓名相同也纯属巧合，你还有其他的证据吗？”

柯南特的脸僵硬得有如石头，怒气冲冲，他略带颤音地说着：“那怎么解释这姑娘拿出来的出生证明，你这个自作聪明的小子？”

卡玛蒂微笑着并用指尖摸了摸下巴，说：“那是你从施瓦尔那里弄来的吧？”他狡猾地说着，“然而施瓦尔都已经死了。”

柯南特变得狂躁暴怒，他紧握拳头，猛地朝前面走了一步，“该死的浑蛋——你干吗非要——”

吉恩阿德里安往前倾着身体，瞪大了眼睛看着卡玛蒂；塔歌也看着他，懒懒地笑着，两眼空洞；科特威也将目光投向卡玛蒂，他面无表情，眼神冷漠迷离而遥远。

突然柯南特大笑起来，打了个响指：“行啊，有话你可就快点说。”他咕哝道。

卡玛蒂不急不慌地说：“我再给你一个不能摊牌的理由——发生在齐拉诺的枪杀案。他们威胁塔歌输掉一场并不重要的拳击比赛，那个坏蛋跑到阿德里安小姐的房间，击晕了她，结果她就倒在了门口。柯南特你能把这些事情串起来吗？我可以。”

科特威突然往前靠，把手放在枪上，抓住枪柄，两只黑眼睛在他苍白冰冷的脸上犹如两个黑洞。

柯南特一动不动，也一言不发。

卡玛蒂继续说："为什么塔歌会受到威胁？他赢了比赛后，为何会有一个枪手跑到齐拉诺这个夜总会下手？这是一个根本不适合动手的地方，原因就是他当时和这个姑娘在一起，而齐拉诺是他的靠山，如果齐拉诺发生了任何事，警察最先怀疑的就是威胁的故事。这就是理由，之所以有威胁是要掩盖谋杀，这样这个恶棍就可以杀掉这姑娘，他制造了要杀掉塔歌的表象。"

"当然，他也会把塔歌给杀了，但头号任务就是杀掉这姑娘。因为她是整个勒索事件的导火线，倘若她死了，一切都无意义了，只要她活着，这桩案子永远都是有关血缘诉讼的案件。最后结果是失败了。你知道他和塔歌是因为施瓦尔的胆子太小，被出卖了。施瓦尔也认识那个杀手——当时那个杀手出现时，我看见了他——施瓦尔知道我认识他，因为他听到了我向塔歌提起过这个人——之后施瓦尔装醉和我打架，其实就是不想让我插手。"

卡玛蒂停下来，非常缓慢地轻轻揉着自己的脑袋，然后仰着头看着柯南特。

柯南特徐徐地，尖刻地说："我不玩这些把戏，从来不，不管你信不信，老兄——我不会玩的。"

卡玛蒂说："听着，在旅馆里，杀手就可以杀了这姑娘，但他并没有这样做——因为塔歌没在场，拳击赛也没有开始，所有的排兵布阵都是浪费。他去那里只是想靠近点看看她没有化妆的样子，她当时很是害怕，身上还带了枪，所以就只好把她打晕，然后逃逸，其实这次拜访只是试探性的。"

柯南特又说："我已经讲过了，哥们儿，我不玩这种把戏的。"说完他掏出口袋里的鲁格尔手枪，枪口朝下握在手里。

卡玛蒂耸了耸肩，转过头来看着科特威议员。

“他是不玩这种把戏，但是他会玩，”他轻声地说，“他有动机，而且还不会怀疑到他，一旦事情出了差错，而且事实是真的出了差错，他就会把过错全赖在施瓦尔身上。当然如果警察聪明，施瓦尔还能洗脱冤屈，这样大人物多尔柯南特可就深陷泥淖，难辞其咎了。”

科特威微微一笑，用一种极其阴森的声音说道：“年轻人你真是聪明啊，但是当然——”

塔歌站了起来，一脸僵硬，慢慢地动着嘴巴说道：“说得真好听，科特威先生我真想扭断你的脖子。”

白化病人大声呵斥道：“臭小子，坐下。”然后举起他的手枪，塔歌轻轻地转过身子，朝他的下巴挥了一拳，白化病人向后倒了下去，头撞到墙上，手枪从他软塌塌的手上滑落下来。

塔歌穿过房间。

柯南特斜着眼睛看他，一动不动，塔歌朝这边走过来，几乎就要碰到他了，他还是一动不动。他硕大的脸显出一脸茫然，眯缝的眼睛闪着虚弱的光。

除了塔歌大家都没有动，然后科特威举起了他的手枪，他扣动了扳机，这时枪声响起。

卡玛蒂迅速跳到吉恩阿德里安前面，挡在她前方。塔格低下头，脸上露出扭曲呆傻的表情。他一屁股坐到地板上，用手压着自己的胸口。

科特威再一次举起手枪，这时柯南特动了动，把鲁格尔手枪掏了出来，他连开两枪，鲜血从科特威手里流了出来，枪甩在了身后的桌子上，他瘦长的身体似乎要跳过去抢，他的背一直弯着，直到从桌上都能看到他弯曲的背。

柯南特说：“你给我捡起枪站起来，你这个该死的出尔反尔的小人！”

桌子后面又响起了枪声，科特威的肩膀被打掉了。

过了一阵子，柯南特走到桌后，停住僵在原地。

“他中了一枪，”柯南特冷静地说，“从口腔里穿过去的。我们就这样损失了一位仁慈清白的好议员啊。”

塔歌把手从胸口松开，跌倒在一旁，倒在地上一动不动。

这时房门被猛地推开，管家走了进来，头发乱糟糟的，他嘴巴张得很大。他想要说点什么，看着柯南特手里的枪以及倒在地上的塔歌，他一言不发。

白化病人爬了起来，摸了摸下巴和牙齿，摇晃着脑袋。他慢慢走到墙边，捡起手枪。

柯南特大吼道：“这个节骨眼还他妈的管什么枪啊，快去打电话。找夜班组长马洛里——快去！”

卡玛蒂转过身抬起吉恩阿德里安冷冰冰的下巴。

“天使，外面有光了。而且我觉得雨已经停了，”他慢慢地说着，然后拿出那瓶藏在口袋里的酒，“让我们干一杯，敬塔歌先生。”

姑娘摇了摇头，双手捂住脸。

过了许久，外面响起了警笛声。

10

一个瘦弱面带倦容的男孩穿着淡蓝色和银色相间的卡隆德莱特制服，他戴着白色手套，手抬起挡在正在关闭的门前，说道：“科尔基发烧已转好，但是还是没有来上班，卡玛蒂先生。领班的托尼早上也没来，这些人心肠真是太软了。”

卡玛蒂紧靠着吉恩阿德里安，站在电梯的角落里，电梯中只有他们三个人。他说：“你现在就是这么想的啊。”

男孩的脸瞬间变红了。卡玛蒂凑过去，拍拍他的肩膀说：“孩子，别把我这些话往心里去。我昨天晚上一直陪着一个朋友，他生病了，我都还没来得及休息，来吧，给自己再去买份早餐。”

“天哪，卡玛蒂先生，我真不是有意的——”

电梯门在九楼打开，他们顺着走廊来到914前，卡玛蒂拿过钥匙开了门，把钥匙插在里面，然后扶着门说：“睡会儿吧，等你醒来就有精神了，我把酒瓶给你，喝点酒会好些。”

姑娘进入房间，头也不回地说道：“我不想喝酒，你进来坐吧，我想跟你聊聊。”

他关上门，跟着她进了房间，一束明亮的光线打在地毯上，一直延伸到沙发处，他点了一根香烟，然后就盯着香烟出神。

吉恩阿德里安坐下，脱了帽子，摆弄了一下头发。她静坐了一会儿，然后慢慢开口说话，十分小心谨慎：“我非常感谢您能在如此危机关键的时刻，解救我于危难之中，但是我的确不明白您为何要这么做。”

卡玛蒂说：“我可以列出一大堆理由，但是他们害得塔歌丧命，我也是难辞其咎，但是从另一个角度来说，又无须过分自责，因为我可没让他过去拧断科特威议员的脖子。”

姑娘说：“你以为自己心狠手辣，其实你才是大好人，你看到了这个流落异乡的女子惹上麻烦，就会义无反顾地去帮助她。不过都忘了这一切吧，忘了塔歌，也忘了我。我们俩根本不值得你浪费时间，我对你这样说是因为一旦他们准许我就要离开这里，从此我们就不能再相见了，这就当是一次告别吧。”

卡玛蒂点了点头，依然看着地毯上的阳光。姑娘继续说着：“这样说我有些难为情，用流浪人来形容自己可不是想博取你的同情心。我在很多旅店的房间里赶到压抑难挨，也在很多肮脏的化妆间里换了衣服，曾错过饕餮美食，编织了很多谎言。所以，我不想和你有任何瓜葛——永远不想。”

卡玛蒂说："你能这么说我很高兴，接着说下去。"

她斜着眼睛看了他一眼，又迅速移开了："我并不是那个吉安尼，我猜想你已经知道了。但是我的确认识她。那时候还做双生姐妹花表演，我们一起做过低俗的姐妹表演——艾达和吉恩阿德里安。我们的艺名就是用的她的名字。但我们彻底失败了，随后就各地流浪表演，其实最后也是徒劳，到了新奥尔良，她的境遇越来越糟糕，最后服毒自杀了。我留下了她的照片因为我知道这其中的故事。我苦苦寻找这个高高瘦瘦的家伙，只要一想到这个冷血的家伙，想到对她作出的可恶行径，我就恨透了他。她的确是他的孩子，这毫无疑问。我甚至以她的名义给他写过信恳求他的帮助——哪怕只是一丁点也可以，但都石沉大海了。我恨死了他，所以在阿德里安服毒自杀之后，我就想着报复他，所以等到一有机会我就来了这里。"

她停了下来，手指紧紧扭在一起，然后又用力分开，仿佛要以此来自残。她继续说："我通过齐拉诺认识了塔歌，又通过塔歌认识了施瓦尔，是施瓦尔认出了那张照片，因为他曾在旧金山的侦探事务所工作过，那时候他的任务就是被雇用来监视艾达，其他的你都知道了。"

卡玛蒂说："这样听起来还不错啊。我不懂你为何不早点下手。你想让我以为你并不是冲他的钱吗？"

"不，我当然要他的钱，但这并不是我最想要的。我之前讲过我只是个流浪者。"

卡玛蒂浅浅一笑："天使，你对流浪者可了解得太少啊，你已经犯了法，将要被逮捕，可说回来这又是另一回事。那些钱对你并不会带来什么好处，因为据我了解那些钱都是来路不明的黑钱。"

她仰着头看着他，卡玛蒂伸出手摸了摸自己的脸颊，颤抖了一下说道："我知道，因为我的部分钱也很肮脏，我父亲通过下水道建设工程，路面铺设、赌博贿赂，克扣工资，甚至不惜动用武力，我敢说还有更肮脏的。城市政治当中所有能用来聚敛财富的方式他都无所不用其极，赚到钱财之后，他就什么也不干，就坐在那里看着它们，等他死了就把这些钱全都留给我。这些钱其实也不能给我带来快乐。我虽然一直期待它能给我带来快乐，然而却并没有。就因为我是他的儿子，身上留着他的血，所以也是一路人。其实我比流浪汉还不如，天使，我就是靠着这些脏钱过活，甚至都不用去偷。”

说完他停下，把烟灰掸在地上，摆正了自己的帽子。

“你再想想吧，不要跑得太远，因为我还一直在这个世界上，这对你可没好处。而如果是我们两个人一起浪迹天涯那应该会很有意思。”他朝着门口走了几步，站在那里目光仍然停留在地毯上的阳光，他迅速地转过头看了她一眼，然后出了门。

门关上时，她又站了起来，进入卧室，连外套都不脱就躺了下去。她盯着天花板看了良久，然后笑着，在甜甜的微笑中进入梦乡。

铅　笔

按语

这是我二十年来写的第一篇关于马洛神探的短篇，主要是为英国读者写的。我一直拒绝写短篇，因为我认为写作是一种感情的自然流露，但是那些我尊敬的人们似乎希望我创作短篇，而且一直以来我都想写一篇黑帮谋杀作案手法的小说，因此创作了此文。

雷蒙德·钱勒　1959 年

1

他身体微胖，脸上总挂着虚伪的笑容，笑起来时嘴角咧得有半英寸宽，厚厚的嘴唇也因此紧绷着，眼神还有些阴冷。就胖子而言，他走路很慢。大多数胖子脚步都是灵活轻盈的。他穿着一身灰色的“人”字形套装，系着一根手绘的领带，上面绘着潜水女孩的部分图案。他的衬衣整洁，让我看了赏心悦目，脚上的棕色平底便鞋，应该刚刚擦过鞋油，因此看起来锃亮，但是和领带一样，都与衣服非常不搭。

等候室和客厅之间有一扇门，就在我关门那会儿，他侧身从我身旁经过。刚刚在里面时，他快速地扫视四周。要是我被问起的话，我肯定会把他说成歹徒，而且还是二流的。至少有一次我可能是对的，如果他带了枪，那肯定藏在他的裤子里。他的大衣太贴身，没法掩盖住腋夹式皮套，那东西鼓鼓的。

他小心翼翼地坐在我对面，我们俩看着彼此，他的脸上露出一种狐疑的渴望。他有点出汗。我脸上装出好奇的神情，但又不怀好意。我拿出烟斗和皮制雪茄盒，盒子里面装着皮尔斯烟草。我递了一根给他。

“我不抽烟，”他声音嘶哑。我喜欢他的衣着和脸庞，却不喜欢他的嗓音。我填烟斗时，他把手伸进大衣，在一个口袋里摸来摸去，拿出一张钞票，看了一眼，然后隔着桌子丢在我面前。那是张崭新、干净的钞票，面值一千美元。

“救过别人的命吗？”

“曾经，也许有过吧。”

“救救我吧。”

“怎么了？”

“我听说你对顾客总是坦诚相待，马洛。”

“那就是我为什么还这么穷。”

“我还有两个朋友，你算第三个。如果你能帮我逃离困境，你就能得到五千美元。”

“从哪儿逃离呢？”

“见鬼，你今天早上真是巧舌如簧。你都不知道我是谁吗？”

“不知道。”

“没去东部，嗯？”

“去过——但不在你的辖区内。”

“那在哪儿呢？”

我有点不耐烦，“该死，不要再忽悠我，不然就拿着钱滚。”

“我是艾奇·罗森斯坦，要是你没猜出什么，那我就先走了。猜吧。”

“我已经猜了好久，你告诉我吧，快点告诉我。我没有时间在这和你慢慢耗。”

“我从组织里逃了出来，头儿们可不乐意。对他们来说，这就意味我会带着重要的信息四处做交易，不然就是我要另立门户，再不然就是我没有了往日的胆量。而我，就是因为勇气不再。过去，我可浑身是胆。”他伸出一只手，用食指在摸了摸喉结。“我做了很多坏事，我恐吓伤害他人，但我从未杀过人。对组织来说，这算不了什么。我现在脱离了组织，所以他们用铅笔将我除了名。我得到消息，他们已经在路上了。我犯了个严重的错误。我试图在拉斯维加斯藏身，以为他们想不到我会躲在他们的老窝。可他们算到了我会来这一招。我坐飞机去拉斯维加斯时，肯定就有人跟踪上了飞机，他们知道我现在的藏身之所。”

“那就跑呀。”

“我现在已被包围，轻举妄动没什么好处。”我知道他说的是对的。

“那他们为什么还没找你算账呢？”

“他们不会这样做的，尤其是对我这样的内部人员，你不知道黑帮的行规吗？”

“或多或少知道点儿。他们可能在巴法罗经营一家体面的五金店，也可能在堪萨斯城拥有一家小牧场，总之伪装得很好。总部在纽约或者其他地方，他们会向那儿反馈信息。他们的公文包里总是藏着枪，个个看起来文质彬彬，衣着体面，而且从不和同伙坐在一起。他们可能是一群律师，或者靠税收吃饭的有钱人——什么职业都有可能，只要举止大方、不引人注目。所有人都拿着公文包，包括女人。”

“非常正确。他们一旦到目的地，就会来找我了，但是不会直接从机场来。他们有自己的路子。要是我去找警察，他们就会知道我的行踪。据我所知，市参议会也有他们的人。他们会想办法让警察在二十四小时内将我驱逐出境。所以报警也没用。跑到墨西哥？那儿比这儿更糟糕。加拿大？或许好些但是一样没用。那儿也有他们的眼线。”

“澳大利亚呢？”

“弄不到护照，我在这儿待了二十五年——一直是非法的。他们除非证明我犯了罪，不然没法将我驱逐出境。组织会为我提供庇护，假如我被关了起来，二十四小时内就会被人保释出来。然后我的‘好兄弟’就会开车来接我回家——当然不是回家那么简单。”

我点燃烟斗，看着那张千元大钞，皱着眉头。我真的很需要它，我的银行户头已经快见底了。

“我们别兜圈子了，”我说，“假设——只是假设——我要是能为你想出一个逃跑的方案。那你下一步打算怎样呢？”

“我知道有个地方——如果我能成功地逃到那里，我会把车丢在那儿，然后租辆车走。快到租界的地方，把车还了，然后买辆二手车。半路上我会换部去年的新款车，卖剩的那种。这个时候买刚刚好，今年的新款马上上市，因此折扣多。并不是为了省钱——是为了不要太招摇。我去的地方地域辽阔，但仍是个干净整洁的地方。”

“嗯——哈，”我说，“威奇塔，我以前听说过。不过现在那儿可能不太一样了。”

他怒视着我，“放聪明点，马洛，但是也别聪明过了头。”

“我想怎样就怎样，别想给我定规矩。我要是接了这活儿，就不会讲什么规矩。我接这活儿，那也是看在钞票的分上，剩下的事成之后再拿。别惹毛我，我可能会走漏风声。如果我出了意外，在我坟前放朵红玫瑰就好。我不喜欢鲜切花，而是喜欢看着花儿盛放。但是我可以接受一朵，因为你是个可爱的人。飞机什么时候到呢？”

“今天，从纽约过来要九个小时，可能是下午五点半到。”

“可能是会经圣迭戈转机，或者经洛杉矶转机，这两个地方的航班很多。我需要个帮手。”

“你个家伙，马洛——”

“行了，我认识个女孩，她爹是警察局长，因为清廉而穷困潦倒。她就算受到逼供也不会透露半点消息的。”

“你没有权力让她冒险。”艾奇生气地说。

我大吃一惊，下巴差点掉到地上。我慢慢合上嘴，咽了咽口水。

“我的天呀，你竟然是个有血有肉的男子汉。”

“女人不是吃苦的料。”他不情愿地说。

我拿起千元大钞，在手上拍拍。“不好意思，没有收据，”我说，“我的名字不能出现在你口袋。如果幸运的话，就不会吃太多苦。我会比他们技高一筹。只有一个办法可以救你。现在给我你的地址，还有你能记起的一切信息，任何一个你见过的杀手，包括他们的名字和外貌特点。”

他形容得很具体，真是个极为细心的人。麻烦的是组织肯定知道他见过哪些人，派来的杀手可能是他没见过的面孔。

他默默地站起来，伸出手。我不得已得和他握握手，但是他那番关于女人的言辞，让我觉得轻松很多。他的双手微微出汗，要是我处在他一样的境地，也会这样。他朝我点点头，然后默默地走了。

2

那是海港城里一条安静的街道，在这个垮掉的一代，几乎没什么清静的街道。即使是吃顿饭，都有男男女女互相倾吐着乏味的爱情宣言，还有哈蒙德牌电子琴演奏的爵士乐做背景音乐，吵得客人都没法安安静静地喝个汤。

这个单层的小房子和新围裙一样整洁。屋前碧绿的草坪被修得很别致。平滑的混凝土车道上停放着几部车，却没有沾上油渍。看上去，修篱笆的园丁像每天都来检查似的。

白色的房门上有个虎头门环，还有一扇防盗门和一个对讲机，里面的人甚至不用打开小窗就能和外面的人对话。

我可能得拿我的左腿做抵押，才能住到像这样的房子。我想我永远都住不到吧。

里面的门铃响起，过了一会儿，她开了门。那会儿，她穿着朴素的蓝色运动衫和长度刚刚合适的白色短裤。她眼睛灰蓝，头发深红，脸上颧骨突出。灰蓝色的双眼里总是流露着苦涩的痕迹。她永远都不会忘记，轮船上赌博的歹徒将她父亲的生活毁于一旦，让她的妈妈命丧黄泉。她给光鲜的杂志写懵懂爱情的乏味文章时，只能强压心中的愁苦，但是这不是她的生活。她一直都没有好好生活过。只是如行尸走肉一般生活着，没有太多痛苦，但也没有足够的收入安稳度日。但是在这种窘迫的境况下，她还能像个好警察一样，两袖清风，足智多谋。她叫安妮·赖尔登。

她站在门边，我紧挨着她进了门。但是我还是有我的原则。她关上门，在一张长沙发上坐下来，开始抽起烟。这是一个有勇气给自己点烟的美丽姑娘。

我站在那儿，环顾四周。屋里有些许变化，但不是太大。

"我需要你的帮助。"我说。

"只有这种时候你才回来找我。"

"我有个客户，他以前是混黑帮的，曾是辛迪加组织的麻烦终结者，那是一个势力庞大的黑帮，你想怎么称呼它都可以。你肯定非常清楚，它和洛克菲勒一样富有。你没法打败它，因为很多人都希望它存在下去，尤其是那些年收入过百万的律师，他们为它卖命。而律师协会看上去更迫切地为律师提供保护，而不是为他们的祖国。"

"我的天啊，你是在参加什么竞选吗？我从来都不知道你说话如此真诚。"

她跷起二郎腿，不是为了挑逗我——她不是那种人——但是这个动作还是让我很难好好思考。

"不要把腿动来动去，"我说，"要不就穿条长裤。"

"去你的，马洛，你就不能正经点吗？"

"我尽量，我想说我至少认识一位美丽迷人的女士脚踝不是圆的。"我咽了咽口水，继续说，"他叫艾奇·罗森斯坦，长得不帅，也不是我喜欢的那种人——除了一点。我说得找个女孩帮忙，他就变得很生气，认为女人天生不是吃苦的料。出于这点，我接受了这份差事。对一位真正的黑帮成员来说，女人不过和一袋面粉一样，无足轻重。他们平时也会用女杀手，但是要是需要除掉她们，他们二话不说就会这么做。"

"到目前为止，你跟我说了一大堆废话。或许你想来杯咖啡或者酒。"

“你真贴心，但是我早上一般不喝那些东西——除了偶尔，今天照旧不喝了。晚些时候再给我来杯咖啡吧。艾奇被他们用铅笔画了线。”

“什么意思？”

“好比你有一张清单，你用铅笔在一个名字上画了条线，那这个人非死不可。黑帮这么做有他们的理由。他们这么做不是为了寻求刺激，这么做也得不到什么快感。对他们而言，这不过就是记账而已。”

“我到底能做什么呢？我甚至都想问，你能做什么呢？”

“我可以尝试，你能做的就是帮我查到他们乘坐的航班，查出他们去了哪儿——那些杀手被派来干掉艾奇。”

“好的，但是你能做什么呢？”

“我说过我会尝试。如果他们坐的是晚上的飞机，那应该已经到这儿了。如果他们坐的是早上的飞机，那五点左右之前是到不了这儿的。那我还有很多时间做准备。你知道他们长什么样。”

“哦，当然。我每天都和杀手打交道，我请他们进来喝柠檬威士忌，吃热吐司蘸鱼子酱。”她坏笑着。她笑的时候，我踩着黄褐色的花纹地毯，往前跨了几大步，抬起她的下巴，吻了下去。她没有反抗，但也没有打哆嗦。我走了回去，坐下。

“他们看上去很普通，可能是经商的生意人或者某种专业人士。他们衣着得体、风度翩翩——只要他们想这样的话。他们的公文包里藏着把枪，时不时换手拿包，因为那样就不容易被人看出端倪。一旦他们下手，就会弃枪而逃。他们可能会用左轮手枪，也会用连发手枪。不过他们不会用消音器，因为消音器会让堵住枪管，而且会导致枪过重，瞄不准目标。在飞机上，他们不会和同伙坐在一起。但是一旦下了飞机，他们会假装早认识对方，只是之前没留意到而已。他们会握握手，微笑告别，后来还是上了同一辆出租车。我认为他们会先去酒店，但是很快他们会转移到某个地点，从那儿观察艾奇的一举一动，然后摸清他的行踪。除非艾奇有所行动，否则他们不会轻举妄动。他们会干掉艾奇的那些耳目。听说，他还有几个朋友在组织内部。”

“他们会不会从街对面的房间或公寓射杀他呢？——假设有那么一间屋子的话。”

“不会的，他们会在离他三英尺的地方开枪。他们一直紧随其后，然后喊他，“你好，艾奇。”他要么会呆住，要么会转身，他们会拼命朝他开枪，子弹打光后，就弃枪而逃，跳上外面那部等他们的车。然后一直跟着肇事车，逃离现场。”

“谁开肇事车呢？”

“某个没被判刑、身家清白的富翁。他会开着自己的车，为他们开路。他得故意撞上别人，就算是个警车，都得往上撞。然后假装很抱歉，一路哭哭啼啼，眼泪弄湿印有字母图案的衬衣。而那些杀手早就逃之夭夭了。”

“我的天呀，”安妮说，“你怎么能忍受这种生活？如果你接手此事，他们会派杀手来搞定你。”

“我不这么认为，他们不会杀一个循规蹈矩的人。不然这些杀手会受到谴责。记住，那些高级杀手都是商人。他们想赚很多很多钱，只有在不得已的情况下，才会动手杀人，其实他们也不想这样。当然万事都会有例外，但是概率不是很大。全国的团伙犯罪几乎从未被侦破，除了那么两三次以外。绰号利普克的路易斯·布切尔特被处电刑。记得阿纳斯塔西亚吗？他身材魁梧、冷血无情，但是一样被铅笔除了名。”

她打了个寒战，“我想我得喝点酒。”

我咧嘴对她笑着，“亲爱的，你感到害怕是对的。我尽量不说得那么严重好了。”

她拿来两杯苏格兰姜汁威士忌。我们一边喝酒，我一边说，“如果你查到他们的行踪，或者你认为你查到了，那就跟着他们——如果没有危险的话，就这么做吧。否则，别跟踪他们。如果他们藏身之处是家酒店——极有可能是酒店——那就先办理入住，然后试着联系我，直到联系上为止。”

她知道我办公室的电话，我办公室还在卡山大道。她也知道那儿的地址。

“你真是个坏家伙，”她说，“女人们对你言听计从，可是现在我都二十八岁了，怎么还是个处女呢？”

“我们需要一些你这样的女人，你为什么不结婚呢？”

“和谁结呢？难道和那些玩世不恭的追求者？他们除了花言巧语，没什么我看得上眼的。我真不认识几个好男人——除了你。我可不喜欢那些小白脸。”

我走过去，拉她起来，缠绵而热烈地吻着她。“我很诚实，”我几乎是在她耳边低语，“这是一个方面，但是对你这样的女孩来说我太老了。我也时常对你魂牵梦绕，我很想得到你，可是你清澈的眼眸让我放弃了邪念。”

“要了我吧，”她温柔地说，“我也总在梦里梦到你。”

“不行，这样的事在我身上发生了很多次，我已经有太多女人，配不上你了。当务之急，我们得去救艾奇的性命。我要走了。”

她站起身，一脸失望地目送我离开。

你得到的女人和你没有得到的女人——她们住在不同的世界。我不轻视任何一个，因为我就身处其中。

3

在洛杉矶国际机场，除非你要登机，否则不能靠近飞机。如果你恰好站在合适的位置，就能看见飞机着陆，但是还是得站在护栏外等候，才能看到下飞机的乘客们。飞机航站楼让等待也变得不容易。乘客们排成队走出来，走完都要到早餐时分，从环球航空公司的到达处走到美国航空公司的到达处，可以让你走出老茧来。

我抄下屏幕上的航班到达时间，像只忘记骨头放在哪儿的小狗，四处张望。飞机来了，又飞走了，行李员搬运行李，乘客急急忙忙、汗如雨下，小孩们哭哭啼啼，而广播盖住了一切的噪声。

我好几次从安妮身边经过，可是她没有注意到我。

五点四十五分，他们肯定到了。安妮没了踪影，我又等了她半个小时，担心万一她有特殊情况要暂时走开。事实不是，她已经离开机场了。我出了机场，上了车，开车经过几条拥挤的街道，来到我在好莱坞的办公室。我喝了点酒，然后坐下来。六点四十五分，电话响了。

"我认为，"她说，"他们在西贝弗利酒店，410 房。我没打听到他们的名字，你知道的，这年头前台不会把入住信息卡随处乱放的，我又不想直接问前台。但是我跟他们上了电梯，看到了他们的房间号。服务员帮他们开锁时，我正好从他们身边经过，然后就直接下了楼，走到夹层，后来碰上一伙从茶餐厅出来的女人。我没有开房间。"

"他们看起来是怎样的？"

"他们在飞机活动梯同时出现，但是我没有听到他们交谈。他们都拿着公文包，穿着朴素的套装，没有什么特别显眼的地方。白色衬衫，浆得很挺，一个人系着蓝色领带，另一个系着灰底黑条纹的领带，都穿着黑色的鞋子，像一对从东海岸飞来的商人。他们可能是出版商、律师、医生、客户经理——不，他们不是客户经理；他们没有那么引人注目，你都不会想多看他们一眼。"

"再看一次，看清他们的脸。"

"两个人都是中等长度的棕色头发，其中一个发色稍微深一点。面部光滑，没什么表情。一个是灰眼睛，而另一个发色浅些的是蓝眼睛。他们的眼睛很有意思。眼珠转得很快，总是很警觉地观察着周围的一切。肯定有什么不对劲的地方，他们本应该全身心地投入任务当中，或者游览一下加州，可是他们看上去更喜欢观察人群。幸好是我发现了他们，而不是你，你看上去不太像警察，又有点像。你脸上有疤痕。”

“去你的，不知多少女人为我痴迷。”

“他们的五官惊人地相似，就像是流水线上刻出来的，都不像意大利人。他们各自拖着个航空行李箱，一个是带有两条红色竖条纹的灰箱子，大约六七英寸高。另一个是蓝白相间的格子箱子。我以前都不知道有那种格子箱子。”

“的确有，不过我不记得叫什么了。”

“我怎么觉得你什么都知道呢？”

“差不多都了解些，现在快回家吧。”

“会请我吃晚餐吗？或者吻我一下也好。”

“晚些时候，要是你不小心，说不定会得到更多。”

“强奸我吗？我会随身带把枪的。你接下去会跟踪他们吗？”

“如果他们就是那些杀手，他们会跟踪我。我已经在艾奇家对面的街道租了间公寓，位于波恩特街区，那片街区两旁有大约六栋廉价的公寓，我打赌那儿妓女的出没率肯定很高。”

“这年头哪儿都有妓女。”

“拜拜，安妮，晚点再见。”

“我随叫随到。”

她先挂了，我才放下话筒。她真是让我困惑，她那么聪明，却又如此善解人意。我想所有善解人意的女人应该都很聪明吧。我打给艾奇，他出门了。我从办公室酒瓶里倒了杯酒，抽了半个小时烟，再给他打了次电话，这次打通了。

我告诉他目前的进展，告诉他我希望安妮找对了人，还跟他说了我租公寓的事。

“我能报销吗？”我问。

“五千美元应该够付很多费用。”

“那我也得有那么多呀，我可是听说你有二十五万美元。”我心怀侥幸地说。

“可能吧，兄弟；但是我怎么能拿到手呢？头儿们知道钱藏在哪儿，得过很久才能动那笔钱。”

我说好吧，那这段时间我也冷静冷静。当然，我没有奢望能拿到四千美元，就算现在我搞定了这活。像艾奇·罗森斯坦那样的男人，他们连自己母亲的金牙都会偷。不过和他混应该还是有点好处的——但只是一点点儿。

接下来的半小时，我尝试想出一个计划，但一直想不出什么万全之策。那时已经到了八点钟，我得吃些东西。我觉得那些人今晚应该不会行动，明天才会开车到艾奇家，观察四周环境。

我刚要离开办公室，待客室的门铃响了。我开了门，正前方站着一个矮小瘦弱的男人，他背着手，抖着脚。他对我微笑，不过好像不太擅长微笑。他向我走来。

“你是马洛吗？”

“不然还能是谁，有什么能帮到你的吗？”

这时，他离我很近。他快速伸出右手，手里拿着把枪，指在我的腹部上。

“要么不要再为艾奇·罗森斯坦卖命，”他的声音和他的脸一样，冷冷的，“要么我就往你肚子里射满子弹。”

4

他是个业余杀手，如果他站在四英尺之外，可能还能有点收获。我抬起手，把烟从嘴里拿出来，漫不经心地夹在指尖。

“你怎么就断定我认识叫艾奇·罗森斯坦的人呢？”

他放声大笑，又推了推抵在我肚子上的枪。

“难道你不想认识吗？”他可耻地冷笑了一下，显得胜券在握，却又底气不足，就像一个小孩握着一把大枪。

“告诉我才算公平。”

就在他准备在开口调侃我一番时，我丢掉烟，伸出手。我在不得已时，行动很敏捷。很多人比我更加眼疾手快，但是他们不会把枪指在你的肚子上。我手指扣在板机后，手盖在他手上。我用膝盖顶他的腹股沟，他痛得弯下腰，呜咽了一声。我把他的手臂往右边一扭，夺过枪。我用脚后跟勾住他的脚踝，他便摔在地板上。他躺在地上，眼中流露出惊讶和痛苦的表情。他的膝盖抵在肚子上，在地上打滚，呻吟着。我俯下身，握住他的左手，顺势把他拉起来。我比他高六英寸，重四十英镑左右。他们应该派个身材更魁梧、训练更有素的人来打探消息。

“去我办公室坐坐，”我说，“我们可以好好聊聊，你还能来杯酒振作精神。下次别再离目标那么近，不然他会抓住你拿枪的手。我还想看看你有什么别的能耐。”

他并没有多大能耐。我推他进门，把他按在一张凳子上。他的呼吸不是很急促，他抓了块手帕擦了擦脸。

“下次，”他恨恨地说，“下次有你好看的。”

“别那么乐观，你等不到那时候。”

我用纸杯给他倒了一杯苏格兰威士忌，放在他面前。我拆开他0.38口径的手枪，卸出里面的子弹，倒在抽屉里。再上好枪膛，放下枪。

“你走的时候可以带走——如果你要走的话。”

“这样真卑鄙。”他说道，依旧气喘吁吁。

“当然，杀人高尚多了。现在告诉我，你怎么知道这儿的？”

“去你的。”

“别跟我玩花样，我在警界有朋友，虽然不多，但也有几个。我可以告你持枪袭击，你知道后面会发生什么。你可能会被判刑，也可能获得保释。但是以后你就会在人群中销声匿迹，因为头儿们可不喜欢失败。现在，从实招来，谁派你来的，还有你是怎么知道这儿的。”

“艾奇被盯上了，”他不情愿地说，“他没有察觉，我很顺利地跟踪他到了这儿。为什么他要找个私家侦探呢？真让人搞不明白。”

“还有呢？”

“见鬼去吧。”

“好好想想，我都不需要报警，现在就可以在这把你干掉。”

我从凳子上站起来，他摊开一只手。

“要是我挨揍了，一群真正难搞的家伙就会过来。要是我没有回去汇报情况，结果也一样。你手里握着的不是什么好牌，只是看上去还行而已。”他说。

“看来，你没什么要说的了。如果那个叫艾奇的家伙来见过我，你不知道他的来意，也不知道我是否接受了他的提议。如果他是黑道中人，那可不是我会接受的客户。”

“他来找你是为了让你帮他逃脱追杀。”

“谁追杀他呢？”

“废话。”

“接着说吧，你嘴巴挺紧的，要是哪天我包庇歹徒，就跟那些人说吧，不过那天永远不会到来。”

干我这行，有时得撒点小谎，我就是这么干的。“艾奇做了什么招人厌的事呢？还是这也是废话？”

“你自以为很厉害，”他嘲笑地说，揉了揉刚刚我用膝盖顶他的地方，“但在我的组织里，你什么东西都算不上。”

我在他面前放声大笑，接着抓住他的右手手腕，往后一扭，他疼得直叫。左手探进他胸前的口袋，摸出个钱包，才放开他。他伸手去够桌上的枪，我往他前臂上狠狠一砍，他瘫坐在客人坐的椅子上，嘴里咕哝着。

“你可以拿走你的枪，”我对他说，“不过得我开口才行，现在乖乖坐着，不然就揍你一顿，给自己找点乐子。”

我在包里找到一张驾照，是查尔斯·席肯的。不过这对我根本就没什么意义，像他那样的小混混总用些常见的假名。他们可能叫他蒂尼、司尼姆、马伯尔，甚至有可能直接叫“你”。我把包丢回给他，他还没来得及接住，就掉在了地上。

“嘿，”我说，“要是他们派你来不只是干这些鸡毛蒜皮的小事，那肯定有别的预谋。”

“去死吧。”

“好吧，傻逼。拿着你的枪，滚回你的老窝去。”

他拿过枪，照旧把它挂在腰间，站起身，摆出一副忍了我很久的表情，慢悠悠地走到门口，就像个披着新偷来的貂皮大衣的婊子，冷酷无情。到了门边，又转过身，睥睨我一眼，说：“小子，小心点。木强则折。”

他不假思索地放完狠话后，慢慢走了出去。

过了一会儿，我锁上另一扇门，关了报警器，熄了灯，离开办公室，没有看到疑是杀手的人。我开车回家，打包了行李，又来到一个常去的加油站，把车寄存在那里，租了一辆赫兹雪佛兰。我开车到波恩特街，把行李箱丢在今天下午早些时候租好的破公寓，然后就去维多利亚饭店吃晚饭。那时已经是九点钟了，开车去海港城接安妮吃晚餐有点太晚了。几个小时前，她已经自己做好了饭。

我点了两份吉布森配新鲜酸橙，一饮而尽，像个正在长身体的学生一般饥肠辘辘。

5

回波恩特街的路上，我一路上迂回宛转，绕着街区走走停停，座位旁还放着把枪。到目前为止，应该还没有人跟踪我。

我在日落大道的一个加油站停下来，在公共电话厅打了两个电话。我打给伯尼·奥尔斯时，他刚好要回家。

“我是马洛，伯尼。我俩好多年没有过招啦，现在我都感觉寂寞了。”

“嗯，我已经结婚了，现在还是警察厅的侦查长。不过，还是代理的，只有通过考试，才能成为正式的长官。我现在很少和私家侦探打交道。”

“跟我谈谈吧，我需要帮助。我现在接到个棘手的活，一不小心就可能小命不保。”

“你是想我按正常程序来插手吗？”

“得了吧，伯尼，我一直都不是坏人。我正在帮助一个曾经的黑帮分子逃脱几个杀手的掌心。”

“他们越是互相残杀，我越是开心。”

“好，如果我给你打电话，就赶快派些能干的警察过来，到时，你有的是时间教训那些黑社会的人。”

我们互相调侃了几句，挂了电话。我又拨通了艾奇·罗森斯坦的电话，他声音听起来非常不愉悦，“有什么就说。”

“我是马洛，准备一下，午夜动身。我们已经查到了你那些朋友的位置，他们在西贝弗利酒店藏身，今晚还不会去你那儿。记住，他们不知道你已经掌握情况。”

“听起来很冒险。”

“我的天呀，这可不是学校组织的周末野炊。艾奇，你太大意了，你来我办公室的时候被人跟踪了，这又缩短了我们可用的时间。”

他沉默了一会儿，我听见他的喘息声。“跟踪我的是谁？”他问道。

“一个小喽啰，他把枪抵到我肚子上，搞得我还得花点力气解决他。按常理来说，我觉得他们派个手下过来是不想我知道太多，或者以防我已经知道太多。”

“你已经碰上麻烦了，朋友。”

“一直都是呀，不是吗？我午夜会去接你，做好准备。你的车停在哪儿？”

“前门外。”

“把它停到街边，锁好。你卧室的后门在哪儿？”

“院子后，不然还能在哪儿？在后巷。”

“把你的行李放在那儿，我们一起出去，坐上你的车，然后开到后巷去拿手提箱或箱子。”

“要是被别人偷了呢？”

“嗯，那要是你死了呢？你想要哪个结果呢？”

“好吧，”他咕哝着，“我等你，不过我们真的得冒很大的风险。”

“赛车手也是，可是他们停下了吗？想要活命，只有快速往前冲，别无他法。十点前不要熄灯，记得把被子弄凌乱。你要是能故意落下些行李，那最好不过，那样看上去就不太像事先计划好的。”

他又咕哝了一声，答应了我，我挂了电话。电话亭外，灯火通明，加油站一般都是这样。我在加油站里翻着免费地图时，仔细地观察了四周好一会儿。我没看到什么危险人物，便随便拿了一张圣迭戈的地图，回到我租的车上。

到了波恩特街，我把车停在街角，上了二楼的破公寓。我坐在黑暗里，看着窗外。看上去没什么异常，几个姿色平平的妓女从艾奇公寓走出来，上了一辆新款小车。一个和艾奇的身高体形差不多的男人进了公寓。形形色色的人来来往往，这条街道相当宁静。自从好莱坞高速公路建好后，没什么人会走这些羊肠小道，除非他们住在这儿附近。

这是一个美好的秋日夜晚，或者说和洛杉矶被宠坏的天气一样好，清爽却不寒冷。我不知道这过于拥挤的城市的天气发生了什么，但是的确和我刚来的那些年不一样了。

到深夜时分似乎还有很长一段时间。我没发现什么鬼鬼祟祟的人，附近六座公寓也没有出现什么西装革履的男士。如果安妮找对了人，如果杀手真的来了，如果那个小喽啰带回去的消息不论对我有利与否，我很确信他们要是来了，肯定会先来我租的这个公寓试探一下。就算安妮有一百种可能是错的，但我的直觉告诉我，她是对的。如果杀手们不知道艾奇已经被人提醒过，他们没有理由要小心翼翼。不过除了一种，他来我办公室时被人跟踪了。但是组织势力庞大，平时又傲慢惯了，要是知道他得到提醒或是找我帮忙，可能只会一笑而过。我这么个小人物，他们几乎不可能知道我。

到了午夜时分，我离开了公寓，绕了两个街区，以防有人跟踪我。过了马路，上了艾奇的车。大门没有锁，也没有电梯。我爬楼梯上了楼，找到他的公寓。我轻轻地敲门，他打开门，手里握着把枪。他看上去可能有些害怕。

门边有两个行李箱，还有一个放在远处的墙边。我走过去拎箱子。箱子很沉，我打开它，它没有上锁。

“不用担心，”他说，“里面装了一个人外出三四天需要的所有东西，就是些正式场合用的衣服而已。”

我拿起其中另一个箱子，“我们把这个藏在后门。”

“我们也可以从后巷离开。”

“我们从前门走，万一我们已经被人跟踪——尽管我不这么认为——我们不过就是两个一起出门的人。只有一件事要注意，把两只手都放在大衣口袋，枪放在右边。如果有人从背后喊你，迅速转身，杀了他。因为除了杀手没人会喊你，如果喊的是我，我也会这样做。”

“我很怕。”他声音沙哑地说。

“我也怕，如果这能让你好受些。但是我们必须这么做，如果你做了准备，他们手里会握着枪。没必要问他们问题，他们根本就不会回答。如果是来找我麻烦的小喽啰，我们会抓住他，把他关在屋里。明白了吗？”

他点点头，舔舔嘴。我们把箱子拿下楼，放在后门外。我看了看后巷，没有人，巷子离旁边街道很近。我们走回去，穿过大堂来到前门。我们不慌不忙地走出公寓，来到波恩特大街上，就像一个妻子要去挑选领带作为丈夫的生日。

没有人行动，街上空无人烟，我们走到角落，上了艾奇租的车。他打开门，我跟他又走回后门去拿箱子。没有任何异常，我们把箱子放在车里，发动了车，开往下个街道。

途中我们路过一个坏了的红绿灯，在林荫大道上停了一两次，才上了高速公路。即使那时已是深夜，路上还是有很多车。加利福尼亚人满为患，各地的人们都争分夺秒赶往那里。如果你的时速没有达到每小时八十公里，那么每个人都会超过你。否则，你得沿路透过后视镜留意高速路的巡逻警车，那简直就像亡命夺宝。

艾奇开到了七十码，我们到了个岔路口，他选择66路那个方向。到目前为止，一切正常，我和他一起到了波莫纳。

“我只能陪你到这儿，”我说，“要是有公交车的话，我就坐公交车回去，或者在汽车旅馆凑合一晚。你先开到加油站，我们去那儿打听一下哪儿有公交车站。应该离高速公路很近，公交车会带我们到商业区。”

他按我说的做了，半路上停在一片街区。他掏出钱包，拿出四张一千美元的钞票给我。

“我从未想过能赚到这么多，这钱也太好赚啦！”

他胖胖的脸上露出啼笑皆非的表情。“别傻啦，是我愿意给你这么多而已。你根本不知道自己踏入了什么境地，而且，你的麻烦才刚刚开始。组织到处都有耳目，如果我够小心的话，或许还能留条小命。又或者，我没有自己认为的那么安全。不管怎样，我要你做的你都做了，拿着吧，我还有很多。”

我接过钱，放好。他开到了一家二十四小时营业的加油站，我们知道了在哪儿能找到公交站。“凌晨两点二十五分，有趟长途灰狗巴士，”服务员查了时刻表，说道，“要是还有空位的话，它会载你们。”

艾奇开到了车站，我们握手告别，他又加速朝高速公路的方向驶去。我看了看手表，发现还有一家酒水专卖店还没打烊，就去买了一品苏格兰威士忌。后来我又找到家酒吧，要了两瓶加水的苏格兰威士忌。

艾奇刚刚说过，我的麻烦才刚刚开始，他说得真对。

我在好莱坞公交站下了车，拦了辆的士，回到办公室。我叫司机等我几分钟，那么晚司机都很乐意等顾客。守夜的黑人让我进了大楼。

“这么晚你还工作呀，马洛先生。但是你经常这样，是吧？”

“我的工作就是这样，”我说，“谢谢，贾斯珀。”

我进了办公室，弯腰翻找地上的邮件，只找到一个狭长的盒子，上面印着特别快递，还有格伦代尔的邮戳。

盒子里只有一支刚削好的铅笔，那是黑帮的死亡通牒。

6

我没太把这当回事。他们要是真想杀你，就不会把这寄给你。我只把这当作要我放手的严重警告，他们可能还会派人来揍我一顿。在他们看来，这样会是很好的教训。“我们用铅笔画掉一个人，任何试图帮他的人都会完蛋，这可能就是他们想传达的讯息。”

我想要不要回卡山大道的家，那太孤独。我想要不要去海港城安妮家，那会更糟。如果他们知道她的存在，真正的流氓肯定会轮奸她，然后揍她一顿。

最后，我去了波恩特街的小公寓，很明显现在那儿才是最安全的地方。我下了楼，上了等我的出租车，叫司机开到那三个街区开外的所谓公寓。我上了楼，脱光衣服裸睡。床上有根坏了的弹簧，这让我的背很不舒服，除此之外，没有什么让我烦心的。我一直躺到三点半，大脑混乱，一直试图厘清现在的境地。我睡觉时，在枕头下藏了把枪，这种像打印纸一样又薄又软的枕头，可不是个藏枪的好地方。这让我很苦恼，因此我把它握在右手里。长期的经验告诉我，就算是在睡觉的时候，也要握着枪。

天大亮，我才醒来。我像块腐烂的肉，挣扎走到浴室，用冷水冲澡，拿毛巾擦干身体。要是你把毛巾放在旁边，可能根本就看不到。这真是个令人惊叹的公寓，只需要一套英国 18 世纪的切宾代尔式家具，就能“升级”成贫民窟。

屋里没什么可以吃的。如果我出去找吃的，回来可能会缺胳膊少腿。我还有一瓶威士忌，我看着它，闻了闻，但是不能拿酒当早餐呀，何况现在是空腹，即使我真的饿得要命，胃都快飘到了天花板上。我仔细翻橱柜，期待之前的房客走得太匆忙而落了些面包片。什么也没有。不过我也不怎么想吃面包，即使有威士忌配。我便坐在窗台上，一个小时过去，我饿得要吃人了。

我穿好衣服，下楼拐过街角，上了租的车，开往一家餐馆。这儿的服务员真气人，她用抹布擦我面前的吧台，把上一个顾客留下的面包屑弄到了我的膝盖上。

“当心点，甜心，”我说，“不要这么大方，留着面包屑以备急用。我只要两个煎三分钟的鸡蛋——就两个——还要一片你这招牌的硬吐司，一大杯西红柿汁，配少量李派林辣椒酱，上面再画个大笑脸。咖啡不要卖给别人了，我可能会全要。”

“我感冒了，”她说，“不要对我呼来唤去的，小心我撕烂你的嘴。”

“我们真是同病相连，我昨晚也睡得不好。”

她对我微微一笑，穿过旁边的旋转门进去了。这让她的曲线一览无遗，她身材丰满，甚至有些过了头。但是我拿到了鸡蛋，就是我要的那种。吐司上面也涂了黄油，但黄油不太新鲜。

“没有李派林辣椒酱，”她一边说，一边放下西红柿汁，“塔巴斯科辣椒酱可以吗？我们的砷盐也刚好卖完了。”

我涂了两滴塔巴斯科辣椒酱，吞下鸡蛋，喝了两杯咖啡，打算留下吐司当作消费，但是我心一软，给了她二十五分。这让她很开心，这样的小餐馆，客人们一般只会给十分钱小费，或者一分都不给，而且大多数时候是后者。

回到波恩特街，没有异常。我又一次走到窗边坐下。大概八点半，我见过的那个和艾奇身高体形相像的男人，走进了对面街道的公寓，出来时提着个小手提包，往东边去了。有两个男人从一辆蓝色轿车走出来，他们俩身高差不多，穿着朴素，还都带了呢帽，帽子压得低低的，盖住了前额。他们分别抽出一支左轮手枪。

“嘿，艾奇！”他们其中一个喊道。

那个男人转过身，“永别了，艾奇。”另一个男人说。枪声在屋里回响，那个男人倒下躺在地上，一动不动。那两个杀手冲到车上，飞速离开，开车向西驶去。还没出街区的半路上，我看见一辆凯迪拉克开了出去，在前面为他们开路。

一眨眼的工夫，他们便消失得无影无踪。

下手真是快狠准，不过唯一的问题是，他们没有充足的时间做准备。

他们杀错了人。

7

我飞快地跑出公寓，几乎和那两个杀手一样快。一小群人围着那个死了的男人，不用看也知道，他已经死了——那两个可是职业杀手。那个男人躺在对面街道的人行道上，我看不清他；何况人们挡住了视线。但是我知道他是什么样子，而且听到了不远处的警笛声。这样的声音在日落大道上应该经常响起吧，其实不然。有人报了警，这会儿还没到警察吃中饭的点。

我拿着行李箱，在街角徘徊。上了租的车，离开了那儿。我对那儿再也不感兴趣了，我能想象到警察会问我什么问题。

“你为什么要去那儿，马洛？那儿是你的老窝，对吗？”

“我受雇于一个曾是黑帮分子的人，他陷入了麻烦。”

“不要告诉我们，他们试图改邪归正。”

“这我不清楚，但是我需要他的钱。”

“赚那钱不费吹灰之力，对吧？”

“我昨晚送走了他，现在也不知道他藏在何处。我也不想知道。”

“你帮他逃走的？”

“我刚刚就是这么说的呀。”

“瞎编——他现在正躺在停尸房，身上有多处弹伤。说好听点，有人躺在停尸房。”

就这样没完没了问个不停。警察的套话，就像从老旧的鞋盒拿出来的一样。他们说的话没有任何意义，问的问题也没有任何意义。他们只是不停地烦你，直到你精疲力尽，一不小心说漏些细节。然后，他们笑逐颜开，摩挲手掌，说道：“有些大意了，是不是？我们重新再来一遍。”

这种事我知道得越少越好。我把车停在平时的车位，走进办公室。除了浑浊的空气，里面什么都没有。每次我走进这个垃圾场，都觉得越来越疲惫。我他妈的十年前为什么不好好在政府部门找份差事？或者说是十五年前。凭我的头脑，足够拿到一个函授的法学学位。这个国家到处都是写个诉状还得翻书的律师。

于是我坐在办公椅上，埋怨自己。过一会儿，我突然想起铅笔。我准备了一支 0.45 口径的手枪，比我曾用过的枪重很多。我打通了警察厅的电话，找伯尼·奥尔斯。他接了电话，听起来没好气。

“我是马洛，我遇到麻烦了——大麻烦。”

“告诉我干吗？”他低声咆哮，“你现在应该适应才对呀。”

“这是一种没办法适应的麻烦，我想去找你，和你当面谈谈。”

“你的办公室没换吧？”

“没换。”

“我刚好要路过那儿，到时我进去看看你。”

他挂了电话，我打开两扇窗。微风吹来隔壁乔氏饭店的咖啡和腐肉的味道，我厌恶这味道，厌恶我自己，厌恶一切。

奥尔斯直接穿过我高雅的候客室，敲响我办公室的门，我让他进来。他皱着眉头，直接在客户椅子上坐下。

“好了，说吧。”

“听过叫艾奇·罗森斯坦的人吗？”

“为什么要听过？他有前科吗？”

“他曾是黑帮分子，后来遭到组织的厌恶。他们在他名字上用铅笔画了线，派来两个难搞的杀手，他们坐飞机来了这儿。艾奇听到风声后，雇我帮他逃跑。”

“做得干净利落。”

“好了，伯尼。”我点燃一根香烟，往他脸上吹了口烟。他开始咀嚼一根香烟作为报复，他从不点燃香烟，却总是愿意嚼碎它们。

“听着，”我继续说，“我不管艾奇是否会改邪归正，只要他没有杀过人，那他就有权活下去。他跟我说他没杀过人。”

“你信了那个混混，是吗？你什么时候开始在主日学校（基督教堂或犹太教堂在星期日为儿童提供宗教教育）教人从善了？”

“我没有信他，也没有不信他。我只是接受了他的委托，没有理由拒绝。我找了个我认识的女孩和我一起，我们昨天看到了飞机降落，她找到了那两个杀手，还一路跟踪他们到了家酒店。她确定她找对了人。他们全身上下都像是我们要找的人。他们各自下飞机，然后假装认识对方，只是在飞机上没有注意到彼此。那个女孩——”

“可以告诉我她的名字吗？”

“只能让你知道。”

“我会守口如瓶的，只要她没有触犯法律。”

“她叫安妮·赖尔登，住在海港城。她父亲曾是这儿的警察局长。别因此就叫他浑蛋，他不是。”

“嗯嗯，让我们接着说吧，讲重点。”

“我在艾奇对面租了个公寓，杀手们还在酒店。午夜时分，我接艾奇离开，开车一直带他到了波莫纳。他开租来的车继续上路，而我乘灰狗巴士回来。我搬到波恩特街上的公寓，就在他住的对面。”

“为什么——如果他已经走了？”

我拉开桌子中间的抽屉，拿出那支新削好的铅笔，在纸上写下我的名字，然后又用笔画掉。

“因为有人给我寄来这个，我想他们不会真要杀我，但是我觉得他们打算狠狠揍我一顿，警告我不要再玩什么花样。”

“他们知道你参与此事了吗？”

“艾奇来这儿时被一个小喽啰跟踪了，后来，他找上门来，还用枪指着我的肚子。我稍微收拾了他一顿，但是还是不得不把他给放了。我觉得在那之后波恩特街更安全些，我一个人住。”

“我听说了，”伯尼·奥尔斯说，“还听了报告。这么说，他们杀错了人。”

“死者和艾奇身高一样，体形一样，容貌也大致相同。我亲眼看到他们开枪杀了他。我没看清那两个杀手是不是就是住在西比弗利酒店的那两个。我从没见过酒店的那两个。那两个杀手都穿着黑色套装，帽子压得很低。他们冲到一辆蓝色的庞蒂亚克轿车里，车龄大概两年，开车逃走，前面有辆凯迪拉克为他们开路。”

伯尼站起来，注视了我好一会儿。“我觉得他们现在不会来骚扰你，”他说，“他们杀错了人，黑帮应该会平息一阵子。你知道吗？这个小镇越来越像纽约、布鲁克林、芝加哥一样令人讨厌。我们可以结束真正的腐败。”

“我们起了个‘很好’的头。”

“你还没告诉我任何值得我采取行动的信息，菲尔。我会和城里负责凶杀案件的人好好谈谈，我想您应该不会有什么麻烦。但是你目击了现场，他们会要求你指证。”

“我不能指证任何人，伯尼。我不知道是谁开了枪。你怎么知道他们杀错了人？”

“你告诉我的呀，傻瓜。”

“我想城里的警察可能已经验证了死者的身份。”

“就算他们验证过，也不会告诉我。而且，他们忙得几乎没时间出去吃早餐。那个死人对他们而言不过就是停尸房里一具普通的死尸，除非身份认证出了什么问题。但是他们会想和你谈谈的，菲尔。他们喜欢找人录音。”

他走出去，门哐的一声被带上。我坐在那儿想，跟他谈这事是不是太傻了，或者说到底，接艾奇这活儿就是个错误。五千美元的钞票上的绿人说我不傻。但有时候他们也可能是错的。

有人在猛敲我的门，是送电报的快递员。我签收了电报，拆开来。

上面写着，“我正在去弗拉格斯塔夫的路上，在米拉多汽车旅馆落脚。我想我被人发现了。速来救我。”

我撕碎电报，丢在大烟灰缸里，烧了它们。

8

我打给安妮·赖尔登。

“发生了有趣的事，”我对她说，还告诉她是什么有趣的事。

“我不喜欢那支铅笔，”她说，“也不喜欢那个被误杀的男人，他可能是在小店打工的可怜会计，否则也不会住那附近。你不该碰这事的，菲尔。”

“艾奇有活着的权利，他在藏身的那个地方，应该能过得很体面。他可以改名换姓。他一定很有钱，否则不会给我那么多酬劳。”

“我说过我不喜欢那支铅笔，你最好搬来我这儿躲一阵子。如果你有什么邮件要收的话，你可以改一下邮件地址。不过，你现在不需要立马工作，洛杉矶有的是私家侦探。”

“你不明白，我这份差事还没结束。城里的警察得知道我在哪儿，而如果他们知道了，那所有打击犯罪的记者也会知道。警察甚至会将我列为嫌疑犯，目击枪杀的人不会出来做证，美国人不会为枪杀案做证，他们都懂得明哲保身。”

“好吧，聪明人，但是我还是坚持我的提议。”

外面的门铃响起，我跟安妮说我得挂电话了。我打开门，一个穿着体面——或者说穿着讲究——的中年男人站在离门六英尺处的地方，脸上挂着伪善的笑容。他戴着一顶白色的斯泰森毡帽，系着一条细细的领带，上面还点缀着一粒搭扣。身上淡黄色的法兰绒套装，裁剪得相当完美。

他用金色的打火机点燃一支香烟，吐出第一圈烟雾，看着我。

“马洛先生？”

我点点头。

“我是福斯特·格兰姆斯，从拉斯维加斯来的。我在南方第五区经营埃斯佩兰萨农场。我听说你与一位叫作艾奇·罗森斯坦的男人有点儿瓜葛。”

“你不进来吗？”

他从容不迫地从我身边经过，走进办公室。我看不出他的情绪，他也许是一个喜欢或者觉得应该扮成西部佬的有钱人吧。冬天在棕榈泉，你可以看见一大把这样的有钱人。听他的口音，像是东部人，但不是新英格兰的。很可能是纽约或者巴尔的摩，或者是长岛，或者伯克郡——不，那儿离城市太远了。

我手腕一挥，指了指客人坐的椅子，自己则坐在老式转椅上，等着他开口。

“要是你知道的话，能不能告诉我艾奇现在在哪儿？”

“我不知道，格兰姆斯先生。”

“你怎么跟他扯上关系的？”

“因为钱。”

“真是个不错的理由，”他微微一笑，“你们合作到了什么地步？”

“我帮助他离开了这个镇子。尽管我不知道你他妈的是谁，我还把这个告诉你，因为我已经告诉了我一个老朋友兼宿敌，他是警察厅的头儿。”

“老朋友兼宿敌是什么意思？”

“警察不会愿意和我打交道，但是我和他相识多年，虽然我是私家侦探，他是警察，我们关系很好。”

“我告诉你我是谁，我们在拉斯维加斯有个很特别的组织，那儿几乎都是我们的势力范围，除了一位讨人厌的报纸编辑总是找我们和我们朋友的麻烦。我们让他活着，因为让他活着比干掉他让我们显得更体面。这年头儿，杀人灭口不再是上上策。”

“比如说，艾奇·罗森斯坦。”

“那不是谋杀，而是执行死刑。他犯了行规。”

“所以你派来的杀手就杀错了人，他们本来可以多花些时间确认的。”

“要不是你出来搅局，他们本来可以的。他们太着急了，我们不欣赏那样的做法，我们需要的是冷静和高效。”

“你一直说‘我们’，‘我们’指的是谁？”

“不要把我当小孩耍，马洛。”

“好吧，那我懂了。”

“现在我告诉你我们想要的。”他把手伸进口袋，掏出一张皱巴巴的钞票，放在桌上靠近他的那一边。“找到艾奇，告诉他回到组织，那样的话，大家都可以相安无事。让一个无辜的人死于非命，我们不想陷入麻烦，也不想再曝光在公众面前。就这么简单，现在你明白了吗？”他朝那钞票点点头，那是张千元大钞。可能这是他们那些人最小面额的零钱。“你找到他，把我说的转告给他，到时还会再给你一张，要是他还没死的话。”

“要是我说拿着你他妈的钞票滚蛋呢？”

“这可不是明智的举动。”他迅速掏出一支科尔特·伍兹曼手枪，上面装了根短消音器。这把枪不用上膛就能要了你的命。他动作既敏捷又娴熟。他脸上伪善的表情没有变。

“我从没有离开拉斯维加斯，”他平静地说，“我有办法证明，你死在办公椅上，没有人知道发生了什么。不过又是一个被人寻仇的私家侦探而已。把你的手放在桌子上，好好想想。顺便说一句，就算有这该死的消音器，我还是能百发百中。”

“低调点，格兰姆斯先生。我不会把手放在桌子上的，但是跟我解释下这个。”

我把那支新削好的铅笔丢到他面前，他把枪换到左手后，迅速地接住了铅笔——相当迅速。他举起铅笔，那样他就能既不从我身上移开视线，又能看着铅笔。

我说："这是通过特别快递寄来的。没有留言，也没有寄信人的地址，只有这支铅笔。你认为我从来没听说过这样的铅笔吧，格兰姆斯先生？"

他皱起眉头，将铅笔往地上一丢。他还没来得及把长枪换回右手，我已经垂下手，抓住我桌子里的那把0.45口径的手枪，手指稳稳地扣在扳机上。

"往桌下看，格兰姆斯先生。你会看到一只皮套已开口的0.45口径的手枪，它固定在那儿，正好对着你的肚子。即使你可以射中我的心脏，一旦我手一抖，它就会走火。"

你的肚子会被打碎，然后你会飞出那把椅子。0.45口径手枪的子弹会把你打退六英尺远。即使只是看电影，大家最后都能明白这一点。

"看起来陷入了僵局，"他冷静地说道。他把枪放回皮套，龇牙咧嘴地笑着。"干得漂亮，马洛，你是个可用之才。对你来说时间还很多，可对我们来说已经迫在眉睫。找到艾奇，别让我们失望。他是个讲理的人，他不会真想余生都在逃亡中度过。反正我们早晚都会找到他。"

"格兰姆斯先生，告诉我，为什么要为难我呢？除了艾奇，我还做过什么让你讨厌的事吗？"

他一动不动，沉思了一会儿，或许是装出来的。"拉森的那个案子，你帮忙把我们一个伙计送进了毒气室，这件事我们永远也不会忘。我们会把你当成艾奇的替罪羊，你永远都会是他的替罪羊，除非你按我们说的做。你会在最触不及防时，死于非命。"

"干我这行的总是别人的替罪羊，格兰姆斯先生。收起你的钱，静静地走吧。我可能会按你说的做，但我还得好好考虑。至于拉森的案子，是警察部署的一切，我不过是恰巧知道他在哪儿。我看你也没那么想他吧。"

"我们不喜欢别人插手。"他站起来，随意地把钱塞回口袋，与此同时，我松开 0.45 口径手枪，掏出 0.38 口径的斯密斯维森枪。

他轻蔑地看了一眼，“我会回拉斯维加斯的，马洛。事实上，我从未离开过拉斯维加斯。你可以在埃斯佩兰萨农场找到我。的确，我们并不在意拉森的死活，他不过是个杀手而已。我们手下多的是这种人。但是我们他妈的很介意，浑蛋私家侦探告发他这件事。”

他点了点头，走出办公室。

我理了理头绪。我知道艾奇是不会愿意回到组织的，如果他有回去的机会，也不怎么会相信他们。但是现在有了别的理由。我又给安妮·赖尔登打电话。

“我打算去找艾奇，我必须这么做。三天内，如果我没有给你打电话，就联系伯尼·奥尔斯。我要去亚利桑那州的弗拉格斯塔夫。艾奇说他会去那儿。”

“你真傻，”她哭起来，“那明明就是个圈套。”

“拉斯维加斯的一位叫格兰姆斯的先生刚刚来找过我，他带了把装有消音器的手枪。我险胜过他，但不可能永远那么幸运。如果我找到艾奇，然后报告给格兰姆斯，那帮流氓就不会再找我麻烦了。”

“你这是要置他人于死地吗？”她厉声问道，语气中带着难以置信的感情。

“不，我报告的时候，他就不会在那儿了。那时，他会及时坐飞机去蒙特利尔，搞一套假证件——蒙特利尔和我们这儿一样糟糕——然后坐飞机去欧洲。到了那儿，他就很安全啦。但是组织势力很广，艾奇要是想活命还是得低调地生活，他别无选择。对他而言，要么躲一辈子，要么就是去死。”

“你真聪明，亲爱的。那你自己的铅笔呢？”

“如果他们真想杀我，就不会寄铅笔给我，不过是吓唬我的小计谋罢了。”

“这都不怕，你真是个帅气的男人。”

“我当然怕，但是这还吓不到我。先这样了，我回来前可别爱上别人哟。”

“去你的，马洛！”

她挂了电话，我也挂了电话。

说些无关紧要的话，也是我的特长之一。

我赶在警察查到我头上之前就溜出了小镇，他们得费点功夫才能找到线索。而伯尼·奥尔斯不会给城里的警察提供些过时的情报，地方警察局的人和城里警察局就像一根篱笆上的两只公猫，很难通力协作。

9

晚上，我到了菲尼克斯，我把车停在郊外的一家汽车旅馆。菲尼克斯真他妈的热。这家汽车旅馆有个餐厅，我就在那儿吃了晚餐。我跟收银员换了些二十五分和十分的散钱，之后我把自己关在一间电话亭里，开始打到弗拉格斯塔夫的米拉多汽车旅馆。我是多蠢啊！艾奇可能用任何一个名字登记，有可能叫科恩或者科迪里昂，也可能叫沃特森或者沃切夫斯基。但不管怎样，我还是打了过去，除了电话那头是职业式的微笑，其他一无所获。所以我预订了第二晚的房间。除非有人退房，否则没有空房。不过他们还是把我放在了候选的名单里，以防有人取消或退房之类的。弗拉格斯塔夫离大峡谷太近了，艾奇肯定已经提前安排好了。这一点也值得好好琢磨。

我买了本简装书来读，我把闹钟调到了早上六点半。那本书可把我吓坏了，我在枕头下放了两把枪。故事讲的是密尔沃基市的一名男子，由于反抗流氓头目，每隔十五分钟就被暴打一顿。我估计他的头和脸只剩一根骨头，上面还挂着条肉。但是下一章里，他又快乐得像只草原里的百灵鸟。我本来可以把《克拉马佐夫兄弟们》倒背如流，为什么还要读这种胡言乱语的书。想不出好的理由，我便熄灯睡觉。六点半，我刮了胡子，冲了凉，吃过早餐后，就飞往弗拉格斯塔夫。到那儿大约是午餐时间，艾奇正在一家餐馆吃着山鲑鱼，我在他对面坐下。他看着我，很吃惊。

我也点了份山鲑鱼，从里吃到外，这东西就得这么吃。去骨有点浪费。

“出什么事了？”他嘴里塞满了东西，问道。真是个称职的吃货。

“你看了报纸没？”

“只看了运动版面。”

“我们去你房间再说吧，三言两语可说不清。”

我们埋了单，到了一间装修不错的双人间。汽车旅馆越来越好了，这让很多酒店反倒看起来很廉价。我们坐下来，点了烟。

“有两个流氓大清早就起了床，他们去了波恩特街，把车停在了你公寓外。他们没有仔细搞清状况，就射杀了一个看起来有点像你的家伙。”

“这可真有趣，”他咧嘴笑着，“不过警察会发现，组织也会发现，因此我的危机还是没有解除呀。”

“你肯定觉得我很蠢，”我说，“我的确很蠢。”

“我觉得你办事水平一流，马洛。为什么说自己蠢呢？”

“我做过什么呢？”

“你完美地帮我逃出了洛杉矶。”

“那些事，从头到尾，你自己不都搞得定吗？”

“要不是运气好——那可难说。不过有个帮手好很多。”

“你该说傻瓜才对吧。”

他的脸一绷，用嘶哑的声音低声咆哮着。“我不知道你在说什么，把五千美元还我一部分，行吗？我没自己想的那么富有。”

“要是蜂鸟能被抓进盐罐里，我会把钱还给你。”

“别这样，”他几乎是在叹气，掏出把枪握在手里。我不需要掏枪，因为放在侧口袋的手一直都握着一把。

“我不该犯傻的，”我说，“把枪收起来，它比拉斯维加斯的老虎机好不到哪儿去。”

“这你可说错了，老虎机经常吐大奖，不然——哪会有人去玩呢？”

“你的意思是偶尔吧，听着，好好听着。”

他咧咧嘴，他的牙医一定受够他了。

“这个圈套耍得我团团转，”我继续说，就像凡·戴恩故事里的米洛文斯一样温雅自信，头脑清醒。“首先，这能成功吗？其次，就算能成功，那到时我会在哪儿呢？但我慢慢地看出了蛛丝马迹，你究竟为什么要来找我呢？组织不会那么掉以轻心，他们为什么会派小喽啰过来呢？不管他叫查尔斯·席肯还是每星期四都换一个名字。为什么像你这样的老手会被别人跟踪，以至于将自己陷入险境？”

“你真让我感动，马洛。你那么耀眼，就算在黑夜里我也能找到你。可你又那么傻，连红白蓝三色的长颈鹿都没看见。我敢打赌你回去后一定在商场里把玩着那五千块的钞票，就像猫儿把玩着猫草一样。我敢打赌，你甚至亲过那几张钞票。”

“拿到钱之后就没兴趣了。还有为什么会有人寄铅笔给我呢？致命的威胁，这更印证了后面的一切都是圈套。但是就像我跟你那位拉斯维加斯的同伙说的一样，黑帮要是真想杀我，是不会寄给铅笔给我的。而且，他还带了把装有消音器的 0.22 口径伍兹曼枪。我只好请他收好枪，他还算听话。接下来，他开始用钱收买我，要我找到你的藏身之处并报告给他。就一群见不得光的老鼠而言，他衣着得体，长相不错，像个经理。女性基督教戒酒会和一些谄媚奉承的政客把他们的钱交给这些老鼠，让他们帮忙赚大钱。这些投资者自己也学会了怎么利用这些钱，怎么钱滚钱。现在他们运作得很好，无人阻止他们的步伐。但是他们依旧是见不得光的老鼠。他们拘泥于自己熟悉的领域，因为那样他们就不会犯错。可这违反人性，人都有权利犯些错。但是老鼠则不然。他们必须时刻做到万无一失，否则就会和你没完没了。”

“我不知道你他妈的到底在说什么，只知道你太啰唆了。”

“那好，我说明白点。贫民区的某个可怜的笨蛋和黑帮的低层扯上了关系。你知道底层是什么吧，艾奇？”

“我在军队待过。”他轻蔑地说。

“他在黑帮里长大，但并没有彻底学坏。他还有点良心，所以试图逃离那个牢笼。他从那儿出来，给自己找了份薪水低微的工作，改名甚至换姓，定居在一家廉价的公寓。可是，现如今，黑帮在很多地方都有耳目。有人注意到他，认出了他。可能是个推销员，赌场经理，酒吧女郎，甚至是警察中的败类。所以黑帮或者叫组织，一边抽着雪茄，一边说道：‘艾奇不能这样忘恩负义，这只是个小问题，因为他本来就是个不起眼的人。但是这让我们很恼火，因为这会坏了规矩。派几个伙计，将他干掉。’但是他们派的是什么人呢？是两个他们早就厌烦的人，他们在身边太久了。可能会犯点错误，或者反应迟钝。或者他们就是喜欢杀人，这样也很糟糕，因为这会导致鲁莽行事。最好的人选是两者都不在乎。所以尽管他们对一切一无所知，他们派的人已经上路。但是他们还是很乐意设计一个早就不喜欢的家伙，因为他曾经指控了一个叫拉森的黑帮分子。这本来是小事一桩，但是组织却刻意放大了。看吧，伙计，我们有的是时间和私家侦探过招。上帝呀，我们什么都敢干，甚至敢吃自己的拇指。所以他们派了个冒牌货。”

“托里兄弟可不是冒牌货，他们真是杀手。他们已经证明了这一点——即使他们犯了错误。”

“其实一切都没有出错，他们抓到了艾奇·罗森斯坦，你只是这场交易里的配角。现在你因谋杀罪而受到警方追捕，但你的下场不只如此。组织会向法院提交人身保护令状保你出狱，然后干掉你。你已经没有利用价值，也没有让我变成你的替罪羊。”

他的手指紧紧地扣在扳机上，我把他手里的枪打掉了。我大衣口袋里的手枪很小，但是近距离却能打得很精准。而那天刚好我的枪法也很准。

他低声地呻吟，吮吸着手。我走上前，狠狠地往他胸口踢过去。对杀手仁慈可不是我的作风。他往后趔趄，侧身蹒跚了四五步。我捡起他的枪，指着他，把他全身上下都搜了一遍——口袋里没有，枪套里也没有——所有能藏第二把枪的地方都搜了。他很干净——身上没枪了。

“你想对我做什么？”他哀求着，“我给过你钱，你清楚的，我给你的报酬很丰厚。”

“我们都有问题，你的问题是要活命。”我从口袋里拿出一副手铐，把他的手绑在后背，铐了起来。他的手在流血，我用他的手绢在伤口上缠了一圈，然后出去打电话。

弗拉格斯塔夫是个大市，有独立的警察局。地方警察局估计在这也有办公室。这是亚利桑那州，相对来说，比较贫穷，这儿的警察可能会诚实一些。

10

我还得在弗拉格斯塔夫逗留几天，但是只要能在八九英尺深的地方抓到鲑鱼，我倒不是很介意多待几天。我给安妮和伯尼·奥尔斯打了电话，还打给了应答服务。亚利桑那州的地方检查官是位眼神敏锐的年轻人，警察局长是我见过的个头最大的男人。

我按时回到了洛杉矶，带安妮去罗曼诺夫酒店用了晚餐，还喝了香槟。

“我不明白的是，”她喝第三杯香槟的时候说，“为什么他们要把你牵扯进去？为什么他们要安排一个冒牌的艾奇·罗森斯坦？为什么他们不直接让那两个杀手做掉他？”

“我也说不好，说不定是因为那些头儿们觉得生活太安逸了，这样能提升下幽默感。或者，被送进毒气室那个叫拉森的家伙比我们想象得更有地位。只有那么三四位黑帮的大人物被电椅处死，或是处以绞刑，或是被送进毒气室。在像密歇根那样废除死刑的州里，这样的事我从未听闻。如果拉森比大家想得都要更有地位，那我很可能被他们列入了死亡名单。”

“但是为什么要等呢？”她问我，“他们本可以立刻对你下手呀。”

“他们等得起，谁会去想惹他们——基福弗吗？他尽力了，可是你有看到组织有任何变化吗？除非他们自己想改变。”

“科斯特罗呢？”

“他背了偷税漏税的黑锅——和卡彭一样。卡彭可能派手下取了几百人的性命，而他自己也亲手杀过些人。但是逮到他的却是国税局的人，组织可不会允许这样的错误屡次发生。”

“知道我喜欢你什么吗？除了你无限的个人魅力之外，就是你那不知道答案也能瞎扯一番的本领。”

“那钱让我有点头疼，”我说，“五千块赃款，我该怎么办呢？”

“不要总是这么傻，你冒着生命危险，这钱是你应得的。你可以去买 e 系列的债券，这样你的钱就能洗干净。对我而言，这也是个笑话。”

“你给我说说，为什么他们要杀了他？”

“你真是徒有虚名，要是冒牌的艾奇杀了他会怎样？他听起来就是那种聪明过头、却什么简单的事都做不成的主儿。”

“要是你说的是对的，那组织会因为他擅自行动而干掉他的。”

“如果地方检察官没抓住他的话，还不知道他会怎样呢。我真想知道他会有个什么样的下场。给我再来一杯香槟，谢谢。”

帷　幕

1

我第一次见拉里·巴策尔是在沙尔迪餐厅外边的一辆二手劳斯莱斯里，他当时喝醉了，旁边有位高挑的金发女郎，她长着一双让人过目不忘的眼睛。那次我帮她一起说服他从驾驶座上下来，以免妨碍她开车。

第二次再见他，又是另一番景象了，这次他身旁再也没有了劳斯莱斯和金发女郎，也没有任何工作。他当时很紧张，穿着一套没有熨过的西服，他记得我，他是那种即使喝醉了也不会忘事的人。

我给他买了一些饮料喝，让他好受些，给了他抽剩下的半包香烟。我曾时不时地能在“各种情形下”看到他。我不知道为什么就借了些钱给他。他长得高大英俊，有一双看起来像奶牛的眼睛，眼神里透出一股天真与坦率的神情，总之那是我在生意场上很少见到的某种东西。

有趣的是，他以前还未改邪归正那会儿，是一个颇为厉害团伙的走狗，他总是出现在各种场合里。不过没多久，他就再也没出现过了。

然后突然有一天，我收到了一张他欠我的支票，还有一张写着他正在达达尼尔俱乐部工作的字条——是赌博不是用餐的地方。字条里提到说要我去看他，我这才知道他又做起生意了。

我没有去看他，但不知怎的发现那地是乔·麦瑟威的，他娶了个有着迷人眼眸的金发美人，就是那个先前在豪车跟拉里·巴策尔待一块的女人，我仍然没去那里。

一天凌晨，我床边模糊站着一个身影，就站在我和窗户之间，百叶窗被拉下来了，这把我给吵醒了，这身影十分高大，手里还握着一把枪，我翻个身，揉了揉眼睛。

“好吧，”我充满怨气地说，“我裤兜里有十二块钱，手腕那块表成本也就二十七块零五毛，我也没什么值钱的。”

这个身影走到窗户旁边，把百叶窗往上拉了一点，然后往大街上看。等他再转身时，我看到原来是拉里·巴策尔。他的脸很是憔悴，满脸疲倦的样子，胡子拉碴的，身上仍穿着晚宴服，外面套着一件双排扣大衣，领子上别着一朵耷拉下来的玫瑰。

他坐下来，枪放在膝盖上，过了一会儿才拿开，眉头上写满了困惑，好像并不知道手上的枪来自何处。

“你带我去圣贝纳迪诺吧，”他说，“我必须离开这个小镇，他们会告发我的。”

“好吧，”我说，“告诉我发生什么了。”

我从床上坐了起来，脚放在地上，点了一根香烟，这个时候已经是凌晨五点半了。

“我用一张塑料片撬开了你的锁，”他说，“你应该是偶尔会反锁，我不确定哪个是你的房间，又不想吵醒整栋楼的人。”

“下一次可以试试给我发邮件，”我说，“不过我说，你没喝醉，是吧？”

“想喝，不过我必须得先离开，我只是有点担心，我不如从前那么勇敢了。你肯定知道奥马拉失踪了。”

“是啊。”

“听着，不管怎样，如果说出来，我是不会发脾气的。我觉得没人知道我来这儿了。”

“喝一杯还好，没关系，”我说，“桌子那儿有瓶威士忌。”

他立马倒了两杯酒，给我递来一杯。我穿上睡衣和拖鞋，他举杯喝时玻璃碰到了牙齿。

他把空杯子放下，双手紧紧地握在一起。

“我跟达德·奥马拉熟得很，我们曾在休尼梅港一带一同经商，甚至追过同一个女孩，现在那女孩已经嫁给乔·麦瑟威了。而达德结婚花了五百万美元，娶了达德·温斯洛将军那瘦不拉唧的再婚女儿。”

“我都知道。”我说。

“是啊，只是听说。她才跟他说过一次话就看上了他，就像我拿一个自助餐厅的盘子一样随便。但他不喜欢那样的生活，我想他曾去看过莫娜。他知道乔·麦瑟威和拉希·耶格尔暗地里还搞汽车的勾当，他们干掉了他。”

“该死的，他们到底干了什么，”我说，“再喝一杯。”

“不了，听着，你得明白两点，奥马拉失踪当晚——不，应该是报纸上提到的那晚——莫娜·麦瑟威也失踪了，可是实际上她并没有失踪，他们把她藏在几公里之外鲁里托柑橘地带的一个小木屋里，隔壁是一个叫阿特·哈克的浑球开的汽车修理厂。他修车技术很高超，我曾私底下跟踪过乔到那儿。”

“你管那么多干吗？”我问。

“我还是一如从前般地爱着她，我告诉你这些，是因为你曾经让我觉得很靠谱，在我人生低谷时期你帮了我。他们把她藏在那儿，让别人以为她和达德都死了。当然，莫娜失踪后，警察也不傻，在乔失踪后瞧见了他。他们有个失踪调查系统，对此十分在行，不过他们并没有找到莫娜。

他站起来，又走到窗前，望着窗外一脸茫然。

“那里有一辆蓝色的轿车，我想自己曾在哪儿见过，”他说，“但也许不是。这种车子多得去了。”

他又坐了下来，我没有说话。

“这个地方在鲁里托山麓大道北面第一条马路边，不可能找不到的，孤零零的一个房子，隔壁就是车库，挨着的又是房屋，那儿还有一株年代久远的含氰植物。这是我告诉你的这些……”

“这是第一件事，”我说，“那第二件呢？”

“这家伙之前是拉希·耶格尔的司机，后来逃了一段时间，回来后又去了东部，我借给他五十美元，他身无分文。他告诉我奥马拉失踪当晚，耶格尔就去过温斯洛庄园。”

我凝视着他，“有趣的是，拉里，不过这还不足以解释事实，毕竟我们还有一个警察局。”

“是啊，这里补充下，我昨晚喝醉了，就把知道的都告诉了耶格尔。然后我就辞了达达尼尔的工作，结果就在我家门外，有人朝我开枪。从那以后我就一直躲躲藏藏，现在，你能开车送我去圣贝纳迪诺吗？”

我站起来，虽然是五月，但我仍感觉到一股寒意侵袭而来。尽管拉里·巴策尔穿着大衣，但看起来还是很冷。

“一定，”我说，“不过你别担心，之后就会比现在更安全了，再喝一杯吧，你又不知道他们为何把奥马拉干掉了。”

“如果他发现这笔汽车勾当，莫娜又和乔·麦瑟威结婚了的话，他们一定会把他杀了，他就是那种人。”

我站起来，朝浴室走去，拉里又走到窗边。

“他还在那里，”他转过头说，“你开车带我的话可能也会挨子弹。”

“那可真讨厌，”我说。

“你真是个好人，卡麦迪，就要下雨了，我讨厌在雨中狼狈的样子，你呢？”

“你他妈的话太多了。”我说，然后走进浴室。

这是我最后一次跟他说话。

2

刮胡子那会儿，我听到他在走动，不过，淋浴时就听不见声响了。我从浴室出来时，他已经走了。又小声走到厨房那里找他，也不在。

于是我穿起一件浴衣出去大厅那里瞄了一眼，空荡荡的，只有一个送牛奶的人，他手里端着放满奶瓶的托盘，从后面楼梯下来。紧闭的大门旁边叠着刚发的报纸。

“喂，”我叫了下送奶工，“你刚才来的时候有没看见一个男的出去？”

他在墙角那转头看了我一下，这是个眉目清秀的男孩，洁白的牙齿，他张嘴正要回应我，我对他的牙齿印象十分深刻，因为就在看那会儿，外头突然传来一阵枪声。

这枪声就在不远处，我想也许就在公寓后边，车库那里，或是在小巷子里，接着又传来两声干脆利索的枪声，机枪换上子弹之后，又响起了五六声，每一枪都像是从一把好枪里打出来的，接着就听见汽车发动机轰鸣一声，然后消失了。

送牛奶的人闭上了嘴，仿佛嘴巴被胶带封住了。他的眼睛睁得老大，两眼茫然地看着我，然后他小心地把瓶子放在楼梯最高那一阶，身子靠在墙上。

“这听起来像枪声。”他说。

所有这一切只花了几秒钟，但给人的感觉却像过了半个小时。我回到房间，穿上衣服，随便抓了些东西，就冲进大厅，那里仍空无一人的，就连送牛奶的也不见了。

附近响起了警报器，底下一个宿醉的光头靠在门边，打着呼噜。

我从后面的楼梯下来。

路上有两三个人在窃窃私语。在水泥空地旁边有两行相对的车库，尽头那儿还是车库，留下一块空地可以通往小巷子。隔着三栋房子远的栅栏那头有两个孩子正在翻越栏杆。

拉里·巴策尔脸朝下躺着，帽子被甩得老远，一只手伸向距离有一英尺远的大黑手枪。他的两只脚踝交叉，仿佛是旋转倒下来的，脸一侧以及那金色的头发上结着一层厚厚的血，尤其是脖子，水泥地上也是斑驳的血迹。

两个拿对讲机的警察，一位牛奶司机，还有一个穿着棕色毛衣披着外套的人正观察着拉里，穿外套的那个是我们那栋楼的看门人。

我向他们走去，大概在同一时间，栅栏那一侧的两个孩子也过来了。牛奶司机用一种奇怪又紧张的神情看着我。其中一个警察直起腰说："你们当中有没有认识他的？这半张脸还能认出来。"

警察不是专门针对我问话，牛奶司机摇了摇头，一直用眼角的余光看着我，看门人说："他不是这里的房客，可能只是来访，不过来得挺早的，是吧？"

"他穿着晚宴服，你比我更清楚你那旅馆，"警察语气沉重地说，他拿出一本笔记本。

另一个警察也站起来，摇了摇头，走向那房子，门卫小跑跟在他身旁。

拿着笔记本的警察用大拇指指向我，语气严厉地说："这俩家伙之后，你是第一个出现在这里的人。你有什么要说的吗？"

我看着牛奶工，拉里·巴策尔是不会在乎的，一个男人还得谋生。对于这巡逻车，这可没有讲故事那么简单。

"我刚听到枪声，所以就跑过来看了。"我说。

警察听信了。牛奶司机抬头看了看灰蒙蒙的天空，一句话也没说。

过了一会儿，我回到公寓，把衣服穿戴整齐，正要拿起阳台那顶帽子，突然看到那瓶威士忌旁边放着一朵小小的玫瑰花蕾，下面压着一张字迹潦草的字条。

字条上写着："你是个好人，不过我想还是自己一个人去吧。要是有机会，帮我把这朵玫瑰花送给莫娜——拉里。"

我把这些东西放进钱包里，喝了杯酒，醒醒脑子。

3

那天下午三点左右，我站在温斯洛将军家的大厅走廊上，等着管家回复，当天我一大半时间既没到办公室也没去公寓附近，更没有见到什么杀手。我想这只是时间问题，迟早会这么做的，不过我还是想先见见达德·温斯洛将军，毕竟见他一面可不容易。

我向四周扫视了一圈，墙上挂满了油画，大多是人物肖像。那儿还摆着两尊塑像，黑木制作的坐垫上挂着几套陈旧的盔甲。巨型大理石壁炉上方有个玻璃箱，箱里悬挂着两面像被子弹打穿或虫蛀过的——骑兵三角旗，而下面则挂着一幅肖像，里边画着一个瘦削、精神抖擞的男子，脸上长着黑胡须和胡子，身上穿着一件带有浓厚墨西哥战争气息的军服。这很可能就是达德·温斯洛的父亲。虽然将军本人看起来有些沧桑，但年代也不可能这么久远。

那位管家出来了，他说温斯洛将军在兰花屋里，让我随他一同前往。

我们从后边的落地窗出去后，穿过草坪，一个大型精致的玻璃亭子呈现在我眼前，接着我们路过车库，管家把前厅大门打开，带我进去后又关上了。里面有些热，然后他打开了里面的一扇门，真的很热。空气中都是蒸汽，墙壁和温室顶棚也渗出了小水珠。这里面有些昏暗，里头庞大的热带植物竞相绽放，枝干爬满了整块地方。屋子里满溢的芬芳把那沸腾的酒精气味给掩盖了。

那管家又老又瘦，身板直挺挺的，一头白发，他帮我把枝叶拨开，给我带路，然后我们来到中央一块开阔的场地，六角形石板上铺着一块大红色土耳其地毯，在地毯中央，一个老人坐在一张轮椅上，身上盖着一块旅行地毯，他看着我们走过来。

他满脸都是沧桑的印记，除了那双黑眼睛，如此深邃，闪耀，让人难以捉摸。他脸上其他部位仿佛是一张暗沉的死人面具，深陷下去的鬓角，尖尖的鼻子，外翻的耳沿，嘴角边一道道细微的白色裂纹。他身上半裹着一件十分破旧的红色浴袍，一部分坠在地毯上，头顶上只有零星的几缕白发。

管家说："将军，这是卡麦迪先生。"

老人看着我，过了一会儿，用一种严厉的嗓音说："给卡麦迪先生搬张椅子。"

管家拿了一张藤条椅子，我坐了下来，把帽子放在地上，于是管家把它捡起来。

"白兰地酒，"将军说，"先生，你喜欢白兰地吗？"

"怎样都行。"我说。

他哼了一声，管家走开了。将军盯着我，一双眼睛眨也不眨，他又哼了一声。

"我一般是混着香槟喝，"他说，"杯子里有三分之一白兰地，上面盛着香槟，香槟就像福吉谷一样冰冷，如果能受得了的话。"

他的声音里好像夹着一丝咯咯的笑。

"不是我在福吉谷，"他说，"没那么糟糕。先生，你可以抽烟。"

我说了句谢谢，然后说不抽烟已经有一阵子了。我拿出一条手帕擦擦脸。

"先生，可以把外套脱下来，达德就经常这样，卡麦迪先生，兰花需要高温，就跟生病的老人一样。"

我把外套脱下来，是一件雨衣，天看起来像要下雨。拉里·巴策尔曾说要下雨了。

"达德是我女婿——达德利·奥马拉。我想你是来告诉我关于他的一些情况。"

"只是传闻而已，"我说，"我并不想干涉，除非得到您的允许，温斯洛将军。”

他那双凶巴巴的眼睛盯着我，“你是一个私家侦探，我觉得你不过是想要拿到钱。”

“我是干那一行，”我说，“但这并不意味着我生活的一切都需要用金钱来支撑，我要说的只是我所听到的。你听了之后，可能更愿意把这事告诉失踪人员事务局。”

“我明白了，”他平静地说，“丑闻之类的吧。”

我正要开口说，管家过来了，我没作声。他推着一辆茶车穿过丛林，然后把酒放在我手肘旁边，给我调了杯苏打白兰地，然后走开了。

我小酌了一口，“似乎有一个女孩，”我说，“他在认识您女儿之前，就认识了那个女孩。如今她已经嫁给了一个骗子。这好像……”

“这一切我都听说了，”他说，“我才不在乎呢！我想知道的就是他在哪里，是否还好，过得是否快乐。”

我瞪大眼睛看着他。过了一会儿，我语气微弱地说：“也许我可以找到那个女孩，只要我告诉市里的那伙人，就可以找到她。”

他拿开旁边的毯子，动了动脑袋。

我以为他在点头。然后他缓慢地说：“也许我太关注自身健康了，不过我想做一些有意义的事情。我是个跛子，两条腿都废了，下腹部一半也没了，我吃不了太多，睡的时间也不长。感觉自己很无聊，我这样对其他人来说也是个该死的麻烦鬼。所以我想念达德，他过去经常花大把时间来陪我。至于为什么，只有上帝知道。”

“好吧……”我正要搭话。

“闭嘴，你对我来说，只是一个年轻人，所以我可以对你粗鲁一些，达德走的时候没有跟我道别，那不像他的作风，在一个夜晚，他开着车走了，从那以后，就再也没有人听说过他了。如果他厌倦了我那傻女儿和她的孩子，想找别的女人，没关系。他当时脑袋发热，就这样与我不辞而别，真让人头疼，现在他肯定十分愧疚，要不然我为何没有他的任何消息，我想找到他，并告诉他我理解他。就这些——除非他要钱。如果他真想要，我什么都可以答应他。”

他沉闷的脸上似乎泛起一丝红润的气色，黑色的眼睛更明亮了。他慢慢地往后靠上，闭上双眼。我喝了一大口酒，说道：“如果他遇到困难了，也就是说，由于那个女孩的丈夫，乔·麦瑟威。”

他睁开眼睛，眨了眨，“不是奥马拉，”他说，“这可能是其他人陷入困境了。”

“好吧，是要我把打听到的那女孩的地址告诉局里是吗？”

“当然不是，他们什么都做不了，就让他们继续这样。你自己去找他。我会给你一千美元——哪怕是只要走到街上，告诉他我一切都好。我过得很好，替我问候下他，就行了。”

我不能告诉他。突然，我想到不能将拉里·巴策尔所告知的一切都告诉他，或者拉里发生的任何事，只要是与之相关的。于是我喝完酒，起身站起来，穿上外套。我说：“这工作的钱给得太多了，温斯洛将军，我们以后还可以谈。那我能否以自身的方式来代表您的权威呢？”

他按了下轮椅上的铃。“只要告诉他，”他说，“我只想知道他是否过得好，我想让他知道我很好。就那样——除非他需要钱。现在你可以走了，我也累了。”

他闭上眼睛。于是我穿过丛林往回走，那管家拿着帽子站在门口等我。

我呼吸了下凉爽的空气，说道：“将军想让我去看下奥马拉太太。”

4

房间地面上铺着一条白色地毯，巨型象牙窗帘垂落在地毯上，透过窗户可以看到外头黑暗的山麓，窗外一片阴沉沉，把屋内也笼罩得黑压压的，这雨还没开始下，空气中就有一种压抑得让人窒息的感觉。

奥马拉太太卧在一张白色躺椅上，她把拖鞋和长筒袜都脱掉了。她个子高高的，肤色偏黑，嘴巴高高噘起，看样子别有一番韵味。

她说："我能为你做什么呢？人家都知道得一清二楚。除了我不认识你，不是吗？"

"是啊，你不认识我，"我说，"我只是个私人侦探，干点小事情而已。"

不知何时她伸手拿起一个玻璃杯，盯着它看了好一会儿，也许受她说话方式和脱鞋动作的影响，我竟没有注意到那个杯子。她懒洋洋地喝了一口，手上戴着的那枚亮闪闪的戒指在我眼前掠过。

"我是在酒吧认识他的，"她说道，语气里带着清脆的笑声，"他是一个帅气十足的私酒贩子，一头浓密的鬈发，一脸爽朗的笑容。所以我嫁给他了，大概是无聊吧，至于他，走私那一行也干得不稳定——如果他当时没什么别的魅力的话。"

过了一会儿，她等我开口说话，但她好像并不在乎我是否明白了，我只是说："他失踪那天你没看到他离开？"

"不，我很少见他外出，或者回来，一般都这样。"她说完，喝了一些饮料。

"嗯，"我应了一声，"不过，当然，你没有跟他争吵过。"他们从来没有吵过。

"卡麦迪先生，吵架的方式有很多种。"

"是啊。你说得很对，你当然知道那个女孩了。"

"很高兴我能如此坦白地把一个古老世家的秘密说给一个私家侦探听。是的，我听说过那个女孩。"她把一缕乌黑浓密的卷曲头发捋在耳后。

"在他消失之前你就知道她了吗？"我礼貌地问了问。

"当然。"

“你怎么知道的？”

“你说话很直接呀？就像他们所说的，靠人脉呗。我是一个喜欢说老话的人，你不知道吗？”

“那你知道达达尼尔俱乐部里的那伙人吗？”

“我去过那里，”她看起来并不吃惊，很是淡定，“其实吧，我在那儿住了一个星期，我就是在那儿认识了达德利·奥马拉。”

“是啊，你父亲结婚比较晚，不是吗？”

看到她脸色立马变了后，我想她该要生气了，不过她什么也没说，只是微笑了一下，然后脸色又恢复到原先的模样，她摁了一下躺椅天鹅绒坐垫下的响铃。

“是很晚，”她说，“如果这也跟你有关的话。”

“没有。”我说。

这时一个看起来很腼腆的女仆进来，在旁边桌子上调配好了两杯酒，她给奥马拉太太递了一杯，然后把另一杯放在我旁边，于是又走开了，从背影望去，她那短裙下露出一双美腿。

奥马拉太太看着门关上后，接着说：“整个事情让父亲变得很情绪化，我希望达德能发个电报或写封信什么的。”

我语气缓慢地说：“他一个老人家，年纪大了，又残废，已经到了暮年。他能活下去唯一靠的就是一根线的支撑，如今这线突然断了，没有人理会，他努力表现出一副无所谓的样子，内心却想竭力挽救。我并不认为那叫闹情绪，我觉得这是一种刚毅的表现。”

“勇敢，”她说，她的眼神十分锐利，“不过你怎么不喝点。”

“我得走了，”我说，“总之，很感谢你。”

她伸出一只纤长、浅黑色的手，我走过去礼貌地握了一下。突然在小山后面雷声轰隆作响，她惊了一下，一阵呼呼的风摇了摇那边的窗户。

然后我沿铺着瓷砖的楼梯下到走廊，黑暗中看见一个影子，管家站在那里，为我开门。

我往下看了一眼，露台那儿用一片花坛装饰着，种着许多进口的树木，底部有一片高高的镀金栏杆，里面有一块六英尺高的树篱。那儿有一条往下的车道，方向直通大门，门房就在那儿。

出了那栋房子后，从远处望去能看见小山往城市那边倾斜，拉布雷阿的老油田如今已变成了一个公园，有一部分已经变成了荒芜的野生田地了，还有一些木制井架依然废弃在那儿。这些造就了家世显赫的温斯洛家族，而后这个家族就建在了山头上，仿佛远离了这一片废弃的油井。不过从前窗向外看，还能望见当初他们是如何靠着这些白手起家的。

我从铺着砖块的台阶那儿下来，走在梯形草坪之间。不远处的露台上，有一个大概十几岁的孩子在那玩耍，他长着一头黑发，脸色苍白，正往树上的靶子投飞镖。我朝他走去。

“你是小奥马拉吗？”我问。

他靠在石凳上，手里拿着四个飞镖，用一双冷酷又世故的灰眼睛看着我。

“我是达德·温斯洛·特雷维利安。”他冷冷地说。

“哦，那达德·奥马拉不是你爸爸咯。”

“当然不是，”他的声音里充满了轻蔑，“你是谁？”

“我是一名侦探。我要找你的——我意思是，奥马拉先生。”

不过这并没有拉近我们之间的距离，他好像对侦探并不感兴趣。雷声在群山间翻滚，像一群正在追逐嬉闹的大象，我想了另一个法子。

“我敢打赌，你不能在三十英尺外把手里五分之四的飞镖都投中靶心。”

他突然活跃起来，“用这些？”

“嗯。”

“你敢赌多少钱？”他语气有些冲人。

“哦，一美元。”

他跑到靶子那儿，把飞镖都拔下来，然后回来，靠在长椅旁边摆好姿势。

“这可不是三十英尺。”我说。

他愤愤不平地看了我一下，向板凳后面挪了几英尺。我咧嘴一笑，然后立马停了下来。

他的小手如此敏捷，飞镖立马投出去了，我几乎还没看到，所有的飞镖就被钉在靶子中央了，这简直是在一瞬间。他得意扬扬地看着我。

“天哪，你投得真棒，特雷维利安大师。”我咕哝着说，于是拿出一美元。

他的小手拿过那一美元，就像鳟鱼抓住了苍蝇一样，一闪而过。

“这有什么，”他咯咯地笑了，“你应该去车库背后那儿的射击场看看，想去那边再赌一把吗？”

我往回望了望那片山，然后看到堤坝背后有一栋白色建筑。

“好啊，不过不是今天，”我说，“下次我也许还会来这里。而且达德·奥马拉不是你的爸爸。无论如何我都得先找到他，好吗？”

他耸了耸肩膀，那栗色毛衣下瘦削的肩膀清晰可见，“好吧，不过警察做不了的你能做什么呢？”

“你说得好。”我说，然后转身走了。

我沿着砖块往下走到草地上，然后沿着树篱内侧走向门卫处，透过树篱能看到外面的大街，走到树篱中间时，我看到一辆蓝色小轿车，这是一辆漂亮的小型汽车，低矮的车棚，车身锃亮光滑，底盘很低，看起来比警车要轻，但尺寸相差不大，车子那头能看到我那漆椒树下停着的跑车。

我站在那里，透过篱笆往蓝色小汽车那儿看，从里面挡风玻璃飘出一缕烟雾，有人在车里抽烟。

我转身背对传达室，抬头看了看山，那个叫特雷维利安的小孩已经不见了，也许去藏钱了，虽然一美元对他来说意义不大。

我弯下腰，拔出那把随身携带的7.65毫米的鲁格手枪，插进左袜里，然后重新穿上鞋子。只要走得不快，还能像正常走路一样，然后我继续朝大门口走去。

警卫关上门待在传达室里面，外人如果没有身份证就不能进去。那个守门人胳膊下夹着一把钢枪，他走了出来，示意我从大门一侧的小后门过去，我站在那儿透过栏杆跟他说了一会儿话，眼睛一边瞄着那辆蓝色小轿车。

车子看上去还不错，里面似乎有两个人。离对面高墙大约有一百英尺高，街道十分狭窄，根本没有铺道，走到我跑车那儿挺近的。

我穿过深色的路面，感觉自己走得有些僵硬，于是上了车后，我迅速到座位前面的一个储物箱里拿出那把备用枪。这是一把警察用的手枪，我把它塞进腋下枪套里，然后发动汽车。

我松开制动就开走了。突然，大颗雨滴飞溅到地上，天空黑得跟扣上了一顶帽子一样，不过也没那么黑，我能看到那辆蓝色小轿车跟在我后面。

我开启挡风玻璃的雨刮器，将车速迅速提升到每小时四十英里。后车鸣笛时，我已经开过了约有八个街区。这真是在拿我开玩笑，此刻车子正行驶在一条安静的街道，这里异常的安静。我放慢了车速，把车子开到路边，那辆轿车从我旁边飞驰而过，我看到车子后面的挡风玻璃下端有一把黑色冲锋枪的枪口，手握枪的那人有张狭长的脸，一双发红的眼睛，他双唇紧闭。

从雨中传来一声喊叫，隔着雨刮器和马达的噪声，那个声音说：“过来这里，上车。乖乖听话就好，你懂我们的意思。”

他们不是警察，现在已经无关紧要了，我关掉发动机，钥匙扔到地面，然后下车走到路面上。开车的那个人并没有看我，而坐在后面的那个猛地踢了下车门，他从座位滑到另一侧，谨慎地端着冲锋枪。

我上了那辆轿车。

“很好，路易，搜身。”

开车那家伙下车走过来，走到我身后。然后他发现了我手臂下的那把枪，拿走了，接着又拍了拍我臀部的口袋和腰带。

“干净了。”他说，又回到车前座。

拿着冲锋枪的那个人左手往前伸，从司机那儿把我那把枪拿过来，然后把冲锋枪放在车板上，盖上一块棕色的地毯。他又往后靠在角落里，那只握着手枪的手放在膝盖上，他显出一副顺利和轻松的样子。

“好吧，路易，现在开车走吧。”

5

车子开得慢悠悠的，不慌不忙，雨点打在车棚上，然后汇成一股股细流从窗户一侧流下来。我们沿着弯弯的山间小道，穿行在广袤无垠的庄园中，透过那层扑朔迷离的树影，从远处看那些房子就像一片湿漉漉的山形墙。

一股烟熏味从我鼻子底下飘过，那红眼睛男人说：“他告诉了你什么？”

“没什么，”我说，“莫娜从小镇离开的事，报社当晚就知道了，温斯洛那老头子已经知道了这事。”

“对于那事他不该追究太多，”那红眼睛的说，“这点不算什么，还说了什么？”

“他说他被人追杀，要我开车带他出城。但在最后一刻，他独自一人走了，我不知道为何。”

“放松点，侦探，”那红眼睛冷冷地说道，“这可是你唯一的活路。”

“就这些了，”我说，一边看向窗外的大雨。

“你接了那老家伙的案子吗？”

“不，他口风很紧。”

红眼睛的人笑了，我鞋里的枪又重又不舒服，但手够不着。我说：“我对奥马拉就了解这么多了。”

前座的人稍微转过头，吼道：“你说的那条街到底是在哪儿？”

“贝弗利峡谷，傻子，在穆赫兰道。”“哦，那儿，哎呀，那条路铺得稀巴烂的。”“这不是兼顾到侦探嘛。”那红眼睛的人说。这时房子变得稀少了，山坡上长满了橡树灌木丛。

“你这人不坏，”红眼睛说，“你只是有些小肚鸡肠，就像老人家一样。你不觉得吗？我们想知道所有的，”他说，“这样我们才好考虑要不要把你干掉。”

“见鬼去吧，”我说，“反正你也不会相信我的话。”

“试着相信我们，我也好交差，只是这样做个形式，然后就没事了。”

“如果能干得久的话，这工作一定很不错，”我说。

“小伙子，你居然开起玩笑来了。”

“我确实喜欢打趣，不过那都是老远之前的事了，那时候指不定你还在少管所，我现在仍然讨人厌。”

红眼睛的人又笑了笑，他脾气似乎不大暴躁。

“据我们所知，你也没什么违法记录，今早不想试试，怎样？”

“如果我说是的话，你现在可以马上枪毙我，好吧。”

“给你一千美元，忘了这事可以不？”

“换作是你也不会相信。”

“那可不，我们会的。这样子吧，这是我们的工作，得交差，我们是一个组织，而你是住在这里的，你脑子也不傻，还有自己的事要干，你会配合我们吧。”

“当然，”我说，“我会配合。”

“但我们不会，”红眼睛轻声地说，“我们不会滥杀无辜，这名声不好。”他靠回角落里，枪放在右膝盖上，然后手伸进内侧口袋，拿出一个褐色大钱包，放在膝盖上，接着从里面抽出两张钞票，对折后放到车坐上，然后又把钱包放回他口袋里。

“给你的，”他严肃地说，“你要是逃了，活不过二十四小时。”

我拿起钞票，是两张五百美元的，然后把钱塞进背心里。

“好吧，”我说，“我现在不是什么好人了，是吧？”

“好家伙，好好考虑下。”

我们相视而笑，就像残酷无情世界中相处得很好的一对伙伴。然后，那红眼睛猛地转头看前。

“好吧，路易，不去穆赫兰大道了，停车。”

汽车行驶到荒凉长坡的半山腰上，雨滴打落在下坡的车身上。外面没有云层，也看不到地平线，我只能看到四分之一英里远的地方，车子外面空无一人。

司机慢慢地把车开到路边，关了发动机，然后点了一支香烟，把一只胳膊搭在后座上。

他冲我微笑了下，笑得真好看——活像一只鳄鱼。“我们喝点吧，”那红眼睛说道，“我希望可以轻松地赚到一千美元，就像从鼻子到下巴那样简单。”

“你根本就没下巴。”路易说，仍然带着微笑。那红眼睛把枪放在座位上，从一侧口袋里掏出半品脱酒，那酒看起来是个好东西，上面贴着绿色的标签，是保税威士忌。他用牙齿咬了下瓶盖，在瓶口嗅了嗅，然后一脸兴奋地咂了咂嘴。

“这里面不含添加剂，”他说，“是公司的展品，干了它。”

他手伸过座位，把瓶子递给我，本来可以抓住他手腕的，但路易在这里，况且我脚踝离得太远。我轻轻地呼了口气，把瓶子放到嘴唇上，仔细地嗅了嗅。有股烧焦的波旁蔷薇的气味，里面还夹杂着一股其他的味道，非常微弱，一种我平常不怎么留意的果香味。突然我脑子里莫名地想起了拉里·巴策尔说过的话："瑞利托的东面，朝向大山，种着一种年代久远的含氰植物。""氰化物"，就是这个词，我嘴唇对着瓶口时，立马感觉到太阳穴紧绷了，那种感觉甚至蔓延到了皮肤，令人寒毛竖起，一瞬间，空气都变冷了。我举高瓶子，刚好够得着喝上，于是我托着瓶子咕噜咕噜地喝了一大口，顿时感觉神清气爽，喝了约半茶匙，一咕噜地全下到了肚子里。

我剧烈地咳嗽了下，左右摇摆地笑着，那红眼睛笑了笑。

"不要说你只喝了一口就病了，伙计。"

我把瓶子放下，垂在座椅上，剧烈地笑着，左胳膊垂到左腿上，正好够到脚上那把枪。我假装趴在双腿上，手臂慢悠悠地滑到袜子那里，于是拔出枪，看都没看，直接从左胳膊下方朝他开了一枪，他还没来得及碰枪，那枪就掉落了，这一枪就够了，我听到他倒了下去，于是我朝路易的方向开了一枪，他人不在那儿，已经弯腰蹲在前座下面了，他没有发出任何声响，车内车外悄无声息，就连雨声也在瞬间沉寂了。

我无暇顾及那红眼睛，不过他着实是一动不动了。我把枪扔掉，又掀开车毯把那把冲锋枪拿出来，左手抓好前锋，把它架在肩膀上，调低一点，路易一点动静都没有。

"听着，路易，"我轻声说，"我握着冲锋枪，怎样？"

"砰"的一声子弹打穿了座椅，这一枪的威力可以让路易领略一下他目前的形势极其严峻，此时车里安静得让人窒息。接着路易嗓音浑厚地说："我这里有一颗手雷，想要吗？"

"拉弦吧，"我说，"我俩可是系在同一根绳子上的蚂蚱，你拉了，我俩都得完蛋。"

“见鬼！”路易粗暴地应了声，“他死了没？我手里没有手雷。”

然后我看了一眼那红眼睛。他往后靠在座椅的角落里，看起来很舒服。他似乎有三只眼睛，其中一只甚至比其他两只眼睛还要红，从手臂下方偷袭，开枪简直再好不过。

“是的，路易，他已经死了，”我说，“那我们怎么和平相处？”

我甚至能听到他沉重的呼吸声，车窗外雨已经停了，一切都很安静。“给我下车，”他大吼一声，“我会引爆的。”

“路易，你出来，不然我开枪了。”

“哎呀，伙计，我不能从这里走回家。”

“没必要这样，路易，我会把车给你。”

“嗨呀，我又没做什么，我就是开车。”

“那蓄意驾驶会被投诉的，路易，你能处理好的——你和你的组织。在我开枪之前快出去。”

于是他把门锁打开了，脚踩在踏板上，然后挪到了路面。我手里握着枪立即站起身来。路易淋雨站在马路中央，两只手空着，脸上依旧挂着鳄鱼般的微笑。

我跨过红眼睛那双穿戴整齐的双脚，拿起我的手枪和鲁格尔，把那重十二磅的冲锋枪放回车毯下。从后边拿过手铐，示意了下路易。他木然地一转身，把手放在背后。

“你不能把我怎样，”他充满抱怨地说，“我有后台。”

我给他戴上手铐，然后搜身，这次比他之前搜我身要仔细得多，除了那把掉在车里的，他身上还有一把。

我把红眼睛从车里拖出来，把他扔在湿漉漉的马路上，他身上开始流血了，不过他确实已经死了，路易满脸痛苦地看着他。

“他是个聪明的人，”他说，“很不一样，他喜欢玩些小把戏，你倒好，聪明的家伙。”

我拿出手铐钥匙，打开其中一个手铐，把尸体拖下来，然后把尸体一只手腕给铐上。路易的眼睛睁得大大的，眼神里充满了惊恐，终于他不笑了。

“见鬼，”他抱怨道，“我的天哪——见鬼，伙计，你怎么能这样把我撇下？”

“再见，路易，”我说，“今天早上你把我一个朋友杀了。”

“我的天……”路易发了句牢骚。

我上了车，发动引擎，把车开到一个可以掉头的地方，朝山下开去，车子从他身旁驶过，他僵硬地站在那儿，就像一棵烧焦的树，他的脸煞白，脚下躺着一具尸体，向他伸出手抓住他，仿佛这是他眼里出现过无数次的梦魇一般。

我把他一个人扔在雨中。

天黑得早，我把那辆小轿车停靠在隔着我那车好几个街区远的地方，然后锁上车门，把钥匙放在滤油器里。我走回自己的跑车那儿，开车进城。

我到电话亭里把杀人案的细节电话给了一个叫格林奈尔的人，让他查查去哪儿找路易和那辆小轿车，我还对他说，个人觉得就是他们开枪杀了拉里·巴策尔。不过我没有跟他说奥马拉的事情。

“干得不错，”格林奈尔语气里有些怪异，“不过你最好还是快点过来一趟吧，一个小时之前有个送奶工打过电话了，他举报了你，我们刚给你开了个逮捕证。”

“我累了，”我说，“我得先去吃点东西，给我点时间，我过一会儿就来。”

“你最好快来，伙计，对不住了，不过你最好要来。”

“嗯，好的。”我说。

我挂了电话，没有在附近瞎晃悠，就立马离开了。我现在被逼无奈，必须得违法了，要不然就会殃及自己。

我到广场附近吃了一顿饭，然后开车去瑞里托。

6

晚上八点左右，马路两排高高挂起的黄色蒸汽灯在雨中闪闪发亮，公路上端横挂着一块模糊的交通标识，上面写着："欢迎来到瑞里托。"

中央大道两旁能够看到木质结构的住宅，也偶尔会有几家商店映入眼帘，街角药店的灯光透过一层灰蒙蒙的雾气射过来。在一个小电影院前面，一堆车子驶过，大街的另一个角落里有一家大门紧闭的银行，里面黑漆漆的，雨中有许多人站在那银行前面，这就是瑞里托。我继续往前走，空地又消失不见了。

这里过去是橘子圣地，如今什么也没有了，只剩下一片荒芜的田地，还有那起伏不断的山麓和雨。

这条路开得可真够凑巧，开了大概有一英里还是三英里吧，我就看到马路边有个岔路口，路上投射着微弱的灯光，好像是从后边房子的百叶窗那儿透出来的光线。就在这时，车子左前轮胎发出一阵嗞嗞声，话说这可真有意思，接着右后轮胎也这样。

我的车子刚好停在交叉路口，真的很让人无奈，我下车，把雨衣往上扯高了一点，解下车灯，然后我看到路面上有一堆镀锌大头钉，头儿足足跟硬币一样大，轮胎下面压着不少，钉子头在灯光下闪闪发亮，有几分刺眼。

这爆了两个轮胎，我车上只有一个备用的，我压低下巴，朝着路边那微弱的灯光看去，正是我要找的地方，光线是从车库顶棚那倾斜的天窗射过来的，不过那两扇门的前门却紧闭着，从裂缝中可以看到里面的光线，是那种强烈的白光。我打开手电筒，借着光看了看车库的招牌，上面写道："阿特·哈克——汽车维修部。"

车库后方有条泥泞的小路，通往稀疏的树丛，后面有一座房子，那屋里也有光，而且那木制门廊前有一辆小轿车。

现在首要的就是修好轮胎，如果可以修理的话，而且他们还不认识我，这天晚上路面很湿。

我拿出手电，敲了敲门，随后屋里的灯光照了出来。我站在那里舔舔嘴唇上的雨滴，左手拿着手电筒，右手放在外套里边，然后把鲁格手枪藏到胳膊下面。

从门里侧传出一个声音，听起来似乎有些不满。

“你想干吗？谁啊？”

“开门，”我说，“我车子两个轮胎在公路上爆胎了，只有一个备用的，我需要你的帮助。”

“我们已经关门了，先生。瑞里托就在这儿靠西一公里左右。”

我开始踢门，里面的人在咒骂，接着传来另一个轻柔点儿的声音。

“自以为是的家伙，是吗？开门，阿特。”

突然传来一阵门闩的声音，半扇门朝内打开，于是我又晃了晃手电，灯光打在一张憔悴的脸上，然后他伸出一只胳膊横扫过来，把我的手电筒一推，掉到了地上，那人手里握着一把枪正对着我。

我往后蹲下，安静地在地上摸索手电，并没有掏出枪。

“先生，别这样，那样大家会受伤的。”

手电筒一头扎在泥巴地里，我一把抓起唰地站起身来。光就是从车库里面射出来的，灯光下，映射出一个穿着工作服的高个子男人。他往里退了退，仍然用枪顶着我。

“进来吧，把门关上。”

我照做了。“这大马路尽头路面全是大头钉，”我说，“我想是你们要做生意吧。”

“你不知道吗？今天中午在瑞里托银行发生了一起抢劫案。”

“我初来乍到，对这儿不熟，”我说，然后想起了雨中在银行前面的那堆人。

“好吧，好的，他们说得对，那些躲在山里某处的小混混也是有的，你车子轧到了他们撒的大头钉是吧？”

“想来应该是这样的。”我看着车库里的另一个人。

他个头很小，不过很胖，长着一张酷酷的棕色脸和一双棕色的眼睛。他穿着一件带棕色皮革腰带的雨衣，一顶干燥的帽子歪着扣在头上，很是潇洒，他双手插在裤兜里面，看起来有些不耐烦。

屋内空气中有一股微甜的硝酸漆味。里面角落处有一辆大型轿车，挡泥板上躺着一把油漆喷的枪。这是一辆别克，几乎是新的，根本不需要油漆的。

穿着工作服的人把枪塞进衣服里面，他看了一眼那棕色皮肤的人，然后那棕皮肤看了看我，语气温和地说：“你从哪儿来的，陌生人？”

“西雅图。”我说。

“去西部——到大城市？”他嗓音很柔和，带着几分干涩，就像精致皮革沙沙作响的声音。

“是的，有多远？”

“大约四十英里，在这种天气似乎得更长时间。一直沿路过来的，是吧？经过塔霍湖和隆派恩吗？”

“不是塔霍湖，”我说，“雷诺和卡森城。”

“那也是很漫长的路啊，”那张棕色的嘴唇掠过一丝微笑。

“阿特，用千斤顶把他的轮胎卸下来。”

“现在，听我说，拉希——”那个穿着工作服的男人大吼了一句，突然打住，好像他的喉咙被横着割掉了。

我能明显感觉到他在颤抖，屋里死一般地寂静。这个棕皮肤男人纹丝不动，他的眼神里似乎有些异样，然后他目光低垂，似乎有些害羞，他的声音还是那样柔软，干燥的沙沙声。

“拿两个千斤顶，阿特。他两个轮胎坏了。”

那个憔悴的男人咽了一口水，然后走到一个角落里，穿上外套，戴上帽子。他拿起一个套筒扳手和一台千斤顶，把一辆载重小车推到门口。

“是在公路上吗？”他语气近乎温柔地问我。

“是啊，如果你忙的话，其中一个可以用备胎的。”我说。

“他不忙。”那个棕皮肤男人说，然后看了看他的指甲。

阿特拿着工具出去，又把门关上了。我看了看那辆别克，没有看拉希・耶格尔，我知道他叫拉希・耶格尔，这屋子就两个人，除了他没有第二个。我不想看他，因为一看到他，我就仿佛看到了四肢伸展躺在地面的拉里・巴策尔，那样我就会露馅儿了。过了一会儿，他自己也瞥了一眼别克，“这得从嵌板开始，”他慢吞吞地说，“不过拥有这车的家伙的确很有钱，而且他的司机也需要几个钱，你懂得，生计嘛。”

“当然。”我说。

时间悄悄地流走，有些漫长又有些缓慢，然后屋外传来一阵嘎吱嘎吱的脚步声，门被推开了。雨水打在灯光上，射出来的光线带着一丝丝银线。阿特推着小车进来，上面载着两个沾满泥巴的轮胎，他还在生气，一脚把门踢上，然后一个轮胎就掉到了小车一旁。雨水和新鲜空气混杂在一起，这让他打起了精神，他恶狠狠地看着我。

“西雅图，”他大吼一声，“啊？西雅图，简直胡说八道！”

棕皮肤男人点了一根烟，好像什么都没听见似的，阿特脱下外套，把我那轮胎猛地一拉，弄到轮辋的吊具上去，然后恼怒地松了松，把内胎扯出来，给爆胎的轮子修补，然后他大步流星地皱眉走向我这边的墙，拿过那根通气管，往内胎里面充气，把内胎支撑起来，然后举起来，把轮胎浸入一个盛着水的脸盆里。

我真是个傻子，不过他们团队配合得非常好。从阿特载着轮胎回来的那刻，他俩连眼皮都没抬一下。

阿特把充好气的内胎胡乱地扔了，用两只手抓住，满是不悦地看着放在那水里的内胎，然后他轻松一踩，那胎“砰”的一声扣在我头上，他快速地跳到我后边，身子压在橡胶轮胎上，他紧紧地拽着轮胎把它套在我胸部和胳膊上，我的手还可以动，但够不着枪。

棕皮肤男人右手伸进口袋里，掏出包好的镍币，用手掌上下抛出去然后又接住。

正当我往后仰时，突然他一把把我推向前边，只在一瞬间阿特就从我身上抽走了内胎，同时还从背后偷袭我。我倒在地上，却不知何时倒在了地板上。那只带着镍币的内胎和拳头齐上阵，这简直是凑巧至极，加上自个儿的体重，我就整个人倒了下去。

那一瞬间，我就像空气中飘忽的尘埃，一下子就晕了过去。

7

在那儿似乎有一个女人，她坐在灯旁。光线打在我脸上，于是我眯上眼睛，透过睫毛看她。她肌肤如此白皙，灯光打在她的头上，就像银色果盘一般。

她穿着一件颇具男士风格的绿色旅行装，宽大的白色衣领从两侧垂下来，脚旁放着一个光鲜亮丽的尖角包包，她正抽着烟，肘部那儿放着一杯倒满的酒，那酒的颜色已经暗淡了。

我稍微打起精神，睁大眼睛，说：“这位，你好。”

一双让人难以忘怀的眼睛，我想起来了，那天在萨尔迪的二手劳斯莱斯外边，那深蓝的眼眸，极其温柔又好看，完全跟那些围在男人身边伸手要钱的妓女不一样。

“你感觉如何？”她的声音也温润如玉，甜美可人。

“很好，”我说，“除了下巴感觉被人打了，跟建了个加油站似的。”

“你要喝点什么，卡麦迪先生？兰花吗？”

“你竟然知道我名字。”

“你睡得真香，他们搜你口袋的时间简直绰绰有余，他们该做的都做了，就差给你身体弄个防腐处理了。”

“是的。”我说。

由于手腕被铐在背后，我只能稍微地挪两下，那样倒有几分活受罪的感觉。从袖口一直到脚踝那儿，绑着一根绳子，然后垂在地毯上，一直延伸到那看不见的地方，绳子被系在某处了。这滋味就像被拴在棺材里，让人近乎感到无助。

“几点了？”

她低头看了下手腕上的那块表，透过那层缭绕的烟雾，说：

“10 点 17 分，有约吗？”

“这是车库旁边的房子吗？那几个男人去哪儿了——挖坟去了？”

“你不用理会，卡麦迪，他们会回来的。”

“除非你有这手铐的钥匙，要不然我怎么够得着喝饮料。”

她一下就站起身，朝我走过来，手里举着高高的琥珀色玻璃杯。她俯下身，伴着轻微的呼吸，然后我伸长脖子，把那杯酒给喝了。

“我希望他们不会伤害你。”她说，一边起身往后退。

“我讨厌杀人。”

“你是乔伊·马瑟威的妻子，真为你蒙羞，再给我点烈酒。”

她又递给我一些。血液开始在我的身体里翻滚。

“我有点喜欢你，”她说，“尽管你的脸看起来像块受气包。”

“别说些无关紧要的，”我说，“你不过暂时这样。”

她迅速地环顾了下四周，似乎在听什么声音。两扇门中有一扇半开着，她朝那儿看去，脸色似乎有点苍白，但只能听见雨声。

于是她又坐回到那盏灯旁。

“你为什么要来这里，多管闲事？”她慢慢地问，眼睛盯着地板。

那地毯上绘着红棕色的格子，周边的墙纸上贴着明亮的绿色松针树，窗帘是蓝色的，这是我所能看到的家具，这看起来好像是块从公交长椅上扯过来的广告。

“我有朵玫瑰要给你，”我说，“是拉里·巴策尔给你的。”

她从桌子上拿起个东西，然后轻轻地拨弄了两下，那正是他给她留下的那朵玫瑰，不过花儿早已蔫了。

“我收到了，”她平静地说，“那儿有一张字条，不过他们没给我看，是写给我的吗？”

“不，是给我的。他走之前，留了张字条在我桌子上，然后就被枪杀了。”顿时她的脸露出一副崩溃的表情，就像做了噩梦般，目瞪口呆，神色茫然，她一言不发。过了好一会儿，她才恢复到了先前的平静，那脸庞的轮廓依旧美丽动人。

“他们也没有告诉我。”她语气轻柔地说。

“他被枪杀了，”我小心翼翼地说出这句话，“因为他发现了乔伊和拉希·耶格尔对大德·奥马拉所干的事，于是把他给枪毙了。”

这似乎并没有让她感到震惊。“乔伊对达德·奥马拉什么也没干，”她平静地说，“我都两年没见过达德了。报纸上还说我见了他，简直是胡扯。”

“不是在报纸上。”我说。

“好吧，无论在哪儿，这纯粹就是瞎说。乔伊在芝加哥，他昨天坐飞机去做一笔买卖，如果交易进展顺利的话，拉希和我就会跟着他干，乔伊不是杀手。”

我盯着她。

她的眼睛又开始迷离起来，“拉里他……他是不是……”

“他死了，”我说，“用的冲锋枪，职业杀手干的。我是说他们可没亲自动手。”

她紧闭嘴唇，牙齿咬了好一会儿，我能听到她缓慢而沉重的呼吸声。她把香烟往烟灰缸里一戳，然后站起来。

“乔伊没干这事！”她语气里有些冲动，“我清楚地知道他不会这么干的，他——”

她顿时哽住了，眼神冰冷地看着我，然后摸了摸自己的头发，突然猛拽了一下，这是顶假发，下面露出她原本的头发，短得像个男孩子，里面还有几缕黄色和浅棕色的头发，发根则更黑，不过这丝毫不影响她的美貌。

我努力克制不让自己笑。“你来这儿只是为了改头换面，不是吗？银假发？我以为他们把你藏起来了——让别人看起来你好像已经追随达德·奥马拉了。”

她一直盯着我，好像没听到我说的话。然后她迈步走向墙上那面镜子，把假发戴上去，端端正正地理好，转过身来面向我。

“乔伊没杀任何人，”她再次用一种低沉坚定的语气说，“他是个无赖，但不是那种卑鄙小人。他知道的并不比我多，不过我，什么都不知道。”

“他只是厌倦了贵妇人，然后想逃离吧。”我语气低沉地说。她此刻就站在我身旁，白皙的双手放在两侧，在灯光的照耀下散发着光芒，她的头在我上方，几乎全在黑影中。外面雨水滴答，我的下巴有些肿胀发热，沿颌骨的一侧神经都在疼痛。

“拉希这儿只有一辆车，”她轻轻地说，“如果我把绳子剪断，你能走到瑞里托吗？”

“当然，然后呢？”

“我从没有参与过任何谋杀案，现在不会，以后也永远不会。”

她立马离开了房间，回来的时候手里拿着一把长长的厨房用刀，于是她把绑在我脚踝上的绳子切断了，扯下绳子，然后又把系在手铐上的绳子给切断，她突然停下来听了听动静，不过依旧只有雨声。

我翻了一下身子坐起来，然后起身，顿时感觉双脚麻木，不过不要紧，还能走路，要是形势所迫我还可以跑。

“拉希才有手铐的钥匙，”她干巴巴地说。

“我们走吧，”我说，“你有枪吗？”

“不，我不走。你现在脱身了，他们可能随时都会回来。他们只是去把东西从车库里搬出来。”

我走向前，靠近她说：“你把我放了还一直待在这里？等那个凶手？你疯了吧！走吧，银假发，你跟我一块走。”

“不。”

“你想想，”我说，“他真的杀了奥马拉吗？然后他还杀了拉里，肯定就是这样的。”

“乔伊不会杀任何人的，”她近乎对我怒吼道。

“嗯，那耶格尔也一样。”

“你胡说，卡麦迪，就想吓唬我。你给我出去，我不怕拉希·耶格尔。我是他老板的妻子。”

“乔伊·马瑟威是少数中的浑蛋，”我怒吼地回她一句，“他这种浑蛋，像你这样的女孩过去就是送死。跟我一块走吧。”

“出去！”她声音嘶哑地说道。

“好吧，”我转身离开，穿过那扇门。

到走廊时她几乎从我身旁跑过，打开前门，她看着外面黑漆漆又湿漉漉的夜色，示意我向前走过去。

“再见，”她低声说，“我希望你能找到达德，还有找出是谁杀了拉里。反正不是乔伊干的。”

我上前靠近她，身子几乎把她推到墙上。

“你简直疯了，银假发，再见。”

她快速拿起双手，捂着我的脸，那双手十分冰冷，像冰块一般。她那冰冷的唇迅速地吻了下我。

“快走吧，强壮的家伙。我会再次见到你的，也许在天堂。”

我从门那儿走出去，顺着黑暗中那滑溜溜的门廊木台阶下去，穿过那片铺着砾石的圆形草地，越过那片稀疏的树林，一直走到马路上，我往回沿着马路朝山麓大道走去。雨滴冰凉地打在我的脸上，却怎么也比不上她那双手的冰冷。

我的车子拉上了窗帘，依旧停在原地，往侧边倾斜，左前轮轧在柏油马路的左肩上。我的备胎和钢圈胎环被扔进了沟渠里。也许车子已经被搜过了，不过我还心存侥幸。我从后面爬进去，头不小心撞到了方向盘，然后一翻身用戴着手铐的手伸到隐蔽的口袋里，碰到了那把枪，它还在那里。

我把它拿出来，下了车，用右手握住手枪，往四处瞄了一眼。我把枪放在后背，以防被雨水打湿，然后往回朝那房子走去。

8

他回来的时候，我刚好走到半路了。他把灯迅速关掉，差点就看到了我。我跃进沟里，把脸紧紧地贴在泥巴地上，内心祈祷。

汽车嗡的一声过去了。我听到轮胎轧着房前那片砾石的声音，引擎熄了，然后车子的灯灭了，接着听见房门砰的一声推开，我没有听到房门关上的声音，不过看到了从树林里透出来的一丝微弱的光线。

我起身，继续往前走，然后走到一辆小车旁边，这车十分破旧。我把枪放在身旁，由于戴着手铐很不方便，我尽可能地把枪绕过臀部。

那辆跑车里面是空的。散热器那儿的水在汩汩流淌。我仔细倾听，屋子里什么声音也没有，没有嘈杂声也没有争吵声，只有大颗水滴落在水槽里发出的吧嗒吧嗒声。

耶格尔在房子里。她把我放走，又和耶格尔待在一块儿。也许她不会告诉他什么。或许她只是站在那儿看着他。她可是他老板的妻子，这就够震慑他了。

他也许不会待很长时间，但他不会把她留下，不管人家死活。他可能会带她一块儿上路，至于发生点其他什么事，反正都管不了了。

我所能做的就是等待，等他出来。可是我不能这么浪费时间。

我把枪换到左手，俯身挖了些砾石，然后往前窗扔去，不过这根本无济于事，小砾石并没有打到那块玻璃。

我跑到轿车后面，把车门打开，看到点火闩上有把钥匙。我蹲在踏板上，手扶着车门观察里面的动静。

可是房子里面已经熄灯了，依旧没有任何声响。不行，这耶格尔简直太可怕了。

我上车，脚踩在踏板上，然后用一只手拉紧靠垫，转动点火钥匙，余热尚存的马达立即启动了，打在车身上的雨滴四处飞溅。接着我又下了车，滑到车后方，蹲了下来。

引擎发动的声音成功地吸引了他的注意力，在这里没车怎么行。

黑暗的窗户只开了一英寸，玻璃上仅出现一束移动的光线。突然火焰喷出来，一阵三连发的枪声响起。跑车的前窗玻璃碎了。

我尖叫起来，然后假装变成呻吟声。我可是很擅长干那种事情的。我先呻吟着，然后假装在窒息的喘息中死去，这一连串的动作完成后，他应该会以为我被击中了。打得漂亮，耶格尔。房子里有个人笑了。接着又是一阵沉默，除了那雨声，还有仍在砰砰作响的发动机。

然后门慢慢地打开来了。门口现出一个人形，她走到外面的走廊上，身体僵硬，她的衣领是白色的，那假发只能看到一点了。她走下台阶，就像一个木偶女人。我看见她身后蹲着耶格尔。

她开始穿过砾石。然后语气缓慢地说，不带任何腔调：

“拉希，我什么都看不到。窗户都模糊了。”

她猛地往前一抖，好像有把枪在后面戳她，然后接着走过来。耶格尔没有说话。透过银假发的肩膀，我可以看到他了，他戴着帽子，露出一部分脸。但以我目前的形式，手里戴着手铐根本没法开枪。

她又停了下来，声音里突然带着恐慌。

“他在轮子后面！”她大喊，“蹲下！”

他一趴下，把她推倒在一边，又开始一阵扫射。玻璃四溅，一颗子弹击中了车旁的那棵树。

某处传来一阵蟋蟀的叫声，发动机仍然轰轰作响。

他在黑暗中蹲得很低，神色淡定，从那一阵眩光背后可以看到他那张灰色的脸，那轮廓也逐渐清晰了。瞬间的双连发火花十分刺眼，他看起来也有些目眩，不过这短暂的几秒就够了。

我顶着肋骨死死拽紧那把手枪，向他开了四枪。他试图转身，但是枪从手中滑落下来。他正要半空抓住它，然后双手突然捧住胸前，僵住了，他跪坐在湿砾石上，湿漉漉的黑夜中只剩下他那沉重的喘息声。

我看着他倒向一侧，非常缓慢地，手还没有离开胸前，气喘声停了下来。

仿佛隔了一个世纪，那银假发才呼唤我。然后她站到我旁边，抓住我的胳膊。

“把发动机关掉！”我对她大喊，“快去把他口袋里那把该死的手铐钥匙给我找出来。”

“你简直就是个傻瓜，”她喋喋不休地说道，“你回来干吗？”

9

失踪人员事务所的阿尔·鲁特队长坐在椅子上，摇来摇去，看着窗外，一片阳光灿烂。这又是一天，从那之后，雨就停了好长一段时间。

他粗声粗气地说："你已经犯大错了，兄弟。达德·奥马拉不过是躲起来了。没有人能把他打倒。巴策尔的杀戮事件与此无关。他们在芝加哥找到了马瑟威，看起来倒是清白的。你指定的这些个傻逼甚至都不知道他们在为谁工作。我们这帮人问问他就够了。"

"我敢打赌是他们干的，"我说，"我整晚都跟他们站在同一条生死线上，我也不能告诉他们太多了。"

他慢慢地看着我，用那双黯淡疲倦的大眼睛。"我想，干掉耶格尔还是不错的，在这种情况下，死得其所。不过我没有杀人。我跟奥马拉没有任何联系——除非你能。"

我可以，但我没有。还没到时候。"不，"我说，"我猜不到。"我塞满烟斗，然后把它点燃。过一个晚上，烟的味道尝起来更好点。

"这就是你所担心的吗？"

"我想知道为什么你在瑞里托没有找到这个女孩，这原本对你来说简直易如反掌啊。"

"我们没有找到。我承认，本该找到的，还有其他的吗？"

我朝他吐烟圈。"我找奥马拉是应将军所托，哪怕你拼死拼活地干那么多，告诉他也毫无意义。他可以给一门心思办这事的人全权埋单。我想你对此应该不屑一顾。"

他看起来很不开心，说："要是他想这样大把挥霍钱财的话，我一点也不在乎。怨恨你的人就在重案组。"

他"啪"的一声把脚放下，推了推桌子。

"奥马拉身上有一万五千美元，这么多人，偏偏奥马拉才有。于是他拿出来炫耀，让他的老朋友们见识他那么有钱，不过是让他们瞧瞧这货真价实的一万五千美元。他妻子是这么说的。别人会怎样我们无从得知，但是对他这种大发横财、工人出身的人来说，萌生失踪的想法是可想而知的。不过奥马拉可不会这样，他又不缺钱。"

他抽出一支雪茄，用一根火柴点着。然后晃了晃一根大手指。"明白了吗？”我说明白了。

“好吧。奥马拉有一万五千美元，只要他想藏起来，任何一个人都可以欲盖弥彰，一万五千美元可是个大数目。要是我有那么多，我可能会隐姓埋名。但那笔钱财花了之后，我们就能找到他。他去取现，就会留下线索，表明他在哪家旅馆或是商店消费，有了线索，就可以写封信或者收信。于是他去了一个新的城市，改名换姓，但他的习惯是不会改变的。他最终还是要以某种方式或途径回到财政体系中。一个人不可能好友遍天下，要是他有的话，他们就不会一直默不作声了，难道不是吗？”

“不，他们肯定不会。”我说。

“他远赴他乡，”鲁夫说，“可他全身上下就只带了一万五千美元。没有行李，没有坐船或火车或订机票，没有打过出租车，或者私人乘坐出城的出租专车，这些我们都检查过了。他自己的车停在离他住的地方有十几个街区远的地方。不过这也没什么，他知道有些人会看在赏金的分上，把他送到几百英里远的地方，然后对此保密。这种情况倒是会有，不过这并不常见，现在能上哪儿找这种新朋友。”

“不过你会找到他的。”我说。

“等他饿了吧。”

“这可能要花个一两年。温斯洛将军岁数大了，可活不了这么多年。这是个感情问题，性质跟你退休还没处理完的文件是完全不一样的。”

“你要努力处理感情问题，兄弟。”他眼珠子转了转，那双浓密的眉毛跟着动了动。他不喜欢我，那天，在警察局里没有一个人看我顺眼。

“我会的，”我说，然后起身，“也许处理那样的感情问题，我会大有一番作为呢。”

“当然了，”鲁夫说，突然，他若有所思地说，“嗯，温斯洛是个大人物。如果有什么我能帮得上忙的，尽管开口。”

“你可以查一查谁枪杀了拉里·马策尔，”我说，“尽管这两件事毫无瓜葛。”

“嗯，可以，我们很乐意，”他哈哈大笑，把烟灰弹到桌面，“你只要把那些会说话的人干掉，然后由我们来扫尾，我们就喜欢那样干。”

“这是正当防卫，”我吼道，“那是情非得已。”

“当然。放轻松，兄弟，我很忙的。”

但我出门时，他那双黯淡的大眼睛朝我泛着光芒。

10

清晨，瓦蓝瓦蓝的天空上头点缀着一抹金黄，雨后的温斯洛庄园里，欢脱的小鸟叽叽喳喳地在观赏园子里叫个不停。

看门人带我从后门进，走过车道，然后沿着最上层的花坛走到一扇意大利式的巨形拱门前。摁响门铃前，我往山下那边看了一眼，刚好望见特雷维利安坐在石凳上，他双手托腮，正发着呆。

我沿着砖砌小路走过去。“小屁孩，今天没玩飞镖啦？”他抬头看着我，一双深陷的眼睛里带着几分犀利和失落。

“不了，你找到他了吗？”

“你爸爸？小家伙，还没呢。”

他猛地摇头，鼻子气鼓鼓地，十分生气地说：“我都说过了，他不是我爸爸，不要把我当四岁小孩儿一样跟我说话，我的爸爸他——他在佛罗里达州或其他地方。”

“好吧，我还没有找到他，无论他是谁的爸爸。”我说。

“谁打伤了你的下巴？”他问，盯着我看。

“哦。一个手里拿着一串镍币的家伙。”

"镍币？"

"是啊。跟指节铜环一样好，有机会试试，不过别把我当试验品哦，"我咧嘴一笑。

"你找不到他的，"他语气悲伤地说，一边盯着我的下巴，"他，我的意思是，我母亲的丈夫。"

"我打赌我能找到他的。"

"你敢打赌多少钱？"

"比你裤子里头的钱还要多。"

他一边走，一边恶狠狠地踢那路上的红色砖头。他还在生气，但语气更柔和了点。他的眼睛在思索着。

"想赌别的东西吗？我们去那打靶场吧，我赌一美元，我可以连发十次投中八管。"

我回头看了看那所房子，似乎没有人急着要待见我。

"好吧，"我说，"我们得快点，走吧。"

我们沿着房子的窗户走去。那栋兰花屋子在丛林背后隐约可现。一个穿着整洁马裤呢的男人正用铬给停在车库前的那辆大轿车抛光。我们路过他旁边，走到靠仓库的那幢低矮白色建筑那儿。

男孩拿出一把钥匙，打开门，然后我们走进去，里面不是很透气，空气中有股浓厚的火药味。男孩咔嗒一声打开门锁。

"我先。"他有些按捺不住地说。

这地方看起来像一个小形沙滩射击场。那里有个柜台，上面放有一把22型的连发步枪，还有一把细长的打靶手枪，两把手枪都被油漆得发亮，不过上面布满了灰尘。柜台三十英尺上方是个高腰的垒墙，横穿整个建筑，背后是个小型陶土管的简易布局，还有陶柱子，两个带着黑环的白色圆形靶子，靶子上方满是铅弹的痕迹。

陶土管通过中间连成一条直线，那儿还有一个大型天窗，上方一排罩灯。

小家伙拉了一根安在墙上的绳子，于是滑下一块厚厚的帆布，遮住了天窗。然后他打开灯，瞬间这块地方就像一个海滩射击馆。

他拿起那把 22 式步枪，迅速从硬纸板箱里装上相同型号的子弹。

“十枪中八管我就能得到一美元？”

“炸飞它们。”我说，然后把钱放柜台上。

他很随意地瞄准了目标，开得太快了，简直就像在炫耀。他有三管没击中，不过这已经打得非常漂亮了。他把步枪扔到柜台上。

“哎呀，再去立几个靶子吧。刚才那个不算数，我还没准备好呢。”

“你不想失去这钱，是吧，孩子？自己去立靶子，这可是你射。”

他狭长的脸立马露出生气的表情，用刺耳的声音说道：“你去！我想休息一下，懂吗？我得放松一下。”

我耸了耸肩，掀起柜台上的一块板，然后沿着那面粉刷过的墙走去，挤过矮隔墙的尽头。在我身后，男孩又给他的步枪重装上子弹。

“把枪放下，”我回头对他吼道，“有人在你前面的时候不要碰枪。”

他放下枪，看起来有些难过。

我弯下身子，从地板一个大木箱里的木屑中抓起一把陶土管。我把上面的黄色木屑抖了抖，正要起身。

我停了下来，此时我的帽子刚好过障碍物，就帽子顶部。我不知道我为什么会停下来，可能出于盲目的本能。

突然，那 22 发步枪砰的一声，那铅弹掠过我的头顶，打在靶子上。我的帽子松垮地扣在头上，就好像一只乌鸦在产卵季节朝我俯冲过来。

这孩子不得了，满脑子全是诡计，就像那红眼睛一样。我把陶土管一扔，然后抓住帽缘，理好，把帽子抬高几英寸。突然枪又响了，砰的一声打在另一个靶子上。

我假装摔倒在木板上，倒在一群陶土管中。

突然一扇门开了，又关上。这就是剩下的全部动静，再也没有别的。刺眼的灯光打在我脸上，阳光从天窗的缝隙处射进来。在那两块刚拿出来的靶子上，有两个崭新的铅弹痕迹，我帽子上有四个小圆孔，每一边都有两个。

我爬到隔墙尽头，往周围瞄了一眼。男孩已经不见了，只能看到柜台上那两把手枪的小嘴。

我站起来，沿着墙面走，把灯关掉，然后打开弹簧锁的旋钮，走出门。车库前，温斯洛的司机正一边吹着口哨一边给车子抛光。

我把帽子拽在手上，然后沿着房子一侧回去，找那孩子。不过我并没有看到他。我按响了门铃。

就说找奥马拉太太，这次我没让管家把帽子拿走。

11

她身穿一件乳白色的衣服，袖口、领子和下摆都缀着白色毛边，一辆早餐小推车放在她椅子旁，她正往银色烟灰缸里掸灰。

那个长着一双美腿的腼腆女仆走过来，推走了小餐车，然后关上那扇高大的白门。我坐了下来。

奥马拉太太头往后靠在垫子上，似乎有些累了。她的喉际线看起来既遥远又冰冷，她用一种冷酷、严肃的眼神盯着我，露出一股十分反感的神情。

“你比昨天看上去更有人情味了，”她说，“但现在我看你和其他人没什么两样，都一样残忍，你只是一个残酷的警察。”

“我来是想问你有关拉希·耶格尔的事。”我说。

她甚至都懒得故作微笑了，“你为什么想到来问我？”

“好吧，如果你在达达尼尔俱乐部待过一个星期的话——”我挥挥那拧巴在一块的帽子。

她凝视着她的香烟，“好吧，我确信，我的确见过他。这非同寻常的名字，我怎能忘记。”

“他们的名字大都像这样，这些畜生，”我说，“看来拉里·巴策尔——我想你也在报纸上看过——他曾是达德·奥马拉的朋友。昨天没告诉你，是我的错。”

她脖颈上的脉搏开始出现明显的跳动。她轻轻地说：“你要这么说下去，难免有无礼的嫌疑，再说我可就要赶你走了。”

“请让我把话说完，”我说，“看来，耶格尔先生的司机——他们司机也有特别的名字，这些畜生——告诉拉里·巴策尔，奥马拉失踪当晚耶格尔也不知所踪了。”

她保持着军人传统的强硬血脉。她纹丝不动，只是整个人僵住了。

我起身，从她冰冷的手指间拿过那根香烟，然后放到白玉烟灰缸把它戳灭。我小心地把我那顶帽子放在她的白色绸缎膝盖上，接着又坐了下来。

过了一会儿，她的眼睛转动了，目光朝下，看着那顶帽子。她的脸慢慢地涨红了，两颊明显变得绯红，她的舌头在嘴里打结。

“我知道，”我说，“这不只是一顶帽子的事，也不是说送你一份这样的礼物，就光看这些子弹孔吧。”

她的手动弹了下，抓住那顶帽子，眼里充满了怒火，她把帽顶铺开，看着那些小孔，身子在颤抖。

“耶格尔？”她轻声问，语气十分微弱。

我语气缓慢地说：“奥马拉夫人，耶格尔可不会用22式的步枪。”

她眼里的怒气消退了，露出一双比黑夜还要空洞的眼神。

“你是他妈妈，”我说，“你怎么看。”

“仁慈的上帝！达德！他……向你开枪！”

“两次。”我说。

“不过为什么这样？啊，为什么？”

“你觉得我是个聪明人，奥马拉太太。从一方面来说，这只是个眼神坚毅的小男孩。要是我从这一点来说，这很容易理解，但我一点也不那样认为，真的。非要我告诉你他为什么对我开枪吗？”

她没有说话，慢慢地点了点头，此刻，她的脸像个面具。“我会说他可能情不自禁，”我说，“首先，他不想让我找他的继父。其次，他还是个爱钱的小家伙。这事看起来微不足道，但这就是冰山一角。他在打靶的时候，差点输掉我那一美元，事情虽小，但他已经活在一个小世界里了。当然，最糟糕的是，他是一个疯狂的小虐待狂，还带着扣动扳机的手瘾。”

“你胆子可真大！”她脾气一爆发。不过这毫无意义，她立马就忘了它。

“我怎么不敢？我就敢。那我们不纠结他为什么开枪。难道我就是第一个挨子弹的人吗？你根本不知道我在说什么，你根本就不会想到他分明是故意的。”

她一动不动，说不上话来。我深吸了一口气。

“那我们来谈谈为什么他要对达德·奥马拉开枪。”我说。如果我觉得到这个时候她还会大喊大叫的话，就真是愚弄自己。她所继承的那位坐在兰花屋子里的老人的东西，不仅仅局限在她那高大的身材，乌黑的头发还有那双无所畏惧的眼睛。

她咬紧嘴唇，一副想要舔的样子，有那么一刻，她看起来像一个受到惊吓的小女孩。她的脸庞棱角分明，她抬起手来，就像提线木偶一般，然后抓住喉咙边上的白色毛领，把它拉紧，挤对在一起，她的指关节上的骨头就像被漂白了一般。然后她盯着我。

她一动不动，不过帽子还是从她膝盖滑落到地板上了。这帽子落地的声音，是我所听过的最刺耳的声音。

“钱，”她有些发牢骚地说，“当然了，你就是要钱。”

“我要多少钱？”

“一万五千美元。”

我点点头，硬着脖颈，那样子就像商场巡逻员看后背的模样。

“没错，那就是成交的定金，都放在他口袋里，这可是耶格尔干掉他的筹码。”

“你太他妈聪明了，”她语气里带着恐吓，“为了它我也宁愿宰了你。”

我试着笑了笑。“那就对了，对于那些聪明又冷酷无情的人来说，发生这类事倒也不足为怪。这小家伙朝奥马拉开枪，就像朝我开枪一样，玩的都是同一个把戏。我觉得这不是场预谋，他只是讨厌他继父，但他并没打算要杀了他。”

“他恨他。”她说。

“所以他们在小型射击馆里，然后奥马拉倒在地板上死了，在隔墙后面，根本看不见。当然，那种枪没多大意义。头部中了小口径的枪击，流的血比较少。于是小家伙跑出去，锁上了门，然后藏起来。但过了一段时间，他必须告诉别人。他迫不得已，告诉了你。你可是他母亲，你是他唯一一个可以倾诉的人。”

“是的，”她吸了口气，“他就这样做了。”她眼里对我的恶意已经消失不见了。

“你可以称为意外，这还好，除了一个事实。你已知道，这孩子非同常人，这将军知道，仆人们知道，那必然也有其他人知道。而且法律，尽管你觉得它们愚蠢，但它们对这种特殊情况的处理却十分内行。它们可以处理一大片这样的案子。而且我想，警察可能跟他谈过了，想必过不了多久，他甚至会吹嘘一番。”

“接着说。”她说。

“你可不会冒这个风险，”我说，“不只为你的儿子还有兰花屋子里的老人着想，你宁愿干些惨无人道的事情也不愿蹚这摊浑水。你的确做到了。你认识耶格尔，雇他帮你处理掉这具尸体。这一切——除了没有藏掉那个叫莫娜·马瑟威的女孩，让这一切顺理成章地变成了一起蓄意失踪案。”

“天黑后，他用达德自己的车，把尸体运走了。”她不带感情地说。

我伸手从地板上捡起帽子，“仆人们知道吗？”

“男管家诺里斯知道这事，不过他要是敢说出来，就死定了。”

“是啊。那你现在知道为什么拉里·巴策尔被干掉了吗？还有我为什么干预其中了，不是吗？”

“诈骗，”她说，“不过时候还未到，而我在等待着。我得付出点什么，这点他比谁都清楚。”

“对他而言，年复一年，一点一点地从一百万中榨取四分之一是很容易的。我觉得乔伊·麦瑟威完全没有参与其中。我知道这事与那女孩毫无瓜葛。”

然后她什么也没说，只是一直盯着我的脸。

“为什么是去死呢，”我抱怨道，“你怎么不把他的枪拿走？”

“他比你想象的更糟糕。而这只是噩耗的开始。我——我自己都怕他。”

“把他带走，”我说，“远离这儿，远离老人，他还小，以后好好教导他，还能改邪归正，带他去欧洲，远一点的地方，现在就带他走。要是让大将军知道这是他孙子所为，指不定就被气死了。”

她站起身来，拖着沉重的脚步，走到窗前。

她一动不动地站在那儿，几乎与那厚重的白色窗帘融为一体。她双手垂在两侧，也是一动不动的。过了一会儿，她转过身来，从我身边走过。站在我身后时，她屏住了呼吸然后开始抽泣。

“这真是败坏名声，这是我所听过的最可耻的事。然而，我还得再做一次。他父亲不需要这样做。正如你所说的那样，这会杀了他。”

“把他带走，”我使劲催促道，“他现在躲在那里。他觉得他杀了我，此刻正像只动物一样躲在某个角落里。你去找他吧，他也是难以自控。”

“我给你钱，”她说，仍站在我身后。“真是龌龊，我并不爱达德利·奥马拉。这也太下贱了。我不知该如何感谢你，我不知道该说什么了。”

“也没什么，”我说，“我只是个干粗活的。你还是一门心思地放到这孩子身上吧。”

“我保证。再见，卡麦迪先生。”

走时我们没有握手。我下了楼梯，管家像往常一样地站在前门。他脸上没有什么表情，但显得十分恭敬。

“先生，今天你不去看将军了吗？”

“今天就不了，诺里斯。”

在外头，我并没有看到那个男孩。于是我穿过后门，坐上那辆租来的福特，往山下开去，途中经过那几口废弃的油井。

几口油井周围还是坑坑洼洼地积满了污水，上面漂浮着一层渣油。这些油坑也许有十英尺到十二英尺深，甚至更深。这里面也许有些黑漆漆的东西。也许这其中的一个坑——我很高兴我杀了耶格尔。

在回市区的路上，我在一个酒吧那儿停了下来，喝了几杯酒。不过这并没有让我好受些，喝完酒后，反倒让我想起了那个戴着银色假发的女人，从此以后，我再也没有见过她。

西班牙血盟

1

大约翰·马斯特斯身形壮硕，大腹便便，长着光滑青黑的双下巴，肉嘟嘟的双手指关节上布满了凹痕。一头棕褐色的头发从前额梳向脑后，他身穿一件带有口袋的酒红色西装，打着一条酒红色领带，里边穿一件棕色丝质衬衫，嘴上还叼着一支镶金边绕着红条纹的棕色雪茄。

他皱皱鼻子，偷瞄一眼手里的牌，然后抑制内心的狂喜，说："再打一次，戴夫——不要用'市政厅'来吓唬我。"

"4"和"2"这两张牌一亮出，戴夫·奥吉立马脸色凝重地看了一眼桌面那两张牌，然后又看看自己手里的。他身材高挑，长着一张瘦长的脸，颧骨分明，头发有种黏糊糊的沙质感。他把底牌握在手心里，然后慢慢翻过来，弹到桌子对面，这张是黑桃皇后。

大约翰·马斯特斯张大嘴，摆弄着雪茄，暗自窃喜。

"戴夫，拿钱来，这个女王打得好。"他满心欢喜地翻出那张底牌，是"5"。戴夫·奥吉恭敬地笑了笑，然后一动不动。忽然，他身旁传来一个微弱的电话铃声，是从背后丝绸窗帘那儿传来的，长长的窗帘镶在高高的尖顶窗上。他从嘴里拿出香烟，小心翼翼地放到牌桌旁那小凳子的托盘上，伸手拿过窗帘背后的电话。

电话这头，他语气冰冷，声音低得近乎听不见，接着电话那头讲了很长一段时间，他那双绿眼睛一动不动，狭长的脸上毫无表情。于是马斯特斯有些局促不安，他心情沉重地吸了一口雪茄。

过了很长一段时间，奥吉说："好吧，你早晚会从我们这儿知道的。"他拿开传话筒，放回窗帘后边。

然后他拿起香烟，耷拉着耳朵。马斯特斯问："什么事把您给得罪了？我的天，快给我十块钱。”

奥吉冷冷地笑了笑，往后一靠，伸手拿了杯酒，小啜了一口，又放下，对着香烟，这一连串动作都是一副漫不经心的样子，他说：“约翰，我们都是聪明人，对吧？”

“是啊，我们坐拥这个城市，不过这对我打扑克并没什么用。”

“选举不是只剩两个月了，约翰？”

马斯特斯眉头一皱，看着他，然后从口袋里掏出一支雪茄，含在嘴里。

“那又怎样？”

“要是我们最强硬的反对党此刻发生点事，岂不是酷毙了？”

“嗯？”马斯特斯扬起浓浓的眉毛，整张脸看起来像是在挤眉。他想了一会儿，不带好气地说：“这可不好，万一他们没有立即抓住这家伙，大事不妙，这些选民劈头盖脸就说是我们干的。”

“约翰，你说的那叫谋杀，”奥吉耐心地说，“我压根就没提谋杀好吗？”

马斯特斯松了松眉头，扯了扯从鼻子里长出的鼻毛。

“好吧，说说看！”

奥吉笑了笑，吹了个烟圈，眼看着它变成几缕烟雾消散开来。

“我刚刚打了个电话，”他轻声说道，“多尼根·马尔死了。”

马斯特斯稍微挪了下身子，把整个身体慢慢地移向牌桌，靠在上面，直到身体不能再往前挪的时候，他伸长下巴，靠过去，直到那下巴的肥肉简直粗得跟厚电线杆一般。

“嗯？”他粗声粗气地说，“是吗？”

奥吉点了点头，冷静的像块冰。“不过你说谋杀是对的，约翰，这就是谋杀。也许就在半小时前，在他办公室，他们还不知道是谁干的。”

马斯特斯大幅度地耸耸肩，往后一靠，表情茫然地四处观望，突然，他开始大笑起来，那笑声放荡又粗犷，在那俩男人的小房间里回荡，它甚至盖过了大房间里的回声，像迷宫一样穿过那暗沉的家具，绕过屋内那盏明晃晃足以照亮一整条大街的灯，还有墙上悬挂着的大型金镶双排油画，然后又在空气中回荡。

奥吉一言不发地坐在那儿，把香烟放进烟灰缸里慢慢地戳了几下，直到火星消失，留下一抹厚厚的黑烟灰。他拍拍巴掌，把手里的烟灰掸掉，然后停下来。

马斯特斯立马不笑了，等着他开口。房间格外安静，马斯特斯看起来有些疲倦，他揉揉大脸。

“我们得做点什么，戴夫，”他平静地说，“我差点忘了，我们得尽快打破这个局面，这是个定时炸弹。”

奥吉又伸手到窗帘背后，拿出电话，把它推到桌面，压在那堆散乱的扑克牌上。

“嗯，我们不是知道该怎么做吗？”他语气平静地说。

一束灯光肆意地打在大约翰·马斯特斯那双浑浊的棕色眼睛里，他舔了舔嘴唇，伸出一只大手，接过电话。

“是啊，”他精神抖擞地说，“是时候该大干一场了。戴夫，我们这样，通过——”

于是，他用那粗大壮硕的手指拨动了电话。

2

此刻，多尼根·马尔的脸看起来十分冷酷、光洁、一副泰然自若的样子。他身穿浅灰色法兰绒西装，头发和西装一个色调，他的头发往后梳，露出一张颇为年轻的脸，头发仿佛一起身就会贴在白皙的前额上，不过脸上的其他部位已晒黑了。

他躺在一张蓝色坐垫的办公椅上，旁边的青铜灰托盘里放了支灭掉的香烟，他左手垂在椅子一侧，右手微微握着一把枪，放在桌上。一束阳光从他背后那紧闭的窗子照射进来，把他那锃亮的指甲照得闪闪发光。

血液浸透了他左侧的背心，那灰色的法兰绒衣服几乎变成了黑色。他死了，已经死了好长一段时间。

一个身形高挑、深棕皮肤的男人安静地靠在一个棕色桃木文件柜上，正盯着死者的尸体，他双手插在整洁的蓝色西装口袋里，脑后挂着一顶草帽，不过从他眼睛还有那张紧闭的嘴唇里，看不出丝毫的自在。

一个浅黄头发的大个子在蓝色地毯上摸索着。他一俯身，语气粗犷地说："山姆，没有子弹。"

那皮肤黝黑的男人一动不动，也没有回答。大个子站了起来，打了个哈欠，朝椅子上的尸体看了一眼。

"该死的！真让人烦躁，还有两个月就要选举了，这不分明是惹是生非嘛。"

黝黑的男人语气舒缓地说："我们一起上学，过去曾是好朋友。我们曾追过同一个女孩，他追到了，但我们三个还是要好的朋友。他一直是个优秀的孩子……这也许是对他过于聪明的惩罚。"

那浅黄头发的男人在房间里踱来踱去，独自思索着。随后他弯下腰，闻了闻桌上那把枪，摇摇头，说："不是这把枪。"他皱皱鼻头，然后嗅嗅房间里的空气，"这儿有空调，上面有三层，也能隔音，一定是个高手。他们对我说过，这整个建筑都是电焊的，没用一个铆钉，山姆，这你听说过吗？"

黑皮肤男人缓慢地摇了摇头。

"这能去哪儿求助，"黄头发男人接着说，"像他这样的大人物，身边可不止一个女人。"

黑皮肤男人又摇了摇头，说："我想，就这样吧，她出去吃午饭了，剩下皮特孤身一人，像只黄鼠狼般地狡猾。不消短短几年，他就可以拥有整个城市。"

黄头发男人此刻站在桌子后面，弯下身子，几乎靠在死人肩膀上。他正低头看一本浅黄册子的皮革封底，然后慢慢说道："一个叫伊姆利的应该在十二点十五分来过这里，在本子上只能看到这个了。"

他瞥了一眼手腕上那块廉价的手表，"一点三十分，过去那么久了。伊姆利是谁？说，等会儿，有一个地方检察官的助手就叫伊姆利，他是马斯特斯和奥吉那伙的法官。你说该不会是——"

突然，门外传来一阵急促的敲门声，这个办公室太宽，共有三扇门，屋里的两人等了一会儿，一时半会儿不知道敲的是哪扇门。然后黄头发男人走向离他们最远的那扇门，转头说："也许是法医，万一把这事给传出去，搞不好就失业了，对吧？"

肤色黝黑的男人没有回答。他慢慢地走到桌子旁，往前靠在桌子上，轻轻地对死去的人说："再见，多尼，让一切都过去吧，这事交给我，我会照顾好贝拉的。"

办公室后门开了，一个男人带着一个袋子进来，他急匆匆地走到蓝色地毯上，把包放在桌面。黄头发男人脸贴着那扇关上的门，慢慢挪回到桌子旁。

那人手脚麻利地把头歪向一边，仔细检查尸体。

"是两枪，"他喃喃自语，"看起来像是用0.32口径的手枪打进去的，靠近心脏，不过没有打中，他一定很快就死了，也许立马就倒下了吧。"

肤色黝黑的男人发出了点声响，他走到窗前，背靠着站在窗边望向外边高大的楼房，看着晴朗的天空。黄头发男人看着验尸官撑开死者的眼皮，说："希望弹药专家能来这儿，我想打个电话，这伊姆利——"

黝黑的男人头微微一转，脸上露出一抹呆板的微笑，“就利用这个机会，也不是什么秘密了。”

“噢，我不清楚，”那人说，他曲腕拿手背摸了下尸体脸上的皮，“也许事情没你想的那么政治化呢？德拉格拉，他只不过是个长得英俊的人罢了。”

黄头发男人拿一块手帕小心翼翼地握着电话，放下传话筒，拨了个号码，然后用手帕包着拿起电话筒，放在耳旁。

过了一会儿，他张嘴大声说：“我是皮特·马库斯，叫下探长。”他打了个哈欠，又等了一会儿，然后换种语调说：“是的，探长，马库斯和德拉格拉都在多尼根·马尔的办公室，这儿还没有记者和摄像……什么？……一直封锁到让局长来？……好的……是的，他在这儿。”

黑皮肤男子转身，打电话的男人示意他，“接下电话，说西班牙语。”

山姆·德拉格拉接过电话，根本不在意这手帕，听着电话那头，突然他脸变得十分僵硬。他平静地说：“我当然认识他——但是我没一直跟他待一块儿……没人来过这里，除了他那女秘书，是她报的警。本子上写有一个人的名字——伊姆利，他们在十二点十五分见过面。不是，我们哪儿都没碰……没有……好吧，马上。”

他慢慢地拿开话筒，轻轻地放下去，甚至能听见挂电话的声音。他的手一直放在上面，突然手又重重地垂了下来。他语气沉重，“我被调走了，皮特。你要维持现场，一直等到德鲁局长来这儿，不能让任何人进来，不管他是黑人、白人，还是什么切诺基印第安人。”

“他们调你去哪儿？”黄头发男人怒斥道。

“不知道，这是命令。”德拉格拉语气沉闷地说。

法医写着记录，突然停了下来，他满脸好奇，用犀利的眼神斜视着德拉格拉。

德拉格拉穿过办公室，走进会议室那扇门。外面有一个偏小点的办公室，有一部分被隔开作为等候室，屋里有好几张皮制椅子，一张放着杂志的桌子，柜台里有一张打字办公桌，上面放着一个保险箱，还有一些文件柜。一个黑皮肤女孩坐在桌子上，捂着手帕，帽子歪着戴在头上，她双肩颤抖着，那沉重的啜泣声就像在喘气。

德拉格拉拍拍她的肩膀。她抬起头来看着他，泪眼婆娑，一张哭得臃肿的脸，连嘴唇都变形了。他低头朝着那张满是疑惑的脸笑了笑，语气温柔地说："你给玛尔太太打过电话了吗？"

她点了点头，哽咽着说不出话来，身子呜咽颤抖着。他又拍拍她的肩膀，在她旁边站了会儿，然后走出来，嘴唇紧闭，但他那双黑眼睛里却闪烁着坚硬、黑得发亮的光芒。

3

在德内芙大道那片狭窄、蜿蜒的混凝土地带，背后有条长长的路段，里面坐落着一幢英格兰大房子。那儿草坪生长旺盛，里头有条蜿蜒小路，上面铺着若隐若现的垫脚石。房子前门上方砌着山墙，墙上攀爬着常春藤。房子周边，树木紧紧环绕，这看起来有种若明若暗、幽静深远的样子。在德内芙大道，所有的房子都设计得如此精湛，以至于千篇一律。但那高高的绿篱着实把车道给掩藏起来了，车库也像那法国的贵宾犬一般，进行过认真的修整。草坪尽头对面是一大片正如火如荼开放着的剑兰，那片黄色完全把这里的黑暗与神秘感打破了。

德拉格拉从一辆棕褐色的敞篷凯迪拉克下来，这车已经过时了，看起来即笨重又肮脏。车后方那块紧绷的画布形成一个车篷。他头戴一顶白色亚麻帽子，架着一副黑框眼镜，一改平日的蓝色哔叽，身穿灰色旅行服，外搭一件背心式的拉链夹克。

他看起来不像个警察，就连在多尼根·马尔办公室那儿看起来也不大像一名警察。他慢慢地踩在垫脚石上，沿着小路走去，然后碰了下大门上的黄铜门环，却没有敲。最后，他摁响那几乎藏在常春藤里边的门铃。

他等了好长一段时间。外头天气晴朗，格外宁静，蜜蜂嗡嗡地在温暖明亮的草地上飞来飞去，不远处传来割草机呼呼的声音。

前门慢慢地被推开了，一张黑脸朝他望去，这脸生得又黑又长，满是忧伤，淡紫色的脸庞上还挂着几丝泪痕。看到他时，她嘴角微微上扬，吞吞吐吐地说："你好，山姆先生，很高兴见到你。"

德拉格拉摘下帽子，把眼镜取下来放在一旁，说道："米妮，你好，抱歉打扰了，我想看看马尔夫人。"

"好的，进来吧，山姆先生。"

女仆站在一旁，他走进一个铺着瓷砖的阴暗大厅，"记者还没来吧？"

那个女孩慢慢地摇了摇头，暖棕色的眼睛仿佛受到了惊吓。

"还没……她一个人待了很长时间，一句话也不说，只是站在那里，房间里阳光充足，不过还是无济于事。"

德拉格拉点点头，说："米妮，不要跟任何人说，他们是想躲避风声，免得外头掀风作浪。"

"噢，当然不会，山姆先生，不管怎样我都不会说的。"

德拉格拉冲她笑了笑，一声不响地踮起脚沿瓷砖大厅后面的屋子走去，往右一拐是另一个同样的大厅。他敲了敲门，没人应声，于是转了下门把手，走进一间狭长的房间里，里头窗户虽然多，屋内还是十分幽暗。树木紧靠在窗边，那些叶子挤压在玻璃窗上，有些窗户长时间被印花的棉布窗帘给掩盖着。

房间中央站着一个高个子女孩，她并没有看他，只是站在那里一动不动，身体僵硬，她盯着窗户，双手紧紧地攥着放在两侧。

她有一头红褐色的头发，似乎把房间里所有的光都汇集了，光线在她那张冷艳的脸庞上划出一道柔和的光晕。她身穿一件带有口袋的精致蓝色天鹅绒服，胸前口袋露出一条白色蓝边手帕，那条手帕叠得整整齐齐，像那种纨绔子弟的手帕。

德拉格拉站了会儿，让眼睛在昏暗中适应了下。过了一会儿，女人那低沉、沙哑的声音打破了屋内的沉寂。

“好吧……他们杀了他，山姆。他们最后杀了他，他有那么讨人厌吗？”

德拉格拉轻声说：“他身处绝境，贝拉，我想他已经尽力了，他别无选择，才会树敌那么多。”

她慢慢地转过头看他，光线在她秀发上流转，闪闪发光。她有双动人的眼睛，那眼眸蓝得出奇。她的声音有些颤抖，说：“是谁杀了他，山姆？他们知道吗？”

德拉格拉缓缓地点了点头，坐在藤椅上，把帽子和眼镜放在大腿上。

“是啊，我们应该知道是谁干的，是地方检察官的办公室助手，一个叫伊姆利的家伙。”

“我的天！”女孩吸了口气，“这个城市究竟要烂到什么程度？”

德拉格拉用沉闷的语气接着说：“是这样的，如果你确实想知道……但是——”

“我明白，山姆。他从墙那儿一直盯着我，无论我眼神在哪儿，他让我干一些事，待我很好。山姆，我们当然也有我们的困难，但是……他们一点也不体谅。”

德拉格拉说：“这个伊姆利现在是马斯特斯和奥吉团伙的审判员，他背后有他们给撑腰。四十来岁了，经常去一家叫斯特拉莫特的夜总会那儿花天酒地。不过无论怎样，好歹照片拍到他们是一伙的，个个喝得醉醺醺，衣衫不整。贝拉，多尼有这些照片，他们在桌子上找到的，然后根据那本子就可以推测他和伊姆利在十二点十五分见了一面。我们怀疑他们吵了一架，然后伊姆利先发制人，打了他一拳。”

“山姆，那些照片你找到了？”女人语气平静地问道。

他摇了摇头，狡黠地笑了笑。“没有，就算我有，我想也可能会丢了它们。德鲁局长已经找到了这些照片——就在要求我终止调查此事之后。”

她猛地抬头看向他，那双动人的蓝眼睛睁得大大的，“终止调查？你——多尼的朋友？”

“是啊，不要把事情想得太严重了，贝拉，我是警察，毕竟我也破过很多案件。”

她一言不发，也不再看他。过了一会儿，他说：“我想要你那普莫湖小屋的钥匙，去那儿仔细查一查，看看周边有没什么证据，多尼不是曾在那里开过会嘛。”

女人脸色一变，近乎有点轻蔑，她冷冷地说道：“我会找到他们的，不过你在那里找不到任何东西。如果你帮他们找到了多尼的把柄——那他们就可以帮着这个叫伊姆利的家伙洗刷罪名了。”

他微微地笑了笑，慢慢地摇摇头，眼眸十分深邃，里面却透着一丝忧伤。

“这简直太荒唐了，丫头，那样做之前我就得把警察徽章给上交了。”

“我明白了。”她从他身旁经过，朝门口走去，出了房间，而他仍安静地坐在那里，两眼空洞地凝视着那堵墙，他脸上露出一副受伤的神情，嘴里轻声地咒骂着。

女人回来了，走到他身旁，然后她伸出手，把一样东西放到他手心。

“警察，钥匙。”

德拉格拉站了起来，把钥匙放进口袋里，表情木讷，贝拉·马尔走到一张桌子前，用指甲使劲撕开一个景泰蓝烟盒，取了支烟，她转身背对他说："我觉得你运气没那么好，真是可笑，到目前为止，你只知道他在勒索别人。"

德拉格拉缓缓呼出一口气，站了会儿，然后转身离开。

"好吧。"他轻声说，此时他的口气十分随意，好像这是美好的一天，也没有人被杀害。

到门口时他转过身来，"贝拉，等我回来，我会再来看你的，那时你些许会好点。"

她没有回答，站在那儿一动不动，举着那支香烟僵硬地靠在嘴前，片刻过后，德拉格拉接着说："你应该知道我内心的感受，多尼和我曾经就像兄弟一样，我——我听说你和他之前处得并不好，现在我很高兴地知道这些都不是真的，但你不要让自己太辛苦了，贝拉，在我面前，对自己好点。"

他停了几秒钟，一直盯着她，但她还是一动不动地站在那里，一句话也不说，于是他出去了。

4

一条狭窄的石子路从公路往下岔开，两旁的小山倒映在湖面上，不远处的松树间随处可见那一幢幢屋顶，在半山腰的一片空地上，有一座小木棚。德拉格拉把满是灰尘的凯迪拉克停在那儿，然后顺着狭窄的小路往下走到湖边。

湖水是深蓝色的，不过很浅，湖面上泛着两三只独木舟，远处转弯那儿传来引擎发动的声音，他穿过松针林下浓密的灌木丛，绕过一个树桩，然后穿过一座小桥，来到了马尔屋前。

屋子是用半圆形的木头搭建的，湖边有个宽阔的门廊，房子看起来有种空荡荡的萧瑟感，屋旁的那座桥下，有一眼温泉，流水在房前转了个弯，然后流向走廊尽头下方那块扁平的大石头，石头上流水潺潺。只要春天水位一高，这些石头就会被淹没。德拉格拉踏上木制台阶，然后从口袋里掏出钥匙，打开那扇厚重的大门后，他在走廊上站了一会儿，进屋前点了一根烟。这里非常安静，让人心情十分愉悦，相比城市的聒噪闷热，这儿十分清新凉爽。山上有一只蓝麻雀站在树桩上，啄着翅膀。远处有人在湖面弹着四弦琴。然后他走进了小屋。

首先映入眼帘的是那布满灰尘的鹿角，一张粗糙的桌子上散乱地铺满了杂志，桌上放着一台老式电池收音机，还有一台盒状留声机，旁边放着一堆凌乱的唱片。在巨型石制壁橱旁边的桌子上，还有好几只没有清洗的玻璃杯，旁边放着半瓶威士忌。外头一辆汽车沿着公路驶过来，就停在不远处。德拉格拉皱皱眉头，低声说："车子熄火了。"语气里带着一股挫败感，这儿什么都没，不过像多尼根·马尔这样的人是不会把什么重要的东西落在这荒山野岭的。

他看了看主卧，有两张床，一张是轻便小床，另一张则做工精细，上面有个梳妆台，床上扔着两套俗气的女士睡衣，这看起来不太像是贝拉·马尔的。

卧室后面有一个小厨房，里面有一个煤气灶，还有一个柴炉。他用另一把钥匙打开后门，从一个小门廊里走出来，门廊砌得刚好与地面齐平，旁边有一大堆积木，砧板上放着一把双面斧。

然后他看见好几只苍蝇。

于是他沿着满是落叶的小路朝房子一侧走去，就到了一个木棚前，一束阳光透过树林投在地面上。在阳光的照射下，一大堆苍蝇围着一团糜烂、黏糊糊的褐色东西，不停地周旋着。德拉格拉弯下腰，用手碰了碰那块黏糊糊的东西，然后嗅嗅手指，他瞬间震惊了，神色僵硬。

然后就在小屋门外的阴凉处，又看见一小块褐色的东西。他迅速从口袋里掏出钥匙，打开木棚那把大锁，然后猛地推开门。

里面一大堆松散的柴火，不论是没劈过的还是劈完的，都乱七八糟，胡乱地扔在那儿。德拉格拉把大块粗糙的木材扔到一旁。

扔了好一会儿后，才见到底，突然他的手碰到两个冰冷僵硬穿着丝袜的脚踝，于是他把尸体拖了出来。

死者身形瘦弱，既不高也不矮，身穿一件贴身针织西装，一双小巧整洁的鞋子被擦得干干净净的，只沾了一些灰，他受伤的程度令人发指，整张脸简直惨不忍睹，他的头顶裂开了，脑浆和血液凝结在稀疏的灰褐色头发上。

德拉格拉立即起身，回到客厅，走到放着半瓶威士忌的桌子旁边，打开瓶盖，喝了一口，顿了下，然后又喝了一口。“呸！”他大声地说了句，刚喝下去的威士忌刺激了他的神经，他打了个哆嗦。

他回到小木棚那里，又弯下身子，突然他听见某处有机动车发动马达的声音，他愣了一下，发动机的声音越来越响，接着慢慢减弱，于是外面又恢复到原先那样安静了。德拉格拉耸耸肩，掏了掏死者的口袋，里面什么也没有。其中一个口袋已经被剪掉了，可能是作案者想毁尸灭迹，外套里边的暗袋标签也被剪掉了，只剩下褴褛不堪的线头。

死者身体僵硬，可能已经死了超过二十四小时了，他脸上已经厚厚地凝结了一层血，不过还没全干。

德拉格拉在他身旁蹲了一会儿，然后看着明晃晃的普莫湖面，一只独木舟划着桨在远处闪烁。于是他又回到柴房，翻了翻那堆木材，不过并没有找到沾着血迹的木头。他回到屋里，穿过前面的门廊，一直走到尽头，看了看下面的悬崖，然后往那块扁平的大石头看去。

“这就对了。”他轻声地说。

那儿有两块石头，几只苍蝇一直飞来飞去，仔细一看，才发现有很多苍蝇，他之前还没注意到这个，这悬崖高度大约有三十英尺，如果他掉得恰到好处，就足以把脑袋摔破。

他坐在其中一块大石头上，安静地抽了一会儿烟，脸上仍露出一副思考的表情，黑色的眼球遥远又深邃。过了一会儿，他嘴角露出一丝冷峻的微笑，还带着些许嘲讽的意味。

最后，他沉默着走回木屋，又把尸体拖回到原地，随意地盖上一些木材。然后他把柴房给锁上，把屋门也锁上，沿着先前那条狭窄陡峭的小路回去，上了车。

此时已经傍晚六点多了，不过他开车走那会儿，太阳依旧挂在天边。

5

路边有一家啤酒馆，里边用旧式小卖部的柜台做了个吧台，前边放着三张矮凳子。德拉格拉就坐在靠近门口那张凳子上，他正看着一个空啤酒杯子里的泡沫发呆。酒保是个穿着工作服的黑皮肤男孩，一双害羞的眼睛，长着一头平直稀疏的头发。他说话有些结巴，问道："先生，需……需要给您续……续杯吗？"

德拉格拉摇摇头，起身离开凳子。"小家伙，不过是骗钱的啤酒，"他表情失望地说，"喝起来索然无味，就像旅店里的金发女郎。"

"先生，这是波……波托拉酿……酿造的，是最……最好的。"

"嗯哼，那是最差的，小家伙，只有那些没有营业执照的才卖这个吧，再见了。"

他透过门帘，望了望公路，阳光下，路边的影子被拉得老长，混凝土那儿有块用四片白栅栏围住的沙砾空地，里边停了两辆车：一辆是德拉格拉的老式凯迪拉克，还有一辆是布满灰尘、外形坚硬的福特。一个穿着卡其马裤的高挑男人站在卡迪拉克旁边，正打量着这车。

德拉格拉拿出一根大烟斗，从烟草袋里抓了些，填了一半，然后动作缓慢地点燃，把火柴扔到角落。他稍稍歇息了会儿，透过门帘向外看。

那个瘦高个正掀起德拉格拉车身后那块帆布，然后又卷回去，往下看看地面。

德拉格拉轻轻地推开玻璃门，步伐散漫地穿过公路的混凝土地段，那双鞋底踩到沙砾地时咯吱作响，但瘦高个并没有转身，此时德拉格拉就站在他身旁。

“我早就知道你站我后面，”他语气沉闷地说，“玩什么把戏？”

瘦高个慢悠悠地转过身，他长着一张不讨喜的长脸，一双海藻色的眼睛，他的外套敞开着，左手插在背后，腰带前边一个枪柄从破旧的手枪皮套里露了出来——是把骑兵式的。

他脸上露出一丝坏笑，上下打量了德拉格拉一番。

“这是你的破车？”

“你以为呢？”

瘦高个把外套又往后推了推，从口袋里拿出一枚青铜徽章。

“先生，我是托卢卡县的狩猎管理员，现在可不是狩猎时间，而且这里不允许狩猎。”

德拉格拉慢慢垂下眼皮，弯腰看了看那帆布盖住的后车厢，一头小鹿的尸体躺在那一堆垃圾里，旁边有把步枪，那头死去的小鹿眼神微弱无光，仿佛温顺哀怨地看着他，它那细长脖子上的血迹已干透。

德拉格拉挺直腰板，语气柔和地说道：“这太可爱了。”

“你有狩猎许可证吗？”

“我又不打猎。”德拉格拉说。

“说再多也没用，我看你带着一把枪。”

“我是个警察。”

“哦，警察，是吗？你有徽章吗？”

“有。”

德拉格拉伸手从他胸前口袋里掏出一枚徽章，用袖子擦一擦，放在手心里。瘦高的狩猎管理员看了眼，舔舔嘴唇。

“刑事警官，哦？城里的警察？”他的脸舒缓了下，“好吧，警察，用你这破车开个十英里左右的下坡路，我会顺搭个便车回来。”

德拉格拉把徽章放好，小心地拿出烟斗，把里面的烟灰戳了戳倒在沙砾上，他慢悠悠地理好车后那块帆布。

“盗猎？”他表情严肃地问道。

“是的，警察，盗猎。”

“那走吧。”

他坐到凯迪拉克方向盘后面，那瘦高的管理员绕到车身另一侧，上了车，坐在他旁边。德拉格拉发动汽车，往后一倒，随后开上平滑的混凝土公路。从远处看那山谷，上面笼罩着一层厚厚的雾霾，雾霾的天际那边，一座座巨大的山峰隐约可现。德拉格拉不慌不忙，技术娴熟地开着大车，两人眼睛直直地看着车前方，一句话也没说。

过了好一会儿，德拉格拉说：“我没想到在普莫湖居然会有鹿，这是我所到过的最远的地方。”

“警官，在那儿有个自然保护区。”管理员冷静地说。他盯着满是灰尘的挡风玻璃，“这是托卢卡镇森林的一部分——你难道不知道吗？”

德拉格拉说：“并不知道，我还从没开枪打过鹿，虽然是警察，不过还没那么残忍。”

管理员咧嘴一笑，什么也没说。车子穿过了一段马鞍形的路段，接着从右侧下坡行驶，没多久左边便出现了一片连绵不绝的小山，上面还能看见崎岖的山路，山路杂草丛生，地面还有齿轮。

突然德拉格拉猛地一晃车子，车身往左侧一倾斜，随即跌进一块长着干草的红土地，他砰地踩住刹车器，车子一打滑，左右摇摆，于是车子一下子倒在地上。

管理员被狠狠地甩到了车右边，然后他往前向挡风玻璃那儿靠了靠，嘴里咒骂了几句，紧接着快速直起身子，右手绕到前方正准备去拿皮套里的手枪。

德拉格拉突然抓住那只瘦小精干的手腕，猛地把手腕往男人身上一扭，管理员那黝黑的脸瞬间变得煞白，他左手吃力地摸索着手枪皮套，然后冷静了下，语气坚定充满杀伤力地说。

“警官，你这样只会让事情变得更复杂，在盐温泉那儿我就接到了电话警报，他们描述了下你的车，也说了地址，说里头有一只雌鹿胴体。我……”

德拉格拉把那手腕一松，啪的一声解开他的皮套，拿出那把手枪，扔出车外。

“滚出去，死乡巴佬！什么搭便车，怎么——你不能靠那点工资过日子吗？自欺欺人，滚回普莫湖去，你这个死骗子！”

管理员艰难地从车子里爬了出来，一脸茫然地站在空地上，他扭了扭下巴。

“真不识相，”他喃喃地说，“你会后悔的，警官，我会去投诉你。”

德拉格拉滑到座位上，然后从右车门出来。他走上前，语气缓慢地对管理员说：“也许我错了，先生，也许是你打的电话，指不定就是你干的。”

他把雌鹿的尸体从车里拖出来，放到地上，看着管理员。那瘦高个站在原地一动不动，也没去捡那把扔在草地上只有几步远的手枪，他那藻蓝色的眼睛阴暗而冷酷十足。

德拉格拉回到车上，松开制动器，发动车子，开上了马路，那个管理员仍然一动不动地站在原地。

凯迪拉克猛地往前一蹿，车子迅速奔驰起来，一下子消失在视线外。过了好一会儿，那个管理员才捡起他的枪和皮套，他把死鹿拖到一堆灌木丛后面，然后往回走到马路上，沿上坡方向走去。

6

肯沃斯前台坐着的那位小姐说："警官，这男人都打了三次电话给你了，电话却不留一个。有位女士也打了两次，不过名字号码也没留。"

德拉格拉从她手上接过三张纸，看了一眼，上面写着"乔伊·吉尔"，而且是不同时段的。他拿起几封信，碰了碰帽檐向小姐示意了下，然后走进电梯。他上了第四层，走在一条狭窄安静的走廊里，然后打开门，他没有开灯，而是径直朝那扇大型法式窗户走去，把窗户打开，站在那里看着阴沉沉的天空，街上霓虹灯在闪烁，奥尔特加大道的两条街区上，一束束前照灯直晃人眼。

他点一支香烟，站在那儿一动不动，抽了一半。他的脸在黑暗中显得十分修长，一副困扰的样子。最后，他离开窗户走进一间小卧室，打开台灯，然后脱掉衣服开始淋浴，接着用毛巾擦干水，穿上干净的内衣，随后进厨房冲了杯饮料。他抿了一小口，穿好衣服后又点了一支烟，正绑着枪套，突然，客厅里的电话铃响了。

电话那头是贝拉·马尔。她的声音模糊又低沉，仿佛哭了好几个小时。

"山姆，很开心有你陪着我——我并不是这个意思。我感到很震惊又困惑，心里十分乱。山姆，你知道的是吧？"

"当然，傻瓜，"德拉格拉说，"别想太多了，反正你是对的，我刚从普莫湖那边回来，我去那儿纯粹是自找麻烦。"

"你现在才是我的一切，山姆，不要被他们伤害了，好吗？"

"谁？"

"你知道的，我又不傻，山姆，我明白这全是一场阴谋，一场让他摆脱卑鄙手段的政治阴谋。”

德拉格拉紧紧地握着传话筒，他嘴巴变得僵硬迟钝，久久说不出话，然后他说：“贝拉，这件事也许没你想得那么复杂，只是对那些照片的争议，毕竟多尼有权告诉那人离开政坛。这不是要挟……他手里拿着一把枪，这你也知道。”

“山姆，有空的话过来看我。”她的语气里带着一丝恳切的期盼。

他敲了下桌子，又犹豫了下，说：“好的。你知道最近有谁去过普莫湖小屋吗？”

“我不知道，我都一年没去过那里了，他一般都是一个人过去，也许在那儿见些人。我不清楚。”

他含糊地说了一句，随后说了声再见，挂断电话。他盯着写字台上的墙壁，眼里闪烁出新的光芒，顿时，那眼神坚定起来，于是他绷紧整张脸，不再有任何疑惑。

他回到卧室，穿上大衣，戴上帽子，正要出门时，他拿起那三张写着“乔伊·吉尔”的纸张，撕成碎片，然后放进烟灰缸，把它们烧成灰烬。

7

皮特·马库斯有一头浓密淡黄的头发，他坐在一张小小的办公桌旁，这个办公室空荡荡的，只有两张对着墙面的桌子。另一张办公桌干净整洁，上面放着一本绿色的记事簿，一只玛瑙笔，一本黄铜日历，桌面还放着一个鲍鱼壳状的烟灰缸。

靠窗的椅子上有一块圆形草垫，看起来就像凸出来的箭靶。皮特·马库斯左手拿着一支银色的钢笔，他心不在焉地在垫子上胡乱翻转着那支笔，看样子就像墨西哥人扔飞刀。

突然，门打开了，德拉格拉走了进来，然后他关上门，靠在门背上，两眼呆呆地望着马库斯，那个浅黄头发男人把椅子转得咯吱作响，接着往后倾斜一靠，靠在桌子上，然后用宽指甲挠挠下巴。

“嗨，西班牙人。旅行愉快吗？首席也在为你欢呼呢。”

德拉格拉哼了一声，拿了支香烟含在棕色的嘴唇里。

“皮特，这些照片被人发现那会儿，你在马尔办公室吗？”

“是啊，但我没找到，是局长找到的，怎么？”“你亲眼所见？”

马库斯凝视了他好一会儿，然后语气平静又十分谨慎地说，“好吧，山姆，这些照片是他找到的。他没有包庇——如果照你的意思。”德拉格拉点点头，耸了耸肩：“子弹有什么嫌疑吗？”“噢，不是那种 0.32 口径的，是 0.25 大小的，十足的袖珍手枪，铜镍子弹，自动手枪，不过我们还没找到任何弹壳。”

“伊姆利应该带走了，”德拉格拉平心静气地说，“不过却忘了带走这些给他杀人动机的照片。”

马库斯双脚放到地板上，身体往前一倾，眼球朝黄褐的眉毛往上翻看。

“可能吧，这些照片给了他杀人的动机，不过给马尔这把枪肯定是有预谋的。”

“皮特，真有两下子。”德拉格拉走到小窗旁边，向外看。过了一会儿，马库斯没精打采地说：“西班牙人，你是不是觉得我什么都没做？”

德拉格拉慢慢转过身，走过去，站在马库斯旁边，低头看着他。

“别说得让人这么恼火，伙计，你是我的搭档，总局觉得我站在马尔一边，你也脱不了干系，你安安静静地坐在这里的时候，我还上了趟普莫湖，一无所获，车子后面倒是无缘无故被放了只死鹿，弄得我跟一个狩猎管理员杠上了。”

马库斯慢慢起身，双手握成拳头放在两侧。深灰色的眼睛睁得大大的，大鼻孔的鼻腔都是白色的。

“山姆，这儿没人会这么做的。”

德拉格拉摇了摇头，“想来也是，不过他们可能就是给了个把我骗到那儿的暗示，那样外头的人就可以插足此事了。”

皮特·马库斯又坐了下来，他拿起那支银行专用笔，朝圆形草垫投去，这支笔刺进去，颤了一下，然后掉落到地板上。

“听着，”他头也没抬，粗声粗气地说，“这是我的工作，图谋生计的饭碗。对于这份警察的工作，我可没有像你那样的雄心壮志。你要是再说，我就把这该死的徽章塞进你屁眼里。”

德拉格拉弯下腰，拍了拍他的胸膛，“警察，别想太多了，我还是懂分寸的，回家喝你的酒去吧。”

他打开门，立马走了出去，然后沿着大理石面走廊一直走到一处宽敞的凹室，那儿有三扇门。

中间那扇门写着：刑事组长，请进。德拉格拉走进一间小型接待室，里面横穿着一根栏杆，背后站着一名警察速记员，他头往上看，然后甩头看向里侧那扇门。德拉格拉推开栏杆的门，敲了敲里面那扇，然后进去。

偌大的办公室里坐着两个人，刑事组长特德·麦克金坐在一张厚重桌子的一头，用一双犀利的眼睛看着德拉格拉进来。他是个身材高大、肌肉却有些松弛的男人，一张暴躁又闷闷不乐的长脸，一只眼睛有点斜视。

而坐在桌子那头圆形靠背椅子上的则是位着装高调的纨绔子弟，脚上穿着高筒靴，头戴一顶珍珠灰帽子，手上戴着一副灰手套，一把乌木拐杖靠在他旁边的一张椅子上，他有一头浓密的银白色头发，一张英俊的脸保养得颇为细心，面色红润。他面露微笑地看着德拉格拉，带着一丝取笑和讽刺的意味，嘴里抽着一支放在琥珀烟嘴里的香烟。

德拉格拉坐在麦克金对面，然后看了眼那银发男子，简短地说了句："晚上好，局长。"

德鲁局长应声点了点头，一句话也不说。

麦克金先生身子往前倾，那咬得钝钝的指甲扣在光滑的桌面上，他语气平稳地说："说下有什么成果没，有没有找到什么？"

德拉格拉看着他，面无表情。

"我不是故意的——我车厢后有一只雌鹿的尸体。"麦克金的脸纹丝不动，德鲁伸出一个粉红抛光的指甲放在喉咙前，他的舌头和牙齿发出一阵撕裂的声音。

"小伙子，对你的上司就不要隐瞒了。"

德拉格拉一直看着麦克金，等着他发话，麦克金语气迟缓略带忧伤地说："德拉格拉，你家族荣誉很好。你爷爷曾是这镇里名誉甚好的警长之一，如今你给家族蒙羞，你被别人控诉说违规，干扰了托卢卡县一名军官履行公职，并拒绝逮捕，你还有什么要说的吗？"

德拉格拉面无表情地说："难道要给我贴罪名了吗？"

麦克金先生慢慢地摇了摇头，"这不过是部门投诉，还不是正式控告，我想大概证据还不足，"他冷冷地笑了笑，一本正经的样子。

德拉格拉语气平静地说："看样子是要收回我的徽章了。"麦克金先生沉默地点了点头。德鲁说："脑瓜子转得快，一点就通呀。"

德拉格拉取下徽章，在他袖子上擦了擦，看了一眼，然后放到光滑的桌面，往前一推。

"好的，组长，"他轻声说道，"我身上流着西班牙人的血，是一名正统的西班牙人，既不是墨西哥黑人，也不是墨西哥雅基族人。我爷爷处理这种事一般都是简单粗暴，不啰里啰唆，但我并不觉得这很有趣。被人栽赃陷害是因为我曾是多尼根·马尔的挚友。你我都心知肚明，我从来没有指望能从这份工作中得到什么，但局长和他的权力拥护者可不会这么认为。"

德鲁突然站了起来，"上帝啊，你怎么能对我说那样的话。"他嚷嚷地说道。

德拉格拉微微笑了笑，什么也没说，连看都没看他一眼。德鲁又坐了下来，眉头紧皱，大声喘着气。

过了一会儿，马克金把徽章扔进桌子中间的抽屉里，站起身来。

“德拉格拉，你的职务就暂停一段时间吧，记得与我保持联系。”他迅速穿过那扇里门，头也没回地离开了房间。

德拉格拉把椅子往后一推，戴上帽子，德鲁清了下清嗓子，摆出一副和解的微笑说：“也许是我有点急了，我们爱尔兰人都这样，莫伤感情。你的教训就是我们都必须学习的。我能给个建议吗？”

德拉格拉站了起来，朝他笑了笑，干瘪的笑容牵动了嘴角，但脸上其他部位仍一动不动。

“我知道是什么，局长，暂且终止对马尔案件的调查。”

德鲁笑了笑，语气幽默地说，“也不是这样说，没有什么马尔案例。伊姆利也承认那是他律师所为，不过那纯粹是自卫，他明早就会来自首了，所以，我的意思是指其他的，回去托卢卡县，向那位管理员道个歉吧，我觉得这很有必要，要不你试试看。”

德拉格拉脚步轻快地走向走廊，打开门，然后回头一看，露出满嘴洁白的牙齿，脸上浮出一抹灿烂的笑容。

“局长，我见到罪犯就能分辨出来，他已经惹上一身麻烦了。”

他出去了，德鲁看着那扇门发出微弱的唑唑声，然后关上了。他的脸气得红涨，粉嫩的脸庞已经发青，双手拿着琥珀烟嘴猛烈地颤抖，烟灰落到他那精致的膝边裤子上。

“上帝，”他语气坚硬地默默说了声，“你这该死狡猾的西班牙人，就像平板玻璃一样有滑头——不过在你身上戳个洞还是挺容易的！”

他恼怒地站起身来，显得有些不自然，然后他仔细掸了掸裤子上的灰，伸出一只手拿过帽子和手杖，那刚修剪过的手指还在颤抖。

8

位于第三街区和第四街区之间，有一条牛顿街，里头有几家价格低廉的衣店、当铺，还有几台老虎游戏机。酒店门口，几个男人嘴里抽着烟，眼睛滴溜溜地四处乱看，嘴巴一动不动。走到街道中间，突然看见旁边有一块凸出的木牌，上面写着：斯托尔台球厅。沿人行道边缘有个往下的台阶，于是德拉格拉走了下去。

台球室前方几乎一片漆黑，一排排桌面反射出道道光线。不过后方远远地有光线射进来，刺眼的光线打在那一群人的脑袋和肩膀上，勾勒出几分轮廓。里面传来一片噪声，有争吵声还有叫喊声。德拉格拉往那束光走去。

突然，屋内仿佛听到什么信号一般，噪声戛然而止，一片沉寂中，只听见球“咔嗒”一声，一个球击中另外一个球，然后发出一连串沉闷的碰撞声，最后一击是三联碰撞，然后屋里的嘈杂声顿时又沸腾了。

德拉格拉走到一张盖着桌布的桌子旁边，从钱包里掏出十美元，然后拿出一张小贴纸，写上：“乔伊在哪儿？”然后贴到钞票上，把钱对折了四下，于是他走到人群边缘，慢慢地挪动步子靠近球桌。

一个身材高大、面无表情、梳着整齐中分的棕色头发男人正把玩着一支球杆，在桌面上学发球的姿势，他靠在桌面上，结实白皙的手指握着球杆，击球的声音就像是石头坠地，这身形高大的男人动作娴熟，毫不费力地就打了个漂亮球。

一个脸长得肉嘟嘟的男人站在高凳子上喊道：“吉尔四十球，得八分。”

高个子男子又抡起他的球杆，漫不经心地环顾了下四周，眼睛无意瞄到了德拉格拉。于是德拉格拉走上前来，说：“恢复水准了啊，马克斯，我出五块钱赌下一个。”

高个子男人点点头，“来吧。”

德拉格拉把那张折叠钞票放在桌子边缘，一个穿着条纹衬衫的青年手指刚好碰到那钞票，马克斯·吉尔有意无意地挡住他，然后把钞票塞进自己背心口袋里，语气平稳地说：“五块钱的赌注。”于是弯腰准备再击一次。

他就轻轻地一击，球就在桌面上干净利落地转动了，刹那间响起一阵掌声，高个子男人把球杆递给那穿着条纹衫的帮手说：“休息一下，我得去个地方。”

他朝那片黑暗的地方走去，穿过一扇标着“男士”的门。德拉格拉点了一支烟，环顾看了下平日牛顿街里的那些小混混，马克斯·吉尔的对手，是另一个高个子，皮肤苍白又冷漠的人，他站在标记员旁边，眼睛连看也不看地跟他说着话。在他们旁边，站着一个看似孤傲、长相英俊的菲律宾人，他穿着一套帅气的褐色西装，嘴里叼着一根巧克力色香烟，正吞云吐雾。

马克斯·吉尔回到桌旁，接过球杆，做好准备开始击球。他手伸进背心，懒洋洋地说：“欠你五块钱，伙计。”然后递给德拉格拉一张对折的钞票。

他一连击中三球，几乎没有停一下。记分员说：“吉尔四十四，连续击球得十二分。”

这时两个人从人群边缘走开，正要出门。德拉格拉跟在他们身后，紧随他们穿过球桌走到楼梯口那儿，他停了下来，打开手里那张对折的钞票，看见问题下方贴纸上潦草地写着一个地址，然后他把钞票揉成一团，塞进口袋里。

突然背后有什么坚硬的东西戳了下他，然后一个尖锐的声音传来，像班卓琴断弦的声音：“想出去，嗯？”

德拉格拉鼻头一颤，顿时感觉不对劲。他抬头往上一看，台阶上站着两个男人，在路灯的反射下有些扎眼。

“好吧。”那个颤抖的声音冷冷地说。

德拉格拉侧身一倾，一个转身，伸出一个蛇形臂背，接着往下一蹲，拽住一只脚踝，手枪子弹横扫过来，没能打中他头部，但在他肩膀那儿蹭了一下，他左手臂瞬间异常疼痛，他气喘吁吁，呼吸沉重，突然什么东西把他的帽子轻轻一掀，旁边传来一阵微弱的嘶叫声，他一个翻身，脚踝一扭，双膝撑在地面，猛扑上来，他站了起来，像只猫一样敏捷，重重地甩了甩脚踝。

穿着褐色西装的菲律宾人四脚朝天倒在地上，一支枪抖落出来。德拉格拉立即把那褐色手旁边的枪给踢出去，手枪滑到桌子下边去了，菲律宾人躺在地上，顿时神色慌乱起来，那顶带有帽檐的帽子仍扣在他的大油头上。

后面的台球室里，仍安然无恙地进行着桌球比赛，即使有人听到打斗的声音，也没人会跑过来围观。德拉格拉猛地一弯腰，从屁股后边的口袋里拿出一根棍棒，那菲律宾人紧绷着褐色的脸，往后退缩。

“你还得多学习学习，臭小子，起来。”

德拉格拉的语气听起来很随意，却寒气逼人。那肤色都变黑了的男人爬了起来，举起双臂，然后试图用左手去摸右肩，德拉格拉手上的棍棒随意一挥就打在他左手上，他吓坏了，小声尖叫了下，那声音简直像一只饥饿的小猫。

德拉格拉耸耸肩，嘴上露出一丝嘲讽的笑。

“还要逞能，嗯？好吧，你个猴子，改日了，我现在很忙，滚！”

菲律宾人溜回到桌子中间，他蹲了下来。德拉格拉换左手拿棍棒，右手握着枪柄，他就这样站了一会儿，看着菲律宾人的眼睛，然后他转过身去，迅速走上台阶，立马消失不见了。

褐色皮肤的男子靠墙立即朝前奔去，趴到桌子下面，把枪拿过来。

9

乔伊·吉尔猛地推开门，手里握着一把短小破旧得没有准星的枪。他身材矮小，脸上满是沧桑，生得一副紧张焦虑的模样，他脸上的胡子已经很久没刮过了，穿的衬衫也没件干净的，从他身后的房间里传来一股刺鼻动物的气息。

他放下枪，失望地笑一笑，回到房间。

“好吧，警官，就在这里尽情享受时光吧。”

德拉格拉走了进去，关上门。他把帽子往后推了推，看着乔伊·吉尔，脸上没有任何表情。他说：“我怎么可能记住镇上每个小混混的地址？我得从马克斯那儿才能知道。”

小个子男人嘴里咕哝着，躺到床上，把他的枪藏到枕头下，双手枕着头，眨眼看着天花板。

“警官，你有百元大钞吗？”

德拉格拉从床前拽了一把椅子，双腿跨坐在椅子上，然后拿出烟斗，慢慢地盛了点烟草，然后心情不悦地看了一眼那关上的窗户：床沿上脏脏的珐琅碎片；床单很乱；角落里的洗手池上端挂着两条毛巾；柜子上光秃秃的，只有半瓶杜松子酒，底下压着一本基甸《圣经》。

“在逃难？”他索然无味地询问道。

“警官，我现在可处在风口浪尖，我说的是真的，我手头有重要消息，绝对值你那百元大钞。”

德拉格拉慢慢放下袋子，眼神里透着冷漠，他拿一根点燃的火柴凑到烟斗旁，把烟草点着，然后恣意地吞云吐雾。小个子男人在床上坐立不安，斜眼看他。德拉格拉缓缓说道：“乔伊，你是个出色的探子，我一直都这么认为，但是一百美元对一名警察来说是一笔大钱财。”

“绝对值，好家伙。如果你在意马尔的死，想找门路的话。”

德拉格拉两眼镇静，冷酷十足。他用牙齿咬着烟斗，说话声音轻得让人觉得可怕。

“听着，乔伊。如果这事值得，那我就会努力干。不过，这事最好是对的。”

小个子男人靠在肘上翻了个身，“你知道那个和伊姆利一块拍裸照的女孩是谁不？”

“知道她名字，”德拉格拉心平气和地说，“但我没见过那些照片。”

“她叫斯特拉·莫特，真名是斯特拉·吉尔，是我妹妹。”

德拉格拉双臂交叉放在椅子背后，“很好。”他说，“继续说。”

“警官，是她陷害他的，她不过为了从斜眼的菲律宾人那儿得到几包海洛因。”

“菲律宾人？”德拉格拉马上厉声问道，此时他表情紧绷起来。

“是的，小个子褐色皮肤的兄弟，一个有几分看头，衣冠楚楚的毒贩子，一个该死让人讨厌的家伙，名叫托里波，他们叫他卡林特·基德。他在斯特拉那儿有个住处，一直给她那玩意儿，然后把她安排到这场阴谋中，在伊姆利的杯子里投毒，然后他晕了，于是她让菲律宾人用一个迷你相机拍了些照片，真聪明，不是吗？……然后，像所有女人一样，她感到很惭愧，于是就把整件事告诉我和马克斯了。”

德拉格拉点点头，沉默了会儿，整个人近乎僵硬。

小个子男人突然笑了笑，露出两排小牙齿，“我还能怎样？我只能盯着菲律宾人，警官，我像个影子一样一直跟踪他，之后我就跟踪他去了戴夫·奥格在旺多姆的天际公寓……这消息够劲爆吧。”

德拉格拉慢慢地点了点头，倒出一点烟灰放到手心里，然后把它吹走，“还有谁知道这事？”

“马克斯，如果你处理得好的话，他站我这边。他不想干预此事，于是给斯特拉钱后让她离开，让她走得远远地，因为这些男人太惨无人道了。”

“乔伊，马克斯还不知道你跟踪那个菲律宾人到哪儿去了。”

小个子男人立马坐起来，脚放在地板上晃来晃去，显得有些闷闷不乐。

“警官，我不是跟你开玩笑的，我从没有。”

德拉格拉平静地说，“我相信你，乔伊，不过我想要更多的证据，你说的这些是怎么一回事？”

小个子男人哼了一声。“该死的谁知道呢，真伤脑筋，之前菲律宾人无论是给马斯特斯和奥吉卖命，还是拍到照片之后，都达成了某种交易。然后马尔拿那些照片，显然，只要他们不吭声，他是根本不会知道他们有照片的，而且也拿不到这些照片。在这场政治竞选中，伊姆利想竞选法官，好吧，他背后有他们撑腰，不过他就是个浑蛋，是个酒鬼，还脾气暴躁，这都众所周知了。”

德拉格拉眼神顿时明朗了些，半张脸的表情就像雕像，他那支烟斗一动不动地像粘在钢筋水泥里。

乔伊·吉尔机灵地笑了笑，然后接着说道：“所以他们做了一笔大的，在马尔对这些照片还不明来历的情况下给了他，然后，伊姆利就通风报信，说照片在谁手上，有些什么照片，于是马尔开始对他施压。像伊姆利这样的人会干什么？他于是就去打猎，警官——约翰·马斯特斯和他的搭档就坐等着吃鸭子肉。”

“像鹿肉之类的。”德拉格拉心不在焉地说。

“什么？好吧，这消息够值钱吧？”

德拉格拉掏出钱包，从里面拿出一些钱，放在膝盖上数了数，然后紧紧地揉成一团，扔到床上。

“我倒是想和斯特拉谈谈，乔伊，怎么样？”

小个子男人把钱塞进他的衬衫口袋里，摇了摇头。“这不大可能了，你也许可以试试马克斯。我想她离开了城镇，不过我也得走了，正如我所说，那些家伙实在是太狡猾了——也许我跟踪他们的时候已经被发现了……因为有个家伙也盯上了我。”他站起来，打了个哈欠，说，“喝杜松子酒吗？”

德拉格拉摇了摇头，看着小个子男人往柜子走去，他举起酒瓶，往一个厚厚的玻璃杯里倒了一大半，随后一饮而尽，放下杯子。

突然，窗户上的玻璃哐当一声，接着传来一阵像戴着手套拍过来的声音，一小块窗户上的玻璃碎片掉在毛毯那裸露的褪色木板上，几乎落在乔伊·吉尔脚上了。

那小个子男人一动不动地顿了两三秒，然后一块玻璃碎片从他手上掉下来，在地面弹起后又滚到墙边，接着他的两条腿上也有玻璃片，他身子慢慢地倾斜倒了下去，最后倒在了地上，慢慢转过身。

鲜血开始从他左眼伤口处顺着脸颊缓缓流淌下来，突然在伤口处的鲜血喷涌而出，乔伊·吉尔两眼茫然地看着天花板，仿佛那些东西已经不再重要了。

德拉格拉安静地从椅子上滑下来，蹲下身子，用双手和膝盖撑在地面上，他沿着床边爬过去，靠在窗口的墙上，伸手在乔伊·吉尔衬衫里摸索，手背放在他心脏那儿稍微停了一下，然后拿开，摇了摇头，他蹲得很低，谨慎地拿起他的帽子，遮住头部微微往上挪，然后从窗户很低的那个角落朝外看。

他往那堵高高的仓储白墙看去，视线扫过那个胡同，里面分布着多扇窗户，都很高，但里头都没有亮灯。德拉格拉再次低下头，屏住呼吸轻声说：“也许是无声枪击，瞄得十分准确。”

他的手又胆怯地往前伸了一下，从乔伊·吉尔衬衫里掏出那团揉在一起的钞票。然后他沿着墙走到门边，身子依旧是蹲下的，他伸手从门上拿了钥匙，打开，起身迅速地出了门，然后锁上。

他沿着一条肮脏的走廊过去，下了四层楼梯，走到一个狭窄的大厅，大厅里空无一人，那放着电话的前台也没有人。德拉格拉站在玻璃墙街道门后边，扫视了一眼街道，一间木屋门框上坐着两个老人，悠闲地抽着烟，他们神色看起来十分安然，他注视了他们好一会儿。

于是他走了出去，迅速用锐利的眼神向两旁街道瞥了一眼，沿着路边停靠的车辆走到下一个街角，过了两条街区后，他打了一辆出租车，然后又回到牛顿街的斯托尔台球厅。

现在整个台球室的灯都亮了，球桌上的球被击来击去，不停地滚动着，打球的人在这片烟雾缭绕的地方进进出出，德拉格拉环顾四周，看见一台取款机旁边，有个坐在高凳子上脸长得胖乎乎的人，德拉格拉走到他旁边，说：

“你，叫斯托尔？”

那脸胖乎乎的人点了点头。

“马克斯·吉尔到哪儿去了？”

“早走了，兄弟。他们只打了一百来块钱，我想回家了吧。”

“他家在哪儿？”

那个脸长的肉嘟嘟的男人眼神一闪烁，迅速地扫了一眼德拉格拉。

“我不知道。”

德拉格拉把手放进口袋里，掩装要去取徽章。他停了下来——摆出一副镇定自若的样子。这个脸胖嘟嘟的人咧嘴一笑，“警察，是吗？好吧，他住在曼斯菲尔德，格兰德西区第三大道。”

10

西萨里奥·托里波是个长相英俊的菲律宾人，他穿着一套精致的西装，一边捡起掉在电报柜台上的两枚硬币和三便士，一边朝那等他等得不耐烦的金发女郎笑了笑。

“亲爱的，这电报现在就发？”

她看了一眼，冷冰冰地说："曼斯菲尔德酒店？二十分钟到那里——叫这么亲昵干吗？"

"好吧，亲爱的。"

托里波磨磨蹭蹭地走出电报局。金发女郎戳着那份电报，头也不回地说："他简直疯了，就三个街区外的酒店还要发什么电报。"

西萨里奥·托里波漫步在斯普林大街上，巧克力香烟冒出缕缕烟雾，越过他那整洁的肩膀，然后在身后飘散开来。到了第四大道，他往西一转，又走了三条街区多一点，然后走进曼斯菲尔德旁边理发店的侧门，从大理石台阶上去，走到一个中厅，接着他沿一个办公室后面走，从铺着地毯的楼梯上到第三层。经过电梯后，他大摇大摆地下到一个长长的走廊里，一边走一边看门牌号。

他走到距离电梯口一半路程时，又回来，坐在一个开阔的空地上，那儿有两扇窗户、一张玻璃桌，还有几张椅子。他用烟头点了另一支香烟，往后一靠，靠在墙上听电梯里的声音。

只要听见有人到了这一层楼，他就立即往前探身子，仔细听脚步声。大约十分钟后，有人朝这边走来。他站起身，走到那片开阔场地的最前边一个角落，从右胳膊下掏出一把细长的枪，然后换右手握枪，紧贴着墙面，枪口朝下，放在大腿一侧。

只见一个胖墩墩、脸上满是痘印、身穿员工服的菲律宾人手里拿着一个小托盘，正沿着走廊过来。托里波嘴里发出嗞嗞声，举起手枪，那个矮胖的菲律宾人身子转过来，目瞪口呆地盯着这把枪。

托里波说："送哪个房间，小子？"

胖墩墩的菲律宾人紧张中带着一丝谄媚的笑，他稍微走上前，给托里波看了看那托盘里的黄色信封，信封封条上用铅笔写着房号338。

"把它放下。"托里波神色平静地说。

胖墩墩的菲律宾人把电报放在桌上，眼睛始终盯着那把枪。

“滚开，”托里波说，“把它放门下边，懂吗？”

那胖墩墩的菲律宾人使劲点点圆脑袋，然后紧张地笑了笑，一转身屁滚尿流地朝电梯跑去。

托里波把枪放在上衣口袋里，拿出一张对折的白纸，他十分小心地打开，摊开手掌，用左手拇指和食指之间的空隙摇匀那闪闪发光的白色粉末，然后他用鼻子吸进去，接着拿出一块烈焰般的丝绸手帕擦了擦鼻子。

他一动不动地站了一会儿，眼神变得呆滞，一张棕色脸上的皮肤似乎被高高的颧骨绷得紧紧的，他咬牙切齿，大声喘息。

他捡起黄色的信封，沿着走廊一直走到尽头，停在最后一扇门前，然后敲了敲门。

里面传出一个声音。他嘴巴凑到门上，用一种高亢又恭敬的语气说道：

“先生，有您的信件。”

里面的弹簧床嘎吱作响，然后传来走在地板上的脚步声，钥匙一转动，门要开了，这时，托里波再次掏出那把细长的手枪。门一打开，他臀部优雅地一摆，敏捷地挤进门里，用枪口对准马克斯·吉尔的腹部。

“往后退！”他大喊一句，声音里带着一股金属碰撞的质感。

马克斯·吉尔往后退缩，避开那把枪，一直向后退到了床边，大腿碰到床沿时他一下子坐在床上，床上的弹簧嘎吱一声，报纸也在沙沙作响，马克斯·吉尔那整洁中分的棕色头发下边，是一张苍白的脸，却毫无表情。

托里波轻轻地关上门，啪的一声锁上，门反锁上时，马克斯·吉尔脸色突然变得很难看，他的嘴唇开始哆嗦，不停地颤抖着。

托里波嗓门一开，面带嘲笑地说：“你跟警察说了，是不是？见鬼去吧。”

他手里那把枪抖动了一下，接着连续不断地抖动，枪口冒出一缕白烟，这枪制造的噪声比用铁锤钉钉子或膝盖撞木头的声音都大，他一连开了七发子弹。

马克斯·吉尔慢慢倒在床上，他的脚仍瘫在地板上，双眼一片空白，嘴唇张开，吐出红色的泡沫，鲜血从他那件宽松的衬衫里渗出来，他安静地躺在床上，看着天花板，双腿放在地面上，发紫的嘴唇里流出红色泡沫。

托里波换左手拿枪，放回腋下。他侧身走到床边，站在一旁，看着马克斯·吉尔。过了一会儿，他嘴里不再冒出粉色的泡沫了，脸变得十分安静，成了一张空虚的死人脸。

托里波回到门口，打开门，正要开始往回走，眼睛仍停留在床上。这时，他背后突然传来一阵旋风，他一转身，伸手正要举起来，可是有个东西套在他脖子上，他身子一倒，撞倒在地面，他脑袋顿时有点晕乎，地板也开始在眼前倾斜了。

德拉格拉在菲律宾人腿上踢了一脚，从门口把他踢进了房间，他关上了门，上好锁，身子僵硬地往床那边走去，在一侧晃着手里的棍棒，他站在床边好长一段时间，最后轻声嘀咕道："好一个斩草除根，好吧——他们想斩草除根。"

他回到菲律宾人身旁，翻过身子，在他口袋里摸了摸，有一个做工精致的钱包，不过里面没有任何身份证明，有的不过是一个黄金打火机，黄金烟盒、钥匙、还有一只金色的铅笔和小刀，一条火焰色的手帕，一些零钱，两支枪和几颗子弹，褐色外套的口袋里还有五小袋海洛因。

他把它们扔在地板上，站了起来。菲律宾人呼吸沉重，他闭着眼睛，脸上一侧肌肉抽搐着。德拉格拉从他口袋里掏出一根细铁丝，然后把褐色皮肤男人的双手放在背后，用细铁丝绕在他手腕上，把他拖到床上，让他坐在床上，然后用一根铁线在他脖子上绕一圈，绑在床柱上，接着又把火焰色的手帕系在铁丝上。

他走进浴室，接过一杯水，然后用力往菲律宾人脸上泼去。

托里波猛地一惊醒，脖子却被铁丝缠住了，他眼睛一睁开，张嘴就大声喊叫。

德拉格拉猛地一拽他脖子上的铁丝，顿时叫喊声就被掐断了，他脸上露出紧张又痛苦的表情，嘴上流着口水。

德拉格拉这才把铁丝松了下，低头靠近菲律宾人的脑袋，然后他轻轻地对他说，语气十分干涩却带着一股致命的温柔。

“兔崽子，你总会开口的，也许不是现在，也许很快。但过了一会儿你就会开口了。”

那个菲律宾人的眼睛泛黄，他吐了口口水，然后紧紧地闭上嘴唇。

德拉格拉露出有些狰狞的笑容，“有出息啊。”他轻轻地说。然后把手帕一扯，紧紧地套在他棕色脖子的喉结上。

那菲律宾人的腿开始在地板上挣扎，身子立马弓起来，棕色的脸已变成了紫色的充血状态，他那两只眼球凸出，充满血丝。

德拉格拉又松了松铁丝。

菲律宾人气喘吁吁地大口呼吸着，他脑袋垂了下来，然后猛地靠在床柱上，浑身都在颤抖。

“我……我在说话。”他一边喘气一边说。

11

门铃响了，艾恩黑德·图米正小心翼翼地把一张黑十放在红色杰克下。他舔了舔嘴唇，然后把所有的牌都放下，扫视了一圈，随即目光越过餐厅拱门，朝屋子前门那儿看去。他缓缓起身，看上去是个高大鲁莽的人，长着一头蓬松的灰头发，还有一个大鼻子。

在客厅的拱门那儿，有一个身形瘦弱的金发女孩，她正躺在沙发上，在一盏灯罩破了的红色台灯下看着杂志。她长得很漂亮，不过脸色有些苍白了，那纤细又高的拱形眉使她的脸看上去有种惊讶的神情。她把杂志放下，双腿放在地上晃悠着，然后眼神撞见艾恩黑德·图米，顿时充满了恐惧。

图米拇指示意了下。女孩站起来，迅速穿过拱门，然后走向回转门，进了厨房。她慢慢地关上门，没有发出声响。

门铃又响了，这次响的时间更长些，于是他把那双套着白袜子的脚丫塞进拖鞋，大鼻子上架着一副眼镜，从旁边的椅子上拿了一把左轮手枪，接着又从地板上捡起一张变皱了的报纸，大致把枪头包裹了下，然后握在左手上。他不慌不忙地走到前门。

把门打开时，他打了个哈欠，用一双困倦的眼睛看了一眼站在门廊上戴眼镜的高个子男人。

“好吧，”他不耐烦地说，“什么事。”

德拉格拉说：“我是一名警察，我想见下斯特拉·莫特。”

艾恩黑德·图米一只手撑在门框上，身子紧紧地靠着门，表情显得很不耐烦。

“警察，你找错地了，这里没有女人。”

德拉格拉说：“我想进去看看。”

图米激动地说：“你简直——放肆。”

德拉格拉敏捷熟练地从他口袋里掏出一把枪，抵在图米的左手腕上，于是那把包裹在报纸里的大手枪掉在走廊的地板上，图米的脸顿时变得严肃起来。

“净说废话，”德拉格拉说，“给我进去。”

图米左手手腕一晃，伸出右手，狠狠地抓住德拉格拉的下巴，德拉格拉脑袋大幅一转，他皱下眉头，嘴里发出不满的声响。

图米扑向他，德拉格拉一闪，把枪抵在他的大灰头上。图米顶在他肚子上，他们已经进了房间不过还没到走廊一半。他哼了一声，手牢牢地撑在地面上，然后重新站起来，好像什么事也没有。

德拉格拉把图米的枪踢得远远的，屋里头那扇回转门突然发出了一丝声响，德拉格拉看向那边，图米用一只膝盖和一只手撑在地板上。他拽住德拉格拉的腹部，狠狠地打他，德拉格拉咳了一声，又重重地往图米头上打了一拳，图米晃了晃脑袋，低声吼道："别在这儿跟我耗费时间，呵。"

他往旁边一偷袭，抓住德拉格拉一条大腿，抬起来。于是德拉格拉倒下来一屁股坐在门廊上，堵在门口，脑袋撞到了门边，他感到一丝眩晕。

突然，那个瘦弱的金发女郎匆匆跑到门廊，手里握着一把小手枪，枪口指向德拉格拉，她气愤地说："别碍手碍脚了，你真是该死！"

德拉格拉摇摇头，正要开口说话，突然图米把他的脚一扭，于是他说不上话来。图米牙关紧咬，一个人使尽浑身解数，拼命地扭德拉格拉的大腿，仿佛这腿就是他的，他想怎样就怎样。

德拉格拉头猛地往后一仰，脸色煞白，嘴巴歪曲，表情狰狞，一副十分痛苦的样子。他一鼓作气，用左手一把抓住图米的头发，把他的大脑袋使劲拽起来，然后费劲全力把他下巴抬起，德拉格拉用手枪重重地击在他脸上。

图米顿时全身瘫软无力，倒在他腿下，却仍试图把德拉格拉拽到地板上。德拉格拉一动不动，他用右手撑在地板上，以防被图米死沉的重量托倒在地，但他右手够不着那地板上的枪。此刻金发女郎离他更近了，她脸色苍白，满是怒气，眼睛睁得大大的。德拉格拉筋疲力尽地对她说："别傻了，斯特拉，乔伊……"

金发女郎的脸极其不自然，瞳孔里透出反常怪异的眼神。

"警察！"她几乎尖叫起来，"警察！上帝啊，我多么地厌恶警察！"

她手中的枪响了，枪声的回音瞬间溢满整个房间，它从敞开的前门传出来，一直传到大街对面的护栏上。

那一声尖锐的枪声就像拳击般一拳打在德拉格拉左侧脑袋上，他的脑袋瞬间疼炸了，然后眼前掠过一片白色星光，接着一片漆黑。他无声地倒下了，仿佛坠入了无尽的黑暗中。

12

待他再次微微睁开双眼，眼前仿佛出现了一团红雾。他脑袋一侧昏沉又疼痛，整张脸和牙齿都在狰狞。正想动时，他感觉自己的舌头炽热又厚重，然后他试着动了动手，似乎已失去知觉，那分明不是自己的手了。

然后他睁开眼睛，红雾消失了，眼前有一张很大的脸，就靠在他旁边，这张脸肉嘟嘟的，长着圆滑发青的下巴，厚厚的嘴唇笑嘻嘻地叼着一支明亮纤细的雪茄。这张脸微微笑了笑。德拉格拉又闭上双眼，疼痛感再次汹涌而来，笼罩着全身，他晕了过去。

过了一会儿，也许过了好久，他又看到了这张脸。他听见一个浑厚的声音。

“嗯，他醒过来了，一个非常坚强的家伙。”

这张脸靠得更近了，雪茄头上那樱桃红的东西晃了一下。然后他剧烈地咳嗽了下，感觉脑袋一侧似乎要炸裂开来，他感觉到新鲜的血液从脸颊上流下来，痒痒的，然后滑过那已经凝结了的血块。

“这让他有的受了。”那声音低沉地说。

另一个声音语气里带点口音，说了几句下流的话。那张大脸转过身子，朝那声音吼了几句。

于是德拉格拉就清醒过来了，他清楚地看清了整个房间，里面有四个人，那张大脸就是约翰·马斯特斯。

纤瘦的金发女孩卧在沙发一端，表情复杂地凝视着地板，她两只手臂僵硬地放在两侧，双手被垫子挡住了看不到。

戴夫·奥格那瘦长的身子靠在墙上，旁边有一扇窗户，上面挂着窗帘，他那楔形的脸看上去有些不耐烦。昏暗的灯光下，德鲁局长则坐在沙发的另一端，灯光打在他的头发上，散出银光，一双蓝眼睛十分明亮，他表现出一副若有所思的样子。

约翰手上拿着一把亮闪闪的枪，德拉格拉看到后眨了眨眼，想要起身。突然一只手猛地摁在他胸前，他倒了下去，一股反胃的感觉蔓延全身，这个浑厚的声音有些冷酷地说：

“乖乖待着，省点力气吧，还想闹，现在轮到我们了。”

德拉格拉舔舔嘴唇，说：“给我一杯水。”

戴夫·奥吉离开那面墙，走进餐厅门，出来后手里拿着一个玻璃杯，他走过来，把杯子放到德拉格拉嘴边。德拉格拉一咕噜大喝了几口。

马斯特斯说：“警察，我们很欣赏你的胆量，不过你用错了地方，看来你是个看不懂别人暗示的人，这简直太糟了，都到这个地步了，还不知好歹？”

金发女郎扭过头，一双大眼睛瞪了一眼德拉格拉，又回过头去。奥吉回到原先那面墙那儿，德鲁开始用手指紧张快速地在侧脸挠了一把，仿佛德拉格拉脸上的血让他感觉自己的脸也受了伤。德拉格拉语气微弱地说：“杀了我，你就会升点职位，马斯特斯，傻子永远是傻子，你为此杀了两个人，你甚至连自己在掩饰什么都搞不清楚。”大个子男人厉声呵斥，举起那把闪亮的枪，然后使了个眼色，又慢慢地放低。奥吉语气懒散地说：“淡定点，约翰，让他说去吧。”

于是德拉格拉接着用低沉沙哑的声音说：“那女士正是你所杀害的那两个男人的妹妹。她把事情告诉他们了，如何诬陷伊姆利，谁拿到了那些图片，他们怎么从多尼根·马尔那拿的。你那小菲律宾打手已经全盘招供了，我已经明白事情的大概了，你不确定伊姆利是否会杀了马尔，也许马尔会杀了伊姆利，但无论怎样，干了他就行。只是，如果伊姆利真的杀了马尔，案子就很快水落石出了。这正是你们疏忽的地方，在了解真相之前你就想掩盖事实。”

马斯特斯粗暴地说：“简直胡说，警察，胡说八道，你纯粹是在浪费我的时间。”

金发女郎转头看向德拉格拉，对着马斯特斯的后背。此刻她的眼里满是仇恨，德拉格拉轻轻地耸了耸肩，又接着说：“你们早就把杀手安在吉尔兄弟之间，正因为此事，我没能调查清楚，甚至把我给陷害进去了，然后被迫停职。因为你们觉得我跟马尔是一伙的，但出了点意外，你们找不到伊姆利——这就尴尬了。”

马斯特斯那双坚毅的黑眼睛睁得大大的，粗脖子涨得更粗了。

奥吉往前走了几步，然后直愣愣地立在那儿。过了一会儿，马斯特斯咬牙切齿，用一种极为平静的语气说：“警察，讲得真好，把那事告诉我们吧。”

德拉格拉用两个指尖碰了碰自己血迹斑斑的脸，然后看着手指，眼眸十分深邃。

“伊姆利已经死了，马斯特斯，他比马尔死得还要早。”

房间里异常安静，大家都愣住了，德拉格拉看他们都僵住了。过了好长时间，马斯特斯深沉地吸了口气，然后呼出来，声音低沉地说：“警察，说吧，快说完，要不然我就——”

德拉格拉语气冷冷地把他的话给打断了，脸上毫无表情地说：“伊姆利的确是去看马尔了，为何不去呢？他不知道自己已经被出卖了。就在昨晚他去看他，不是当天。他坐车赶去普莫湖马尔的小屋子跟他会面，开始还是友好地谈着，不过无论如何这都是一场恶作剧。然后，他们在那里打了起来，伊姆利被杀了，他被推到门廊的尽头，掉了下去，脑袋刚好撞到底下的一块岩石，破了。他在上个圣诞节那天死的，尸体就在马尔小屋的木棚里……好吧，马尔把他藏了起来，然后回到镇上。于是当天他接到一个电话，电话里提到了伊姆利的名字，约好十二点十五分见面。马尔该怎么办呢？当然是敷衍过去，他支开办公室那个女孩，让她去吃午饭，然后匆忙地在他够得着的地方藏了一把枪。他干的这一切都是麻烦的开始，只是客人愚弄了他，他没能用上枪。”

马斯特斯粗鲁地说：“见鬼吧你，你就是在瞎说。你根本就不知道这一切。”

他回头看了一眼德鲁，他的脸发灰，绷得紧紧的。奥吉离开那面墙，走向德鲁。金发女人纹丝不动。

德拉格拉不耐烦地说：“当然，我是猜的，但我猜中了。事实就是这样的，马尔用不着枪，就放在他旁边，而且他都计划好了。他为什么不开枪？因为是个女人拜访他。”

他抬起一只胳膊，指着那个金发女郎。“这就是你们安排的杀手，尽管她陷害他，可她爱伊姆利，她是个吸毒的人，吸毒的人就像这样。她伤心难过，然后想替伊姆利报仇，于是亲自去找马尔，你可以问她！”

金发女郎突然站起来，动作娴熟地往前一冲，右手猛地从垫子下面拿出一把小手枪，她就是用这把枪击中德拉格拉的。她那双绿眼睛变得苍白又空洞，凝视着他，马斯特斯一转身，用闪亮的左轮手枪挥了下她的胳膊。

她立马对着他开了两枪，十分果断地，没有丝毫的犹豫。血从他脖子一侧喷涌而出，顺着外套流淌下来。他摇摇晃晃，那把发亮的手枪掉在地上，就落在德拉格拉脚边，他向德拉格拉椅子背后的那面墙倒去，一只胳膊靠墙，手碰到墙面，然后缓缓掉落，身子倒下来。他重重地摔倒在地面上，便一动也不动了。

德拉格拉的手几乎够到了那把闪亮的手枪。

德鲁站起来大喊一声，那女人慢慢转过身朝向奥吉，似乎并没注意到德拉格拉。奥吉迅速从腋下拿出一把手枪，然后伸出胳膊把德鲁往旁边一推，小手枪和鲁格尔手枪几乎同时响起，小手枪坠落了，那女人倒在沙发上，左手捂住胸前，她眨了眨眼睛，还想再拿起枪。接着她就侧身倒在沙发垫子上了，她的左手松开，从胸前掉了下去。她胸前的衣服顿时被鲜血染红了。她睁开眼睛又闭上，接着又睁开，再也没合上。

奥吉用鲁格尔手枪对准德拉格拉，突然他的眉毛一刹那就扭曲了，带着一丝紧张的笑，他那浅黄的头发紧紧贴在头皮上，好像画上去的。

德拉格拉迅速地向他开了四枪，那枪声就像机枪的响尾声。一瞬间奥吉的脸就变得像老人一般消瘦，空洞了，眼神茫然地像一个傻子。然后这大个子就整个倒在地上了，手里仍然握着鲁格尔手枪。他的一条腿在下面翻了下，柔软无力，跟没有骨头似的。空气中有一股浓烈的火药味，仿佛已被枪支的声音给震碎。德拉格拉缓慢地直起身来，向德鲁示意了下那把闪亮的手枪。

“你一个人的盛宴啊，局长，这就是你想要的吗？”

德鲁慢慢地点了点头，脸色苍白，颤抖着。他吞咽了下口水，在地板上稍微挪了下，经过奥吉的尸体，又看了看那躺在沙发上的女人，摇了摇头，然后走到马斯特斯那儿，单膝跪在地上，用手碰了碰他，接着站起来。

“我想，所有人都死了。”他喃喃地说。

德拉格拉说：“太棒了。大个子怎样？那剽悍的家伙？”

“他们打发他走了。我——我觉得他们并不是想杀你的，德拉格拉。”

德拉格拉点了点头，他的脸开始有些起色了，不再僵硬。这一次已经不是戴着血淋淋的面具看待人类了。他用一条手帕捂住脸，擦干净脸上那鲜红的血，然后把它扔了，接着轻轻拨弄了下乱蓬蓬的头发，有些头发已经被干了的血液给粘住了。

“见鬼，不想着才怪。”他说。

屋子里十分安静，外面也没有噪声。德鲁听着，用鼻子嗅了嗅，然后走到前门那儿向外张望。外面的街道一片漆黑，十分沉寂。他回过身，走到德拉格拉旁边，过了好久，脸上才勉强地挤出一个笑容。

“这是一个值得思考的问题，”他说，“一个局长必须做自身的卧底——而且一个正直的警察还得以身作则，赴汤蹈火，才能帮到他。”

德拉格拉毫无表情地看着他。“你想那样玩？”

德鲁此刻说话显得更平静了，脸上的肤色又红润起来，“为了更好的职位、人民和城市——还有我们自己，这是唯一的办法。”

德拉格拉抬头跟他对视了一眼。

“我也喜欢这种方式，”他无精打采地说，“如果真如我们所想的那样。”

13

马库斯刹车停了下来，脸上露出满是羡慕的表情，对着那大树底下庇荫的房子笑。

“真好，”他说，“真想在这里好好休息一阵啊。”

德拉格拉动作缓慢地下了车，身子十分僵硬，一副很累的样子。他没戴帽子，把草帽夹在手臂下。他左侧脑袋有一部分头发被剃光了，伤口上面用绷带绑着一层厚厚的纱布，绷带边缘处有一簇厚实的黑头发被绑住了，这使他整个人看起来有些滑稽。

他说：“是啊——不过我可不住在这儿，伙计，等我一会儿。”

他沿着铺满石子的小路走去，穿过草地，清晨的阳光照射过来，树木长长的影子投在草地上。

房子看起来十分寂静，窗帘都拉上了，黄铜门锁上有一个黑色的花环，德拉格拉没朝那扇门走去。他顺着窗户下面的另一条小路走去，沿着房子一侧，经过一片长着剑兰的花园。

屋子后面树木繁盛，绿草茵茵，繁花盛开，阳光很充足，是块不错的避暑胜地。那儿有个池塘，里面开着睡莲，还有一块大大的牛蛙石头，除此之外，草坪上面还有几张半环形的椅子，中间一张铁质瓷砖面的桌子，其中一把椅子上，坐着贝拉·马尔。

她穿着一条黑白相间的裙子，十分宽松休闲，栗色的头发上扣着一顶宽边帽子。她一动不动地坐在那儿，看向远处的草坪。她的脸十分白皙，很明显化了妆。

她慢慢地转过头，露出勉强的微笑，指了一把身旁的椅子。德拉格拉没有坐，他把帽子从胳膊那儿拿下来，用一根手指抓着帽檐，说："案子结束了，包括所有的笔录，调查和威胁。没有人会再宣扬这事了，报纸上会暂时炒作一段时间，但总归案子是结束了，你可以试着忘记它了。"

女人突然朝他看了一眼，那双迷人的蓝眼睛睁得大大的，然后目光又转向草地。

"山姆，你的头伤得严重吗？"她语气轻柔地问。

德拉格拉说："不，还好……我意思是拉莫特女人开枪打死了马斯特斯——而且她也杀了多尼。奥吉向她开了枪，然后我枪击了奥吉，所有人都死了，整个事情环环相扣，只是伊姆利如何被杀了，我想我们就无从得知了，不过现在那已不重要了。"

贝拉·马尔头也没抬，语气平静地说："那你是如何知道伊姆利在小木屋里的？报纸上说——'她突然全身哆嗦，然后倒下了。'"

他表情木讷地凝视着手里的帽子，"我想不是这样的，一个女人开枪杀了多尼，我的直觉告诉我，伊姆利是掉到湖里去了，这才符合描述。”

“你怎么知道是一个女人……杀了多尼呢？”她的语气里带着一丝迟疑，话说到一半，声音也越来越低。

“我就是知道。”

他走了几步，站在那儿往树上看了看。接着又慢慢地转过身，走了过来，站在她椅子旁边。他的脸上满是疲倦。“我们曾在一起有过一段美好的时光——我们三人，你和多尼还有我。但是生活似乎总是不尽人如意，如今一切都过去了——所有的美好。”

她的声音仍然很低沉，说道：“也许还没全部失去，山姆，从现在起，我们一定要多见见。”

他的嘴角轻轻掠过一丝微笑，随即消失了，“这是我第一次骗人，”他语气平静地说，“我希望这也是最后一次。”

贝拉·马尔头微微一抬，双手抓住椅子的扶手，看着木头上那扎眼的白漆。她整个身子似乎顿住了。

过了一会儿，德拉格拉把手伸进口袋，掏出一个金色发光的东西，他看着它发呆。

“把徽章拿回来了，”他说，“我想，但没有曾经那么干净了，从今往后我会好好干，我希望如此。”于是他又放回口袋里。

马尔慢慢起身，站在他面前，她抬起下巴，盯着他看了好久，她的脸上擦着胭脂，整张脸像打着白色石膏的面具。

她说：“我的天哪，山姆——我开始明白了。”

德拉格拉没有看她的脸，越过她肩膀看向不远处的模糊地方。他说话含糊，神情也有些恍惚。

“当然……我觉得是女人，因为这是一把女人用的小手枪，但不仅仅是因为这个。我去了那小屋后，才知道多尼已经在准备应对麻烦了，这个时候要对付这个男人并不是件容易的事。对伊姆利来说，如果他能杀掉马尔，那这个计划就完美了。马斯特斯和奥吉以为他做到了，而且还打了一个律师的电话来确认这事，并承诺早上就去自首。所以那些不知道伊姆利被杀害的人就自然而然地中了圈套。此外，没有哪个警察会想到一个女人会捡走弹壳。”

“我听乔伊·吉尔陈述之后，我想这可能是拉莫特这个女人所为。但当面跟她说时，我并不这么觉得，那得多丢人。从某种角度来说，是我害死了她，不过跟那样的团伙在一块，无论怎样，我都不会放过她的。”

贝拉·马尔仍然凝视着他。微风轻拂，吹起她一缕头发，除此之外，她一动也不动。

他从远处收回目光，一脸严肃地看着她，过了一会儿，又移开视线，然后他从口袋里拿出一小串钥匙，扔在桌子上。

“在我还没明白事情之前，有三件事让人难以捉摸：写在记事本上的笔迹，多尼手上的枪，消失的弹壳。然后我猜到了，他没有立即死掉，他很有胆量，用勇气支撑到最后一刻——为了保护某人。记事本上写的文字有些胡乱，那是他临死前一个人写完的。他想到了伊姆利，于是写上了名字，让警察混淆追踪调查。然后他从桌子里拿出一把枪，握着枪死了。至于弹壳的事，没过多长时间，我也明白了。”

“枪声被掩盖了，穿过桌子，可以看到另一端有几本书。弹壳就掉在那里，就放在桌子里他伸手够得着的地方，因为他不可能把它们从地上捡起来。你那串钥匙里有一把他办公室的钥匙，我昨天半夜去了那里，在一个装雪茄烟的烟盒里找到了弹壳，不过没有人发现，毕竟这东西要专门找才能找到。”

他不吱声了，摸了摸自己的侧脸。过了一会儿，他接着说：“多尼已经尽全力做得很好了——然后他死了。他干得很不错——我会尽全力给他撇清关系的。”

贝拉·马尔慢慢张嘴，一开始有些含混不清，后来她吐字清晰地说：

“山姆，这不仅仅是女人，是他所拥有的那个女人。”她语气里带着颤抖，“我会马上进城去自首。”

德拉格拉说：“不，我告诉你吧，是我想让他逃离这个现实，城里人喜欢这样解决问题，这是政治膨胀的后果。使得城市摆脱了像马斯特斯及奥吉团伙的掌控。在短时期内，德鲁可以风光无限，但他难以支撑到最后。所以没关系……对于这件事，你不要干涉了，你要做的就是多尼拼尽全力想要捍卫的——让自己摆脱干系。再见。”

他又快速地看了一眼她那张白皙的脸，然后便转身离开了草坪。他再次经过那个睡莲池子，沿着房子一侧的石块，往车那边走去了。

皮特·马库斯把车门打开，德拉格拉上了车，坐下，头靠在车座后垫上，然后躺下闭上双眼。他语气平淡地说：“皮特，开慢点，我头疼得厉害。”

马库斯发动车子，掉头上了马路，他慢慢地开车沿着德内夫大道返回镇里去。树荫下的那幢房子在背后消失了，最终掩藏在高大的树丛里。

车子开了很久以后，德拉格拉才再次睁开双眼。

英格兰夏日——哥特式的浪漫

请将我与牺牲的士兵

同葬，在那暗淡的星光之下

——斯蒂芬·文森特·贝尼特

1

英国农舍历史悠久、风景如画，每年夏季一些英国人没钱去阿尔卑斯、威尼斯、西西里岛、希腊、里维埃拉时，或者厌烦了地狱般阴暗的海洋时，总会去某个农舍待上几周甚至一个月。

可是冬天谁会住在那样的地方呢？谁能忍受那漫长的潮湿与孤寂，只为寻找一个答案呢？两颊红润、性格恬淡、睡觉还得暖两个热水袋的老妇人可以忍受这一切。她对世界漠不关心，甚至将生死置之度外。

那时正值夏日，克兰德尔夫妇在那个农舍已经待了一个月，而我应邀前去，也许会待上几天。爱德华·克兰德尔亲自邀请我，我便去了，一方面，那样可以和她近距离接触；另一方面，他邀请我是出于一种侮辱，我恰好喜欢被一些人侮辱。

我想他也不是想捉奸在床，或许他压根就不在乎。他总是在屋顶上，谷场里，草堆中忙碌着。无论如何他都不会对我们俩施舍那样的“关怀”。

但是我从来就没和她上过床，所以他也没法抓到我们。相识的三年里，我们断断续续地见面，什么也没发生过。单方面看来，我觉得这真是一种天真又古板的矜持。他总是冷淡她，而她不断以沉默做回应，我的矜持在那些时候可能显得太冷酷无情了。也许我错了，也许我错了，因为她是那么的可爱。

那是一个坐落在布登汉姆乡村尽头的小农舍，尽管有大自然作为篱笆，但它仍有英格兰花园里那种没什么实用性的围墙，好像生怕外人看到花儿的不雅姿态。人们喜欢把后面那片最靠近房屋的地方做“后花园”。夏天，“后花园”里英格兰花儿的芳香异常浓郁。向阳面，藤架上的油桃茂盛地生长，如果天气够暖和的话，人们会在那茂密、古老的草坪上，放上一张桌子和手工编织的椅子，坐着喝喝茶。但是我在那儿的时候，天气总是不好。

正门前有一个更大的花园，在这个封闭的空间里，玫瑰花和木犀草香气四溢，条纹大黄蜂在花丛中昏昏欲睡。屋外有条走廊、有道树篱，有排栅栏，还有个大门，这一切我都很喜欢。可是屋内有一样东西让我很讨厌，就是那楼梯。楼梯的设计很不合理，好像是专门为了让刚和你结婚六个月的新娘摔倒，让她脖子扭断的冷酷陷阱；又好像是为了让那些惺惺作态的人们亲身感受一下突然降临的意外，让他们也尝尝泪水的滋味。

我甚至不介意这儿只有一间浴室，而且没有花洒。十年间，我多次往返英国，有时还会待上很长一段时间，我发现英国房子基本都只有一个浴室，即使大宅子也是如此。你会慢慢习惯每天清晨被轻轻的敲门声吵醒，还没来得及回应时，门就被轻轻地推开了，窗帘也被哗地一下拉开。接着会传来旧式铜盆乒乓的响声，一个装满热水的旧式铜盆被放在又宽又浅的底托上，你只能勉强坐进去——前提是你得把湿答答的脚放在地板上。这种沐浴方式现在已经过时了，但是有些地方依然保留着这个传统。

这些都是可以勉强接受的，我唯独不能忍受那楼梯。首先，楼梯顶部一个伸手不见五指的地方，有个不明显的转角；还有一个完全多余的半步台阶，台阶的设计角度也是糟糕透顶。我总在那儿被绊倒。

其次，一根钢柱那样坚硬锋利、橡树那么粗大的中柱，支撑在主楼梯拐角前的上半段。传说，英格兰的一次风暴中，一艘西班牙帆船遇险，它的船舵被吹到了英国避风港。几个世纪后，船舵的一部分到了布登汉姆，被人做成了楼梯的中柱。

惹我讨厌的还有——两幅钢板雕刻品。楼道本来就狭窄，它们还偏偏挂在墙上，让过道更加拥挤。两幅画是纪念用的钢板雕刻品，它们并排挂着，每一个角都锋利如斧，一不小心就能切开你的头颅。这两幅画，一幅画的是喝水的雄鹿，一幅画的是受困的雄鹿。除了雄鹿脑袋的朝向不同之外，它们看上去几乎一模一样。但是我从来没有认真看过这两幅画，每次都只是小心地缩着身子与它们插肩而过。想要把这两幅画看真切，你只能去通往厨房和厨具存储室的过道那儿。如果你有事得待在那过道，或者你喜欢兰德西尔流派的钢板画，你可以抬头仰望，透过栏杆，好好欣赏。那样可能乐趣无穷，但是对我却不是如此。

那个下午，我像往常一样躲躲闪闪、小心翼翼地下楼，还尽量走得灵活而又不失英国人的优雅风度，可我的桃木手杖还是卡在栏杆之间，墙纸后面胶水微弱的酸味还不断地刺激着我的嗅觉。

今天屋里异常平静。我有点怀念厨房里老贝西那单调沙哑的嗓音哼出的小曲。老贝西年纪很大，她一直住在这个农舍，好像她是乘传说中的西班牙帆船，避开许多暗礁，历尽艰辛，才来到英国的。

我往客厅瞥了一眼，那儿没人，我就往后面走，穿过玻璃门，来到“后花园”。米利森特正坐到花园的一张椅子上，静静地坐着。我得描述一下她，但很可能过于夸大，就像我述说其他事物一样。

我觉得她是典型的英国人，但又比一般英国人更加优雅。她有着精致瓷器那样美丽和优雅的风韵。她个头很高——相当高，实际上，从某些角度看来显得有些突兀。但是我从不这么觉得。在我看来，她像童话故事里的人物，举手投足间，尽是高雅。她秀发是淡淡的金黄色，而且很柔顺，几乎让人找不出发丝的踪迹。那样完美的秀发，就像被困在偏远悲苦塔顶的公主的秀发一样。昏暗的房间里，老用人用饱经风霜的手轻柔握着公主秀发，借着烛光，时不时又梳一下。而公主坐在锃亮的镜子面前，昏昏欲睡，偶尔看看镜子，她不是在看自己，而是做着有关镜子的梦。这就是米利森特·克兰德尔的秀发。很久之前，我只摸过一次。

她的手臂也很美，手臂自己似乎也清楚这一点，米利森特自己却浑然不知，所以，她的手臂总是慵懒而又优雅地摆在壁炉上最合适的位置，手腕自然垂着。手臂在简洁衣袖间的自然垂落，即使你不经意地一瞥，都能感受到她手臂的力量，又能发现她的可爱之处。喝茶的时候，她摆弄银器的手，也流露出优雅美丽的气质，让人忍不住驻足观赏。一切发生在伦敦，尤其是在那悠长而又昏暗的楼道间。外面总是淅淅沥沥地下着小雨，灯光都变成了雨的颜色。墙上的画，无论本来是什么颜色，都失去了光泽，即使是凡·高的作品，依然会黯然失色。但是她的秀发却不会。

而今天，我一边看着她，一边摆弄着桃木手杖，说："我想邀请你去河边走走，然后带你去划船，你是不会答应的吧？"

她淡淡地一笑。她的微笑代表了拒绝。

"爱德华去哪儿了？是打高尔夫去了吗？"

她依然微笑着，但是此刻微笑中隐含着轻蔑的态度。

"他今天好像和他在乡村酒吧认识的猎场看守人去打兔子了。应该是个猎场看守人。好像他们一群人围在灌木丛那儿，把白鼬放进兔子洞，这样兔子就被逼了出来。"

"我听说过白鼬，"我说，"它们会喝兔子的血。"

"你把我想说的都说了。你去湖边吧，不过记得早点回来喝茶。"

"那肯定很有趣，"我说，"只需要想喝茶这一件事。在这样的暖日，在这样一个美丽的花园，蜜蜂隔着合适的距离在身边嗡嗡作响，空气中弥漫着油桃的芳香。等着喝茶——这个真像是等待一场革命。”

她用那英国人特有的淡蓝色眼眸久久地望着我，不是因为疲惫，而是因为同一件事物看太久了。

“革命？这到底是什么意思？”

“我不知道，”我坦率地说，“我只是觉得这句话说起来有趣罢了，回头见。”

在英国人眼中，美国人总是有点笨。

我很快就到了湖边。如果和美国的湖作比较的话，其实这儿根本称不上湖。但是这湖中有很多小岛，这是独有的美景，而且这给人造成这湖很长的错觉。有几只水鸟猛冲到水中，溅起水花；有几只坐在冒出水面的芦苇上，目空一切。几块古老的荒地平缓地向灰白的湖水倾斜，这些地方没有水鸟。有只出现裂缝的旧船，被人用一根短绳拴在一段原木上，幸好还不至于漏水。我总是划着那小船在小岛间穿行。岛上没有人住，但种着庄稼，时不时地会有老翁停下锄头，用手挡着阳光，盯着我看。我会礼貌地用不太地道的英式英语向他问好，但他从不回应我。可能因为他太老太聋，又或者他得留着力气干别的事。

那天我觉得比平常更累。那条旧船像是密西西比河发洪水时，被灌满水的粮仓，笨重累赘。本来就很短的桨比以往更短了。所以我往回划，缕缕金黄色的阳光洒进山毛榉树丛，远远看着，像是另外一个世界。水渐渐变凉了。

我将小船尽量拖到高地，好把它绑在原木上，然后站起来，舔着被绳子割到的手指。

我没有听到她过来的声音，也没听见大黑马的声音，甚至没听见马蹶子末端的铃铛声。也许是因为去年的落叶已经腐烂，地面变得很柔软；或者是因为她有安抚马儿的魔法。

我一直走着，正要转弯时，看见她在离我不到十米远的地方。

她一袭黑色骑装打扮，脖子上围着打猎专用的白色领结，她跨坐在马背上，马儿看起来色眯眯的。那是一匹公马。她微笑着，眼眸深邃，很年轻，但是位已婚女士。我以前没见过她。天啊，她的美丽几乎无法用言语形容。

“你喜欢划船？”她不假思索地问道，声音像画眉鸟那样优美，而且还是只美国的画眉鸟。

黑色公马红着眼看我，默默地用蹄子踢开一两片树叶，然后竖起耳朵，一动不动。

“一点都不喜欢，”我回答，“很累人，手上还被打起水泡，而且还得走三英里才能到家休息喝茶。”

“既然不喜欢干吗还划呢？我从不会做自己不喜欢的事。”她抚摩着马脖子，手上戴着和外套配套的黑色长手套。

我耸耸肩，叹气道，“我得划船，这样可以锻炼身体，释放压力，然后有好胃口。我只能想到这个好处啦。”

“你应该，”她试探道，“是个美国人吧？”

“你怎么知道？”

“很简单，看你划船那样强劲有力，所以我一下就猜到了。当然，还有你的口音。”

我目不转睛地凝视着她的脸庞，但是她好像并不觉得冒犯。

“你和克兰德尔夫妇一起住在布登汉姆，对吧，美国先生？小道消息在乡下总是很容易就传开。我是雷肯汉姆夫人，住在望湖村。”

我脸突然僵硬，就好像要把我心中所想昭示众人，“啊，原来你就是那个女人！”

我敢打赌，她肯定注意到了我的失态。她应该猜到个七七八八，甚至猜到了全部。但是她深邃的眼眸并没有流露出一丝不悦。

“那个古典的都铎风格的村落——我之前就看过——远远地望

见过。”

“如果你进去一探究竟，肯定会大吃一惊的，”她说道，“去我那儿喝杯茶吧，你尊称？”

“帕林登，约翰·帕林登。”

“约翰是个有男子气概的名字，”她评价道，“但是有点平庸。不过既然我们刚刚相识不久，我暂且忍受一下。牵着罗密欧的马镫子上面的皮带吧，约翰——铁镫子上面，轻点。”

我刚挨到皮带的时候，公马变得有点焦躁，但是她喃喃细语了几句后，它便优哉地往家走。马儿的耳朵很灵敏，几只小鸟突然悄悄地穿过树林里的沼泽地，它都知道抖抖耳朵。

“反应不错。”我说。

她挑起乌黑的眉毛。

“你说罗密欧？那可不一定。我们总是遇到形形色色的人，你说是不是，罗密欧？我们的反应因人而异。”

她轻轻地挥舞着她的短鞭。

“但是你是无所谓的，对吧？”

“我也不知道，”我说，“或许没关系吧。”

她开怀大笑，后来我很难看到她那么开心的笑容。

我手握着马镫子上的皮带，离她的脚踝很近。我想摸她的脚，我也说不上原因；我想她也想我这么做吧，我同样不知道为什么我会有这样的想法。

“看，你反应也不错嘛，”她说，“我能感觉到。”

我说：“我也说不好，我的双手有时敏捷得像只燕子，有时迟钝得像只老牛，而且总是放错地方。”

鞭子随意地挥舞在空中，但是不会打到我，也不会打到那黑马，对这点它胸有成竹。

“恐怕你在挑逗我。”她说。

“恐怕是这样。”

这都怪马儿突然停住，我的手便滑到了她的脚踝上，而且没有立马拿开。

她也没有主动把脚移开，我都不知道她是怎么让马儿停住的。它像个铜雕塑一样，站在那儿，纹丝不动。

她缓缓地弯下身子，直到头和我齐平。那时，马儿依然一动不动。

“我可以做三件事，”她说，“你猜猜看。”

“那还不简单，不是继续骑马，就是用鞭子抽我，或者放声大笑。”

“不，我搞错了，”她突然说，“是四件事。”

“那就是吻我了。”我说。

2

我们穿过了一片宽阔的草地，据说那是罗马军营旧址。接着下了坡，望湖村便映入眼帘，有趣的是，那儿根本看不到湖。

望湖村坐落在一个枯藤遍野、野草丛生的森林，一个被人遗忘的角落。淹没其中的花园让人惋惜，伊丽莎白保龄球场边的野草也快要没过膝盖了。房屋造型是传统的伊丽莎白时期的风格，红砖墙随时间的沉淀越发暗红，阳台上灌铅玻璃窗向外突出。胖蜘蛛像大主教一样，优哉地在窗台上睡觉，迷迷糊糊地凝视着窗外，它们的蛛网为玻璃窗添上了一抹色彩。身穿紧身衣的鹰脸花花公子们，深深为英格兰与世隔绝的神秘着迷，渴望前去一探究竟。

很快我们看到一个马厩，这儿因长期疏于打理而长满了苔藓。一个小矮人从昏暗的马厩走了过来，牵走了马儿。因为个头太小，灯光又暗，我们只看见她的双手、鼻头和马裤。

她一言不发地走开了。

“忙都是他的借口，”等我们走得离小矮人够远的时候，她说，“他纯粹就是故意的，因为他知道我喜欢这个地方。”

“你说的是你丈夫？”我咬紧嘴唇，因为我恨他。

“我们继续往前走吧。楼梯间能看到最美的风景，他喜欢在那儿放松，因此会特别关照那儿。”

眼前是一片宽阔的跑马场，古老的橡树将它包围其中。这片草地看起来糟糕得很，既不整齐，颜色又发黄。橡树悄悄地把影子投在这片乱糟糟的草坪上，就像对大地伸出厌恶的双手。影子不单单是影子，就像日晷上的投影包含着其他寓意。

远处传来一阵刺耳的铃声，一个年纪和看马厩的小矮人相仿的老妇人，过来开了门。像她那样的英国人，在未经允许的情况下，好像不能随意进出房子。这个老女人用某种奇怪的方言喃喃自语，似乎在给人下咒似的。

我们进了屋，她把马鞭挂了起来。

“看那儿，”她用极其生硬的口吻说，“正如画家所说，你看到的是他中期最好的作品。亨利·拉肯汉姆先生，是位准公爵，得提醒你一句，在我们英国，准公爵比公爵和子爵尊贵得多。亨利·拉肯汉姆，是我们这儿最德高望重的一位准公爵，可他的作品却被用来装饰最陈旧的楼梯，多么不平等待遇呀。”

“你是说这斧痕是新的？”我问道。

展现在我们面前的是主楼梯，或者说主楼梯残留的一部分。它或许是为了皇室而建的，或许为了一位被人簇拥的高贵夫人而建的，或许为了与天花板交相辉映而建的，或许为了庆祝战争胜利或者战士平安归来而建的，但它也可能只是一个普通的楼梯而已。

楼梯很宽阔，而且一尘不染，但依然抹不去时间的印记。现在估计只有栏杆还值两个钱，不过那也只是我猜想而已。其实栏杆也被砍得七零八落。

过了好一会儿，我才离开楼梯那边。从那一刻起，有个名字不断在我脑海中浮现，一想到这个人，我内心就翻江倒海。

“等等，”我说，“你现在还是他的人……”

“哦，这也是报复的一部分。”

那个老太婆咕哝着走开了。

“你对他做了什么？”

一开始她不出声。后来，她云淡风轻地说，“我多希望我能一直这样，就算他下了地狱，耳根子也别想清静。”

“你肯定在开玩笑，至少说的不全是真的。”

“为什么不是？我们走这边，我们这儿的罗姆尼羊很有名，因为很少见。”

我们走到一个画廊模样的地方，墙上挂着紫红色的缎子。光秃秃又满是灰尘的地板，被我们踩得嘎吱作响。

“见鬼！”我在空旷的走廊上骂道，“见鬼！”

“你不介意的，”她问，“对吧？”

“介意，”我回答说，“只是没有表现得那么明显而已。”

走廊尽头有个房间，曾经可能是个弹药室。那个狭窄隐秘的通道通往同样狭窄的楼梯，我们沿着那个蜿蜒、别致的窄楼梯，上了楼，来到一个还算精致的房间。

她取下来黑色圆顶帽，随意地散开她的秀发，把帽子、手套和马鞭放在了长凳上。那儿有一张很大的弹簧床，查理士二世可能在这儿睡过，而且不是独自一人。还有一个装有镜子的梳妆台，上面放着一排闪闪发光的瓶子。她对这些东西不屑一顾，径直走向到角落，她在桌子上面调威士忌和苏打，那酒很温和。她回来时，手里端了两杯。

米利森特·克兰德尔那双小手，美丽而又柔弱，一不留神，就会被我弄疼。而她的手，强壮有力，能将我紧紧拥入怀中，能牵着猎人跨越几乎无法克服的荆棘，能将陷入无底深渊的男人带向光明，还能轻易地将手中的酒杯捏碎。她那白如象牙的关节清晰地展现在我面前。

我一直安静地站在大门口，一动不动。她走过来，递给我一杯酒。轻轻一晃，酒便在杯中翩翩起舞。

她的双眼深邃魅惑，让人捉摸不透，就像老房子永远不会打开的那扇窗，守护着那不为人知的秘密。

远远传来淡淡的香味，我猜那是英格兰花园中豌豆甜淡的芳香，还有那沐浴在阳光下的油桃的芬芳。

门咯咯作响，我们谁也没有笑，继续喝着酒。我还没来得及放下酒杯，她便紧紧地将我压在下面，我屏住了呼吸。

我笨手笨脚地反手扭钥匙，钥匙足足有老虎钳那么大，而门锁有壁橱门那么大。

她的肌肤如美国春日里阳光照耀下的野花，香甜又狂野。我们热烈地吻着彼此，几乎要融化在了一起。她张开双唇，舌头在我齿间萦绕，身体剧烈地震颤起来。

“啊，”她呻吟着，“啊，用力——”

后来的事无须赘言。

3

我记不清楚是什么时候才回到克兰德尔家，后来出于某种原因，我胡扯了一个时间，因为我是真的不知道。英格兰夏日的下午和英国人都是永恒的。老贝西肯定回来了，因为我听见厨房里她哼着单调的小曲，像一只被玻璃罩困住的无头苍蝇。

也许那漫长的下午茶时间还没有结束。

我本来打算上楼，后来转身去了客厅。我心中有些许小雀跃，也有些许挫败感，但是只要有米利森特在的地方，我所有的情绪都烟消云散了。

她站在那儿，背靠着玻璃门边的蕾丝窗帘，好像是在等我。屋内的一切都和她一起静止了。那一刻，似乎世界上没有什么能让这个屋子重获生命的气息。她静静站在那儿，好像在等候那悄无声息、停止转动的时间，我感觉，她手臂上和脖子间的灯光都好似静止了。

她没有马上开口说话，而恰恰是她的沉默不语，反倒让我感到害怕。突然，她温柔平静地问我："你爱我已有三个年头了，是不是，约翰？"

这感觉真好！

"是的。"我回答。可是现在说什么都迟了，太迟了。

"我心里一直都知道，你总是想方设法让我明白你的心意，是不是，约翰？"

"我想是吧，是的。"这沙哑的声音好像是我的。

她淡蓝色的眼眸就像满月下的荷塘，平静温和。

"这句话我等了好久。"她说。

我没有靠近她，只是站在原地，蹭着地毯。

突然，昏暗凝滞的落日余晖下，她那柔弱的身体微微颤抖起来，从发梢蔓延到脚趾。

然后我们再一次沉默，我没有先打破这样的尴尬。最后她伸手去拉铃，屋后的铃铛发出恼人的响声，像婴儿咿呀的哭声。

"不管怎样，我们还可以一起喝茶。"她说。

我不知不觉走出了房间，压根不知道自己是怎么出来的。

这次，我不像以前那样笨手笨脚，我没有被半步台阶和那转角绊倒。现在我就好像换了个人，现在我是一个坦坦荡荡的男人，我找到了自己的归属，而且不再为琐事所困。当然，事实上，也再没什么事让我担惊受怕。一切曾经的牵绊都已随风飘散。一个两英尺高的男儿，你用力摇他时，他的眼珠会咕咕噜噜地转。亲爱的，把他放回音乐盒吧，我们骑马去吧！

后来，上了楼，我却意外地被绊倒，好像一切都是被设计好的，因为那儿根本就没有台阶。一扇门轻轻地打开了，就像一片树叶落地，无声无息。门半开半掩着，那是爱德华·克兰德尔的卧室。

爱德华在屋里，床很高，至少垫了两床席梦思，他张开四肢，趴在床上，好像要把床给吃了。他肯定是喝醉了，失去了意识，可是今天他回来得比平日早了些。

这时正渐入黄昏，光线那么温暖，我站在门口，看着这个外表黝黑英俊、内心却是个禽兽的大块头——“这个胜利者”，还没天黑就喝得烂醉。

让他见鬼去吧。我轻轻地走出去，又把门带上了。我几乎是踮着脚走回自己的房间。回房后，我用脸盆里的冷水洗了把脸。那冷水有多冷呢，就像一场大战后的清晨那般冰冷刺骨。

我又摸黑下了楼，茶水已经备好了。她坐在矮桌边，前面放着一只光亮的大瓷罐，倒茶水时她撩起了袖子，露出了白皙的手臂。

“你一定累了吧，”她说，“你一定饿了吧。”她客套地说，这让我想起了战争时期，驶离维多利亚的火车上那些冷漠的英国女人们，她们在头等车厢的月台上，和再也见不到的人客套着，真是虚情假意。她们待人冷漠、圆滑世故、没心没肺。

她给我的就是这种感觉。我端起一杯茶，拿了一块烤饼。“他在楼上，”我说，“喝得烂醉，你肯定早就知道了。”“噢，知道。”她袖子微微扬起，却分外动人。

“我要不要把他弄到床上去？”我问道，“还是就让他自生自灭？”

她的脑袋奇怪地抽搐起来，她不想让我察觉到，可事与愿违。

“约翰！”她再一次平静地说，“你以前从不会这样跟我谈论他。”

“对呀，从未这样，”我说，“多么可笑，他叫我来，我就来了。可笑的人——我们都是可笑的人。不过一切都会好的，因为我马上就要离开了。”

“约翰！”

“见鬼去吧，”我说，“我很快就会离开了。谢谢他——等他酒醒了，代我向他表示感谢，谢谢他的邀请。”

“约翰！”她又一次像先前那样对我喊道，“你怎么有点奇怪？”

“这就是美国人的发泄方式，”我说，“我已经受够了！”

“你就那么恨他吗？”

“看在过往的情分上，请原谅我，”我说道，“我刚刚说话没注意分寸，请原谅我的冒昧。我会把他弄到床上去，再出去透会儿气。”

然而她根本就没听我讲话，她身体微倾，眼神仿佛能穿透人心。然后她一口气讲了很多话，好像现在必须把这些话讲出来，一刻也耽误不得。

“望湖村有个女人，”她说，“雷肯汉姆夫人，她是个坏女人，是个吃人的妖精。他一直都和她保持亲密的关系，今天早上，他们为某事发生了争执。我们俩单独在家时，他把怒火撒在了我身上，他喝了几杯白兰地，结果喝大了，泼了自己一身酒。她用马鞭抽他的脸，把他当马骑。”

当然，虽然我的耳朵灵敏，可我也没有听她在说什么。转眼之间，我整个人都愣了。时间好像浓缩成了一片药丸，我还得硬着头皮往下吞。这件事让我失了魂，我甚至能感觉到自己的笑容是多么勉强。

即使是这个女人，他也先得到了。

她没有再说话，好像正隔着茶壶盯着我。等我回过神来，发现她在看我。在这样的时刻，换作是谁都能发现。她的头发显得从未有过的苍白，她的忧郁变得从未有过的浓郁。但她仍然像往常一样优雅，她的手臂、双手、手腕还有脸颊的曲线是那样地迷人，那一刻，那样的性感魅惑，让人无法拒绝。但是只需仔细一想，这渐渐消失的优雅就像一缕缥缈的薄雾，让人怎么也握不住。

好像是我把茶杯递给她的，她正在帮我添茶水。

“她用猎鞭抽他，”她说，“想想！爱德华！然后骑着马撞他。”

“是一匹黑色的大公马，”我说，“她撞倒他就像撞倒一堆脏兮兮的破布一样轻而易举。”

她惊到忘了呼吸。

“是的，可是她这么做有她的原因，”我气势汹汹地说，“她喜欢那房子，可是你知道卡肯汉姆在望湖村里干了什么吗？他想尽办法破坏主楼梯……”

她还没缓过神来，就像看了宫廷小丑躲避昏君的戏码笑得忘乎所以一样。

“我也认识她，”我说，“非常亲密地了解。”

过了很久，她才反应过来，好比苏门答腊岛草屋里的土著居民突然被惊醒，然后她不停奔跑着穿越丛林，接着骑马穿越无垠的沙漠，然后划着船乘风破浪，才把这个消息带回家。她就是过了那么久才反应来过的。

她的瞳孔放大、双眸失神，就像透明的玻璃，既没有色彩，也没有光泽。

“他肯定以为他享受了一上午，”我说，“我享受了一下午。其实不是——”我闭上嘴。这样的话一点也不好笑，无论在谁看来，都不好笑。

我站起来。“抱歉，虽然我知道这么说没什么用。我觉得自己是个太随便的人。我很抱歉。除了抱歉，我现在也不知道该说些什么了。”

她又站了起来，缓缓地沿着桌边向我走来。我们俩近在咫尺，但还没有触碰到对方。

然后她轻轻地抚摩我的袖口，就好像一只蝴蝶落在上面，我屏气凝神，生怕吓跑它。

它飞走了，盘旋在半空中，又再一次落在我衣衫上。她的声音像蝴蝶那样轻柔，说道："我们什么都不要再说了，你和我，我俩都明白，明白一切，我们无须多言。"

"这种事可能发生在任何人身上，"我解释说，"而且都会让人难以承受。"

她的眼神再也不是空洞柔弱的，而是隐藏着另一种情绪。那昏暗的走廊尽头，小门总算被推开了。那些门已经尘封太久，久到无法用言语形容。有人沿着那铺满石头的走廊走来，步履沉重、不慌不忙、不抱希望，随后化作一缕青烟随风飘散。这是我在她眼眸深处看到的情感，当然，这没有任何意义。

"你是我的了，"她低语道，"完完全全是我的了。"

她抓住我的脑袋，推倒我。嘴唇生硬地贴在我的唇上，像北极的雪，遥远冰冷。

"上楼去看看他好吗？"她神秘兮兮地在我耳边说，"在你走之前。"

"我会的。"我像一个被子弹穿膛而过的男人，失魂落魄地说。

我又出了房间，上了楼。

这次我跟往常一样笨手笨脚，像一个年迈的老人，一不小心就会摔得骨头粉碎。我进了自己的房间，关了门。我靠在门上好一会儿，大口喘气。然后换了衣服，穿上了我仅有的一套西装，然后把其他东西塞进手提箱，合上箱子，轻轻地锁上。我就像一个干了坏事的小男孩，蹑手蹑脚，时刻保持警惕。

我尽力让一切无声无息，可是外面传来一阵脚步声。有个人上了楼、进了屋、又下了楼，步伐极其缓慢，就像我慢慢蠕动的思绪一样。

随后，屋里恢复往日的嘈杂。厨房里那个老厨娘用沙哑的嗓音哼着小曲，窗外一只迷路的小蜜蜂嗡嗡地叫着，远处马路上一个乡下老女人的马车嘎吱作响。我拎起手提箱，走出房间，轻轻地、轻轻地关上了门。

楼梯顶层，他的房门又敞开了，好像有人故意上去把房门打开，让它一直敞开着。

我放下箱子，靠着墙，盯着房里看。他好像没怎么翻动身体。他做得真好，就像完成了助跑后，成功地跳到高床上，双手紧紧地抓着大床单的两角，一副大醉汉的模样。

然后我意识到这昏暗的房间静得出奇。本来醉汉应该会打鼾，鼾声夹杂着咕哝声。我听着——噢，非常仔细地听，可是听不见——他的呼气声。他趴在高床上，根本就没有发出任何声响。

然而即使这一切很奇怪，但也不是我进房的缘由。我像一只美洲豹一样，半蹲着，屏住呼吸，看着他左手的无名指。我平日里早就看过那手指，可是并没有好好观察过。他的手悬在空中，无名指比旁边的中指长了半英寸，多可笑呀，本来应该短半英寸才对。

足足长了半英寸，那长出的部分竟然是凝固的血柱！

血从喉咙滚滚流出，悄无声息，最后凝成了血柱，使得手指看起来很怪异。

毋庸置疑，他已经死了好几个小时了。

4

我小心谨慎地关了客厅门，像一个年迈的家庭牧师，在反天主迫害的那些时日里离开教堂，回到自己的老巢。

我悄悄地走出来，关上了落地玻璃门。这时，最后一丁点儿的玫瑰花香和油桃的香味向我袭来，我想它们是在嘲笑我吧。

她倚靠在一张矮椅上，略显生疏地抽着烟，浅金发的脑袋靠在窗帘上。她的眼睛里藏着情绪，而我却猜不透。无论如何，我确信我的感觉没错。

“枪放哪儿啦？本应该在他手里才对呀。”

我严肃地问道，声音不大，却干脆利落，丝毫没了英国人的那种绅士风度。

她淡然一笑，指了指高低不平的原木地板上摆着的家具，其中一件细长的家具，上面有几个抽屉，但实际上只摆着一排干净锃亮的玻璃杯和马克杯，上面都镀了金，刻着“博格诺·雷吉赠”的字样，另外还放有一枚盾形纹章。

这个叫小旁柜或有什么别称的柜子，有个很紧的抽屉，我一拉，上面的马克杯便轻轻晃动了起来。

枪真的在里面，包在一张粉色的衬纸里，下面垫着一张有流苏的桌布。那是一把韦伯利左轮手枪，像切鱼刀一样安静地躺在抽屉里，似乎什么也没发生过。

我把鼻子凑进去闻，似乎闻到刺鼻的火药味。到目前为止——我还没有碰过这把枪。

“所以你对一切了如指掌，”我说，“我却还像个傻子一样被蒙在鼓里，我们喝茶那会儿，你就已经知道他躺在床上，血慢慢地滴。虽然他死了，但血还在流，从喉咙的伤口慢慢流到衬衫、手臂、手掌、最后流到指尖。你一直知道这一切。”

“那个禽兽，”她异常冷静地说，“那个人渣，你知不知道他让我受了多少苦？”

“好吧，”我说，“我明白，他那种人，我也受够了。但是我们得把现场处理干净。枪支必须让人看不出被动过的痕迹，现在放的地方很好。可是你握过它，指纹，你有没有处理过指纹？”

我既没有摆出高高在上的姿态，也没有表现得像个傻瓜，我只是在整理思绪，生怕漏了某处细节。她丢了手中的烟，我竟然一点没察觉。她完全可以处理好这些事。她非常冷静地坐着，纤纤玉手扶着椅把。

“你当时一个人在这里，”我说，“那会儿老贝西已经出门了，没人听到枪响，即使听到声响也没想到是枪声。”

她笑了出来，那笑声中流露着被故意压抑的狂喜，就像一个女人躺在床上，把脸埋在枕头里发出的笑声。

她一笑脖子上的皱纹都显现出来，不过很快又消失了。

“为什么，”她问，“你会担心这些？”

“你应该早点告诉我。你在笑什么？你以为英国法律是开玩笑的吗？……有人上了楼，开了门——原来是你！所以我走之前一定会知道这一切。为什么要这样做？”

“我爱你，”她说，“我是个有点冷血的女人，约翰，你知道我是个冷血的女人吗？”

“我有这样想过，可是这不是我现在该想的事。你不要回避我的问题。”

“你的心思的确不在这儿。”

“那是一千年前、一万年前的事了，那些陈年往事先别提了，眼前该怎么办？”我往楼上指了指，手指僵硬。

“那是个美丽的悲剧，”她叹气，“我们不要把这事想得太糟糕。”她温柔地抚摩自己纤细柔美的脖子。

“他们会把我吊起来，约翰，在英国——他们绝对会这样做的。”

我直勾勾地看着她，所思所想一目了然。

“完全是故意的，”她冷冷地说，“一切都会按照流程走，我还得用苍白的忏悔做总结。监狱长的裤子会有一条完美的褶皱，那是被故意、经心、无情地熨上去的——就像我对他开枪一样。”

我大口喘气，以免被吓死。“你故意的？”这个简直就是废话，因为我当然知道一切早有预谋。

“当然，我已经计划了好几个月了。今天他比平日里更凶残，望村湖的那个女人让他丢了自尊。她看不起他，他一直都那么下流。所以我做了我应该做的事。”

“但是这么久以来，你不是都忍过来了吗？”我说。

她点点头，我听见一阵奇怪的叮当声，那不像是地球上的声音。就像什么东西被罩住了，轻柔地摇着，在冷冷的灯光下，藏在精致优美的脖子下。

“不，”我屏气凝神，“不要，这很好办，你能按我说的做吗？”

她哗地一下起身向我走来。我把她抱在怀里，亲吻了她，又抚摩着她的秀发。

“我亲爱的骑士，”她在我耳畔细语，“我威武的骑士，我英俊的骑士！”

“怎么办？”我指着抽屉里的枪问，“警察会检查他手上的硝酸盐粉末，开枪时泄漏的气体会在皮肤上停留一段时间，而且会发生化学反应。我们必须处理掉那些粉末。”

她摩挲我的头发，“他们会的，亲爱的。你说的他们早晚会发现。我把枪放在他手里，我的手指握在他手指上面，他醉得一塌糊涂，根本不知道自己在干什么，开枪杀了自己。”

她不停地摩挲我的头发。

“我威武、英俊的骑士。”她说。

现在不是我搂着她，而是她抱着我，我艰难地整理着思路。

“这样调查也许不能顺利进行，”我说，“他们可能会要求检查你的手，所以有两件事我们必须做。你在听我说话吗？”

“我威武的骑士！”她双眸发亮。

“你得用热水和功效强的碱性洗衣皂洗你的右手，得反复洗，洗到你的手脱皮为止，这样做可能会很疼，但是这样很有用。我是认真的，这很重要。另一件事是——我会带着这把枪离开。我得把这些证物毁尸灭迹。四十八小时后，硝酸测试将没有任何作用了。听懂了吗？”

她一直缠绵地呻吟着，流露着温情、仰慕的神情，用那双柔软、优雅的双手摩挲着我的头发。

我不恨她，也不爱她。我只是认为自己必须这么做。我把韦伯利枪拿出来，下面的粉色衬纸沾上了油渍，所以我一起拿了出来。我仔细地检查了一遍抽屉的木板，木板看起来很干净。我把枪和衬纸塞进自己的口袋。

“你没和他睡在一个房间，”我继续说，“他喝得烂醉——自己回房睡了。像往常一样，没什么特别的，没什么让你过分激动和担忧的。当然，刚好那时候，你听到某处传来一声枪响，但是你不要特意把时间说得太精确，也不要说得太离谱。你就说，你以为那枪响是从森林传来的。”

她把我抱得紧紧的，我得安抚她，她的眼神告诉我，她现在需要我。

“你很厌恶他，”我说，“他这样喝得烂醉是常有的事，你已经受够他了，所以今天你任由他一个人躺到天亮。至于老贝西——”

“噢，不是老贝西，”她优雅地说，“不关可怜的老贝西的事。”

她温柔地抚摩了我好一阵，我全身涌动着一股暖流，可是我得动身了。

“最重要的事——你得洗手，但是不要放太多肥皂，免得燃起来——而我这就去处理那把枪。就这么说定了，好吗？”

她再次抓住我不松手，那样强烈却不娴熟。

“以后呢？”

“以后……”我吻了吻她冰冷的双唇，依依不舍，慢慢松开她，离开了那栋房子。

5

整整三周，我没有收到传票，可能他们是故意这么做的。我这样的业余罪犯，在面积不大、村落密集的英格兰，混得还不错。

深夜，我熄了车灯，把小汽车开到寂静的树林里，然后弃车而去。那里看着好像远离居民区，实际上并不是那么回事。我拖着我的行李箱，披星戴月，与昏昏欲睡的牛群擦身而过，跋涉在沉睡乡村的边缘，没有一盏灯温暖这孤独寒冷的夜。我独自感受着黑夜中的英格兰。

天快亮时，我到了火车站，乘车去伦敦。我知道自己要去哪儿，我要去拉塞尔北部的博鲁姆伯利的那个小公寓。在那里，人们不用举止得体，也不用装腔作势，因为根本没人会在意你，甚至妓女也不会自称房东。清晨，一盘冰冷油腻的东西放在你门口。中午，如果你想吃的话，可以喝到麦芽酒、吃到面包和干切奶酪。如果你有钱，晚上可以出去觅食。可是如果你太晚回家，拉塞尔广场的孤魂野鬼会萦绕在你四周，它们匍匐在本是铁栏杆的地方，好像警察的灯笼给关于它们的记忆带去了一些庇护。它们彻夜在你耳边痛苦地呻吟着，“听呀，宝贝们，”让你想起它们干瘪的双唇，瘦削的下巴，还有它们空洞的大眼睛。实际上它们早就不在人世了，却让你彻夜难眠。

公寓外有个男人在弹巴赫名曲，弹了很久，而且弹的声音有点大，可是他是在为自己的灵魂演奏。

有个流浪老汉，长着天使脸孔，却有着龌龊的内心。还有两个自以为是演员的年轻人把自己打扮得花枝招展。

很快我就厌烦了周围的一切，我买了个背包，徒步前往德文郡。

我上了报纸，这是意料之中的事，但是没有被刊登在显眼的位置。没有引起轰动，也没有模糊的护照相片的复印件，不然人们会误以为我是个牙有毛病的美国地毯商。报纸上只有一段关于我失踪的信息，上面写着我的年纪、身高、体重、眼睛颜色以及拥有美国国籍，警方声称我可能掌握重要线索。另外，还有一段关于爱德华·克兰德尔的简介，总共不足三行。他对他们一点也不重要，不过就是个碰巧死掉的有钱人而已。说我是个美国人，他们以为抓住了关键。但我之前跟博鲁姆伯利人讲话时，他们几乎没听出我的口音，更不用说在乡下了，我肯定更是如鱼得水。他们是在达特姆尔的边境——查格福德逮住我的。我当时以来自伦敦的作家的身份寄居在一个小农舍，他们找到我时，我正在客厅喝着下午茶。我举止文雅，酷爱猫咪，但不爱说话。

那家人有两只猫，一白一黑，它们和我一样都爱吃德文郡的奶油，还喜欢和我一起喝下午茶。那个下午，天色灰暗，就像监狱的院子，让人感觉分外压抑。真是个执行绞刑的好日子，团团薄雾低低地笼罩在荒原的金雀花上。

他们有两个人，一位是特雷斯警察，虽然名字很有康沃尔郡人的味道，但实际上是个本地人，他只是坐在角落里，嗅着自己的制服；另一个是伦敦警察厅的人，这个人才是敌人。

从伦敦来的那位约莫五十上下，身体强壮，他们走过来时，他脸色发红，不像警局的其他官员，那么粗鲁、冷漠。他很友好，静静地把帽子放在了长餐桌的尽头，然后轻轻地抓起那只黑猫。

“真高兴你在这儿，先生。我是奈特督察，来自伦敦警察厅。你真是让我们煞费苦心。”

“喝杯茶吧，”我说，说完起身去摇铃，然后依靠着墙上，继续说，“和杀人犯——一起喝杯茶吧。”

奈特放声大笑，但特雷斯没笑。特雷斯脸色简直阴沉得像沼泽地的黑风。

“很乐意——现在我们不讨论那件事，不过要是你愿意的话，也可以谈谈。尽管放心，还没有人真的因为那案件惹上麻烦。”

我当时肯定脸色发白，奈特警官跨步走到壁炉边，取了一瓶帝王牌威士忌，摇了摇，倒了一杯，我没想到这个大块头行动竟如此敏捷。他把酒送到我嘴边，我没法拒绝，只能大口灌下去。

一只手把我摸了个遍，这只手和蜂鸟的喙一样灵敏。

我冲他咧嘴一笑。“你会拿到的，”我说，“不过喝茶这会儿我可没带。”

特雷斯在坐在角落喝着茶，而这位伦敦督察坐在餐桌旁，一边玩着大黑猫，一边喝着茶。级别高就是不一样。

那天晚上，我和奈特警官一起回了伦敦。

他们什么也没拿到——什么也没有。

他们很清楚自己被要了，但是他们即使输了还会装得一副赢了的清高样，英国人都这样。我为什么要带走那把枪呢？表面上，因为她握过那把枪，这让我担心害怕。可是事实不会那么糟糕——你明白的，法院总受限制——警察厅一旦指出某个地方出了差错，那审讯必然得延期，你不这么看吗？反正我是这么想的，而且心中满是懊悔。

表面上是这样，而实际上，尽管他们那么冷漠，我还是看穿了他们的心思。他们可能已经猜到了一切，可是太迟了，这都是我精心计划的结果。虽然知道的有点晚，可是他们还是很聪明，他们猜到他可能醉得神智不清，任由别人把枪放在他手里，指着自己看不见的地方。那个人轻松地按住他的手指，扣了扳机，“砰”的一声，然后他就倒了下去，趴在床上——再也没能发出声响。

延期开庭的那段时间，我遇到了米利森特·克兰德尔，当时她穿着丧服，我们已经很久没见了，可是我们并没有打招呼，我想我再也不会见到她了。我曾幻想她穿黑色雪纺睡衣的美丽模样，现在她随时都可以这样穿。

还有一次，在皮卡迪利广场，格林公园附近，我碰见过雷肯汉姆夫人，她正和一个男人在散步，手里还牵着一只狗。她把他们打发走，自己留了下来。我猜那狗是一种短尾巴牧羊犬，可却比牧羊犬小很多。我们握了握手，她看起来还是那么美艳。

我们站在人行道中间，行人小心翼翼地避开我们，这是英国人独有的谨慎。

她的双眸深邃宁静，像黑色的大理石，让人看不穿猜不透。

“谢谢你为我辩护。”我说。

“这没什么，亲爱的，我和伦敦警察厅的助理处长关系很好，整件事在酒桌上就简单地解决了。”

“要是没有你，”我说，“他们可能还会想方设法指控我。”

“今晚，”她说得很快，很匆忙，“恐怕今晚我抽不出身。但是明天——我会在梅宝克拉里奇酒店，你会给我电话的对吧？”

“明天，”我说，“噢，当然会。”（其实第二天我就得离开英国）“恕我冒昧，你为什么要骑着罗密欧把他撞倒呢？”

我们说话时站在格林公园附近的皮卡迪利广场，谨慎的人群不断涌动。

“我有那样做吗？为什么呢，我多么可恶呀，你不知道为什么吗？她，这只画眉鸟，相当镇定，和宁静的格林公园交相辉映。

“当然，”我说，“像他那样的男人总以为能拥有所有对他们微笑的女人，他们错了。”她身上浓烈的香水味扑鼻而来，就像是千里之外的沙漠之风将香味带给了我。

“明天，”她说，“四点左右，你都不用提前给我电话，真的。”

“好，明天见。”我对她说了谎。

我目送她远去，直到她从我的视线消失。我就像一个纪念碑，或者一位中国圣人，或者一个真人大小的德雷斯顿瓷器，一动不动地站着，那些英国人在我身边来来去去。

我静静地站着，一阵寒风把地上的落叶和碎纸片卷起，飞过此刻格林公园无精打采的草坪，飞过平整的人行道，几乎飞过高高的边石，落在皮卡迪利广场。

我在那儿站了很久很久，并不是留恋什么，英国也没有什么值得我留恋的。

勒索者不开枪

Mo 推理馆·经典

雷蒙德·钱德勒

/ 街道上尽是比夜晚还要黑暗的东西。/

"一身都是烟头烧的洞，永远宿醉难醒"的

私人侦探马洛系列

THE BIG SLEEP | 长眠不醒

放得下万贯家财，放得下两个千金女儿，
却唯一放不下那个失踪的女婿……

FAREWELL,MY LOVELY | 再见，吾爱

越是漂亮的女人，越危险……

THE LADY IN THE LAKE | 湖底女人

深埋心底的暗暗杀机，
柔情满载也是骗局……

THE LONG GOODBYE | 漫长的告别

道别，等于死去一点点……

Raymond
Thornton
Chandler

Mo 推理馆·经典

雷蒙德·钱德勒

/ 街道上尽是比夜晚还要黑暗的东西。/

“一身都是烟头烧的洞，永远宿醉难醒”的

私人侦探马洛系列

THE HIGH WINDOW | 高窗

两枚金币，引出三具尸体。
关键证人，一出场就被干掉。

THE LITTLE SISTER | 小妹妹

很慢，很悲伤，
仿佛她正在淹死一只心爱的小猫。

PLAY BACK | 重播

以为今天一如平常，
谁知道人生就此谢幕。

Raymond
Thornton
Chandler

Mo 推理馆 · 经典

约瑟芬 · 铁伊

The Man In The Queue | 排队的人

在剧院门口排队买票的男子死在队伍中，
却没有人知道他是谁，何时被插入了匕首？

A Shilling For Candles | 一先令蜡烛

当红明星的尸体出现在清晨的海滩上，
是溺水？还是情杀？

Miss PYM Disposes | 萍小姐的主意

女子学校里一位女孩的意外死亡，
让研究心理学的萍小姐陷入两难，
是选择理智？还是情感？

The Franchise Affair | 法兰柴思事件

失踪近一个月的 16 岁女生，
指控有人诱拐她，
漂亮女人的话，能不能相信？

Josephine Tey

Mo 推理馆 · 经典

约瑟芬 · 铁伊

To Love And Be Wise | 一张俊美的脸

俊美的她打乱了小镇的宁静，
而后的离奇失踪，更掀起轩然大波……

The Daughter Of Time | 时间的女儿

能不能躺在病床上，
就推翻流传四百年之久的历史定论?

The Singing Sands | 歌唱的沙

“醉”死在火车车厢里的年轻人，
为何要留下一首诗?

Brat Farrar | 布拉特 · 法拉

失踪八年的第一继承人，
突然出现了……

Josephine Tey

图书在版编目(CIP)数据

勒索者不开枪 /(美)雷蒙德·钱德勒著；黄洋，朱珍葶，尹佳欣译．—北京：现代出版社，2017.5
ISBN 978-7-5143-5707-3

Ⅰ．①勒… Ⅱ．①雷… ②黄… ③朱… ④尹… Ⅲ．①侦探小说－小说集－美国－现代 Ⅳ．① I712.45

中国版本图书馆 CIP 数据核字（2017）第 053634 号

勒索者不开枪

作　　者　【美】雷蒙德·钱德勒
译　　者　黄　洋　朱珍葶　尹佳欣
责任编辑　赵海燕
出版发行　现代出版社
通信地址　北京市安定门外安华里 504 号
邮政编码　100011
电　　话　010-64267325　64245264（传真）
网　　址　www.1980xd.com
电子邮箱　xiandai@vip.sina.com
印　　刷　北京美图印务有限公司
开　　本　890mm × 1240mm　1/32
印　　张　13
版　　次　2017 年 5 月第 1 版　2017 年 5 月第 1 次印刷
书　　号　ISBN 978-7-5143-5707-3
定　　价　45.00 元

BLACKMAILERS DON'T SHOOT

寻找唯一的真相